NARRATORI MODERNI

Della stessa autrice in edizione Garzanti:
Il sentiero dei profumi
La custode del miele e delle api
Il giardino dei fiori segreti
La rilegatrice di storie perdute
La stanza della tessitrice
La casa degli specchi
Il profumo sa chi sei
La ragazza dei colori

CRISTINA CABONI

LA VIA DEL MIELE

Garzanti

Prima edizione: ottobre 2022

Per essere informato sulle novità del Gruppo editoriale Mauri Spagnol visita:
www.illibraio.it

ISBN 978-88-11-00100-3

Printed in Italy

www.garzanti.it

LA VIA DEL MIELE

A chi custodisce la terra, coltiva fiori, canta alle stelle.
Ai costruttori di sogni che osservano il mare e inseguono
le storie trasportate dal vento. A chi non si arrende mai.
Questo libro è per noi.

La vie est une fleur. L'amour en est le miel.
«La vita è un fiore. Il miele n'è l'amore.»
VICTOR HUGO

PROLOGO

Al centro del prato, intorno al fuoco, un cerchio di donne si tiene per mano. Il vento solleva le loro vesti, gioca tra i lunghi capelli, trasporta profumi e parole, le stesse che le dita danzanti intrecciano in un tessuto immaginario.

Al limitare della radura, affascinata, Maddalena Azara le osserva. Oltre le alte fiamme che tingono la notte di rosso e oro sembrano piccole fate. Sorride perché in fondo al suo cuore sa di essere una di loro.

Le chiamano le custodi.

Donne che creano, proteggono, cantano e vivono seguendo le antiche tradizioni.

«Sorelle», mormora piano, il cuore che le batte forte.

Il loro canto, adesso, si leva nell'oscurità. Lieve come una carezza accompagna la risacca, mentre le onde lambiscono la spiaggia con il loro moto perpetuo.

«Sorelle», mormora ancora Maddalena e la parola diventa rifugio e conforto. Socchiude le labbra e respira il vento che la nutre e la rafforza. Dopo sorride e si unisce al canto. L'emozione cresce, la invade dolcemente.

Vorrebbe raggiungere le sue sorelle, vorrebbe danzare insieme a loro, ma non può. Quello non è più il suo posto e allora indietreggia, la mano sul ventre arrotondato. Mentre risale la collina pensa a quello che l'attende. È tutto pronto. All'alba lascerà la sua terra, l'isola delle api d'oro, e tutto ciò che è stato diventerà un ricordo. Ma quelle donne che le hanno offerto amicizia, spalancando le porte della loro casa e del loro cuore vivranno in lei. La villa le appare all'improvviso, rischiarata dalla luce della luna e delle stelle.

È parte di ciò che qualcuno, senza capire né sapere, chiama «magia». No, non è la magia ciò che governa il mondo, è una forza più potente, quella del bene, quella dell'amore.

La casa l'accoglie, la stringe in un abbraccio affettuoso. Tra quelle mura, Maddalena ha trovato comprensione e pace. Ma adesso è giunto il momento di partire.

E di pagare.

«La libertà, amica mia, ha sempre un prezzo. Devi scegliere. Ricorda, Maddalena, qualunque cosa farai noi saremo con te. Potrai sempre contare su di noi.»

È stata Margherita a dirglielo, quando le ha offerto il suo aiuto. Nel giorno in cui credeva di aver perduto ogni cosa, Maddalena ha trovato lei, l'amica più sincera. Una donna che porta il nome di un fiore, ma che avrebbe dovuto chiamarsi Speranza. Perché è quello che, con la sua gentilezza, le ha donato: speranza. E tempo. Tempo per comprendere, tempo per decidere del suo futuro.

Distesa sul letto, tra lenzuola fresche di bucato profumate di limone e rosmarino, Maddalena immagina la sua vita. Immagina il viso di suo figlio che nascerà altrove, parlerà una lingua diversa dalla sua e che un giorno la giudicherà per le sue azioni. E quel giudizio, ne è consapevole, sarà spietato perché i figli conoscono solo e sempre una parte, quella che li riguarda.

All'alba Maddalena cammina verso la spiaggia, le sorelle al suo fianco. Quando raggiungono il molo guarda il mare grigio come l'acciaio, implacabile, e inizia a tremare. Indietreggia e, prima ancora di vederle, sente le mani che la circondano e le offrono la loro forza.

«Ovunque andrai noi saremo con te.»

Maddalena solleva il capo e incontra lo sguardo dell'uomo che, con perizia, governa la barca. Lui la porterà lontano da quella che è stata la sua vita. Mentre lo sciabordio diventa più intenso, Margherita le consegna una borsa. Denaro, documenti, lettere di presentazione. Ne hanno parlato e discusso a lungo prima di prendere la decisione definitiva. Quello è un addio.

«La nave attende, non c'è più tempo.» La voce dell'uomo affretta i saluti.

Una dopo l'altra le custodi si abbracciano. Benedizioni si uniscono alle preghiere, ai piccoli doni, alle lacrime e alle speranze.

E poi il mare nel quale ha giocato da bambina lasciandosi cullare, il mare che ha guardato chiedendosi cosa ci fosse per lei oltre l'orizzonte, la accoglie ancora una volta, conducendola alla sua nuova vita, consegnandola al suo destino.

1.

Cuevas de la Araña è un complesso di grotte che custodisce meravigliose pitture rupestri tra le quali l'immagine stilizzata di una donna intenta a raccogliere miele. È possibile che, oltre settemila anni fa, nella provincia di Valencia, in Spagna, un canto gentile abbia affascinato le api e un artista, ispirando la sua opera.

Quando Alice Pascal Azara vide l'ape posarsi sul dorso della sua mano, sussultò.

Non per paura.

Sapeva che non l'avrebbe punta.

Ciò che non sapeva, invece, era cosa sarebbe accaduto da lì a poco.

Qualcosa di importante, ne era certa. Qualcosa a cui avrebbe dovuto fare attenzione. Lo aveva imparato a sue spese.

Era sempre stato così.

Fece schermo all'insetto affinché nessuno, nella grande sala riunioni, lo notasse. Si alzò con discrezione, raggiunse la porta a vetri e scivolò fuori, all'aperto. Alle sue spalle, Guy Leroy, l'amministratore delegato dell'azienda di analisi dei dati per la quale lavorava da otto anni, pronunciava le ultime battute. Doveva affrettarsi. Quel giorno, d'altronde, si celebrava anche il suo personale successo e doveva essere presente.

L'ape, tuttavia, sembrava non avere nessuna premura. Continuava a passeggiare tranquilla sulla sua mano.

Alice non si chiese da dove arrivasse.

Che si trovasse nella casa dei suoi genitori in Provenza o nel cuore di Parigi, come in quel momento, loro la trovavano.

La trovavano sempre.

«Cosa sei venuta a dirmi questa volta?»

Un ricordo emerse dalla sua memoria, seguito da un brivido. Spostò l'attenzione sull'ape che aveva preso a muoversi sul palmo della mano, compiendo un cerchio. Affascinata, Alice si concesse ancora un istante per osservarla, poi sollevò il braccio verso il cielo di cobalto e porpora. «È quasi il tramonto. Torna a casa.»

Rientrò nella sala appena in tempo.

«L'obiettivo è stato ampiamente superato. Ognuno di voi è stato fondamentale. Grazie a tutti.»

Un applauso scrosciante accompagnò la conclusione.

Alice, che invece di prendere posto al tavolo era rimasta accanto alla finestra, casomai l'ape avesse deciso di tornare, ricambiò il sorriso di Noëlle Fabre, la responsabile delle risorse umane ferma al suo fianco.

«Ottimo lavoro, cara, congratulazioni per la tua promozione, l'hai ampiamente meritata.»

«Grazie.»

Noëlle le posò una mano sulla spalla, poi si diresse verso Leroy che le faceva cenno di avvicinarsi.

Alice lanciò un'ultima occhiata al cielo. L'ape era certamente in volo verso la sua arnia. Riportò l'attenzione sui colleghi. Sui sorrisi, l'allegria, sull'emozione che traspariva dai volti.

Avevano lavorato tutti duramente per ottenere quel risultato. Solo che Alice lo aveva fatto dietro le quinte. Era nella solitudine del suo ufficio che scovava discrepanze, intuiva possibili problemi e li risolveva. Sempre da lì, d'ora in avanti, avrebbe diretto il reparto.

Noëlle, accanto all'amministratore delegato, vibrava di soddisfazione. Per un istante, Alice pensò che le sarebbe piaciuto essere come lei.

Un singolo breve istante.

Nel momento stesso, però, in cui le infinite variabili a cui la collega doveva far fronte giornalmente si delinearono nella sua mente, rabbrividì. Preferiva trascorrere un'intera giornata a esaminare rapporti. I numeri non cambiavano idea, non litigavano, non si lamentavano. I numeri non ti facevano domande alle quali non desideravi rispondere. Niente caos, nessun imprevisto. Tutto sotto controllo.

Sollevò il bicchiere che le aveva appena offerto un giovane cameriere in livrea, e brindò a sé stessa e alla promozione che aveva appena ricevuto. Aveva raggiunto un traguardo importante.

«Non dovresti essere al suo fianco?»

Non lo aveva sentito avvicinarsi. Non lo aveva nemmeno visto. Era distratta, troppo distratta, si rimproverò. Colpa di quella piccola ape, era ancora turbata dalla sua visita.

«Non amo parlare in pubblico.»

Di solito non dava risposte così dirette.

Di certo non le dava a lui.

Gérard Clavel partecipava di rado agli eventi della compagnia. Era un uomo riservato, un po' come lei, ma quella era una circostanza importante e, in quanto direttore dell'ufficio legale, doveva presenziare.

«Questo l'ho notato. Mi chiedo per quanto ancora resterai ai margini.»

Cosa intendeva dire? Alice pensò di chiederglielo, sollevò la testa e lo sorprese a fissarla.

Il cuore mancò un battito. «Non mi sono mai piaciute le mezze frasi.»

«Allora cercherò di essere più chiaro.»

La voce era bassa, suadente. Si era avvicinato. Poteva sentire il suo profumo: sapone, dopobarba. Un'acqua di colonia leggera. Discreta e raffinata. Turbata riconobbe i segni dell'infatuazione che aveva provato per lui in passato. A quanto pareva non se ne era liberata del tutto.

«Se fossi timida o insicura potrei comprendere, ma non è il tuo caso. Dunque, la domanda resta la medesima. Perché una donna forte, brillante, capace come te dovrebbe rinunciare al suo momento di gloria?»

Sorpresa da quella definizione, si portò il calice alle labbra. Il vino era aspro, quasi pungente. Decise che non le piaceva. Lo posò sul tavolo accanto, gli occhi sui fiori che pendevano dalla composizione. Li aveva annusati al suo arrivo. Non avevano alcun profumo. Erano belli e basta. Bianchi, come tutto il resto dell'arredamento, si armonizzavano con poltrone, lampade. Persino i camerieri indossavano divise candide.

«La gloria è un concetto ampio, ma soprattutto soggettivo. Mi considero estremamente soddisfatta.»

Si erano spostati. Da quel punto della sala, Alice poteva distinguere le luci della città oltre le ampie vetrate di cristallo. Non avrebbe dovuto indossare l'abito rosso. Troppo vistoso. Ma diamine, quella era anche la sua serata. Per una volta aveva voluto fare a meno del tailleur grigio. O nero. Per una volta aveva desiderato lasciarsi andare.

«Sei una donna insolita.»

Non se la prese, in fondo l'avevano definita in modi peggiori. «È per questo che ti sei opposto alla mia candidatura?» chiese con distacco. Negli anni aveva imparato che gli uomini come Gérard si prendevano tutto lo spazio a disposizione. Lui in particolar modo. Nei suoi confronti aveva sempre provato sentimenti contrastanti. Era attraente, sicuro, c'era qualcosa di speciale in lui. Le piaceva... le era sempre piaciuto.

«Diciamo pure che è uno dei motivi.»

«Sono la vostra opzione migliore, e tu lo sai.» Non era vanto il suo, piuttosto una semplice constatazione. Aveva faticato il doppio degli altri, aveva dedicato tutto il suo tempo a quell'azienda. Ne conosceva la struttura, il sistema, ogni criticità. L'aveva trasformata in un obiettivo. L'unico che avesse.

«Mai sostenuto il contrario.»

Socchiuse le palpebre. «È perché sono una donna?» Lo stava provocando, e ne era consapevole. In genere stava alla larga dalle situazioni potenzialmente conflittuali, in genere stava alla larga da lui. Ma voleva capire le sue intenzioni. Era irritato? O si stava scusando? La domanda in realtà era un'altra: cosa voleva?

«Andiamo, dovresti conoscermi abbastanza da escludere una simile sciocchezza.»

Non era una risposta. O meglio non era quella che voleva. «E allora perché?»

Gérard le sorrise.

«Vedi, Alice, quando ti osservo, e lo faccio ogni volta che ne ho l'opportunità, ho l'impressione di guardare un lago dalle acque placide. Di quelli dove non si scorge il fondo nemmeno se stai lì per ore.» Fece una pausa. «Mi chiedo quali correnti si agitino sotto la superficie. È una sensazione estremamente scomoda, l'incertezza.»

Quell'analisi così accurata la impensierì. Davvero l'aveva tenuta d'occhio? Lui sorrise. Alice si inumidì le labbra, nervosa. Poi la logica riprese il controllo dei suoi pensieri riportando quell'affermazione su un piano più accettabile: aveva accesso a tutte le informazioni vitali dell'azienda, era ragionevole che la tenesse d'occhio. Incontrò nuovamente il suo sguardo, l'espressione intensa. Rabbrividì. A un tratto non era più sicura di nulla. «Cosa vuoi esattamente da me Gérard?»

«Potremmo iniziare con una cena.»

Per la seconda volta quella sera, Alice nascose la sorpresa, tuttavia si concesse del tempo per valutarlo con calma. Emanava autorità, sicurezza, un controllo ferreo. Qualità che lei apprezzava. Voleva un appuntamento? Fu attraversata da una strana inquietudine. Sembrava che quella sera i suoi desideri, anche quelli più nascosti e intimi, avessero deciso di realizzarsi. Dopo aver salutato una collega riportò l'attenzione su di lui. «Ci penserò.»

Gérard scosse la testa divertito. «Ho ancora una curiosità.»

Lei sospirò. «Sentiamo...» Suo malgrado sorrise.

«Cosa ti ha fatto cambiare idea?»

Alice gli rivolse un'occhiata interrogativa. «Prego?»

«Quell'abito, quel colore. Audace, importante. Hai gli occhi di tutti addosso. Sei... indimenticabile.»

«È solo un vestito.»

Lui ignorò la sua bugia. «Credevo volessi celebrare il successo. Pensavo che finalmente avessi deciso di uscire dall'ombra. Invece, nonostante tutto, sei rimasta ai margini anche questa volta.»

Alice batté le palpebre. «Mi chiedo perché mai dovrebbe importarti.»

«Io ti guardo, Alice, io ti vedo.»

Indietreggiò, un sorriso tirato sulle labbra. «Grazie per la chiacchierata, adesso devo proprio andare. Buona serata, Gérard.»

Lui fece per aggiungere qualcosa poi scosse la testa, infilò le mani in tasca e annuì. «A presto, Alice.»

Si allontanò consapevole dello sguardo che la seguiva. Dell'inflessione che la voce di lui aveva assunto mentre pronunciava il suo nome.

E poi ne ebbe abbastanza.

Troppe emozioni, troppe cose da gestire. Troppo controllo. Il peso era tutto sulle spalle irrigidite, sul respiro sempre più rapido.

Ritirò e indossò il cappotto, l'espressione tesa, il bisogno di allontanarsi alla svelta. Doveva rimettere ordine nei suoi pensieri, doveva respirare. Esaminò la possibilità di prendere un taxi, poi cambiò idea. Camminare l'avrebbe aiutata a smaltire l'eccesso di emozioni.

In ascensore fu accolta da un'atmosfera festosa. Le piaceva osservare la gente felice, i sorrisi, le espressioni. C'era chi aveva in programma una vacanza, chi avrebbe sistemato qualche pendenza. La maggior parte della gratifica appena ricevuta, tuttavia, i suoi colleghi l'avrebbero destinata ai figli. Aveva lavorato con quelle persone per anni, ma, a parte le ovvietà, non sapeva nulla di loro.

Quando uscì all'esterno la temperatura sembrava essersi abbassata. Rimpianse di non aver portato la sciarpa di lana. Nonostante gli anni, il freddo di Parigi continuava a penetrarle nelle ossa. Un giorno avrebbe vissuto in un luogo dove il sole era caldo e il cielo limpido e azzurro. Gérard si era chiesto quali correnti si agitassero sotto la superficie del suo lago. A differenza di tante persone, lei teneva per sé i propri sogni. In realtà qualche volta li raccontava alle api. Non era esattamente lo stesso, ma a lei andava bene così.

Le api erano presenti nella sua vita fin da quando aveva memoria. Sua nonna Maddalena, o Mallena come la chiamavano tutti in famiglia, le aveva insegnato il canto che le chiamava.

«Come l'hai imparato?» le aveva chiesto un giorno, incuriosita.

«È stata una donna a insegnarmelo.»

Circondate da filari di lavanda, i piedi immersi nel torrente che attraversava la fattoria dove vivevano insieme ai genitori e alla sorellina, Alice e Mallena guardavano gli alveari. La siepe li proteggeva dal mistral, e il laghetto più a valle, che raccoglieva il troppo pieno invernale, garantiva l'irrigazione a distese di timo, santoreggia, bardana, salvia e rosmarino. Da quelle piante, il cui profumo giungeva fin su alla casa di pietra, la nonna otteneva molti dei suoi infusi, saponi e candele che poi vendeva al mercato.

«Come si chiamava quella signora, nonna?»

«Margherita, come il fiore. La persona più buona che abbia mai conosciuto.»

«E lei cantava per le sue api?»

«Sì. Lei e le altre donne. Lo ha insegnato a tutte.»

Alice aveva immaginato la scena. Una distesa di fiori come quella che aveva davanti. Donne alte e belle come sua nonna, le braccia protese in avanti con i palmi rivolti al cielo, gli abiti chiari, perché le api amano i colori del sole, e quel canto dolce che si univa al loro ronzio, al fruscio del vento e dell'acqua del ruscello.

«Un giorno lo farò anch'io, nonna. Un giorno diventerò come te.»

Mallena le aveva sorriso, schizzandola con l'acqua tiepida che scorreva sui sassi. Qualche volta sua nonna faceva cose buffe e strane, come ballare alla luce della luna. Quando la mamma la supplicava di smettere perché qualcuno avrebbe potuto vederla, Mallena le afferrava le mani trascinandola con sé, finché Céline rideva insieme a lei.

«Lo so, Alice. Lo so, piccola mia.»

Il ricordo svanì lasciandole un profondo senso di dolcezza nel cuore. Un giorno era una parola potente. Un giorno regalava speranza. Un giorno, pensò, avrebbe avuto anche un cane, e forse un gatto. Una casa con un portico da cui guardare il mare, aspirarne il profumo, dove lasciarsi finalmente andare. Un giardino pieno di fiori per le sue api.

Il suono di una sirena lacerò l'aria, spezzando l'incantesimo. Il clacson delle vetture, il rombo dei motori. La città che brulicava di vita. Risa, schiamazzi.

Ritornò alla realtà.

Ritornò in sé.

«Sono solo fantasie», disse respingendole. «Sciocche fantasie. La vita è un'altra cosa», puntualizzò severa.

Si immerse nella scia dei passanti, sciolse i capelli dal nodo in cui li aveva costretti per tutta la sera, lasciandoli cadere sulle spalle, e sospirò di piacere. Era a sei isolati di distanza dal suo appartamento. Mentre camminava riportò l'attenzione su Gérard. Non era il suo capo, ma a lei i tecnicismi non erano mai piaciuti. Nella sua mente la gerarchia del potere all'interno dell'organizzazione della compagnia era molto chiara. Era uno dei motivi che l'aveva convinta a tenersi alla larga da quell'uomo, insieme alla scarsa considerazione che nutriva per le relazioni occasionali. Ma all'improvviso era lui ad averla cercata. Cosa voleva? Cosa voleva per davvero? Una sensazione di calore le salì al viso. L'aveva definita indimenticabile. Non avrebbe dovuto far caso a quel tipo di espressioni. Erano sciocchezze, adulazioni... Parole che gli uomini utilizzavano per far colpo su una donna. C'era già passata, conosceva le dinamiche. Eppure, non riusciva a smettere di pensarci. Qualcosa le si agitò dentro sfuggendo al controllo. Paura, desiderio.

E se invece fosse arrivato il momento di cambiare?

Iniziava a sentirsi sola. Oh, non nel modo solito. Non era il silenzio quello che la spaventava. Non era la mancanza di interlocutori o di compagnia. Quella la poteva trovare ovunque, adesso. Era qualcosa di diverso, di più intimo. Era la connessione totale e assoluta con un altro essere umano.

Ci ragionò su come faceva con tutto il resto, analizzando i pro e i contro. Se avesse accettato quell'invito, e ancora non ne era certa, tutto si sarebbe svolto alle sue condizioni. Niente di romantico.

Non era una che amava il rischio. Osservava, stabiliva obiettivi e strategie, pianificava, lavorava sodo. Lo faceva con pazienza e costanza. Teneva a distanza situazioni potenzialmente instabili. Niente caos nella sua vita. Il caos conduceva all'errore, e da lì al fallimento c'era giusto lo spazio di un respiro. Lo sapeva bene.

Lasciò vagare lo sguardo sulla gente che camminava al suo fianco, che le veniva incontro. Sulle coppie che si tenevano per mano, che si baciavano come se non potessero farne a meno.

Si chiese che cosa provasse. Lasciarsi andare con quel trasporto, pervasa dall'emozione, da un sentimento così profondo da invaderla completamente, a tal punto da non esserci posto per nient'altro.

Il venerdì sera rue de Buci era più affollata del solito. Un artista di strada circondato da un gruppo di passanti suonava il violino. La musica si alzava magnetica. Alice si fermò, fissando gli occhi sul ragazzo. Istintivamente frugò nel portafogli, posò il denaro nella custodia e lui le regalò un sorriso. Faticò a staccarsene, e allora affrettò il passo. Era ancora lontana da casa.

In rue de Furstemberg, osservò distrattamente l'intrico dei rami quasi del tutto spogli delle enormi paulonie. A primavera gli alberi si sarebbero coperti di foglie e fiori e avrebbero cambiato aspetto. Non vedeva l'ora.

Svoltò l'angolo. Finalmente era arrivata a casa. Entrò nel suo appartamento, un ambiente semplice, minimalista, funzionale. Un piccolo soggiorno con angolo cottura, una camera da letto, un bagno e una terrazza. Mobili semplici, alle pareti un paio di quadri che ritraevano il mare. E libri. Niente soprammobili, o sciocchezze del genere. Il silenzio le sembrò infinito e per la prima volta lo trovò opprimente.

Spalancò le tende, gli occhi sulla città. Luci ovunque, sulle strade, tra le auto, dietro le finestre. Vibravano di vita. Lei invece... Ebbe la sensazione che tutto si muovesse intorno a lei, che la vita le scivolasse addosso. Chinò il capo, appoggiando la fronte sul vetro gelido. Nelle parole di Gérard risuonava un'eco lontana. Qualcun altro le aveva detto le stesse cose. No, non qualcun altro: Emma, sua sorella. Gliele aveva dette prima di sbattere la porta dietro di sé e tagliarla fuori dalla sua vita. O forse ad averlo fatto era stata lei.

Tanto tempo prima.

Pensò nuovamente a Gérard. All'occhiata che le aveva rivolto, alle sue parole suadenti. Pensò al vuoto di cui si era volutamente circondata. All'assenza. Ne aveva fatto uno stile di vita. Poi lo sentì: un bisogno potente. Crudo, impossibile da ignorare.

Cercò la borsa. La raccolse e ci frugò dentro. Il numero era nella memoria del cellulare, non doveva fare altro che spingere un tasto. E lo fece, con il cuore che sembrava scoppiarle nel petto.

«Alice.»

«La prossima settimana. Sabato sera. Alle sette. Scegli tu il posto.»

Lo ascoltò ridere e non le importò che pensasse di averla avuta vinta. Voleva uscire, voleva chiedere a Gérard cos'altro sapesse su di lei. Voleva raccontarlo a sua sorella. Se solo avesse saputo dove fosse Emma, e come fare. Ma c'erano troppe cose tra loro, troppi ostacoli.

«Passo a prenderti.»

«Ti mando un messaggio con l'indirizzo.»

«Non disturbarti, so dove abiti.»

Lo salutò e chiuse la telefonata, poi sorrise. Sì, forse era arrivato il momento di voltare pagina e dare una nuova direzione alla sua vita.

2.

Dalla montagna alla pianura, dai fiumi al mare, il miele è la proiezione del territorio nel quale le api raccolgono il nettare di migliaia di fiori, trasformandolo in uno straordinario alimento. Per millenni il miele ha accompagnato momenti fondamentali della vita umana e ancora oggi è, in molti paesi, sinonimo di amore.

Da dietro uno dei cornicioni dell'Opéra Garnier, Alice guardava la città.

Oltre la linea dell'orizzonte, dietro i palazzi antistanti, la Senna divideva le due rive di Parigi che, all'imbrunire, si sarebbero rispecchiate nelle acque lente e pesanti.

In quel momento ricordò una frase che aveva letto diversi anni prima.

Chi scruta nelle profondità di Parigi, ha le vertigini. Nulla di più bizzarro, tragico, nulla di più superbo.

Le parole di Victor Hugo si avvicinavano molto alla sensazione che provava in quell'istante, sospesa a decine di metri sopra la strada mentre l'aria le accarezzava il viso e riempiva il suo vuoto.

Oh, sapeva che si trattava di un'emozione passeggera. Era consapevole che quella sensazione di pace non sarebbe durata a lungo. Ma se da piccola non aveva saputo far fronte all'angoscia, crescendo aveva imparato a distaccarsi da ciò che la faceva soffrire.

Il cellulare vibrò. Alice scorse il messaggio.

– Bonjour. Sei già sul posto?

– Sì, Éloïse. Sono appena arrivata, tra un po' inizio

– Puoi venire da noi appena finisci? Abbiamo anticipato la riunione

– Naturalmente

Una raffica di vento le ricordò quanto fosse precaria la sua posizione lì in bilico sul tetto e si allontanò dal bordo. Un'occhiata al cielo la spinse ad affrettarsi. Anche se c'era ancora il sole, in quel periodo dell'anno la sera arrivava all'improvviso. Le restavano ancora un paio di ore utili prima di raggiungere gli altri. Éloïse, la vicepresidente dell'associazione di apicoltori urbani di cui faceva parte, l'aveva invitata all'assemblea. Era una donna molto cordiale e gentile, le piaceva. Le era piaciuta fin dalla prima volta che era entrata nel piccolo ufficio inondato dal sole. Alice ricordava il suo sorriso incoraggiante, le numerose piante posate in ogni angolo che avevano trasformato la stanza in un giardino, le pareti tappezzate dalle foto degli apiari urbani. Balconi, terrazze e tetti sui quali i soci tenevano le proprie api. Era stata così rapita dalle immagini da dimenticare i ripensamenti che l'avevano colta all'improvviso e che le suggerivano di tornarsene alla sua vita tranquilla. E poi era stato come se Éloïse le avesse letto dentro, perché le era andata incontro e l'aveva pregata di accomodarsi.

«Le piacerebbe unirsi alla nostra associazione?»

Su due piedi non aveva saputo cosa rispondere, poi aveva radunato i pensieri e il coraggio. «Sì, moltissimo, ma non ho un alveare mio.»

«Lei è un'apicoltrice?»

«Adoro le api», aveva tagliato corto. Non aveva fornito ulteriori spiegazioni, e comunque le aveva detto la verità. Da sempre le api erano state le sue amiche, le sue confidenti. Con loro si era sempre trovata a proprio agio. Era cresciuta con sua nonna che cantava per le api. Ma quello era un segreto. C'erano cose che la gente non avrebbe capito. Cose che era meglio tenere per sé. Lo aveva imparato a sue spese.

«Allora è nel posto giusto.»

Éloïse l'aveva invitata a unirsi a una squadra di apicoltori. Nel giro di poco tempo l'associazione le aveva affidato famiglie problematiche, e lei le aveva portate a melario senza difficoltà. Nonostante non fosse una persona molto loquace, Alice si era trovata a suo agio con gli altri soci. Forse era dipeso dal fatto che buona parte di loro condivideva la sua tendenza a osservare il mondo che li circondava piuttosto che definirlo.

Erano trascorsi anni da allora, eppure l'emozione che

provava ogni volta che si occupava degli alveari si era rinnovata a ogni stagione esattamente come accadeva alle famiglie di api, come succedeva con la natura che le regolava.

Alice si liberò del giubbotto e indossò la tuta, raccolse i capelli e infilò i guanti.

Quando era in compagnia delle sue api le sembrava di essere come loro: lieve, rapida, necessaria. Il canto sorgeva dalla sua anima e sulle sue labbra. Immaginava di volare sopra i tetti di Parigi insieme alle sue compagne. Allora comprendeva la città nella sua vera essenza, varcava i confini dei giardini nascosti, atterrava sui fiori, sbirciava le vite degli altri attraverso le finestre aperte. Percepiva i profumi dell'esistenza, che le ruotavano intorno avvolgendola: le rose autunnali sui terrazzi, gli aster e le dalie sui balconi. Viole nelle aiuole. Si sentiva libera. Si sentiva parte di un disegno più grande, c'era un posto anche per lei.

Lasciò che i pensieri la trasportassero lontano, finché le sembrò di sentirsi più leggera, simile alle piccole nuvole bianche che avevano preso a solcare il cielo.

Salì su per una scala che dava su una piccola piattaforma. Al riparo dal vento c'era il suo alveare. Mentre si avvicinava, gli occhi sull'arnia, avvertì come una sensazione di disagio. Sconcertata, rallentò fino a fermarsi.

Non c'era movimento davanti all'alveare. «Strano.»

Osservò i dintorni, riportando subito dopo l'attenzione sull'alveare. «Dov'è il corridoio di volo?» Socchiuse le palpebre. Avanzò di qualche passo lasciando l'affumicatore su una sporgenza. Nonostante lo avesse portato con sé come da regolamento, non lo aveva acceso. Le sue api erano mansuete, non aveva mai sentito la necessità di utilizzarlo.

Dopo aver liberato lo spazio che le serviva per lavorare, Alice poggiò il coperchio dell'arnia sul lato destro. Aiutandosi con la leva issò il coprifavo e lo sistemò con cura lì accanto. Il cuore le batteva forte. Qualcosa non andava per il verso giusto.

«Com'è possibile?»

I ponti erano deserti, non c'era nemmeno un'ape. La cera sembrava vecchia e fredda. «Ma che succede?»

Annusò l'aria, valutando la temperatura. Erano già entrate in glomere? «Non c'è abbastanza freddo, però.»

Le api si concentravano intorno alla regina per scaldarla e proteggerla quando la temperatura scendeva, o si presentava un pericolo.

Un lungo brivido le corse lungo la colonna vertebrale. La stessa sensazione che aveva provato al suo arrivo, ma ora più forte, tangibile.

Sollevò il primo telaio e poi il secondo.

I favi erano completi, pieni di miele, ma la covata nelle celle appariva secca, di un colore bruno quasi metallico. E l'odore acre non lasciava spazio ai dubbi. Era stata abbandonata. Piena di tristezza grattò la cera che la ricopriva, sperando in un miracolo. Le pupe all'interno delle celle erano immobili. Senza le api nutrici ad accudirle, erano morte. Si guardò intorno smarrita. Era come se avessero deciso che quel luogo non faceva per loro. «Ma perché?»

Le aveva visitate qualche settimana prima e stavano benissimo. Nonostante le perplessità di chi riteneva che la città fosse un luogo ostile agli insetti, le api si erano adattate e avevano trovato una loro dimensione. Balconi, giardini, zone verdi garantivano il nettare necessario alla sopravvivenza, e mentre lo raccoglievano impollinavano i fiori in uno scambio perfetto, essenziale per la vita. Perché da quei fiori, dopo la visita delle api, sarebbero nati i frutti. Le api erano le guardiane dell'ambiente, le custodi della vita stessa.

Per quanto in molti pensassero che fosse una moda degli ultimi anni, le api erano sempre state allevate a Parigi. La stessa associazione di cui lei faceva parte, la Société Centrale d'Apiculture, aveva festeggiato qualche anno addietro il centocinquantesimo anniversario della fondazione.

Alice tolse la maschera lasciandola cadere ai suoi piedi.

«Le api si curano di noi tutti e lo fanno con gentilezza, filla *mia.»*

Il ricordo la colse all'improvviso. Era vero, sua nonna aveva ragione. Le api si prendevano cura del mondo che le circondava. Ma erano sempre di meno, e questo la preoccupava. Avrebbe dovuto preoccupare tutti, ma la gente vedeva solo ciò che le faceva comodo.

Alzò gli occhi al cielo scrutando i dintorni, le spalle all'alveare. Eppure, per quanto si sforzasse, per quanto scrutasse il cielo in cerca dello sciame, sentiva che le sue api, semplicemente, non c'erano più. Erano andate via. L'avevano abbandonata. Schiacciata dal senso di impotenza, a gambe incrociate, le spalle poggiate all'arnia, teneva lo sguardo davanti a sé senza vedere nulla. Le emozioni le ribollivano dentro, minacciando di travolgerla. «Respira, adesso passa. Adesso passa.» Si aggrappò a quella convinzione. Tutto passava, anche il dolore. Non perché si dissolvesse, ma perché cambiava. E allora diventava sopportabile.

Lentamente riprese il controllo, suddivise i pensieri in sequenze e iniziò a esaminarle. La logica prese il sopravvento, ma, per quanto tutto indicasse che la visita dell'ape dei giorni precedenti e l'abbandono dell'alveare non potevano essere collegati, lei non ne era certa. Aveva la sensazione che ci fosse dell'altro. Qualcosa che richiedeva il suo intervento e la sua attenzione, ma che lei non riusciva ancora a capire.

Alla fine, dovette arrendersi, non poteva restare lassù all'infinito. Non era su quel tetto che avrebbe trovato le sue risposte, sempre che ce ne fossero.

Radunò l'attrezzatura e si avviò verso l'ascensore. Uscita dall'edificio, si diresse verso place Vendôme. Quando raggiunse i giardini delle Tuileries, si fermò, il viso rivolto verso il cielo. Allungò una mano e attese che la foglia si posasse sul palmo. Amava il momento del *foliage*. In autunno, i rami si liberavano della vecchia chioma, andavano a dormire e in primavera si risvegliavano. Amava i colori caldi, le sfumature ambra e caramello e la promessa che la natura sembrava sussurrarle: "Tornerò, vedrai".

E tornava, la primavera tornava sempre.

Il peso dello zaino sulla spalla era confortante, come il sentiero che stava percorrendo e che la conduceva alla sua meta. Passi certi, rituali consolidati. Di questo era fatta la sua vita. Di certezze. E lei voleva che continuasse così.

Solo che gli ultimi eventi indicavano tutto il contrario. Gérard, il desiderio che provava per ciò che lui rappresentava, ne era una prova. Era confusa, e quello non le piaceva. L'incertezza era una condizione pericolosa, nella quale potevano inserirsi variabili di ogni genere. Doveva fare attenzione. L'ape che le si era posata sulla mano, l'arnia vuota. Intorno a lei tutto cambiava. Erano segni.

«Niente accade all'improvviso, filla *mia, ci sono sempre segni intorno a noi. Devi solo fare attenzione, ricordati però che gli occhi arrivano fin dove possono, sono limitati. È col cuore che devi guardare perché è immenso e ti guiderà con saggezza.»*

Non aveva capito subito le parole di sua nonna, e dopo le aveva volutamente ignorate. I segni non erano tanto manifestazioni concrete quanto un addomesticamento della realtà, qualcosa che aveva sempre affascinato Emma, ma non lei. Eppure, adesso, davanti all'evidenza di ciò che era appena accaduto, le tornarono alla mente i moniti di Mallena insieme al senso di struggimento che provava ogni volta che pensava al passato.

Quando entrò nella sede dell'associazione, era ancora scossa. Si sforzò di ricambiare qualche saluto, accettò un bicchiere di succo d'arancia e cercò un posto dal quale seguire l'incontro. La riunione stava per iniziare. La maggior parte dei partecipanti erano apicoltori volontari come lei. Si occupavano degli alveari urbani. Ce n'erano più di mille sui tetti di Parigi: dal Mandarin Oriental a place Vendôme, dall'Opéra Garnier al Musée d'Orsay, alla cattedrale di Notre-Dame. Si lasciò trasportare dai racconti. Gli alveari che i colleghi avevano visitato erano in forma, pieni di scorte, con sufficienti telai di covata, abbastanza da poter contare su un invernamento sereno.

A parte il suo, che invece aveva lasciato l'arnia. Che aveva lasciato lei. Non le importava se quell'affermazione apparisse ridicola alle sue stesse orecchie. Lo sapeva, e quello le bastava. Ciò che la tormentava però era non riuscire a comprendere la ragione di quell'abbandono.

«Ho eseguito un controllo tre settimane fa», disse quando arrivò il suo turno. «Era tutto nella norma.» Proseguì nel racconto circondata dalla massima attenzione. Ogni tanto qualcuno la interrompeva per porle qualche domanda. Rispose con calma e chiarezza. «Hanno lasciato miele e covata. Tutto. Era come se non ci fossero mai state.»

Il silenzio fu interrotto da una serie di bisbigli, ognuno aveva una teoria, proponeva una soluzione.

«Vi è mai capitato?» chiese Alice con un filo di angoscia nella voce.

Éloïse annuì. «Non sappiamo perché accada, Alice. L'abbandono potrebbe essere stato causato da così tante variabili che prevederle è praticamente impossibile. Faremo analizzare i favi, dopo ti assegneremo un altro sciame.»

«No... preferisco di no.» Le parole le uscirono prima che potesse riflettere, ma era la decisione migliore. Con le api era sempre sé stessa, quando era con loro apriva la sua anima, si esponeva e si fidava. Erano sempre state il suo luogo speciale, quello sicuro. Ma si era sbagliata. L'avevano abbandonata anche loro. Un altro rifiuto. L'ennesimo.

Le sembrò di essere tornata al passato. Per quanto si sforzasse, per quanto cercasse di fare la cosa giusta, il risultato era sempre inadeguato per qualcuno.

Era accaduto con sua madre, e poi con Emma.

«È normale che tu sia delusa.» Éloïse la incoraggiò con un sorriso affettuoso. «Non devi prendertela così tanto. Capita a tutti, prima o poi, di perdere un alveare.»

No, Éloïse non capiva. Nessuno poteva farlo. Non era delusa, era addolorata. Era triste, offesa persino. Quello che era successo era ingiusto. Cosa aveva fatto per meritarsi una cosa simile? E poi si sentì ridicola. Prendersela con le api perché se n'erano andate era il massimo della follia. Tuttavia, restò della stessa idea. Non avrebbe seguito un altro alveare. «Ho deciso, Éloïse. Se avete necessità di un aiuto, chiamatemi. Ma preferisco così. L'arnia da questo momento è vostra, utilizzatela come meglio credete.»

Non era la prima volta che si sbarazzava di ciò che la faceva soffrire. Lo aveva fatto quando aveva lasciato Saint-Rémy-de-Provence, la sua famiglia, sua sorella. Era stato necessario. Aveva intrapreso un percorso. Era diventata il centro del proprio mondo. Una volta aveva letto da qualche parte che quando si è giunti al limite si deve tracciare un cerchio. All'interno di quello spazio c'è posto solo per una persona. Se non si vuole soccombere, si deve avere il coraggio di entrarci e lasciare fuori tutto il resto. E lei lo aveva fatto. Sarebbe cambiata ancora, nuovamente. Lo avrebbe fatto ogni volta che fosse stato necessario. Sarebbe andata avanti. Doveva concentrarsi sul futuro e nella nuova direzione che aveva preso la sua vita.

3.

La cristallizzazione del miele è un evento naturale, indicatore, tra le altre cose, della sua qualità. Sono molteplici fattori quali la temperatura, il tipo di nettare, la prevalenza del fruttosio sul glucosio e viceversa, a scatenare il fenomeno.

«Mademoiselle, una chiamata per lei.»

Alice sollevò lo sguardo dal foglio che stava esaminando.

«Non ha voluto lasciare il nome», aggiunse la giovane assistente scusandosi per l'interruzione.

Al suo fianco Gérard sollevò la cornetta del telefono e gliela porse.

«Grazie.»

«Di nulla.» Le sorrise, un istante dopo ritornò al documento su cui avevano discusso nell'ultima mezz'ora.

Gérard sembrava quello di sempre. A parte i momenti in cui lo sorprendeva a fissarla. La settimana prima erano usciti a cena. Avevano persino ballato insieme. Le era piaciuto, come il bacio che si erano scambiati. Pieno di promesse. Era piacevolmente colpita. Chissà cosa sarebbe potuto accadere in futuro. Gli rivolse un'altra occhiata e, quando lui allungò il braccio sfiorandole la mano, sorrise.

Il telefono... doveva rispondere. «Sì, pronto.»

«Alice sei tu?»

«Mamma?» Era sorpresa. Non la chiamava mai in ufficio. «Stai bene? E papà?» chiese con un filo di voce. Da quanto tempo non si sentivano? Troppo, pensò. Il problema era che finivano sempre per litigare, così aveva smesso di telefonarle, e lei aveva fatto altrettanto.

«Devi tornare a casa. Immediatamente.»

Un sospiro. Si premette le dita sugli occhi chiusi. Perché non chiedeva? Perché doveva sempre imporsi in quel modo? «Ti richiamo appena esco dal lavoro e ne parliamo meglio, va bene?»

«Non osare riattaccare! Io...» Silenzio, un lungo respiro. «Non so che fare. Non so più che fare.»

Allarmata, Alice si bloccò e posò la penna. «Che succede?»

Silenzio, un singhiozzo.

«Sono qui, mamma, parlami.» Frugò nella borsa in cerca del cellulare, aveva abbassato la suoneria, ma avrebbe dovuto vibrare. Spalancò gli occhi. Dieci chiamate, alcune di suo padre, le altre di sua madre. Oddio che era successo?

«Tua sorella, lei... la terapia sembrava funzionare, ma poi qualcosa è andato storto.»

Terapia? Il cuore prese a martellarle nel petto. A quale terapia si riferiva? «Emma?» chiese. «Non riesco a capire.»

«Perché non ascolti. Tu non ascolti mai!»

Il rimprovero la colse di sorpresa. All'improvviso le sembrò di essere tornata bambina. Guardò verso la finestra. «Ti sbagli, sto ascoltando. Che cos'è successo a Emma?»

Gérard le lanciò un'occhiata perplessa.

«Era sicura che tutto si sarebbe sistemato.» La voce si incrinò nuovamente. «Le ho detto di chiamarti, ma lei insisteva che voleva parlarti di persona, voleva vederti, continuava a pensare a te anche se il modo in cui l'hai trattata è stato vergognoso.»

Alice strinse la cornetta del telefono. Aveva la bocca asciutta e faticava a mantenere la calma. «Mamma, per piacere...» la supplicò. «Per piacere... spiegami cosa è successo.»

Silenzio, un singhiozzo. «È morta, capisci, Alice? Tua sorella è morta.»

«Cosa?» balbettò.

«Ti prego, torna a casa.»

Ci volle qualche secondo prima che Alice riuscisse a realizzare la portata di quella notizia. E allora iniziò a tremare. Cercò di rispondere, di dirle che avrebbe preso il primo volo disponibile, che stava correndo da lei, da loro. Pensò a suo padre Simon, doveva essere distrutto. Come lo era sua madre. Le parole, tuttavia, restarono dentro la bocca serrata. La cornetta le scivolò precipitando sul pavimento. La fissò per un secondo, confusa, agitata. Emma... non era possibile. Si alzò in piedi, raggiunse la porta, vacillò e dovette tenersi allo stipite.

Gérard si precipitò al suo fianco.

«Che succede, *ma chérie*?»

Cercò di recuperare il controllo costringendosi a respirare. «Mia sorella è...» Non era possibile. Non poteva essere. Chiuse gli occhi, la guancia sul petto di Gérard. Si concentrò sul battito del suo cuore, sulle mani che le accarezzavano le spalle. «Non può essere morta», sussurrò. «Ha solo ventisei anni, capisci?»

Lui la fece sedere e le versò un bicchiere d'acqua. Alice la mandò giù. Ripensò alle ultime parole che si erano scambiate. Così amare, aspre. Sua sorella era andata a cercarla e lei era troppo concentrata su sé stessa per riuscire a comprenderla. Le aveva detto cose terribili, e anche se aveva desiderato rimangiarsele quasi subito, non lo aveva mai fatto.

Adesso era troppo tardi.

Scavò nella sua mente cercando un disegno, uno schema. Qualcosa a cui aggrapparsi. Doveva esserci, doveva trovarlo. Quando al suo posto trovò il vuoto, iniziò a piangere.

I giorni seguenti furono i più difficili che Alice avesse mai affrontato. Mentre sorvolava la Francia, diretta a Marsiglia, le sembrava di essere preda di un sogno, uno di quegli incubi che aveva da bambina, dai quali si svegliava urlando.

Emma, allora, correva da lei. Si infilava nel suo letto e la stringeva forte, finché il suo respiro si faceva più regolare. All'alba, prima che la madre le chiamasse per la colazione, riportava la sorellina nel proprio letto.

Quanto tempo era trascorso da allora, com'era possibile che le loro vite si fossero divise in quel modo? E adesso... adesso non poteva farci più nulla.

Aveva la sensazione che il mondo le fosse crollato addosso, che si trattasse di un unico enorme sbaglio. Le bastava chiudere gli occhi per sentire ancora la sua risata. Per vedere i suoi occhi sempre pronti a spalancarsi davanti a una novità. La sua Emma, eternamente bambina. Brillante, sempre piena di entusiasmo. In lei c'era come una luce interiore che attirava gli sguardi. Era bellissima e consapevole di esserlo.

Erano molto diverse.

Sua sorella somigliava a Céline: bionda, graziosa, delicata. Alice invece aveva preso dalla nonna Maddalena. Alta, mora, capelli bruni, lisci come seta.

«Due sorelle. Una come il giorno. Una come la notte.»

Lo aveva detto Mallena una sera, intercedendo per lei con sua madre. Alice non ricordava cosa avesse combinato per indispettire così tanto Céline, sapeva solo che, come sempre, a prendere le sue difese c'era la nonna.

«Alice non è come Emma, devi rendertene conto, Céline, sei sua madre. Devi capire il carattere delle tue figlie, e chi tra loro ha più bisogno di te!»

«Non certo Alice, lei non ha bisogno di nessuno!»

Non aveva mai dimenticato quelle parole. Quello che era accaduto in seguito aveva sancito la frattura definitiva tra lei e sua madre.

Al suo arrivo a Marsiglia trovò una vettura ad attenderla. Anche in quell'occasione Gérard si era mostrato pieno di premure. Alice non sapeva cosa avrebbe fatto senza di lui.

Il viaggio per la fattoria, che si trovava nei pressi di Saint-Rémy-de-Provence, era lungo. Il conducente tentò di fare conversazione descrivendole le particolarità del paesaggio, ma lei era vissuta lì, conosceva quei luoghi. Tuttavia, tacque e lo lasciò parlare. Ci provò davvero a concentrarsi sui piccoli specchi d'acqua salata che si intravedevano in lontananza, sui pini e i cipressi che costeggiavano l'autostrada, rispose persino a qualche domanda, ma presto tutti i suoi pensieri tornarono a Emma. Allegra, irriverente, piena di vita. Faticò a trovare una logica ai suoi pensieri. Perché non c'era. Nelle ultime ore ci si era arrovellata sopra, invano.

Si abbandonò ai ricordi. Non aveva fatto altro in quelle ore. Frugò nella memoria finché trovò quell'ultimo momento che aveva trascorso con Emma.

«Dovresti berlo finché è caldo. Un altro po' di panna?»

Alice non sapeva che cosa pensare della visita improvvisa della sorella. Da qualche minuto Emma fissava in silenzio la tazzina colma di caffè. L'aroma si levava insieme al vapore e si spandeva nell'ambiente.

«Non ho fame.»

«Sforzati, sei pelle e ossa.»

Emma si portò una mano al viso. «Pensavo che avessi smesso.»

«Di fare cosa?»

«Di comportarti come se fossi la mamma. Non lo sei, Alice. Non sono sotto la tua responsabilità.»

Responsabilità. Era vero, si era sempre sentita responsabile della sua sorellina.

E quello era parte del problema tra loro due.

Guardò attraverso il finestrino le cupe e verdi colline che, a primavera, sarebbero diventate rosa e viola. Riconobbe i sentieri intorno alla fattoria, gli stessi che quando Mallena era viva lei e sua sorella avevano percorso in sella ai loro pony, bardati con ghirlande di lavanda.

«Prenda la prima a destra e percorra il viale fino in fondo.»

Erano arrivati. Scese dalla vettura e ringraziò l'autista.

«Resterò a sua disposizione, se ha necessità mi chiami.»

Annuì, strinse la borsa al petto e guardò davanti a sé.

Tutto era esattamente come nei suoi ricordi. La casa di pietra bianca a due piani, con le imposte di legno. Una rosa che sua nonna aveva piantato personalmente per celebrare la nascita di Céline Azara, sua madre, e che era cresciuta così tanto da raggiungere il tetto. E poi la vide. Era sulla porta, immobile.

Alice avrebbe voluto correre da lei, invece camminò lentamente e poi si fermò davanti a sua madre. A parte gli occhi arrossati, era impeccabile come sempre. L'abito nero la faceva sembrare ancora più delicata e bella.

«Ciao, mamma», la salutò.

«Finalmente sei arrivata.»

Capiva la sua rigidità, le labbra serrate, le dita che si stringevano spasmodiche. La capiva perché anche lei aveva la sensazione che, se si fosse lasciata andare, si sarebbe spezzata, ma avrebbe voluto comunque il conforto di un abbraccio. Lo desiderava più di ogni altra cosa. «Mi dispiace moltissimo», disse. Tenne a bada la voce, il tremore che la scuoteva. Ma non riuscì a muoversi. Era affranta. Sollevò lo sguardo verso sua madre. «Mi dispiace», ripeté.

«Lo so.»

E poi niente ebbe importanza. Il dolore era così profondo, così potente da spazzare via anni di incomprensioni, silenzi e rivalse.

Si incontrarono a metà strada e in quell'abbraccio c'era posto unicamente per loro due. Una madre e l'unica figlia che le rimaneva: quella sbagliata, quella che le aveva sempre dato problemi mentre l'altra, la più amata, era morta.

Lo sapevano entrambe.

«Vieni dentro. Tuo padre ha acceso il camino.»

«È uscito?» mormorò Alice delusa. Aveva sperato di trovare anche lui. Le era mancato in un modo che non riusciva a esprimere. Simon Pascal aveva un posto speciale nel suo cuore, nel cuore di tutte le sue donne, come lui le chiamava affettuosamente. Adesso però erano rimaste solo in due: lei e sua madre.

«Arriverà più tardi, aveva delle cose da sbrigare. In campagna c'è sempre da fare, probabilmente da quando te ne sei andata a vivere in città lo hai scordato.»

Ignorò la provocazione. Era emotivamente prosciugata e sentiva che anche sua madre era al limite. Il silenzio calò su di loro. Alice offrì i palmi al calore delle fiamme. Ardevano producendo un sibilo piacevole, che le riportava alla mente tanti ricordi. Si concentrò su quelli belli, doveva farlo o non sarebbe arrivata alla fine di quella giornata.

«Perché non mi racconti tutto dal principio, mamma?» Posò la mano sulla sedia al suo fianco, invitandola ad avvicinarsi.

Gli occhi di Céline erano pieni di lacrime. «Dal vostro litigio?»

Fu come essere colpita in pieno volto. «Davvero vuoi parlarne in questo momento?»

Lei chinò il capo, poi scosse la testa, il viso rigato di lacrime. Alice fu travolta dalla compassione. Per sé stessa, per sua madre. Per Emma. Una profonda pena le dilagò nel cuore. Desiderò offrire conforto, desiderò stringersi a lei, perché era desolata, sola. Perché la frattura tra di loro era un peso che nel tempo si era ingigantito e adesso le sembrava insopportabile.

«Io… no. Non voglio parlare di quello. Il passato è passato. Ma non so cosa fare, capisci?»

Sì, che la capiva. Alice la capiva intimamente. E quella era una novità.

«Sono così arrabbiata, sono furiosa.» La voce di Céline era sottile, raschiante, scaturita dal tormento più profondo. «Perché lei? Con tutte le persone al mondo che non meritano di vivere, perché è dovuto toccare alla mia bambina?»

Le si gelò il sangue. In meno di un secondo capì che cosa intendesse dire: perché Emma e non lei?

E poi Alice recuperò il controllo. Si rifiutò di lasciare liberi i pensieri, li tenne a freno, li appallottolò finché divennero così piccoli da diventare invisibili. Ingoiò le lacrime. Niente le proibiva di alzarsi e andarsene. Li aveva già tagliati tutti fuori dalla sua vita una volta, poteva rifarlo. Ma in quel caso, lo sapeva con assoluta spietata certezza, il senso di colpa l'avrebbe schiacciata. L'avrebbe distrutta. E allora non ci sarebbe più stato ritorno. Cercò dentro di sé la forza di dire la cosa giusta. Di fare la cosa giusta. Non era più una bambina, in quel momento era sua madre ad aver bisogno di lei. Il resto poteva attendere. Lei poteva attendere.

«Perché ti tormenti così? Non ci sono risposte, lo sai. Raccontami di Emma. Com'è successo?» Sapeva solo che era accaduto all'improvviso: sua sorella si era gravemente ammalata ed era morta in pochi mesi. In quelle ore che erano trascorse dalla telefonata di sua madre non aveva fatto altro che pensarci.

Céline la guardò smarrita, l'espressione stravolta dal dolore, poi prese a torcersi le mani. «Negli ultimi tempi era sfuggente, sempre impegnata con le sue fotografie. Aveva trascorso un lungo periodo all'estero.»

«All'estero?»

«In Sardegna.»

Alice socchiuse le labbra. Un ricordo affiorò alla sua memoria trascinandola nel passato.

«È successa una cosa incredibile!»

«Non mi dire…»

L'aveva sempre divertita l'entusiasmo di Emma per le novità. Sua sorella era imprevedibile, impaziente, sempre in movimento.

«Si tratta della nonna. Ti devo dire una cosa, una cosa molto importante.»

Così, alla fine, sua sorella ci era tornata davvero nell'isola di Mallena…

Non voleva pensarci, non in quel momento.

Céline continuò. «Ci aveva tenuti all'oscuro di tutto. Per non farci preoccupare, sai?»

Annuì. Era tipico di Emma. Illogica, passionale, preda delle proprie emozioni. Era fatta così: niente aveva importanza per lei a parte ciò che pensava e quello in cui credeva.

«Non ho capito che fosse tanto malata, che razza di madre sono?»

La migliore, pensò Alice. Per sua sorella Céline era stata una madre meravigliosa. «Come avresti potuto renderti conto della situazione se lei non ti aveva detto nulla?»

Le prese le mani, stringendole tra le sue.

«Emma ti adorava, mamma, e tu lo sai.»

Lei le rivolse uno sguardo bagnato di lacrime. «Sì, vero? Hai ragione tu, mi voleva bene.» Le sorrise con una tale disperazione che ad Alice tornò la voglia di piangere.

«Voleva bene anche a te, Alice.» Incoraggiata dal suo silenzio Céline continuò. «Eri la sorella maggiore, il suo punto di riferimento, quella che avrebbe dovuto ragionare, capire e agire di conseguenza, ma non l'hai fatto. Non si litiga se non si è in due a volerlo. Sapevi com'era fatta Emma, avresti dovuto avere pazienza con lei.»

Rigida sopportò in silenzio il giudizio della madre mentre il ricordo affiorava.

«Ti giuro, Alice, il tuo appartamento mette i brividi. È sempre peggio.»

Peggio? Era abituata alle stranezze di Emma, ma quella era davvero assurda. Mortificata, si guardò intorno. L'ambiente era luminoso, ordinato, le superfici pulite e libere. E luce, tantissima luce. L'appartamento era perfetto. «Cosa c'è di così terribile?»

«È vuoto. Non ci sono fotografie, non vedo piante, non c'è cibo nella dispensa né in frigo. Non hai un animale domestico.»

«Mangio sempre fuori. Sai che lavoro molto. Che senso ha comprare qualcosa che poi dovrei buttare via?» Non le piaceva il modo in cui la sorella la stava guardando. Per questo invece di ignorarla aveva deciso di rispondere. «Tutte le foto che mi hai mandato sono negli album, stai tranquilla. Oggi c'è il sole, le piante si stanno scaldando sul balcone.» Spalancò la porta per mostrargliele. «Puoi smettere di spostare le mie cose? E non frugare in giro, per piacere. Mi innervosisce. E poi ho un animale domestico.» Il piccolo acquario nel quale nuotava un pesciolino rosso svettava solitario al centro del tavolo.

Emma le rivolse un'occhiata sospettosa. «Come si chiama?»

«Pesce, si chiama pesce.»

Emma sospirò. «Non gli hai nemmeno dato un nome...»

«Lo farò.»

In realtà il pesciolino era della vicina, lei lo stava solo tenendo per qualche giorno. Ma non glielo disse.

«E quella tabella?» Emma indicò lo schema sulla lavagnetta accanto al frigorifero. La esaminò da vicino e poi si voltò verso di lei, con espressione sbalordita. «Hai davvero degli orari per mangiare, dormire e leggere? Alice, sei impazzita?»

«Basta così! C'è già la mamma a dirmi quanto sia deludente.»

Sua sorella si immobilizzò, rendendosi conto solo in quel momento di quello che aveva detto. Poi l'abbracciò, e Alice finì per cedere alle sue moine. «Non sei deludente, sciocca. Sei bellissima, in gamba, brillante. Ma siamo tutti preoccupati per te.»

«Papà no», ribatté.

«Lui non conta, lo sai.»

«Parla per te. Io ci tengo molto al suo sostegno.»

«Non prende mai posizione e stravede per tutte in modo identico.» Emma rise. «Da quanto non li senti?»

Si sedettero sul divano, fianco a fianco. «Qualche mese. È difficile parlare con la mamma.»

Emma le rivolse un'occhiata spazientita. «Lei si preoccupa per te.»

«Non dovrebbe. È tutto sotto controllo.» Cercò di spiegarsi meglio: «Ricopro un ruolo di grande responsabilità. Sono brava in quello che faccio. Ma se allento la presa tutto potrebbe finire. Non potrei sopportarlo. Io non sono come te, non mi piace l'avventura, ho bisogno di seguire una routine fatta di certezze».

«Mio Dio, è peggio di quanto avessi creduto.»

«Mi hai ascoltato?»

Emma le prese le mani. «Ascoltami tu, Alice, adesso pianti tutto e vieni con me!»

«Dove?»

«In vacanza! Io e te ce ne andiamo a fare un viaggio. Al diavolo il lavoro, al diavolo le responsabilità. Hai bisogno di vivere la vita vera, di ridere, di conoscere gente, e io ho bisogno che tu mi accompagni perché sono sicura, sono assolutamente convinta che quest'esperienza ci cambierà la vita. È la nonna che ci sta chiamando.»

Alice rimase in silenzio per un minuto. «Un'altra delle tue sensazioni?»

«Esatto!»

Pensò che in fondo sarebbe stato bello trascorrere del tempo insieme. «Forse potrei a luglio.»

«No, subito, adesso. Pianta tutto e andiamo via!»

No, rifletté Alice, non desiderava la lite che era seguita. Avrebbe voluto fare quel viaggio, ma lasciare di punto in bianco il suo posto le era impossibile, così aveva proposto un'alternativa che aveva mandato Emma su tutte le furie.

«Basta, mamma. Basta.»

La madre sospirò. Gli occhi le si riempirono nuovamente di lacrime. «La mia piccola bellissima bambina. Era straordinaria, vero?»

Alice annuì. Il cuore a pezzi. «Sì lo era.»

«Come faremo ad andare avanti senza di lei?»

Non ne aveva idea. «Troveremo il modo.»

La porta si spalancò.

«Alice, tesoro mio, sei arrivata finalmente.»

«Papà!» Gli corse incontro. «Mi dispiace tanto.»

«Non ce lo aspettavamo, stava recuperando, poi, all'improvviso, è crollata.»

Alice gli carezzò il viso bagnato di pioggia, posò la testa sulla sua spalla e quando suo padre iniziò a piangere lo accompagnò accanto al camino. «Penso io a tutto, non preoccuparti. Tu stai accanto alla mamma.»

Quella sera, Alice si accordò con il sacerdote per le esequie, scelse le letture, stabilì quali fiori avrebbero accompagnato l'ultimo viaggio di Emma. Quale tipo di vettura avrebbe trasportato il feretro. Restò con la famiglia e si occupò di ogni singola, dannata incombenza.

«Partiamo insieme, sarà un'avventura, Alice. Solo io e te.»

Se solo l'avesse ascoltata, se solo fosse partita con la sorella invece di respingerla.

Le ragioni che aveva opposto sembravano ora inconsistenti, assurde. Niente aveva più importanza mentre, circondata dal gelo della camera funebre, accarezzava il viso di Emma coperto da un velo bianco, in un ultimo struggente saluto.

4.

Nell'arco dei millenni, gli apicoltori hanno ideato ripari adatti agli sciami. Gli egiziani costruivano arnie di terracotta, mentre in Sardegna si usavano cilindri di sughero, descritti da Virgilio e Plinio. Le attuali arnie razionali, composte da un nido nel quale la famiglia si sviluppa, con un sovrastante melario che serve da deposito del miele, sono ripari ideali.

«È stata una cerimonia davvero toccante.»

«Sì, molto. Grazie per essere venuti.»

Alice guardò la madre che, appoggiata al braccio del marito, in un composto dolore, ascoltava paziente le frasi di circostanza, accettava le condoglianze, rispondeva alle domande nel migliore dei modi.

Era devastata, ma continuava a fare ciò che le consuetudini richiedevano. Come aveva sempre fatto durante la sua vita. Perché per Céline Azara avere un posto nella società era fondamentale.

Sua madre sollevò la testa cercandola tra gli ospiti che dopo il funerale si erano radunati alla fattoria. Alice intercettò il suo sguardo e per un istante ebbe la sensazione che ci fossero solo loro due. Lei e sua madre, il loro dolore, la perdita feroce che entrambe avevano subito.

Poi Céline chinò il capo e Alice fu nuovamente sola.

«Una ragazza così giovane.»

«Sì, incredibile. Una tragedia.»

La cucina era invasa da piatti di cibo che nessuno avrebbe mangiato e dalle chiacchiere di amici e parenti lontani che Alice non incontrava da anni. L'andirivieni era continuo, come le domande alle quali rispondeva a monosillabi. Sentiva il peso delle occhiate curiose. Era comprensibile, in fondo: quella donna elegante, sofisticata, composta e autorevole era molto diversa dalla ragazzina che anni prima aveva lasciato il paese alla volta della capitale. Alcune delle persone che le sfilavano davanti porgendole le loro condoglianze, in passato l'avevano rifiutata, derisa. L'avevano giudicata strana, come Mallena. Alice avrebbe dovuto provare soddisfazione per il riguardo che adesso le mostravano e per gli sguardi di ammirazione. Invece, non vedeva l'ora che tutto finisse.

Quando l'ultimo invitato finalmente lasciò la casa, Simon farfugliò qualcosa riguardo a una questione urgente che doveva sistemare allontanandosi quasi subito. Alice versò due bicchieri di acqua e li posò sul tavolo. Céline la ringraziò. Entrambe sembravano sforzarsi di ignorare il posto vuoto accanto a loro. Così quando sua madre iniziò a parlarle, si concentrò su di lei.

«Hai poi avuto la promozione?»

Sorpresa batté le palpebre. «Sì. Ti sei ricordata...»

«Allora comprerai l'appartamento?»

«Non ho ancora deciso.»

«Ma ti piacerebbe.»

Non era una domanda, così non rispose.

«Ti vedi con qualcuno? Dovresti, sai.»

Non era abituata a tutte quelle attenzioni, nervosa si agitò sulla sedia. «Non devi preoccuparti per me.»

Sua madre trasalì. «Mi sei rimasta solo tu, Alice.»

Si era espressa in modo brusco, non era sua intenzione. Si passò una mano sugli occhi. «Perdonami, mamma, mi dispiace.»

«È sempre stato difficile parlare con te...»

Era vero, non poteva negarlo. Anche per lei era sempre stato difficile. Solo con Mallena si era sentita a suo agio. Solo con la nonna. Loro due erano uguali. Con lei non doveva fingere, non doveva misurare le parole.

Simon rientrò in casa, si tolse il cappotto e restò un istante immobile, lo sguardo che vagava da lei a Céline. Alice gli sorrise. Un istante dopo suo padre le si sedette accanto, le premette le labbra sui capelli e le accarezzò il viso.

«Ti serve del denaro per il funerale? Non ti ho nemmeno chiesto...» La voce si spezzò.

«Tranquillo, papà. È tutto a posto.» Aveva pagato tutto lei, come sempre. I soldi non erano un problema. Erano anni che li aiutava con le spese. E di quello era orgogliosa perché, in un certo qual modo, la faceva sentire partecipe di quella famiglia come le riusciva meglio.

«Sono così felice che tu sia tornata.» Le sorrise e quello sguardo che la cercava, affettuoso, pieno d'amore, la colpì nel profondo.

«Ci sono molte cose di cui dobbiamo parlare. Cose che devi sapere.»

All'altro capo del tavolo Céline era pallida, sembrava sfinita. Lo erano tutti.

«A che riguardo mamma?»

«Emma. Lei aveva...» Fece una pausa. «È complicato.»

Alice percepì il suo imbarazzo. Di cosa poteva trattarsi? «Ormai ha poca importanza, non credi?»

«Invece ne ha molta.» Allungò una mano verso Simon. Lui stringeva una busta. Gli tremavano le mani, quelle grandi mani capaci di costruire castelli di sabbia sbilenchi e bellissimi, di consolare, di intrecciare giunchi per realizzare canestri, cappelli per Céline, ripari per gli uccellini del bosco. E scale che potessero condurla su ogni tetto. Suo padre era l'uomo più buono e gentile che conoscesse.

«Questa è per te, Alice. Da parte di Emma.» La posò sul tavolo, poi la spinse verso la figlia.

Lei la prese delicatamente, posandoci poi i palmi sopra, il cuore che le batteva forte, gli occhi umidi.

«Devi capire, è stato tutto così improvviso. E poi c'erano così tante cose da fare. Lei stava così male. Volevo chiamarti, davvero. Volevo dirtelo. Ma non potevo, glielo avevo promesso.»

«Cosa, cosa volevi dirmi?»

«Che aveva avuto...» Simon si interruppe e poi riprese. «Non so da che parte iniziare. Leggi la lettera, è meglio.»

Di cosa poteva mai trattarsi per mettere così in difficoltà i suoi genitori? Alice moriva dalla voglia di scoprirlo, e allo stesso tempo temeva di farlo. Si alzò, la busta tra le mani.

Aveva bisogno di aria. «Esco un momento.»

«Certo, noi ti aspettiamo qui.»

All'esterno, sotto al ciliegio, c'era un tappeto di foglie

morte. Le fissò per un lungo momento, poi si fece forza. L'aria fredda la calmò. Era così bello. Da bambina pensava che non ci fosse al mondo un luogo altrettanto bello. Ma poi le cose erano radicalmente cambiate.

«Ah, Emma, sei dovuta morire per convincermi a tornare», mormorò.

Iniziò a camminare. I pensieri le vorticavano in testa, insieme all'irrazionale bisogno di parlare con sua sorella un'ultima volta. Avrebbe dato qualsiasi cosa per cambiare il passato. Disperata, si rifugiò nuovamente nei ricordi.

«Partiamo subito, Alice, oggi stesso, noi due insieme, al diavolo il lavoro.»

Per un istante aveva pensato che la sorella scherzasse, poi aveva capito che diceva sul serio.

«Non posso assentarmi così all'improvviso!»

«Sciocchezze, certo che puoi farlo, è solo lavoro! Chiedi un permesso, prenditi delle ferie!»

«Mi è costato molto raggiungere questa posizione. Non posso sparire così. Cerca di capire.»

«Sei tu che non capisci, non hai mai capito. Ci sono cose importanti, cose fondamentali. La felicità, l'amore, la famiglia, Alice. I tuoi maledetti sogni, quelli che non ti permetti di fare.»

«Che ne sai tu dei miei sogni?»

«Nulla e sai perché? Tu non me li racconti mai! Mi hai esclusa, mi tratti come un'ospite, mi mostri solo quello che pensi io voglia vedere. Ma tu dove sei? Dove sei davvero?»

Alice ricordava il tono deluso di Emma, il suo sguardo. C'era un muro tra di loro, e l'unico modo di abbatterlo era accontentarla. Una cosa che non poteva, anzi che non voleva fare.

«Sei tu quella che non riesce a mettere radici, Emma, che fugge dalle responsabilità. Guardati, la tua vita è nello zaino che ti porti dietro. Non hai una casa, spendi tutto quello che guadagni, che razza di futuro ti stai costruendo?»

«Io almeno sono viva, non si può dire lo stesso di te!»

«Cosa vuoi dire?»

«Quello che è successo alla nonna ha colpito tutti, credi di essere l'unica che ha sofferto? Pensi che lei avrebbe voluto vederti così?»

«Così come?»

«Gelida, formale, distante. Niente può toccarti. Sai che c'è? Mi hai stancata, sono anni che cerco di raggiungerti, ma tu niente, imperterrita continui ad andare avanti per la tua strada, da sola.»

«E cosa dovrei fare? Partire con te? Abbandonare tutto ciò che ho faticosamente costruito in questi anni per seguire un tuo presentimento che ci porta dall'altra parte del mondo? Sei pazza se credi che sacrificherò tutto ciò che conta davvero per un'idiozia, per uno dei tuoi segni del destino! Smettila di fantasticare, scegliti un posto e stabilisciti una buona volta! Comprati una casa, metti radici, Emma.»

«È di te stessa che dovresti preoccuparti sorellina, io me la cavo bene. Quella felice tra noi due sono io. Guardati, ti affanni dietro uno dei tuoi stupidi schemi. Ma la vita è un'altra cosa. La vita è passione, rischio, scommessa, tutte cose a cui hai rinunciato. Sei una codarda, Alice! Dov'è andato a finire il tuo coraggio? Ti ammiravo, eri il mio idolo. Adesso mi chiedo come mi sia potuta sbagliare così tanto sul tuo conto.»

Lo sguardo di Emma era intriso di delusione. Mentre sua sorella le scagliava contro quelle parole Alice le aveva sentite penetrare in lei, trovare le crepe nel muro che aveva costruito con tanta fatica. L'aveva sentito mentre si sgretolava un pezzo alla volta. Si era sentita sola, come non le era mai accaduto prima. Non aveva replicato, in silenzio aveva guardato Emma uscire dalla sua vita.

L'aveva lasciata andare.

Quando raggiunse il cimitero c'era ancora qualcuno; le ci volle qualche minuto prima di decidersi a entrare.

Aveva sempre avuto un po' di timore a varcare quell'ingresso solenne e maestoso, ciò che era rimasto di una proprietà aristocratica demolita ai tempi della Rivoluzione. Ogni volta che Céline ce l'aveva portata per cambiare i fiori sulla tomba di Mallena, si era sentita profondamente a disagio. E anche in quel momento, inginocchiata sul terreno umido di pioggia e lacrime, sapeva che sua sorella non era là sotto. Lei era come una farfalla, come uno degli uccelli brillanti dal piumaggio vaporoso che fotografava. Nonostante tutto era lì che si era diretta con la sua lettera tra le mani.

«Perché non me lo hai detto?» sussurrò. «Perché non mi hai detto che eri malata? Mi dispiace sorellina. Mi dispiace moltissimo.» Quante volte aveva tentato di chiamarla fermandosi all'ultimo istante? Rimandando la loro conversazione a un momento più adatto, a uno stato d'animo migliore.

Adesso il tempo era finito.

Si sedette su una pietra davanti alla sua tomba e aprì la busta. Un unico foglio, le sue ultime parole. Lo fissò per un lungo istante finché fu abbastanza sicura di poterlo leggere senza scoppiare a piangere.

Cara Alice,
ho tante cose da dirti ma non riesco più a parlare, così ho deciso di scriverti. Sono venuta a trovarti qualche mese fa, ma tu non eri in casa e io dovevo tornare in ospedale. Ero venuta a dirti tutto, a raccontarti cosa mi era successo.

Oh, mio Dio! Se solo l'avesse saputo! Emma era venuta a cercarla.

«Perché non mi hai avvisato? Perché...» Sconvolta, rivolse lo sguardo al cielo che accoglieva la notte. Si asciugò gli occhi. Inspirò profondamente e riprese la lettura.

Volevo farti sapere che mi dispiace per come sono andate le cose tra noi. Rimpiango i giorni in cui ci bastava uno sguardo per capirci. Rimpiango ciò che abbiamo perduto. Voglio solo che tu sappia che non è passato giorno senza che io pensassi a te. Che desiderassi parlarti.

«Anch'io, credimi, anch'io rimpiango di non averlo fatto», rispose a mezza voce. Aveva il cuore a pezzi. Quanto era stata stupida. Niente era davvero grave, nulla era impossibile da superare. Adesso lo sapeva, adesso lo capiva.

Mi sono accadute molte cose in questi due anni. Alcune bellissime, altre meno. Mi sarebbe piaciuto raccontartele perché molte ti riguardano. Appartengono al nostro passato, il tuo e il mio. Il passato della nonna. In realtà almeno in parte le conosci, lei ce le ha raccontate quando eravamo bambine.
Sono andata in Sardegna e ci ho trascorso molto più di una semplice vacanza. Mesi meravigliosi, intensi, mesi che hanno cambiato completamente la mia vita. Ho trovato, ho scoperto, ho amato. Lì ci sono le nostre radici. Riguardano la nonna. Riguardano la mamma. Credevo di avere più tempo, sai? Pensavo che un giorno mi sarei presentata da te con Amélie, e allora tutto sarebbe stato perdonato. Lei mi ha cambiato la vita, mi ha mostrato la parte migliore di me stessa, lei è la mia gioia, è il futuro che avrei voluto, la mia ragione di essere. Ha dato un senso alla mia vita e spero che lo dia anche alla tua.

I caratteri si confusero. Alice sbatté le palpebre, la gola stretta dal pianto, gli interrogativi che si affastellavano uno sull'altro. Tornò indietro e rilesse l'intero passaggio.
Amélie? Chi era Amélie?

Ti voglio bene. Credo che questo tu lo abbia sempre saputo, avrei voluto dirti tutto questo di persona. Volevo raccontarti di Amélie, volevo farlo di persona, poi tutto si è complicato. Ti sto affidando tutto ciò che ho di più prezioso. Non ti chiedo di perdonarmi, ti chiedo di mettere da parte la paura, pretendi, esigi. Va' in Sardegna Alice, va' in quella terra meravigliosa che ti sta aspettando. Ascolta il vento e le sue storie. Sono anche le tue, le nostre. Vivi Alice e ama. È l'unica cosa che conta davvero, l'amore.
Fallo per te e per me.
Fallo per Amélie.
Tua Emma

Alice guardò il cielo sempre più scuro, la notte avanzava. Batté le palpebre e inspirò profondamente. Si asciugò il viso. Le faceva male la testa, era esausta. Non aveva idea di cosa avesse fatto la sorella, non sapeva nemmeno se l'avesse mai conosciuta davvero. Amélie. Si soffermò su quel nome.

Il mistral le s'insinuava dentro, gelandola fino alle ossa.

Si strinse nella giacca, non poteva restare lì, il custode del camposanto stava per chiudere i cancelli. Prese la strada lunga, attraversò i viali alberati, giunse sui prati che si estendevano fino al laghetto dove Mallena teneva i suoi alveari, il luogo dove sua nonna le aveva insegnato il linguaggio delle api, come posizionare i telai nelle arnie, affinché la regina vi potesse deporre la nuova covata e la famiglia prosperare.

«Ricorda Alice, è verso il sorgere del sole che devi orientare gli alveari, perché le regine seguono il suo corso.»

«Come un orologio?»

«Esatto, come se i raggi fossero le lancette di un orologio e indicassero la direzione da prendere.»

Guardò il sentiero. Quanto tempo era trascorso dall'ultima volta che ci era andata? Era proprio lì che la sua infanzia era terminata. Nel luogo della fattoria che amava di più. Dove erano custoditi i suoi ricordi più belli di Mallena.

Chiuse gli occhi un istante, mentre tutto diveniva nitido, forte, intollerabile.

Le api l'avevano avvisata, quella mattina di tanti anni prima, ma lei era stata troppo sicura di sé e aveva deciso di ignorarle. Non aveva fatto attenzione. E quello le era costato caro. No, le era costato tutto.

Tirò dritta allontanandosi il più in fretta possibile.

Salì i gradini del portico e allora udì le voci, poi il pianto di un bambino. «Visite di condoglianze», si disse a bassa voce. Non ci voleva, avrebbe voluto parlare ai genitori della lettera di Emma... di Amélie. Sua sorella le aveva affidato qualcuno... qualcuno di cui lei non sapeva nulla.

Avrebbe dovuto attendere, pensò. Per fortuna l'autista di Gérard sarebbe arrivato da lì a poco. Non vedeva l'ora di tornare a Parigi. Tra le sue braccia, nella sicurezza che rappresentava. Inspirò profondamente per farsi coraggio e aprì la porta.

«Alice.»

Sua madre era seduta nella poltrona accanto al camino.

Aveva una bambina tra le braccia, che si agitava disperatamente.

Rigida, il cuore che le batteva forte, Alice fissò la piccola. Céline non l'avrebbe dovuta tenere in quel modo, era evidente che non le piaceva. Si guardò intorno. Non c'era nessun altro nella camera a parte loro.

Fece qualche passo. «Mamma?» Indicò la piccola che aveva ripreso a strillare. «Chi è?» Lo chiese nonostante tutto, nonostante lo sentisse, lo sapesse. Nonostante lo avesse capito mentre leggeva la lettera di sua sorella.

Avanzò di qualche passo, gli occhi su quel visetto paonazzo, la bocca spalancata, i pugnetti chiusi. Rivolse un'occhiata smarrita a suo padre. Lui sospirò, chiuse gli occhi un istante e scosse la testa. «Ricordi quella cosa che dovevamo dirti?»

Una cosa importante... Avrebbe dovuto capirlo. Nella mente di Alice ogni cosa trovò un ordine preciso. Il biberon che aveva urtato mentre riordinava la cucina, lo strano comportamento dei suoi genitori, le assenze misteriose del padre e le telefonate, rivolte forse a qualche parente che aveva tenuto la piccola in quei giorni difficili. Infine la lettera della sorella. Continuava a sperare di sbagliarsi.

«Mamma...» Non era una domanda, la voce trasudava l'indignazione del pensiero che acquistava consistenza, forza. Che supplicava una smentita. «Cosa significa?»

Céline strinse le labbra. «Non chiedermi di spiegarti l'evidenza dei fatti, Alice. Lei è Amélie, la figlia di Emma, tua nipote.»

Ci volle qualche istante per accettarlo. Un tempo brevissimo che tuttavia le diede modo di adattarsi alla notizia, a ciò che significava, ai risvolti profondi di una verità folle, pazzesca e senza alcun senso.

«Emma aveva una figlia... come avete potuto tenermi all'oscuro?»

Il pianto della bambina crebbe di volume. Quel suono così disperato le entrò dentro spazzando via tutto il resto.

«Non spettava a noi prendere questa decisione.»

«Perché non me lo ha detto?»

«Voleva farti una sorpresa, credeva che quando avresti visto tua nipote i vostri dissapori sarebbero stati dimenticati. Amélie vi avrebbe riunito.»

La bambina piagnucolò. Le braccine si agitavano come se cercassero qualcuno. Istintivamente Alice le sfiorò la manina che si chiuse intorno al suo dito con forza.

«Ciao, tesoro», sussurrò. Si asciugò le lacrime e si inginocchiò davanti alla nipotina.

«Non vuole dormire, si rifiuta di mangiare. Non so più che fare.»

La figlia di Emma.

Alice protese le braccia verso di lei. «Dalla a me, mamma.» Le batteva forte il cuore.

Fissò il volto della bambina, cercando avidamente in quei tratti tracce della sorella. Osservò la bocca imbronciata, gli occhi grandi, le lunghe ciglia ricurve. Lo sguardo fisso nel suo. Un'emozione intensa la scosse profondamente. Si strinse la piccola al petto, inspirò il suo profumo, percepì il suo peso.

Era così delicata, così bella.

La bambina le posò la testa sulla spalla, circondandole il collo con le braccia. Quando la manina corse ai lunghi capelli, cogliendone una ciocca, il cuore di Alice prese a batterle all'impazzata. Anche Emma faceva così, anche sua sorella aveva sempre trovato conforto giocando con i suoi capelli. «Buona, piccola, va tutto bene.» Il pianto lentamente cessò, restarono solo lievi singulti. La cullò ancora, gli occhi chiusi.

Ti affido la cosa più preziosa.

Amélie.

«Non le somiglia», sussurrò.

Non era bionda come Emma. Aveva i capelli lisci e neri, gli occhi grandi come Mallena. Come i suoi. Una volta sua madre, irritata per qualche motivo che non ricordava, li aveva chiamati occhi da strega. Con un tuffo al cuore si rese conto che Amélie le somigliava in modo impressionante.

«È identica a te da piccola.»

Céline aveva gli occhi pieni di lacrime, ma le sorrideva.

La rabbia d'un tratto scemò, sostituita da un'emozione profonda, intensa e dolce, così bella da spazzare via tutto il resto. «Va tutto bene. Ci sono qua io», mormorò Alice.

Ma non era vero che andava tutto bene.

«Da quando lo sapevate?» chiese.

«Che importa, tesoro?»

Già, che importanza poteva avere sapere che per l'ennesima volta era stata tagliata fuori? E poi si vergognò. Emma era morta, lei era lì e stava tenendo tra le braccia sua nipote, una bambina che non avrebbe mai conosciuto la propria mamma. Chinò il capo.

«Il giorno in cui tua sorella è arrivata con Amélie per noi è stato uno shock, non ci aveva detto una parola sulla bambina. Non le abbiamo fatto troppe domande, stava male, molto male. Migliorava e peggiorava, ma credeva che sarebbe guarita, e noi abbiamo continuato a sperare fino all'ultimo.»

Alice si coprì la bocca con la mano.

«Perché tenervi all'oscuro?» sussurrò. Poteva capire che non lo avesse detto a lei, ma i genitori, loro l'adoravano.

Simon allargò le braccia. L'impotenza di quel gesto era profonda, totale.

Céline si asciugò gli occhi. «Quando aveva scoperto di essere incinta era andata in ospedale per un controllo di routine. Le diagnosticarono un tumore.»

Il silenzio calò su di loro. «Non si è curata...» La voce di Alice era appena un sussurro.

Simon annuì. «Voleva questa bambina più di ogni altra cosa.»

Emma temeva che i genitori potessero interferire, farle pressione. Ecco perché non lo aveva detto a nessuno. Non lo aveva detto a lei per lo stesso motivo. Alice baciò la testolina di Amélie. Emma. Coraggiosa, spietata, folle.

«Chi è il padre?» chiese.

«Nessuno. Non c'è nessun padre», tagliò corto Céline.

«Certo che c'è. Non dare retta a tua madre. Non sappiamo molto su di lui, Emma è stata vaga.»

Povera piccola. La cullò con dolcezza. Percepì il suo abbandono, la sua fiducia.

Simon sembrò comprendere il suo stato d'animo. Le sorrise come faceva sempre, cauto, delicato, timido. Lui c'era sempre stato, ma mai per davvero. Osservatore, pacificatore. Una figura in secondo piano sullo sfondo delle loro vite in eterno conflitto. Era il vuoto laddove la madre era invece il pieno, e in un modo tutto loro avevano trovato una dimensione.

«Ci siamo dovuti piegare alle sue scelte. Sai com'è fatta.» La voce di Simon si incrinò, gli occhi lucidi. «Non riesco a parlare di lei al passato...»

Neanche lei ci riusciva, neanche lei. «Lo so, papà, è difficile.»

Le sembrò di vederla, allora. Emma e il suo sguardo furbo, l'espressione determinata. Le sfuggì un sorriso.

«E adesso?» sussurrò. Una morte, una vita, un'assenza, una nuova presenza. I pensieri incalzavano rapidi. Non sapeva nulla di bambini, sua sorella le aveva affidato la figlia. «Dovrò cercare un nido, comprare tutto il necessario. Organizzarmi.» Lo disse tra sé, stringendo la piccola tra le braccia, spaventata come non lo era mai stata prima.

Céline scosse la testa. «Amélie resterà qui, Alice. Ci occuperemo noi della bambina, è la cosa migliore per tutti.»

Sollievo, disappunto, le emozioni fluirono in lei rapide, contraddittorie. *La cosa migliore.*

Guardò sua madre, conosceva quell'espressione determinata. Rabbrividì e si strinse la nipotina al petto. Aveva smesso di singhiozzare. Una manina le afferrava la maglia. Guardò quelle dita, la presa salda su di lei. E se si fossero somigliate anche nel carattere? Se fosse stata come lei da piccola? Il passato le piombò addosso col suo carico di dolore.

«Sarò io a incaricarmi di tutto, mamma. Emma ha affidato a me sua figlia.»

«Ma se sei sempre fuggita davanti a ogni ostacolo!»

Ecco che arrivava, pensò Alice. Conosceva quel discorso a memoria.

Incapace, inaffidabile. Quante volte aveva sentito quelle accuse?

«Non sei in grado di occuparti della bambina!» insistette sua madre.

Non sei in grado…

«Stai dritta, parla lentamente, ringrazia. Hai sbagliato, ripeti, ricopia, non così, sciocca. Guarda Emma, lei è molto più piccola di te ma ha già capito. Non potresti essere come tua sorella?»

Non poteva dimenticare il passato, ma poteva agire per il presente e il futuro come meglio credeva. E sua madre non poteva farci niente.

«Seguirò le volontà di Emma e mi prenderò cura di sua figlia. Amélie viene con me a Parigi, adesso.»

Non aveva nemmeno idea di come avrebbe potuto adattare la sua vita a quella di una creaturina così piccola, ma lo avrebbe fatto comunque, lo avrebbe fatto a ogni costo. L'opinione di sua madre era irrilevante. Non era una bambina a cui Céline poteva dare ordini, da anni era venuta a patti con l'opinione che sua madre aveva di lei. La volontà di sua sorella era chiara. Emma le aveva affidato sua figlia e lei si sarebbe presa cura di quella bambina.

5.

Il miele è un eccellente dolcificante. La sua composizione comprende, oltre agli zuccheri, importanti sostanze dall'alto valore organolettico: enzimi, acidi organici, vitamine, pigmenti vegetali, sostanze minerali e volatili. Contiene anche triptofano, precursore della serotonina. Considerato da sempre il «cibo degli dei», offre un immediato conforto, rilassa e conquista.

Da qualche minuto Giuseppe Fenu osservava la cugina. Cosa ci faceva Angelica sotto quell'albero? Gli sembrò che parlasse da sola, la fronte appoggiata alla corteccia e le braccia intorno al fusto.

Per un istante pensò che stesse male. Preoccupato si aggrappò alla scala e scese rapidamente dall'impalcatura dove stava lavorando. Balzò a terra con un salto e a lunghi passi si diresse verso di lei. Quando si accorse che non era appoggiata alla pianta, ma era più come se l'accarezzasse, rallentò.

«Sta parlando con l'albero?» Scosse la testa e un sorriso gli ammorbidì l'espressione. In fondo non avrebbe dovuto stupirsi. Il rapporto che quella donna aveva con la natura era profondo.

Anche la loro zia Margherita lo faceva.

Parlava con le piante, con gli animali, persino con il mare, e l'aveva vista accarezzare la terra prima di piantarvi qualcosa. Non era poi così strano che Angelica, la sua erede, facesse lo stesso.

Si fermò, non aveva bisogno del suo aiuto. Angelica Senes era capace di badare a sé stessa e lo aveva dimostrato a tutti quando era riuscita a impedire che l'isola fosse devastata da un progetto edilizio sconsiderato.

Erano passati quasi cinque anni dal giorno in cui l'aveva sorpresa nell'apiario di Margherita. Assorta, le braccia allargate verso il cielo, la cugina stava cantando per le api.

Allora qualcosa si era mosso dentro di lui: antichi ricordi, un profondo senso di responsabilità. Vergogna.

Tutto ciò che aveva pensato di fare per portarle via la sua eredità e la tenuta era cambiato in un istante.

Lui era cambiato.

Aveva fatto i bagagli ed era partito alla ricerca di una cura per sua figlia Anna contando unicamente sulle proprie forze.

No, Angelica non aveva bisogno del suo aiuto.

Guardò il cielo. Le nuvole erano sempre più scure, avrebbe piovuto da un momento all'altro. Il sole si era mostrato di rado quella settimana, il tempo era stato stranamente freddo.

«Dai, resisti ancora un po', ho quasi finito», mormorò al cielo. Tornò sull'impalcatura. Aveva già riparato la crepa sulla parete della casa. L'intonaco si stava asciugando. Certo era una riparazione provvisoria, ma avrebbe tenuto almeno fino all'estate. Con il ricavato della vendita del miele, sperando in una buona stagione, avrebbe rifatto la facciata. La villa ne aveva assoluta necessità.

Ripulì gli attrezzi, li infilò nella borsa e, dopo essere sceso dalla scala, la staccò dalla parete. Meglio evitare le tentazioni. Sorrise tra sé pensando a sua figlia. Anna amava arrampicarsi ovunque, e una scala verso qualcosa, qualunque cosa, era un'opportunità troppo allettante. Di quello in realtà avrebbe dovuto discutere con Emma, era stata lei a spronare la bambina a superare la paura dell'altezza e ci era riuscita brillantemente. Sperò che ovunque fosse, la ragazza avesse trovato ciò che cercava. La sua partenza improvvisa l'anno precedente aveva colto tutti di sorpresa.

Ripose la scala nel deposito degli attrezzi e sistemò il resto degli utensili. Emma non aveva risposto a nessuna delle telefonate che lui e Anna le avevano fatto. Da ciò che sapeva non aveva risposto nemmeno alla cugina. Angelica l'aveva definita una donna in viaggio. Aveva sperato che si stabilisse ad Abbadulche, per un po' tutti lo avevano creduto possibile. Si levò i guanti e li ripose con cura nello zaino. A quell'ora, Anna avrebbe dovuto essere di ritorno. Uscì nel cortile, si guardò intorno e, quando la vide corrergli incontro, si rilassò. La bambina risaliva la collina, i capelli scuri sciolti sulle spalle, le braccia allargate in un ipotetico volo. Sorrise chiedendosi cos'avesse in mente questa volta.

«Papà, Angelica dice se restiamo per cena. In barca, eh? Possiamo vero? Vero, papà?»

«Fammici pensare...»

«Ti prego, ti prego.» Al suo fianco Lorenzo, il gigantesco mastino della cugina, li osservava con la grossa lingua a penzoloni. Giuseppe ebbe la sensazione che ridesse. E che ridesse di lui.

«Va bene, ma andremo via presto, domani hai il compito in classe.»

«Matematica, papi, che vuoi che sia!»

Saltellò via felice, seguita dal cane.

Lo stupiva ancora quanto fosse sveglia e intelligente. In passato aveva all'improvviso smesso di parlare, rifiutandosi di interagire persino con lui. Un'ombra passò nel suo sguardo. Aveva imparato che nella vita quello che contava davvero era il presente. Anna adesso era sana, felice. Il resto non aveva importanza. Dopo essersi chiuso la porta alle spalle entrò in magazzino, afferrò un'arnia e la portò fuori, posandola sul tavolo che aveva allestito. Il cielo si era rischiarato; restava ancora qualche ora di luce.

Si tolse il giaccone. Gli piaceva lavorare all'aperto in maniche di camicia, i capelli che scendevano sul viso. Inspirava l'aria fredda che risaliva dal mare, anche se gli occhi, di tanto in tanto, indugiavano verso il bosco.

Angelica si muoveva lieve tra gli alberi come se fosse una delle fate di cui, quando era bambino, gli raccontava zia Margherita. Una donna singolare, sua cugina, come lo erano le decisioni che prendeva. Ancora non riusciva a credere che fossero soci.

«Non ho fatto abbastanza.»

«Se non fosse per te tutto questo non esisterebbe più», disse abbracciando i dintorni con un ampio gesto del braccio. «Hai fatto tutto da sola.»

Si trovavano nel cortile anteriore della villa, Angelica lo aveva chiamato per convincerlo ad accettare metà dell'eredità di Margherita.

«Non lo merito, non dopo quello che ti ho fatto», rispose lui, rifiutando l'offerta.

Angelica sorrise in un modo che lo fece preoccupare.

«Credi che sia un premio?»

Stupito, l'osservò con attenzione.

«Lo senti questo silenzio, Giuseppe? La casa è vuota. Ho bisogno del tuo aiuto per portare avanti tutto questo.»

«Non sono la persona giusta.»

«Sei il nipote di Margherita Senes e sei il padre della nuova custode. Anna sarà la prossima, ha bisogno di noi. Di te. Voglio realizzare il sogno di Margherita in modo che tua figlia abbia al suo fianco altre donne che la comprendano e che l'aiutino a proteggere le api, la tenuta e la villa. Ha bisogno di alleate, e di amiche.»

Possibile che lei non capisse il conflitto che aveva dentro? Non meritava la sua considerazione né l'offerta generosa che gli aveva fatto. Aveva appoggiato chi voleva spogliarla di tutto, anche se solo per un momento.

«Tu non capisci!»

«No, sei tu che non capisci. Me lo devi, Giuseppe!»

Glielo disse con la sua voce profonda, pacata, e quello sguardo così simile a quello di Margherita.

Era vero. Glielo doveva. Per quello che lei aveva fatto per Anna e per il resto.

Ricambiò il sorriso. «Sei pazza.»

Lei annuì. «Lo siamo entrambi.»

Era così che aveva avuto inizio la loro collaborazione e Giuseppe doveva ammettere che da allora le cose erano andate bene. In lei, però, perdurava la convinzione di non aver fatto abbastanza. Da quando Angelica si era sposata con Nicola Grimaldi, la villa era rimasta disabitata. In passato era stata residenza, scuola, rifugio. Un punto di riferimento per chi aveva bisogno di aiuto. Sua cugina voleva riportarla all'antico splendore. Per quello aveva scritto alle vecchie amiche di Margherita, quelle che avevano vissuto nell'antica dimora. La zia aveva mantenuto una corrispondenza con alcune di loro. Era proprio una di quelle lettere che aveva condotto Emma fino ad Abbadulche. Nonostante la destinataria, Maddalena Azara, fosse morta da anni, la nipote aveva voluto visitare la Sardegna. Angelica sperava di ricevere altre risposte, soprattutto dopo che Emma era andata via.

Giuseppe piantò una serie di chiodi sul fondo di un'arnia, poi passò alla successiva. Teneva molto alle attrezzature. Con la cura adeguata avrebbero alloggiato le api per anni. Aveva già provveduto a passare il filo nei telai. Le cornici di legno nelle quali aveva posato il foglio cereo erano le basi sulle quali le api avrebbero costruito i favi. La primavera era lontana, ma gli piaceva muoversi in anticipo, gli piaceva il momento in cui le sue mani costruivano qualcosa, e lo facevano con cura. Lanciò un'occhiata alla figlia. Dal punto in cui trovava riusciva a vedere bene sia lei sia Angelica. Anna le stava dietro come sempre. La cugina sollevò sua figlia passandola poi al marito. Nicola se la mise in spalla e tutti insieme scesero verso la spiaggia.

Lorenzo li seguiva abbaiando.

Giuseppe lanciò un'ultima occhiata verso il gruppo.

Conosceva bene Nicola, negli anni erano diventati amici. Suo fratello Claudio era stata un'altra faccenda, ma nonostante tutto alla fine aveva deciso di mettere una pietra sopra il passato.

Riportò l'attenzione sulla coppia che procedeva sul pontile, mentre Anna e Lorenzo tornavano verso la villa. Il *Maestrale*, il catamarano di Nicola, era alla fonda nella baia. Era pronto a scommettere che presto avrebbe preso il largo.

Terminò di controllare le arnie e le riportò all'interno del magazzino.

L'odore della resina d'abete e della cera d'api era piacevole, sapeva di nuovo. Lo inspirò e, come gli accadeva sempre, si sentì subito meglio. Un giorno tutto quello sarebbe appartenuto a sua figlia. Da custode a custode. Così come era sempre stato.

6.

Il colore è il primo aspetto di cui l'esperto sensoriale dei mieli prende nota. Il profumo gli fornisce un'ulteriore conoscenza che il sapore e l'aroma in bocca completeranno. Sulla base di parametri e marcatori che spesso riportano al mondo della natura, come il sommelier con il vino, assegnerà tipologia, provenienza nettarifera e caratteristiche.

Seduta sul tappeto al centro del suo appartamento a Parigi con la nipotina in braccio, Alice pensava.

Da quando era tornata dalla Provenza, non aveva fatto altro.

«Tranquilla, tesoro, la zia è qui con te.»

Aveva voglia di piangere, ma non poteva lasciarsi andare. Qualcuno doveva mantenere la calma, pensare razionalmente, arrivare al giorno seguente e a quello dopo.

Si concentrò sul peso di Amélie, sul suo sguardo. La rattristava l'espressione tesa sul suo visetto.

«Andrà tutto bene», la rassicurò.

Con la punta delle dita sfiorò la piccola fronte liscia, poi scese alle guance, alla bocca perfetta. La luce della luna filtrava dalle tende, illuminando i tratti di Amélie che a sua volta la fissava, gli occhi grandi, scuri e profondi come i suoi, come quelli della nonna.

D'un tratto lei le sorrise e allora le lacrime che Alice aveva trattenuto per ore scivolarono giù.

Non sapeva come avrebbe fatto a far quadrare tutto, non ne aveva la più pallida idea. Ma non aveva scelta.

«Ce la faremo, vedrai.» Istintivamente attinse ai suoi ricordi e iniziò a cantare: dapprima le parole le sfuggivano, poi lentamente trovò il ritmo e la melodia.

«*Dormi, dormi, bambina d'oro, luce di stella, mio tesoro.*»

La ninnananna affiorò alla sua memoria come se ci fosse sempre stata. Quando il respiro di Amélie si fece regolare Alice si stese al suo fianco con gli occhi al soffitto e una stanchezza profonda.

Aveva poco più di sei anni quando avevano lasciato Lione e si erano trasferiti in Provenza per andare a vivere nella fattoria della nonna. Emma era nata qualche anno dopo. Di quei giorni Alice aveva ricordi bellissimi. Mallena era una donna forte, gentile e allegra. Le sue braccia l'avvolgevano in un cerchio morbido fatto di certezze e serenità. Allora lei chiudeva gli occhi e inspirava il profumo di fiori. Sua nonna amava i colori vivaci e soprattutto il lavanda o, come lo chiamava lei, *mauve.* I dettagli si fecero più vividi, e le sembrò di tornare indietro nel tempo, a quando lei ed Emma giocavano sui prati della fattoria, accanto a Mallena che le portava sempre con sé.

«È vero nonna che alle api piace il giallo?»

«Certo, perché è il colore del sole. Ricordate la danza che fanno per dire alle compagne dove si trovano i fiori?»

Alice ridendo prese per mano la sorellina trascinandola con sé in una serie di saltelli scomposti. «Se i fiori sono vicini la danza sarà circolare, se invece sono più lontani si muoveranno in una direzione simile a un otto. Se dal cerchio vanno in alto i fiori sono nella direzione del sole, se invece vanno in basso la direzione è quella opposta.»

«Bravissima, Alice. E noi le aiuteremo a orientarsi. Prendete i pennelli e diamoci da fare.» Indicò una serie di arnie con accanto alcuni barattoli di vernice. «Disegnate tutto ciò che volete.»

«Anche un'aquila nonna?»

«Sì, Emmina mia, tutto quello che desideri.»

Le pareti di legno erano diventate i loro fogli bianchi e uno dopo l'altro ciò che avevano nel cuore si era trasferito sugli alveari. Per Emma c'erano state piume variopinte, strani uccelli che si sorreggevano su una zampa, mentre Alice aveva disegnato stelle e cieli turchesi.

Quel ricordo si era quasi cancellato, pensò, mentre una sensazione dolceamara le chiudeva la gola. Un sorriso, una lacrima. Accarezzò la testolina di Amélie. «Le racconterò ogni cosa, Emma. Tua figlia saprà tutto di te, te lo prometto.»

Nelle settimane seguenti Alice organizzò una sorta di routine. Dal momento che per poter badare alla nipotina doveva uscire prima dall'ufficio, decise di portarsi il lavoro a casa. In quel modo contava di recuperare il tempo perduto. La mancanza di sonno, tuttavia, iniziava a farsi sentire, come il profondo senso di frustrazione per i suoi piani che non andavano quasi mai come aveva previsto, costringendola a improvvisare.

La riunione di quel pomeriggio avrebbe concluso un progetto molto importante. Una volta attivato, il nuovo sistema avrebbe aggiornato i dati in automatico, concedendole una pausa. Sapeva il cielo quanto ne avesse bisogno. Occuparsi di Amélie la stava mettendo a dura prova.

Aveva iscritto la nipotina al nido: costoso, esclusivo, il più vicino al suo posto di lavoro. Aveva trovato un pediatra, un nutrizionista, aveva stilato una tabella di marcia.

Peccato che i bambini piccoli e gli orari sembrassero inconciliabili.

Controllò gli ultimi dati e li inviò alla sua assistente per la verifica. Quando suonò il cellulare trasalì. Le vitamine della bambina... non aveva disattivato il promemoria. Sbadigliò e spense l'allarme. Era stanca, in un modo che non riusciva nemmeno a descrivere. C'erano giorni in cui Amélie dava con la sua sola presenza un senso alla sua vita. Occuparsene significava distogliere l'attenzione dal dolore. Pianificare le giornate le permetteva di non annegare nel lutto.

Ma c'erano giorni in cui Alice si chiedeva perché Emma le avesse affidato la figlia. Cosa poteva saperne lei di come si allevava una bambina così piccola? Come era riuscita, sua sorella, a mandare nuovamente all'aria la sua vita?

Grazie al cielo aveva il lavoro su cui contare, al quale ritornare, dove tutto seguiva un ordine prestabilito che conosceva alla perfezione. Ognuno aveva un posto e svolgeva un ruolo.

Guardò l'orologio: ormai era troppo tardi per raggiungere Noëlle a pranzo, anche quell'appuntamento settimanale era saltato. Si fece consegnare un panino che sbocconcellò senza appetito mentre lavorava. Sfogliò distrattamente i suoi appunti e poi si accigliò.

Si chiese perché Viviane non le avesse ancora riportato i prospetti. La chiamò, gli occhi sul grafico. «Hai terminato le verifiche?»

«Io... non ho ricevuto l'e-mail, mademoiselle.»

Alice si accigliò. «L'ho inviata ore fa, controlla per piacere.»

«Certo, subito. Io... mi scusi.»

Si alzò, raggiunse la segretaria nella stanza a fianco. «Allora? L'hai trovata?»

«Sì, sì. Ci metto un attimo.»

Ormai era troppo tardi. Avrebbe dovuto consegnare così com'era e sperare che i suoi calcoli fossero precisi. «Lascia perdere, Viviane.»

«Mi dispiace, mademoiselle, non succederà più.»

Il rimprovero le morì sulle labbra. «Va bene, cerchiamo di risolvere con quello che abbiamo.» Tornò nel suo ufficio. E adesso? Alice si strofinò gli occhi. Perché aveva aspettato così tanto? Avrebbe dovuto chiamare la sua assistente almeno mezz'ora prima, invece era stata troppo occupata a pensare alla nipotina, come le accadeva ormai da giorni. Non aveva mai presentato dei dati approssimativi in una riunione, lei verificava tutto almeno tre volte. Inspirò profondamente cercando di calmarsi. Poteva farcela, aveva solo bisogno di un pizzico di fortuna. Il pensiero la gelò. Non aveva mai fatto affidamento sulla fortuna. Ma quello accadeva prima. Ormai non aveva più controllo né certezze. Tutto il suo mondo pareva sgretolarsi, le sembrava di navigare a vista in un mare insidioso che la minacciava di continuo. Si alzò, prese a camminare nervosamente e si fermò davanti alla vetrata, gli occhi sulla città.

«Alice?» Gérard era fermo sulla porta. «Stai bene? Sembri sconvolta.»

Si passò una mano sugli occhi. «Io... niente, qualche pensiero, tutto qua. Il volo da New York è andato bene?» gli chiese con un sorriso tirato.

«Sì, abbastanza. Vengo direttamente dall'aeroporto.» Posò il cappotto e la raggiunse. Una carezza sul viso, un bacio lieve. Lo ricambiò e si lasciò andare alla sensazione di sicurezza che lui le infondeva. Gérard le era stato molto vicino in quell'ultimo periodo.

«Non mi fermerò a lungo. Ti ho portato una cosa.»

«Per me?» Guardò il pacchetto che teneva tra le mani. Era sorpresa. Gli sorrise.

«Aprilo.»

Sciolse il nastro e ripiegò la carta con cura.

Lui rise. «Ci avrei scommesso.»

«Cosa?» Gli rivolse un'occhiata interrogativa.

«Che non avresti strappato la carta.»

Aveva imparato a non farlo. A moderarsi, a riflettere. A disciplinare le dita. Le ci volle qualche istante prima di riuscire a tirare fuori dall'involucro protettivo l'airone di cristallo. Era stilizzato, nero, le ali ripiegate, lo sguardo rivolto al cielo nel desiderio di spiccare il volo verso un cielo immaginario. Verso la libertà.

«È bellissimo.»

«Mi ha fatto pensare a te.»

Era così che la vedeva? «Grazie, sei stato gentile.»

«Mademoiselle, la riunione sta per iniziare.»

«Grazie, Viviane. Arrivo subito.» Scelse le cartelle che le occorrevano tra quelle impilate accanto al PC e sorrise nuovamente a Gérard. «Adesso devo proprio andare.»

«Anch'io. Passo a prenderti alle sette?»

«Cosa?»

«La nostra cena insieme, ricordi?»

Oddio, come aveva potuto dimenticarsene? Chiuse gli occhi un istante. «Non sono sicura di riuscire a trovare una baby-sitter con così poco anticipo.»

Lui strinse le labbra.

Alice percepì il suo disappunto. «Mi dispiace, scusami.» Gli sfiorò il viso. La pelle sotto le sue dita era calda, piacevole.

«Anche a me.» Gérard le afferrò il polso, circondandolo con la mano. Lentamente l'attirò a sé. Prima che lei potesse indietreggiare chinò il capo su di lei. «Non permettere alle circostanze di governare la tua vita, *ma chérie.*»

Circostanze? Il suo sorriso si spense. Amélie non era una circostanza. Scivolò via dal suo abbraccio.

«Ti chiamo più tardi.»

«Come vuoi.»

Uscì dall'ufficio pensierosa e si affrettò a raggiungere la sala riunioni. In quel momento non aveva né il tempo né la voglia di riflettere su quello che era accaduto con Gérard. Aveva la sensazione che lui non approvasse la sua decisione di prendersi cura di Amélie. Si fermò un istante all'ingresso, dietro i vetri c'erano tutti i suoi collaboratori, inspirò profondamente, si stampò un sorriso in faccia e varcò la soglia.

«Buongiorno», esordì sedendosi al suo posto. «Iniziamo pure.» Fece cenno a Viviane di distribuire i prospetti. Consapevole di avere la massima attenzione da parte del suo staff Alice espose il nuovo programma, illustrò le sue funzioni e rispose alle domande. Mentre la riunione entrava nel vivo iniziò a rilassarsi. «Passiamo alle slide.» Il più era fatto, pensò spuntando le voci del suo elenco. D'un tratto si levò un brusio. Si voltò verso lo schermo, aggrottò la fronte. «C'è un errore, scusate.» Prese il posto della sua assistente e rimediò subito. Da quel momento tutto andò storto. Cartelle scambiate, rapporti incompleti, il genere di cose che aveva sempre giudicato intollerabili.

Qualche ora dopo, nervosa e demoralizzata, si precipitò a prendere la nipotina con il cuore in gola, al limite dell'orario consentito. Entrò nella nursery trafelata. Amélie sedeva in un angolo, il pollice in bocca. Le si inginocchiò accanto. «Ciao, tesoro, che succede?» Le passò le dita sulle guance ancora umide. «Perché stavi piangendo? Ti avevo detto che sarei tornata a prenderti.» La piccola sollevò gli occhi su di lei, seria, triste. Si guardarono un lungo momento. Si chiese che cosa fare. Avrebbe dovuto renderla felice, quella bambina. Avrebbe dovuto fare in modo che sorridesse, giocasse, crescesse serena e amata. «Torniamo a casa, *ma douce.*» Scambiò qualche saluto con gli altri genitori in procinto di uscire, le infilò il cappottino e la cuffia, l'adagiò nel passeggino e uscì.

A Natale, Parigi si vestiva di oro e di rosso, d'argento e blu. Lungo gli Champs-Elysées luci che sembravano stelle cadenti erano fissate tra i rami degli alberi, suscitando la meraviglia dei passanti. Mentre la sera cedeva il passo alla notte, un fascino senza tempo sospendeva i pensieri. Un motivetto natalizio si levava allegro nell'aria. Intorno a loro la gente era immersa nell'incantesimo dell'Avvento. Alice aveva sempre amato quel periodo dell'anno, ma non riusciva a entrare nello spirito giusto. Camminava in silenzio, l'umore sotto i tacchi, un forte senso di oppressione sul petto. Era ormai trascorso più di un mese da quando Amélie era entrata nella sua vita. Continuava a pensare di avere il controllo della situazione, la verità però era un'altra: era stata travolta dagli eventi. La morte della sorella, il devastante dolore che ancora l'assaliva a tradimento. Amélie alla quale nonostante tutto faticava ad abituarsi, che occupava tutti i suoi pensieri, e quella nuova vita complicatissima. Sua madre che la tempestava di telefonate e la sottoponeva a continui interrogatori, seppellendola di raccomandazioni inutili, che grondavano di pesanti giudizi.

Finalmente a casa si chiuse la porta alle spalle. Si guardò intorno. Il soggiorno era un disastro. Afflitta, sospirò. Era esausta, ma non poteva lasciarlo in quelle condizioni. Era sempre stata orgogliosa dell'ordine e della pulizia del suo appartamento, qualcosa di cui si era sempre occupata da sola. Adesso invece… non ci poteva nemmeno pensare.

«Che ne dici di restare qui mentre la zia mette un po' d'ordine?» La posò sul tappeto. Mentre raccoglieva i giochi sparsi ovunque, pensò che avrebbe dovuto sostituire il fasciatoio. Quello era troppo grande e non ci stava nel suo bagno. Se ne sarebbe occupata il giorno seguente, durante la pausa pranzo. Riordinò il salone, poi passò alla cucina. Amélie iniziò a lamentarsi. Guardò l'orologio.

«Non è ancora ora della pappa, tesoro.»

Forse poteva darle un biscottino per distrarla, ma le avrebbe guastato l'appetito. Era una delle cose che il manuale di puericultura dal quale attingeva la maggior parte delle informazioni, sconsigliava.

Il brontolio aumentò. Alice lanciò un'occhiata preoccupata alla bambina, ma perseverò. Doveva farlo, o la piccola non si sarebbe mai abituata.

Il pianto cambiò, trasformandosi in una serie di strilli insopportabili. Tentennò ancora, arrivò persino a cambiare stanza e a rifugiarsi nel bagno. «È per il tuo bene, tesoro», sussurrò, poi ne ebbe abbastanza. «Al diavolo il manuale!»

Corse da Amélie e la prese in braccio. «Sono qui piccola, adesso sistemiamo tutto.» La minestra era di quelle pronte, doveva solo scaldarla al microonde e dargliela. Con la nipotina su un fianco che strillava a pieni polmoni, tirò fuori il più rapidamente possibile il vasetto e, così com'era, senza metterlo nel piatto come faceva di solito, ci infilò il cucchiaino e iniziò a imboccarla.

Il pianto cessò. Con un sospiro di sollievo, la mise a sedere sul seggiolone e continuò a darle la pappa. Il panico scomparve, sostituito dalla stanchezza e poi da una strana e improvvisa allegria. «Sai che sembri un uccellino? Tua madre li adorava. Io non so come ci riuscisse, credimi, ma lei era capace di allevare ogni creatura alata nella quale si imbatteva.»

Amélie le regalò un sorriso che la riempì di allegria.

«Mela o pera?» le chiese passando alla frutta. Non avrebbe dovuto dargliela a cena. Anche quello era sconsigliato dal manuale, ma aveva la netta sensazione che la bambina non fosse pienamente soddisfatta.

«Cosa faccio adesso, Emma?» Parlare con la sorella non era esattamente ciò che la sua mente razionale le suggeriva, più che altro rispondeva a un bisogno del cuore. Le sembrava di sentirla vicina. «Secondo me ha ancora fame», borbottò pensierosa. «Tu saresti andata a sentimento lo so, ma io non ho il tuo intuito. Faccio quello che posso, sai?» Ebbe nuovamente la tentazione di ricorrere al manuale. *Come allevare un bambino felice,* recitava il titolo. Lo spinse via disgustata.

«Oggi, *ma douce,* faremo un'eccezione.» Amélie gorgogliò in assenso. Era stata una giornata difficile per entrambe, in fondo meritavano una pausa.

«Ora bagnetto e a nanna che ne dici ragazza?»

Giocarono insieme con la schiuma, e quando la piccola si rilassò Alice iniziò il suo racconto.

«C'era una volta un'isola al centro del Mediterraneo.» Si interruppe. «Il Mediterraneo è un mare, non so se lo hai già visto, ma tanto ti ci porterò il più presto possibile. Allora dicevo che su quest'isola qualcuno, non si sa bene chi perché non si sono ancora messi d'accordo, ha costruito alte torri di pietra. È davvero un bel posto. Io non l'ho visto di persona, ma mia nonna Mallena, la tua bisnonna sarda, diceva che era il più bel posto del mondo. Sì, anch'io mi sono chiesta più di una volta perché lo abbia lasciato dal momento che le piaceva così tanto, ma lei era una donna molto misteriosa. Mi ha insegnato a parlare con le api, sai? Mi ha spiegato come ascoltare i loro messaggi, perché, mia piccola Amélie, fin dai tempi più antichi erano considerate messaggere di importanti notizie.» E lo erano, lo erano sempre state. Notizie belle, brutte, terrificanti, meravigliose, ma sempre e comunque decisive. Nessuno lo sapeva più di lei. Sospirò poi riprese a parlare. «Se un'ape vola dritta nella tua direzione e si posa su di te, farai molto bene ad ascoltarla, ragazza. Ti insegnerò anche questo, come lei, la nonna, ha fatto con me. Tua madre non era molto propensa ad ascoltarla. Lei, ora che ci penso, preferiva correre dietro ai fenicotteri e ai germani reali. Saliva sugli alberi e spesso io la raggiungevo. Qualche volta, quando la notte era limpida, la nonna ci mostrava le stelle. Nella sua isola si chiamano in un altro modo, sai? Comunque, in questo posto il vento del mare racconta le storie di api dorate che producono un miele speciale. Il miele è qualcosa di unico, non c'è nulla al mondo che gli somigli. Te lo farò assaggiare appena possibile. Devi crescere ancora un pochino, vedrai com'è buono. È come un profumo, cambia. Allo stesso modo, mentre lo assaggi, si scioglie sulla lingua e ti porta dove le api hanno raccolto il nettare dei fiori. Tra i petali. Ti sembra quasi di volare attraverso quei cieli sconfinati, di vedere i fiori e i boschi. È una sensazione meravigliosa, Amélie: è libertà, consapevolezza di far parte di qualcosa di prezioso, immenso.»

Pensò a Mallena, a quanto le mancasse sua nonna. Sapeva dove l'avrebbe portata quel pensiero, così si concentrò su Abbadulche, sull'isola e i suoi misteri. «C'è un albero enorme, un vecchio ulivo che affonda le radici in una sorgente di acqua limpida...»

Ricordò la storia, arricchendola di dettagli.

Amélie l'ascoltava a occhi spalancati. Incoraggiata, Alice continuò finché la nipotina cedette al sonno. Tornò in sala, accese il PC e controllò gli appunti della disastrosa riunione. Le ci volle qualche minuto per trovare la concentrazione giusta. Alla fine, riuscì a recuperare il filo dei pensieri. «Cos'è andato storto?» si chiese. Studiò le cifre, i riepiloghi. Mentre esaminava le slide iniziò a sbadigliare. Si strofinò gli occhi, sostenne la testa con la mano, le palpebre si facevano sempre più pesanti.

Le cifre sbiadirono, poi chiuse gli occhi. "Solo un momento", pensò. "Solo un momento."

«Ciao, Alice.»

Sussultò. «Emma?»

«Non fare quella faccia, non sono un fantasma.»

«È un sogno vero?»

Un sorriso, una carezza lieve. «Devi sempre dare un nome alle cose, vero?»

Non le rispose, era troppo impegnata a guardarsi attorno. Un prato ricoperto di fiori, una radura e un bosco. E il mare. Sentiva le onde frangersi da qualche parte davanti a lei. «Dove siamo?»

Emma si strinse nelle spalle. «Il sogno è tuo.»

Solo allora Alice si accorse delle api. Erano ovunque, sui fiori, nel cielo. Trasportate dal vento, insieme ai profumi. Le mancavano. Con loro era sempre stato facile. «È così bello», mormorò.

«No, non è bello. Tante cose lo sono. Questo, Alice, è giusto. Conosci la differenza, sei stata tu a spiegarmela, ricordi?»

Annuì. L'emozione che provava era intensa. C'era qualcosa in quel luogo che la faceva stare bene. Si sentì leggera, felice. In pace con sé stessa e con Emma. Era quello il paradiso? Se c'era, sua so-

rella doveva essere lì per forza, perché a lei il buon Dio, era certa, aveva riservato un posto d'onore. «Mi dispiace per come sono andate le cose tra noi. Cosa posso fare per rimediare?» Ma Emma non c'era più. Era andata via.

Si svegliò e si mise a sedere, la gola stretta dal pianto. Mentre il sogno allentava la sua presa e Alice riacquistava lucidità, si rese conto che era in cucina. Corse in camera, guardò verso la culla. Amélie dormiva raggomitolata su sé stessa, il pigiamino con i gattini che le aveva comprato subito dopo il suo arrivo in città. Teneva le mani sul cuscino, i palmi distesi. Le carezzò i capelli, spostandoli dal viso, con delicatezza, con amore. Un tremito delle ciglia, un altro sospiro. Anche lei sognava Emma? Per quello sembrava così serena? Le si strinse il cuore. Come se avesse percepito il suo stato d'animo Amélie prese ad agitarsi. «Tranquilla tesoro, la zia è qui.» Le accarezzò le spalle e indugiò in un ultimo sguardo. La luce filtrava dalle imposte. Con sgomento si accorse che la sveglia stava per suonare. La interruppe e andò in bagno. Fece una doccia e si preparò. Il latte di Amélie era quasi pronto. Mentre attendeva qualche minuto prima di svegliare la bambina, controllò il cellulare. Il messaggio che le aveva lasciato l'amica era chiaro, lapidario.

– Stai bene?

Rapidamente digitò la risposta: Certo, perché non dovrei?

– La riunione... ho sentito delle voci

Maledizione! Il cuore prese a batterle forte.

– Nessun problema, lascia perdere le chiacchiere. Una sostituzione di documenti, tutto qua. Ho già risolto

– Il nome dei responsabili?

Noëlle era un tesoro, ma quando si trattava di curare gli interessi della compagnia diventava uno squalo. Viviane era un'ottima assistente, non aveva nessuna intenzione di rinunciare a lei.

– Mia, e lo sai

– Se preferisci addossarti la colpa, liberissima

– Sono la responsabile del progetto

– Esattamente. Comunque, se hai bisogno di qualcosa non esitare a parlarmene, io ci sono, Alice

– Va tutto bene, mentì.
– Davvero? Perché a me non sembra…
Il pianto di Amélie la riscosse. Posò il cellulare e prese in braccio la nipotina. La cambiò, le diede il biberon e mentre usciva di corsa, nuovamente in ritardo, pensò a quello che le aveva scritto Noëlle. Preoccupata dalla piega degli eventi sperò che il taxi baby seat si sbrigasse ad arrivare ma era l'ora di punta. «Ti prego», disse stringendo Amélie tra le braccia. La bambina allungò una manina e le sfiorò il viso. Alice chiuse gli occhi un istante, assaporando la sensazione di dolcezza. «Sei un tesoro, *ma douce.*» Una vettura si fermò davanti a lei. «Finalmente!» esclamò. Adagiò la piccola sul seggiolino, si sedette accanto a lei e, mentre dava l'indirizzo all'autista, si impose di respirare profondamente per calmarsi. Era solo all'inizio della giornata, ma era già esausta.

7.

Il miele, come il limone, ha un ph basso, ma rispetto al succo dell'agrume, è molto più delicato. Raccomandato per marinare alcuni cibi, unito al sale perde la sua componente dolce, lasciando intatto l'aroma.

Seduta alla scrivania, Alice gettò un'occhiata piena di speranza alla finestra. Il cielo era livido come il suo umore, pensò.

«Un solo raggio», chiese. «Mi basta un solo raggio.» In realtà le avanzava persino. Un piccolo tocco avrebbe cambiato tutto quel grigio in argento, definendo tutto il resto. La gente credeva che la bellezza come la felicità fosse qualcosa di enorme, di dirompente, invece bastava poco. Bastava un raggio di sole per cambiare la prospettiva.

Bastava il sorriso di Amélie.

L'aveva lasciata in lacrime anche quella mattina, le braccine protese, il viso contratto dal pianto. L'avevano pregata di uscire dal nido, e lo aveva fatto anche se le era costato ogni grammo di volontà. Solo il pensarci la faceva stare male. Quello era il problema più grande. L'infelicità della nipotina era qualcosa che non riusciva a sopportare.

Si sentiva sbagliata, incapace. Non stava facendo un buon lavoro, nemmeno uno passabile.

Riportò l'attenzione sul monitor. Doveva occuparsi di una serie di simulazioni, qualcosa che sapeva fare alla perfezione e che aveva sempre avuto il potere di rasserenarla. Ma in quel momento provava solo stanchezza. Una profonda infinita stanchezza. Era rigida, le dolevano le spalle, il collo, persino la mascella.

Aveva saltato due appuntamenti dal parrucchiere, uno dall'estetista. Indossava capi pratici, niente tacchi che avrebbero potuto pregiudicare il suo equilibrio con la bimba in braccio. In cosa si stava trasformando? Che ne era stato della sua immagine così accuratamente studiata? Il senso di angoscia ormai non le concedeva tregua. Chinò il capo, le dita sugli occhi.

«Alice?»

Sorpresa sollevò il capo, gli occhi alla porta. «Ciao, Noëlle.»

L'amica entrò e si sedette davanti a lei. «Hai un aspetto terribile.»

«Non ho dormito, Amélie sta mettendo i dentini.»

«I dentini?»

«Sì, le danno fastidio. Ha avuto un po' di febbre.»

«Sei diventata un'esperta in così poco tempo?»

Esperta? No, l'aveva solo osservata. E dopo aveva chiamato il pediatra. Comunque, quattro mesi non erano poco tempo. Febbraio era agli sgoccioli, presto sarebbe arrivata la primavera, giornate più lunghe, il sole più caldo. Aveva comprato un marsupio da escursione. Con la bella stagione sperava di fare lunghe passeggiate. L'aria di mare avrebbe fatto bene alla bambina e anche a lei. Le sembrava di sprofondare in una palude sempre più profonda.

«Dovresti prendere una tata a tempo pieno.»

Come se non ci avesse provato! «Non è facile trovare una persona affidabile.»

Il nido privato le costava una fortuna. Nemmeno il taxi baby seat era economico, per non parlare del cibo, dei pannolini e del vestiario. Per fortuna aveva dei risparmi.

«Hai parlato con i tuoi genitori?»

Si irrigidì. «No, e non lo farò. Ne abbiamo già discusso.»

«Non ti riconosco più Alice, sei un'altra persona.»

«Sto facendo del mio meglio, Noëlle, te lo assicuro.»

Lei inspirò profondamente, poi si schiarì la voce. «Mi dispiace, mi dispiace moltissimo.»

Alice fu attraversata da un brivido. «Non ti capisco.»

«Non mi lasci altra scelta. Sei sollevata dall'incarico. Fournier ti sostituirà finché la direzione non avrà nominato un nuovo responsabile. Riprenderai le tue vecchie mansioni e seguirai le sue direttive.»

Alice sbiancò. Ci volle qualche secondo per realizzare ciò

che le aveva appena detto. La stavano demansionando. «È uno scherzo vero?»

Noëlle scosse la testa. «Ti avevo avvisata, ricordi? Tu non mi hai ascoltata. Vorrei che fosse uno stupido scherzo e, credimi, mi sono battuta per te. Qualcuno ha proposto un congedo a tempo indeterminato.»

Licenziamento. La volevano licenziare. «Chi?»

«Ti farò il favore di non rivelarti quel nome.»

Le rivolse uno sguardo smarrito. «Ho lavorato per questa compagnia per anni senza mai prendere un giorno di permesso o di malattia. Le ho dedicato tutto il mio tempo, ho contribuito al suo successo.»

«E per quello sei stata retribuita.»

Sbalordita guardò Noëlle. «È questo che pensi davvero?»

Lei scosse la testa. Sospirò, tendendole la mano. «Non ha importanza quello che penso io. La dedizione è qualcosa che uno offre spontaneamente. Non sarà mai presa in considerazione, non sarà mai ripagata. Tu sei stata la migliore analista che la compagnia abbia mai avuto, ma le cose sono cambiate. Tu lo sei. Adesso le tue priorità sono altre.»

Alice ripensò ai giorni e alle notti trascorsi sui bilanci, ai fine settimana che aveva sacrificato per quell'azienda. A parte i giorni per il lutto non si era mai assentata. Era bastato qualche mese di difficoltà, nel quale non era stata al meglio, per perdere tutto? In quel momento realizzò l'esatta portata del discorso che le aveva fatto Noëlle. Parole spietate, durissime. Avrebbe potuto perdere il lavoro. Il cuore prese a martellarle nel petto. Fu avvolta dal panico. Sollevò gli occhi su Noëlle. Erano amiche, l'avrebbe aiutata... quando incontrò il suo sguardo, tacque. Ingoiò le promesse, le suppliche. Non era così che funzionavano le cose. Raddrizzò le spalle, riordinò i pensieri. Noëlle in quel momento era la responsabile delle risorse umane della compagnia.

«Ti sbagli, le mie priorità sono sempre le stesse.»

Impilò i fogli che aveva sul tavolo, poi passò alle penne, le piante, ogni oggetto. Non avrebbe perso il lavoro.

Lei *era* quel lavoro.

Al di fuori di quello, ne era assolutamente certa, non esisteva.

Non era disposta a farsi da parte. Non poteva e non lo avrebbe fatto.

«Fournier è bravo, ma credi che quando ci saranno problemi vi proporrà soluzioni? Che non ci dormirà la notte finché non avrà risolto ogni singola questione?» Si alzò, raggiunse la finestra e poggiò le spalle alla parete, lo sguardo su di lei. «Non è come me. Io ho a cuore gli interessi della compagnia. È questa la differenza tra me e lui.» Riesumò la vecchia Alice, quella che sapeva affrontare ogni situazione. Quella che negli ultimi tempi aveva messo così stupidamente da parte. «Sai che è così.» La sua voce era calma, serena. Le sorrise e attese, e quando Noëlle la ricambiò si permise di respirare nuovamente.

«Ti confesso che per me è un grande sollievo sentirtelo dire.»

Ce l'aveva quasi fatta. «Sto cercando una sistemazione adeguata alla bambina, una volta che mia nipote sarà al sicuro, tutto tornerà come prima.» Doveva contenere i danni, elaborare una strategia, doveva portare Noëlle dalla sua parte. «Sto prendendo accordi con il padre di Amélie.» Non aveva tempo di vergognarsi per la menzogna, stava giocandosi tutto, compreso il benessere della bambina. Se l'avessero licenziata non avrebbe avuto i mezzi per prendersene cura. Posò la mano sulla sua fotografia a un lato della scrivania, catturando l'attenzione di Noëlle. Lei osservò a lungo quel gesto, pensierosa.

«Mi sembra un'ottima soluzione. Sono d'accordo con te.»

Alice si sedette. «Vive all'estero, trovarlo è stato un po' complicato.»

«Immagino... stavo pensando che hai un bel po' di ferie arretrate. Perché non le prendi tutte insieme? Va' in vacanza, prenditi del tempo per te stessa. Sistema tua nipote come meglio credi e torna da noi al tuo meglio.»

Ce l'aveva fatta! In realtà non c'era nulla di cui rallegrarsi. Aveva mentito e guadagnato del tempo. «Grazie, lo farò.»

Noëlle si alzò. «Ti prenderai un meritato periodo di riposo. Le acque si calmeranno, nel frattempo sistemerai i tuoi problemi. Hai lavorato troppo. Il lutto improvviso, l'affidamento della bambina, la situazione difficile che hai dovuto affrontare... eventi che avrebbero messo a tappeto chiunque. Prenditi il resto della giornata libera, Alice. Vai in vacanza, al tuo ritorno parleremo del futuro.»

«Io... va bene. Farò come dici.» Si costrinse a pronunciare quelle parole, a spingerle fuori dalla sua bocca.

Non voleva andarsene, non voleva lasciare la sicurezza di quelle mura. Ma non poteva fare altrimenti. Noëlle le aveva concesso un'alternativa e lei doveva approfittarne. Indossò il cappotto, poi prese la borsa.

«Chiamami.»

Annuì. «Lo farò. Buona serata, Noëlle.»

Uscì dal palazzo, attraversò la piazza e si costrinse a guardare avanti. «Respira», si disse. «Respira.» Camminò per le strade di Parigi per ore, senza meta, le mani affondate nelle tasche. Nuovamente impotente, nuovamente inerme. Possibile che avesse fatto tanta strada per ritornare esattamente al punto di partenza? Se avesse perso la sua posizione... non riusciva a pensarci, non riusciva nemmeno a immaginare una cosa simile. Tremò, il panico la assaliva a ondate. Doveva calmarsi, era riuscita a guadagnare tempo, quella era la cosa importante. Pensò a Gérard... era a conoscenza della situazione? Per un istante pensò di chiamarlo, ma cosa gli avrebbe detto? No, aveva sempre risolto i propri problemi da sola, e avrebbe continuato a farlo.

Place Vendôme era gremita di turisti. Alice si fermò davanti al Mandarin Oriental e sollevò lo sguardo verso il tetto.

Lì, al sicuro dai venti, c'erano gli alveari. C'erano le api.

Le mancavano, pensò.

Le api erano state il suo punto di riferimento per anni, le avevano permesso di organizzare la propria vita, di pensare al futuro. Le avevano offerto la gratificazione spirituale che un lavoro basato su numeri e statistiche non poteva darle. Erano l'unica cosa del suo passato che si era portata dietro quando aveva lasciato la Provenza.

La prima volta che le api le si erano posate sopra, Alice

aveva trattenuto il fiato. Sola in un campo di lavanda, si era trovata davanti all'apiario della nonna. Sapeva che non avrebbe dovuto spingersi tanto lontano, la mamma le aveva proibito di allontanarsi, ma Céline era troppo impegnata a badare alla sorellina appena nata per accorgersi della sua assenza. In realtà Alice, qualche volta, credeva di essere diventata invisibile. Allora sgattaiolava fuori e correva a perdifiato. Le piaceva sdraiarsi sull'erba e osservare la distesa lucente del laghetto. Le libellule che pattinavano sulla superficie dell'acqua. Le ali viola e blu, alcune persino rosa. Gli uccelli che si lisciavano le piume, le farfalle e le coccinelle. C'era un mondo intero in quello specchio d'acqua al centro della fattoria della nonna. Amava quel luogo che la chiamava.

Poi le zampine di un'ape le avevano fatto il solletico alla mano e lei era scoppiata a ridere.

Da quel momento ogni volta che poteva, Alice si rifugiava accanto agli alveari e raccontava alle api quello che le accadeva. Loro l'ascoltavano e la capivano.

«Il mio posto segreto», sussurrò mentre il ricordo si faceva strada in lei. E anche in quel momento, a distanza di anni, la sensazione di pace che aveva provato era così intensa da abbracciarla. Poi si irrigidì.

Le api ormai l'avevano abbandonata e al resto non voleva pensare.

Inspirò l'aria fredda della sera e continuò a camminare fino a rendersi conto di essere davanti al nido. Era quasi l'ora d'uscita, per fortuna. Quando vide Amélie la strinse al petto, gli occhi chiusi, il dolce peso tra le braccia, una sensazione di calore che l'avvolgeva. «Ciao, tesoro, mi sei mancata.» Lei le sorrise, accarezzandole il viso con la manina. Alice sentì l'anima riempirsi di una sensazione dolce, calda. Le si inumidirono gli occhi. Aveva voglia di piangere.

Non si trattenne con gli altri genitori, aveva fretta di uscire, di camminare. Aveva bisogno di aria e di stare con sua nipote.

Doveva capire cosa fare con lei. Aveva mentito a Noëlle, non aveva idea di chi potesse essere il padre di Amélie. Pensare di lasciarla inoltre era assurdo. Emma aveva affidato a lei la piccola. Ma quello, come le aveva fatto notare sua madre, non significava nulla. Negli ultimi giorni, quando sua sorella aveva scritto le sue ultime volontà, non era in sé. Respinse quel pensiero e si concentrò sulle priorità. Amélie, il suo futuro. Se avesse perduto il lavoro come avrebbe fatto a mantenerla? I risparmi sarebbero finiti prima o poi, e allora cosa sarebbe accaduto?

Davanti a lei la riva del fiume era gremita di persone e un'imbarcazione scivolava sulle acque. I turisti scendevano chiassosi lungo le scale di pietra che conducevano alla Senna. Da quel punto poteva vedere le luci della città che si riflettevano tremule nello specchio nero. Mentre camminava a ridosso della strada ogni tanto allungava la mano per toccare la nipotina nel passeggino. Si sentiva all'angolo. Che cosa doveva fare? Come poteva gestire la situazione? Un part-time era fuori discussione. Sua madre continuava a insistere, voleva che le affidasse Amélie ma, per quanto potesse sembrare la soluzione migliore, non lo era affatto. Ne era certa. Lo sentiva dentro. Amélie borbottò in quel suo modo buffo. Si chinò verso di lei.

C'è qualcosa di speciale negli occhi di un bambino che ti fissa. E negli occhi di Amélie, in quel momento, c'erano fiducia assoluta, amore, qualcosa che entrò nel cuore di Alice incantandola e terrorizzandola allo stesso tempo. «Torniamo a casa, *ma douce.*»

Più tardi, mentre la bambina giocava tranquilla Alice riordinò l'appartamento. Si occupò della cucina mise sul fuoco il bollitore e aprì la dispensa dove teneva il miele. Scelse quello dell'ultimo raccolto. Le api l'avevano abbandonata, era vero. Ma prima di farlo, durante la stagione estiva le avevano lasciato il loro prezioso dono. Lo spalmò su una fetta di pane e lo assaporò. Chiuse gli occhi un istante mentre la dolcezza e l'aroma si fondevano nel palato. Immaginò i balconi dove le api avevano bottinato il nettare, i petali dei fiori nei quali avevano giocato, i terrazzi e i giardini che avevano sorvolato. E poi accadde... Le sembrò di sentirsi meglio, più forte, di certo meno triste. Non avrebbe dovuto stupirsi, era la forza del miele, un alimento complesso, misterioso, potente. Era come se la natura, attraverso le api, fornisse agli uomini il suo amore, un abbraccio confortevole, pace, armonia. Il miele, da sempre, Alice lo sapeva, era stato il suo talismano. E come tale agì anche quella volta, infondendole la forza che stava disperatamente cercando altrove, ma che invece era dentro di lei. Mostrandole la via per raggiungerla. Il miele in Provenza era aromatico, avvolgente. Lavanda soprattutto, ma anche menta, rosmarino, coriandolo. Le erbe che la nonna utilizzava per i suoi infusi e i preparati fornivano il nettare alle api. Di quel loro miele speciale Alice era sempre stata ghiotta. Anche Céline quando lo mangiava si rasserenava. Nelle mattine di maggio quando le api costruivano i favi spontaneamente, riempiendoli, Mallena dopo averli raccolti li serviva a tavola per la colazione.

«Lo devi mordere, ecco, così, filla *mia. Chiudi gli occhi perché è dentro di te che lo devi vedere il miele. È quella la strada giusta.»*

La nonna era stata una poetessa a modo suo. Sospirò tornando alla realtà.

Gettò un'occhiata ai fogli che aveva riordinato sul tavolo.

Non riusciva a concentrarsi, era troppo nervosa. Poi, spinta da un impulso e da un ricordo, si alzò. Dove aveva messo la candela di cera d'api che le aveva regalato Louise? Frugò nei pensili della cucina finché individuò la scatola. La liberò dalla carta velina che la proteggeva. La scaldò tra le mani, inspirandone il profumo familiare. Al tatto, era liscia e setosa. L'accese e la portò con sé scegliendo con cura dove posarla, come aveva visto fare a Mallena tante volte. La fiammella ondeggiò, ipnotica. Sentì il battito del cuore rallentare. Sempre più calmo, Sempre più sereno.

Il dossier con i documenti di Emma non conteneva nulla di significativo. La carta d'identità, certificati, cartelle cliniche, le vaccinazioni e il gruppo sanguigno della bambina. Li aveva già controllati per iscrivere Amélie al nido. Restava la borsa con gli effetti personali di Emma. La tirò fuori dall'armadio dove aveva riposto tutte le cose della sorella. Le ci vollero due tentativi prima di riuscire ad aprirla senza mettersi a piangere. Le macchine fotografiche erano nelle custodie. Le carezzò, gli occhi chiusi, il cuore che le batteva forte. Emma aveva una vera passione per la natura, specie per gli uccelli migratori. Le sue foto avevano vinto premi prestigiosi. Continuò a pensare a sua sorella e poi fra tutti trovò un ricordo, il primo che aveva di lei.

Il giorno in cui sua madre era uscita dall'ospedale e aveva portato Emma a casa, Alice aveva guardato quel fagottino con un misto di eccitazione e curiosità. Si era seduta dove le avevano indicato, il cuore che le batteva forte, gli occhi sui pugnetti rosa che spuntavano dalla copertina. Le avevano permesso di tenerla in braccio. "Ho una sorellina", aveva pensato colma di una gioia così profonda da impedirle di stare ferma come le avevano ordinato di fare. Aveva chiuso gli occhi, posato la guancia sulla sua. Era morbida come il nastro che la mamma le metteva tra i capelli, che lei poi legava ai rami degli alberi perché le piaceva vederli svolazzare al vento.

«Non stringerla troppo, fai attenzione, Alice.»

«Sì mamma.»

E lei aveva fatto attenzione, solo che qualche volta Emma piangeva ugualmente.

«Cosa le hai fatto?»

«Io? Nulla, ma a lei non piace stare dentro casa tutto il giorno.»

«Va' fuori, Alice, smetti di dare noia a tua sorella. È troppo piccola per giocare con te, possibile che non lo capisci?»

No che non lo capiva, nonostante i dieci anni di differenza tra loro. Quando la mamma la sgridava, Mallena la portava con sé in laboratorio e trasformava le punizioni in meraviglia, insegnando alla nipotina come si creavano le candele. Pensò alla fiammella, unica, sola, tremula. L'aveva sempre affascinata. Sospirò tornando ai ricordi. Non aveva ubbidito a sua madre.

Nonostante la sorveglianza di Céline, Alice aveva continuato a giocare con Emma che luminosa e dolce era diventata il centro della vita di tutti loro, il centro della sua.

Ma poi era accaduto l'incidente, e tutto era cambiato.

Arginò il pensiero. Era diventata brava in quello. Aveva altro di cui occuparsi, non poteva perdere tempo in inutili commiserazioni. Non sarebbe servito a nulla. Rimuginare sul passato era come piangere: inutile e dannoso. Sfiorò i fogli sparsi sul tavolo. Non era tra quelle carte che avrebbe trovato una soluzione, ma doveva pur esserci una traccia.

Passò in rassegna il resto.

Un quaderno che Emma utilizzava come agenda attirò la sua attenzione. Chissà che sua sorella non vi avesse scritto qualcosa di significativo.

L'aprì e, mentre sfogliava le pagine, la vide. Era una busta azzurra, piccola, carta semplice, comune, destinata a Maddalena Azara. Il timbro risaliva a due anni prima. «La lettera!» esclamò. Era quella di cui le aveva parlato la sorella, proveniva dalla Sardegna. Era indirizzata a sua nonna.

«È di una certa Angelica Senes, ti dice nulla il suo nome?» le chiese Emma.

Alice rifletté. «Mi ricordo di Margherita Senes.» Quella donna aveva popolato i suoi sogni di bambina. «La nonna le voleva molto bene.»

«Dobbiamo risponderle Alice, anzi no, andiamoci. Io e te insieme. È l'opportunità che aspettavamo.»

Emozionata, Alice aprì la busta ed estrasse la lettera. La dispiegò iniziando a leggere. Era scritta in italiano, una lingua che sia lei sia Emma conoscevano. Mallena e Céline tra loro avevano sempre parlato nella lingua madre della nonna. Lei non lo parlava altrettanto bene, ma lo comprendeva.

Mi chiamo Angelica Senes, e le scrivo da Abbadulche, in Sardegna. Ho trovato il suo indirizzo tra le carte di mia zia Margherita. Non so se lei sia al corrente della sua scomparsa. Volevo dirle che è sempre stata nel cuore della zia, lei e le altre donne del miele. Qualche volta è così che penso a voi. Da piccola vi immaginavo come sorelle, come se tutte voi foste come le api. Perdoni la mia franchezza, ma per me è un po' come parlare con Margherita. Ho riflettuto a lungo prima di scriverle. Vede, mia zia mi ha lasciato la sua casa, gli apiari, una vasta tenuta ad Abbadulche. Desiderava che la casa fosse abitata, che continuasse a essere un rifugio, un punto di ritrovo, un luogo di rinascita. Per questo me l'ha lasciata, affinché la sua eredità spirituale fosse trasmessa alle nuove custodi. Mentre mi aggiro per queste stanze che hanno significato così tanto mi rendo conto di quanto siano vuote, di come il loro grande potenziale sia sprecato. Vorrei chiedere il suo aiuto, vorrei invitarla a tornare...

Sempre più intrigata proseguì nella lettura. Quando terminò, tratteneva il fiato. Era una storia affascinante. Donne come sorelle, api, custodi. Conosceva la storia delle custodi del miele e delle api. Mallena l'aveva raccontata a lei e a Emma. Donne speciali che si prendevano cura del territorio, della natura, del mondo che le circondava.

«La terra era triste perché il suo amato sole era troppo distante, così alto e remoto nel cielo. Di lui percepiva il calore e la luce, ma non riusciva a ricambiare le sue carezze perché non possedeva raggi che potessero raggiungerlo. Ogni alba allora cantava. Cantava il suo amore per lui. Il sole commosso la chiese in moglie. Quando lei accettò lui pianse di gioia. Le sue lacrime colme di amore e tenerezza raggiunsero la sua sposa. Dalla loro unione nacquero le api d'oro. La terra gonfia di vita insegnò il canto alle donne che ascoltavano la sua voce. Loro si presero cura delle api. Per loro cantavano, custodi di quella scintilla divina. Ogni custode ha trasmesso il canto a chi è venuto dopo. Finché ci saranno le api, esisteranno sempre le custodi per prendersene cura...»

Quante volte Alice aveva ascoltato quella storia... lei ed Emma si perdevano dietro il racconto. E poi un giorno la nonna l'aveva presa da parte e le aveva insegnato il canto. Per questo le api la cercavano, perché tra di loro c'era un legame che si perdeva nel tempo. Un legame indissolubile. Era tutto così assurdo, così incredibile. Era così confusa, incerta, immersa nel caos, una condizione che aveva sempre evitato con cura. Aveva la netta sensazione di annegarvici dentro. Cercò di fare chiarezza, di riordinare i pensieri. Doveva esaminare i fatti.

«È lì che hai vissuto, Emma, in Sardegna?» Amélie aveva quasi nove mesi, contando la gravidanza Alice ne aggiunse altri nove. Controllò il timbro postale. Tutto combaciava. Calcolò rapidamente la data. Fu naturale pensare a quel giorno di due anni prima quando sua sorella le aveva fatto visita per chiederle di fare un viaggio insieme. «Sei andata ad Abbadulche, hai incontrato questa donna... Angelica Senes. Hai accettato il suo invito e ci sei rimasta diverso tempo. Hai incontrato un uomo. Il padre di Amélie.»

Sì, tutto tornava. Era in Sardegna che sua sorella aveva concepito la bambina. Tutto sembrava indicare che i fatti si fossero svolti in quel modo.

«Che ti è successo, Emma?»

Pensierosa, passò in rassegna le informazioni che possedeva. Lanciò un'occhiata al cellulare e al PC della sorella. Se solo avesse avuto le credenziali di accesso. Era abbastanza sicura che lì, tra le sue cose, ci fossero le risposte che cercava. Ma non aveva le password. I suoi genitori non le erano stati di nessun aiuto. Riportò l'attenzione sul quaderno. Cerchiò con la penna la domanda che vi aveva scritto. *Chi è il padre di Amélie?* Continuò a scarabocchiare. I pensieri che si inseguivano. Vagò con lo sguardo finché incontrò l'airone di vetro. Non sentiva Gérard da giorni. Possibile che quel silenzio da parte sua fosse collegato a quello che era accaduto in ufficio? Ammise con sé stessa di non voler approfondire. Anche quello non era da lei. Prese il cellulare e compose il suo numero.

«*Ma ma ma!*»

Paralizzata dallo stupore, Alice posò il telefono e tornò di corsa in camera da letto. «Mamma? È quello che volevi dire?» Emozionata si chinò sulla nipotina. «La sua prima parola, Emma, è tutta per te.» Fu avvolta dalla gioia. Ogni traguardo della bambina era per lei fonte di meraviglia e orgoglio.

Ti affido Amélie.

La frase la gelò. Il sorriso scomparve.

«Sarà suo padre a occuparsi di lei. La bambina deve crescere con una vera famiglia.»

Aggrappata con entrambe le manine alle sbarre del letto, Amélie la fissava.

«È meglio così, *ma douce.*»

Lei le sorrise. Alice sussultò. Le si serrò la gola.

Perché le cose dovevano essere così difficili? «Non guardarmi così. Io ci sarò sempre per te, ma non posso essere la tua mamma. Combinerei un disastro, credimi. Le buone intenzioni non bastano. Per questo dobbiamo trovare il tuo papà.»

La nipotina tese una manina verso il suo viso. Alice chinò il capo, aspirando il suo odore. «Ci ho provato, piccolina. Ci ho provato, credimi.» Si asciugò il viso e le sorrise. Non voleva che la vedesse piangere. Non serviva a nulla. Soluzioni. Era di quello che aveva bisogno sua nipote. Ma lei non era tagliata per fare la madre, non l'aveva mai nemmeno voluto un figlio. Trovare il padre di Amélie era la scelta migliore, quella che avrebbe reso tutti felici. La bambina, prima di tutto, che sarebbe cresciuta con la sua vera famiglia. Lei, che sarebbe potuta tornare alla sua vita di prima senza rinunciare al suo ruolo di zia. I suoi genitori, che erano troppo anziani per accudire una bambina così piccola.

«È la cosa migliore.» Lo pensò, lo disse e se lo ripeté. Ma anche se continuava a farlo, anche se era ragionevole, logico, continuava a provare una voragine al centro del petto.

Te l'affido, Alice. Prenditi cura di mia figlia.

«Lasciami in pace, Emma, farò ciò che devo per il bene della bambina, ma lo farò a modo mio.»

8.

Le api sono custodi della natura e ogni gesto che compiono avvantaggia la comunità. Raccogliendo il nettare, impollinano i fiori, agevolando la fecondazione e la produzione dei frutti. Quella tra fiori e insetti pronubi è una sinergia evolutiva in cui specie diverse hanno stabilito un legame di interazione. L'unico possibile per un progresso virtuoso.

Il campanello la fece trasalire. Chi poteva essere?

Lanciò un'occhiata ad Amélie poi, dopo aver guardato dallo spioncino, pensierosa aprì la porta.

«Ciao Alice, posso entrare?» Gérard le stava di fronte con un mazzo di rose in mano.

«Non ti aspettavo.»

«Dobbiamo parlare.»

Lo fissò per un istante. «Prego.» Prese i fiori e si fece da parte. Era imbarazzato, come lei d'altronde. Gérard le sorrise poi si fermò di fronte ad Amélie.

«Direi che ti somiglia sempre di più.»

«Trovi?» chiese in tono leggero.

Lui avanzò di qualche altro passo. «Piangerà se mi avvicino?» Amélie non lo aveva mai trovato simpatico.

«Possibile.» In realtà era praticamente certo.

«Ciao piccola, come stai?»

Amélie si ritrasse.

«Perché fa sempre così?» mormorò deluso.

Perché aveva perso la sua mamma, perché il mondo le era stato ostile fin da subito, perché l'unica persona che conosceva davvero stava cercando di liberarsi di lei.

«Tranquilla, amore, c'è la zia con te.» Alice prese in braccio la nipotina. «Gérard è un amico, ricordi cosa abbiamo detto sugli amici?»

«Non mi sembra molto impressionata dal tuo discorso.»

«È un concetto complesso, dalle qualche minuto.»

«Forse mi trova antipatico. Del resto, non si può certo dire che tu stravedessi per me.»

«Ho cambiato idea.»
«Solo perché ti ho sedotta.»
«Non è vero!» esclamò.
Lui ridacchiò. «Invece sì, ci sto lavorando da mesi, non puoi non essertene accorta.» Armeggiò con una busta di carta che teneva in mano. «Mi hanno assicurato che è adatto a una bambina della sua età», disse tornando serio.
L'orsacchiotto era piccolo, delizioso. Gérard lo teneva davanti a sé come se non sapesse che farne. Alice, divertita, lo invitò ad avvicinarsi. Amélie lo studiava con interesse, finché allungò il braccio verso il peluche.
«Non è stato poi così difficile, visto?» Gli sorrise.
«Dipende.» Le sfiorò le labbra con un bacio. «Possiamo parlare?»
«Non lo stiamo facendo?»
«In privato.»
Alice sbuffò. «Ha nove mesi, i suoi interessi sono ridotti a poche cose essenziali, e tu non sei contemplato, credimi.»
«Così però mi ferisci.»
Lei ridacchiò. La tensione iniziale si sciolse. Era bello sentirlo scherzare. Le era mancato il suo assurdo senso dell'umorismo. Le era mancato lui.
Amélie iniziò a succhiarsi il pollice con più vigore, lasciò cadere l'orsacchiotto e si abbandonò sulla sua spalla. «È ora della nanna. Torno subito.»
Entrò in camera da letto e l'adagiò nella culla azionando la giostrina di stelle. «Sono qui fuori, dunque niente panico, ragazza, mi chiami e torno di corsa.» Le baciò le dita e lasciò la porta socchiusa.
«Eccomi.»
«Si è già addormentata?» Era stupefatto.
«Ma no! Le piace guardare la sua giostrina, l'aiuta a pensare. Ti posso offrire qualcosa?» All'improvviso era nervosa. Non sapeva cosa aspettarsi da quella visita.
«No, grazie. Perché non ti siedi vicino a me? Come stai?»
Le bastò un'occhiata per arrivare al punto. «Hai parlato con Noëlle.»
«Fra le altre cose.»

Lo raggiunse sul divano. «Allora sai già tutto.»
«In realtà mi manca la versione che mi interessa di più, la tua.»
Alice si chiese se gli interessasse davvero, si chiese da che parte sarebbe andata la sua lealtà. Avrebbe preso le sue parti o quelle dell'azienda? Poi incontrò il suo sguardo e sospirò. «Ricordi la prima volta che ci siamo incontrati?»
«Certo, mi facesti notare che tra le clausole del contratto c'erano alcuni errori, erano piccoli, infinitesimali, ma avevi ragione.»
«Quel lavoro era... è molto importante per me.»
Lui le prese le mani. «Anche adesso?»
«Più di allora.»
«So che nelle ultime settimane sono stato poco presente, ma tu sei molto importante per me. Perché non mi dici cosa succede? Permettimi di aiutarti.»
Come poteva spiegargli come si sentiva? Come poteva spiegargli che ammettere di avere un problema significava renderlo reale, concreto. «Non posso perdere il mio posto di lavoro, non posso.»
«Allora non farlo.»
«Sì, ma come? La bambina ha bisogno di me.»
«Anch'io, ma non ti ho mai chiesto di rinunciare alla tua vita. Sì, sì, lo so. Il paragone non regge visto che sono un adulto. Ma davvero tutto si riduce a questo?»
«Hai bisogno di me?» Quella era la prima volta che Gérard le esponeva con chiarezza i suoi sentimenti. La loro relazione fino a quel momento era stata più una condivisione di solitudini. Allungò un braccio verso il suo viso, voleva toccarlo, sentiva il bisogno di un contatto.
Gérard le baciò il palmo, avvolse la sua mano nella sua, poi intrecciò le dita. «Avevo preparato una serie di frasi eccellenti, ho persino sbirciato qualche poesia in modo da imbastire un discorso intenso, convincente e audace, ma l'unica cosa che voglio fare davvero con te, Alice, è baciarti, e continuare a farlo finché la smetterai di pensare e ti lascerai andare.»
Lei rise e socchiuse le labbra. Era felice, turbata, poi in-

contrò il suo sguardo e il cuore perse un battito. Gérard la fissava con un'intensità che non conosceva.

«Io e te siamo molto simili per certi versi.»

Fu il modo in cui lo disse a fornirle una chiave di lettura. Voleva chiarezza. Non era l'unica che pianificava le cose. E poi pensò a quella prima sera in cui avevano parlato, al discorso che le aveva fatto paragonandola a un lago dalle acque placide e insondabili. Rabbrividì. «Dannato vestito rosso», borbottò.

Gérard scoppiò a ridere. «Spero che tu lo abbia conservato.»

«In fondo all'armadio.»

«Bene, un giorno ti chiederò di indossarlo nuovamente. Ho avuto un mucchio di pensieri su quel vestito. Ho dei progetti per lui.»

«Non mi dire.»

Gérard rise ancora, poi guardò verso la camera da letto e il suo sorriso si spense. «È una creaturina deliziosa. Adorabile.»

Alice percepì nuovamente una certa resistenza. «Ma...» Perché doveva esserci sempre un ma? si chiese con un sospiro.

«Non è tua figlia.»

«È mia nipote! Me l'ha affidata la madre.»

«E suo padre?»

Alice si alzò, prese a camminare avanti e indietro nervosamente. Non faceva che sbatterci la testa. «Non saprei, non ho idea di chi possa essere.» Si passò le mani sugli occhi.

«Lui ha il diritto di sapere! È sua figlia. Devi dirglielo.»

«Sto facendo del mio meglio!» Nei giorni precedenti aveva riflettuto su quello che avrebbe dovuto fare per trovarlo. Sapeva che quella era la direzione giusta da prendere, eppure non riusciva a decidersi. Perché era una strada che, una volta intrapresa, non le avrebbe consentito di tornare indietro.

E aveva paura. Paura di sbagliare, paura di rinunciare ad Amélie.

«Sai bene quanto me se non di più che le buone intenzioni non bastano, ci sono incompatibilità di cui è necessario tenere conto. E tu ormai non sei più la stessa da molti mesi.»

Era vero, che le piacesse o meno quella era la pura verità.

«Ho molti progetti su noi due Alice, voglio vederti sorridere nuovamente.»

«Ho dei doveri verso la bambina, Gérard.»

«Niente ti impedisce di assolverli senza dimenticarti di te stessa.»

Lei chinò il capo.

«Vieni qua, non fare così.»

Era così stanca che si lasciò andare con un sospiro. Posò la testa sul suo petto, poi sollevò il viso. Fu facile, spontaneo. Era consolazione, era rispetto. Lui era un brav'uomo e lei era stanca di stare da sola. «Ti preparo qualcosa da mangiare?» mormorò.

«No, resta accanto a me, parliamo. La cena ce la facciamo portare, che ne dici?»

Era una proposta gradevole. Dopo aver scelto un film, si accomodarono insieme sul divano. Pensava che avrebbero parlato, invece si assopì quasi subito. Quando si svegliò era ormai notte fonda e lui era andato via lasciandosi dietro solo uno striminzito messaggio di saluto.

Andò in bagno e si lavò il viso con l'acqua fredda. Lo specchio le rimandò l'immagine di una donna giovane, con grandi occhi scuri, profondi, i lineamenti decisi. L'espressione tesa. «Troverò una soluzione che soddisfi tutti», mormorò.

Tornò in camera, si sedette accanto alla culla, le braccia sulle sponde, gli occhi su Amélie che dormiva serenamente.

«Sei così bella tesoro», sussurrò.

Allungò la mano e le sfiorò i capelli delicatamente, con infinita tenerezza. «Hai fatto un capolavoro, Emma.» Non ci aveva mai davvero riflettuto prima di quel momento. Mettere al mondo un figlio era un atto di grande generosità. E c'era un'altra cosa che stava considerando per la prima volta. Sua sorella aveva dato la vita per quella bambina.

«Farò un tentativo, poi se non andrà bene io...» Non terminò la frase. Non lo sapeva quello che avrebbe fatto. Non poteva pianificare nulla, non poteva prevedere nulla. Sapeva solo che amava quella bambina più di ogni altra cosa al mondo.

La mattina seguente dopo essersi presa cura della nipotina si mise subito all'opera.

Ricontrollò i documenti, li ordinò sul tavolo dividendoli in gruppi e infine sfogliò l'agenda, cercando un indizio, un nome.

La capovolse persino. Poi la chiuse mettendola da parte e passò al resto.

Quando aprì il grosso album fotografico, il profumo di Emma l'avvolse strappandole un gemito. Inspirò a fondo, si asciugò il viso e riprese a sfogliarlo.

Non erano semplici fotografie, quelle, piuttosto un collage composto da immagini. «È una storia.» Pensò ad Amélie che giocava tranquilla e comprese. «Lo hai fatto per lei, vero Emma?» Nessuna parola, ma immagini. La bambina le avrebbe potute guardare da subito, e così si sarebbe ricordata della sua mamma.

Alice sfiorò i ritratti con riverenza, il cuore che le batteva forte. Oltre agli scatti che aveva realizzato sua sorella ce n'erano degli altri, vecchissimi, anteriori persino alla sua nascita. Alice le riconobbe quelle fotografie. Lei ed Emma da piccole. Simon e Céline che sorridevano e sembravano tanto giovani. C'era persino Mallena. Sua nonna era giovane in quella foto, a giudicare dall'immagine doveva essere incinta di sua madre.

Nelle pagine successive trovò molti scatti della fattoria, i campi di lavanda che coprivano le colline di rosa e viola. *Mauve*, le venne in mente il nome. Mallena si vestiva di *mauve*. Amava quella tonalità allegra e allo stesso tempo raffinata.

«Quanto era bella la nonna», sussurrò, passando oltre. C'erano le prime feste scolastiche, le gite. Ecco Emma con Berte, l'amica del cuore di quando era ragazzina. La Senna e la Tour Eiffel. Loro due insieme. Paesaggi, uccelli migratori, gli stagni orlati dai canneti dove i germani reali nidificavano. Un gruppo di quattro fenicotteri rosa attraversava un cielo di cobalto. «Li adoravi.» Le ultime pagine erano differenti. Il mare spiccava tra le foto, sabbia bianca e volti sconosciuti. Una donna che poteva avere la sua età, bellissima, la guardava con occhi profondi. Un ulivo enorme, sul quale una ragazzina si era arrampicata e sorrideva all'obiettivo. Un uomo lavorava su un catamarano. Studiò con attenzione tutti i volti e si soffermò su uno in particolare, quello di un uomo di età indefinibile. Aveva la pelle scurita dal sole, gli occhi verde chiarissimo. I capelli neri incorniciavano un volto dai tratti spigolosi. L'espressione era solenne. Lo fissò a lungo. Era triste, dal suo sguardo traspariva una malinconia profonda. C'era anche un altro uomo. Sembrava più avanti negli anni, o forse era la sua espressione dura a farle immaginare che fosse più vecchio. Anche lui era molto attraente. Anche lui era stato importante per Emma? Forse tra di loro si nascondeva il volto del padre di Amélie?

Sua sorella era una ragazza bellissima, piena di vita, con dentro qualcosa di molto speciale. Aveva sempre avuto molto successo. Nessuno lo sapeva più di lei. Ma invece della tristezza che aveva sempre accompagnato quel pensiero, sentì un'ondata di affetto. Pensò al suo sorriso, alla risata che riempiva il cuore. «Mi manchi tanto.»

Da bambina credeva che sua sorella fosse un angelo che Dio le aveva inviato affinché non fosse mai sola. Glielo aveva detto Mallena.

Quanto si era sbagliata sua nonna.

Non ci sono angeli, solo persone.

Ognuna con un proprio carattere, desideri e destino.

«Chi sono queste persone, Emma?»

Che ruolo avevano avuto nella vita di sua sorella? Sapevano che era morta? Erano a conoscenza dell'esistenza di Amélie? Cos'era accaduto a sua sorella mentre viveva in Sardegna?

Riportò lo sguardo su Emma, sul suo sorriso pieno di vita

e allegria. Era felice. C'era come una luce in lei. Era già incinta? si chiese. Era per quello che sembrava così radiosa? Non avevano potuto condividere nulla di quel momento che per sua sorella era stato così importante. Né di quello successivo, quando la malattia l'aveva consumata. Lei non l'aveva voluta accanto, non aveva voluto nessuno. Alice si asciugò il viso, la gola stretta dal pianto. Riguardò le foto una per una. Il giorno seguente le avrebbe mostrate ad Amélie. Ormai era in grado di riconoscere sua madre. «Le racconterò tutto di te, te lo prometto.»

Continuò a sfogliare l'album. C'era una torre di pietra circondata da un villaggio, una distesa di sabbia, rovine di un'antica città romana. Guardò quei luoghi di cui aveva sentito tanto parlare. I campi di grano, gli alberi piegati dal vento, i ruscelli di acqua limpida che correvano sulle pietre.

Chiuse l'album. Poteva restare e affrontare il disastro, oppure poteva agire. Qualsiasi decisione le avrebbe portato via qualcosa.

9.

La pappa reale è una sostanza destinata all'alimentazione della regina. La sua composizione non è del tutto chiara, ma agisce in modo epigenetico, attivando o spegnendo particolari geni del DNA. *L'assunzione ininterrotta differenzia la regina sia nelle dimensioni sia nel ruolo: essa può fecondarsi, deporre le uova e vivere per alcuni anni.*

Dopo aver caricato l'ultimo alveare all'interno del furgone, Giuseppe si tolse il cappello e si asciugò la fronte. La giornata era calda e il trasporto avrebbe agitato le api alzando ancor più la temperatura. Doveva sbrigarsi.

«Sei pronta?»

Anna si affacciò al finestrino e gli fece un cenno con la mano, mise in moto, attese che il padre la raggiungesse sul sedile accanto e gli sorrise.

«Perché quella faccia? Loro sono contente di andare nel bosco.»

«È sempre uno stress spostarle. Ma se ti hanno detto che per loro va bene, chi sono io per affermare il contrario?» Aveva fatto pace da molto con l'idea che la sua Anna avesse ereditato dalle donne di famiglia il talento con gli animali. Angelica gli aveva raccontato di quella prima volta in cui mentre si occupava delle api nella tenuta di Margherita aveva scorto Anna nascosta dietro un'arnia. Le api le si erano posate sopra, accarezzandola, includendola nello sciame. Lei aveva capito di avere davanti a sé la nuova custode. Solo più tardi, Angelica aveva scoperto chi fosse in realtà quella bambina, e che appartenevano alla stessa famiglia.

Giuseppe era felice che il retaggio della famiglia si fosse manifestato in sua figlia, gli dava un senso di continuità, di appartenenza. Sperava solo che questo non le creasse problemi. La gente era crudele con tutto ciò che non capiva. Lui lo sapeva per esperienza. Mara, sua moglie, aveva vissuto con lui in zone del mondo che avevano usanze completamente diverse. Era sempre rimasta ai margini, mai accolta, mai integrata. E di quello aveva sofferto finché era nata Anna e allora le cose erano migliorate, almeno per un po'.

Orgoglioso, era ammirato dall'abilità di sua figlia. Guidava con prudenza, concentrata sul sentiero. Avevano un patto, si sarebbe fermata al cancello, da lì in poi avrebbe preso lui il volante.

Suo padre gli aveva insegnato a guidare nello stesso modo. Anche lui, come Anna, all'epoca era solo un ragazzino, benché più alto e robusto della figlia, che ancora faticava a raggiungere i comandi. Ma questo non le impediva di fare ciò che voleva. Un lampo di stima attraversò lo sguardo attento di Giuseppe.

«Ti preoccupi troppo, papà. Loro staranno bene, anzi, sono sicura che non vedono l'ora. Chissà, forse qualcuna deciderà di costruire i favi sugli alberi.»

Giuseppe gemette. Ci mancava solo quello, pensò! Eppure, non riuscì a trattenere il sorriso quando incontrò l'espressione felice della figlia.

«Solo fino al cancello, intesi?»

«Affare fatto!»

Dopo essersi scambiati di posto, Giuseppe prese la strada per la montagna. L'aria tiepida filtrava dal finestrino abbassato. Vi colse un lieve sentore di erica. La stagione avanzava rapida. Presto il nettare avrebbe ingrossato i nidi, le api si sarebbero moltiplicate e, una volta raggiunto il numero adeguato, spinte dall'istinto sarebbero salite a melario. E allora avrebbe avuto inizio il periodo del raccolto.

«Guarda, papà.» Anna si sbracciava in direzione dello stagno. Un gruppo di fenicotteri rosa stava planando sulle acque. «*Genti arrubia*... Gente rossa, come se fossero persone. È bello come nome, non credi?»

«Altroché.»

«Quando finiamo voglio andarci.»

Giuseppe comprese la direzione che avevano preso i pensieri della figlia ancora prima che lei gli lanciasse un'occhiata triste. Era lì che Emma le aveva insegnato ad attendere il momento, a scegliere l'istante per fermare il tempo e fissarlo sulla pellicola.

«L'ho sognata.»

«Chi?» Lo chiese pur sapendo perfettamente a chi Anna alludesse.

«Emma. Ho sognato che stava tornando.»

Giuseppe lo dubitava, ma tenne il pensiero per sé. «Possiamo andare a scattare qualche foto più tardi, che ne dici?»

Il viso della ragazzina si illuminò.

Giuseppe iniziò a scaricare i supporti e le pignatte. Posizionò l'impalcatura sotto gli alberi, lì gli alveari sarebbero stati in mezz'ombra, la posizione ideale. Sistemò gli agganci a prova di cinghiale e di cervo. Si chiese quanto tempo sarebbe occorso a sua figlia per decidersi a parlare. Anna però era chiusa in sé stessa. Sapeva che era solo il suo modo di comprendere il mondo, di elaborare ciò che la rattristava; tuttavia, sentì la familiare sensazione di panico.

C'era stato un tempo in cui sua figlia era stata prigioniera del silenzio.

Da allora erano trascorsi degli anni, era cresciuta, era guarita se di malattia si voleva parlare. Adesso frequentava la seconda media, aveva molti amici tra i suoi coetanei. Era felice e lui avrebbe fatto in modo che continuasse a esserlo.

Mentre distribuiva le arnie cercò di concentrarsi sul lavoro, eppure ogni tanto tornava su di lei. Poggiata a un cespuglio di ginestra sua figlia guardava il cielo.

«Apri tu o lo faccio io?»

«Io, io.» Anna corse verso le arnie e una dopo l'altra sollevò le griglie. Le api le volarono attorno poi si lanciarono verso l'interno del bosco. «Vanno all'albero.»

La leggenda diceva che tutte le api dell'isola discendessero dallo sciame che abitava nel tronco dell'ulivo millenario. Era un albero che affondava le radici in una fonte d'acqua. Una volta all'anno, quando le api avevano colmato le cavità, il miele colava dalla corteccia al ruscello. Abbadulche significava appunto «acqua dolce».

Terminarono di sistemare le attrezzature e, dopo essersi assicurati di aver aperto ogni cassa, risalirono in auto.

❀ ❀

Vista dal traghetto la città di Abbadulche sorgeva su una bassa collina che scendeva dolcemente verso il porto. Le case, appollaiate sulla sommità e sormontate da un cielo blu cobalto, sembravano lo sfondo di uno di quei quadri nostalgici, quasi irreali, che spesso Alice aveva visto lungo le sponde della Senna, dove gli artisti di strada esponevano i loro lavori.

«Sono qui, Emma», mormorò a fior di labbra. Un nodo di emozioni contrastanti si agitavano in lei: timore, speranza, dispiacere, perché nonostante avesse esaudito la sua richiesta di prendersi cura della bambina, si preparava a deludere le sue aspettative. Restò ancora un istante immobile, poi lentamente recuperò il controllo. Più calma sollevò l'opuscolo che aveva acquistato al suo arrivo in Sardegna, scorrendolo rapidamente.

Si diceva che a fondare la cittadina fossero stati gli stessi fenici che avevano edificato l'antica e vicina Sant'Antioco. Insieme all'isola di San Pietro, Abbadulche faceva parte del piccolo arcipelago della Sardegna sudoccidentale. Ripose in borsa la guida. Il mare catturò la sua attenzione. «*Ma douce*, ti giuro che io un colore così non l'ho mai visto prima», disse piena di meraviglia.

Mentre si avvicinavano al porto, il rollio della nave divenne più intenso. Si irradiava dalle gambe, raggiungeva le mani, la testa.

E poi l'emozione prese il sopravvento. Le sembrò di essere colma di qualcosa che non aveva un nome né una consistenza, ma che la invadeva fin nel profondo facendola sentire viva.

I profumi la inebriavano, gli occhi erano ovunque: sulla spiaggia, tra le case colorate, nel cielo solcato dagli uccelli della terra che, da piccola, tantissime volte, aveva sognato di visitare. Sua nonna gliel'aveva mostrata attraverso i suoi racconti e lei ed Emma avevano fantasticato su quel luogo, ai loro occhi, magico.

Alice si scoprì impaziente, agitata. Era come se la bambina che c'era dentro di lei avesse preso il sopravvento. Non vedeva l'ora di arrivare.

Prese in braccio Amélie, la infilò nel marsupio e scese i gradini tenendosi saldamente al corrimano. Si accodò al gruppo di passeggeri e seguì le indicazioni del marinaio. Una volta a terra attraversò la strada lasciandosi il molo alle spalle. «È bello, no... è molto di più.» Si guardò intorno, le labbra socchiuse, una mano sul viso per schermarlo dal sole. Alla bambina aveva messo un cappello, avrebbe dovuto trovarne uno anche per lei.

Dalla parte opposta della piazza che costeggiava il porto, le pareti delle case erano bianche con le imposte di legno azzurre, i tetti di tegole rosse e piante di agrumi dietro muretti a secco. Li poteva vedere anche da lontano, con le foglie verdi illuminate da un sole caldissimo, insolente. Ma d'altronde aprile era alle porte.

«Quando parte l'ultimo traghetto?»

«Diciannove in punto, signora.»

«Grazie.» Rispose lentamente, assaporando l'idioma che sua nonna le aveva insegnato e che aveva usato di rado negli ultimi tempi, ma che non aveva mai dimenticato.

Il mare cullava le barche attraccate al molo, lo sciabordio accompagnava le urla stridule dei gabbiani. In un lembo di spiaggia attiguo qualcuno aveva steso ad asciugare le reti che un gatto, sdraiato sopra una pietra, sorvegliava con attenzione.

Ringraziò il marinaio che l'aveva aiutata con le borse e attraversò la piazza gremita di gente. Qualcuno le sorrise, un paio di persone che si erano fermate a parlare tra loro la salutarono. Alice non era abituata a tanta cordialità, tuttavia rispose e le sembrò naturale. Presto l'imbarazzo che aveva provato all'inizio scomparve, lasciando al suo posto una sensazione curiosa. Era sempre stata molto schiva con gli sconosciuti, poi considerò che in fondo quella era l'isola da dove Mallena era partita molti anni prima, il luogo dove sua sorella aveva vissuto e dove, con molta probabilità, avrebbe ritrovato il padre di Amélie.

Avvolta dal profumo della salsedine che si levava dal mare, tirò fuori dalla tasca la lettera di Angelica Senes. Lo aveva fatto molte volte da quando aveva lasciato la Francia. Quella carta sottile, liscia sotto le dita, azzurra e sciupata le aveva infuso coraggio. Era ridicolo, lo sapeva, era frutto della sua immaginazione. Eppure, continuava a cercarla e il solo sapere di averla accanto le bastava.

Come in quel momento.

Poi si guardò attorno. Aveva scaricato da internet uno stradario e studiato la direzione per la villa di Margherita Senes, il cui indirizzo era sulla busta. Supponeva che Angelica vivesse lì.

Pensò che avrebbe riconosciuto una casa tanto singolare, ma non voleva certo correre il rischio di perdersi, visto che aveva Amélie a cui pensare. Lei sollevò lo sguardo, fissandolo nel suo. «Stai tranquilla, non c'è nulla da temere.»

Si chiese se lo stesse dicendo alla bambina o a sé stessa. Non era il genere di situazione a cui era abituata.

Non aveva un piano né un'idea precisa. Aveva prenotato il volo per la Sardegna spinta dall'emozione che le aveva procurato la lettera di Angelica, dal ricordo di Emma che avrebbe voluto visitare l'isola insieme a lei, dal fatto che probabilmente ad Abbadulche avrebbe trovato il padre di Amélie.

Non era da lei agire in quel modo.

C'erano momenti in cui faticava a riconoscersi.

Noëlle aveva ragione.

Era cambiata.

Aveva lasciato la Francia all'improvviso, anche se in teoria non avrebbe potuto farlo. La trafila legale riguardo alla custodia di Amélie, infatti, doveva essere ancora validata. Per quello non aveva avvisato i genitori, per evitare che sua madre interferisse. Ne aveva parlato solo con Gérard e lui le era sembrato molto contento della decisione di andare a cercare il padre di Amélie. Anzi, l'aveva incoraggiata.

Era la cosa migliore da fare sotto tutti i punti di vista.

«Mi accerterò che sia una brava persona, questo te lo prometto, *ma douce.*» Conoscendo Emma era praticamente certo. Per quanto le loro divergenze fossero ampie, sua sorella era una donna molto intuitiva e intelligente. Si chiese nuovamente perché non avesse affidato Amélie al padre biologico. Si era posta tante volte quella domanda, ma non era arrivata a nessuna conclusione. Le variabili erano così tante che era praticamente impossibile arrivarci.

Dall'alto campanile di pietra si levava un rintocco lamentoso, antico. Nel cielo limpido, di un azzurro che pareva cristallo, i gabbiani volavano in tondo prima di planare sui tetti di tegole.

Lentamente l'ansia scemò, sostituita da un'intensa sensazione di pace. «Adesso capisco perché tua madre si era innamorata di questo posto.»

In realtà le sue erano solo deduzioni, visto che la sorella non le aveva mai fatto una simile confidenza, ma Alice lo aveva capito dalle fotografie che Emma aveva scattato, le stesse che poi aveva incollato nell'album di Amélie. Quell'album raccontava una storia, ne era certa. L'aveva sentita fluire in lei attraverso le immagini. Aveva come percepito le sue emozioni. La fiducia, l'allegria, la sua passione.

«Che dici, ci avviamo?» Non potevano stare lì tutto il giorno, la gente iniziava a osservarle incuriosita.

Lei gorgogliò qualcosa. Alice le accarezzò il viso. «Lo prenderò per un sì.»

Attraversò la strada e seguì le indicazioni che aveva segnato sulla carta.

Mentre si avvicinava alla periferia del paese si accorse che i giardini che circondavano le case diventavano sempre più ampi. C'erano lunghi filari di alberi che sormontavano cespugli. Le foglie di una tonalità di verde più chiaro erano molto sottili, ed emanavano un profumo resinoso. Si fermò davanti a una staccionata. Un gruppo di asinelli corse verso di loro.

«Guarda.»

La nipotina allungò le braccia nella loro direzione come se volesse toccarli. Quando iniziarono a ragliare tutti insieme Alice indietreggiò. Riprese il cammino ancora un po' spaventata e divertita, il vento che la spingeva, che l'accompagnava e le sollevava i capelli.

Si fermò su un ponte alla buona che sovrastava il corso di un ruscello. Un velo di acqua correva sulle pietre. «Lo senti? Il ruscello canta perché è felice.»

Era una delle favole preferite di Mallena. Vagò con lo sguardo sui massicci eucalipti di cui riusciva a vedere solo la parte superiore, sui cespugli di erica. Il ginepro alla sua destra, il rosmarino e il cisto formavano una bordura fitta.

«La tua bisnonna viveva da queste parti», spiegò. «Vorrei saperne di più su di lei, sai Amélie?»

Non era solo per cercare il padre di Amélie che si trovava lì. C'era qualcosa di più profondo, qualcosa che aveva a che vedere con Emma e con Mallena. Che riguardava solo loro e quello che le aveva legate l'una all'altra. Qualcosa che ancora non capiva del tutto.

Sapeva però che in quel luogo c'erano le sue radici.

In passato, scoprire dove fosse cresciuta la nonna, che cosa l'avesse spinta a lasciare un luogo che amava e che non aveva mai dimenticato l'avrebbe al massimo un po' incuriosita. Adesso, invece, pensava spesso ai legami familiari; era come se li dovesse decifrare per consegnarne il ricordo alla nipotina. Era una sua responsabilità.

«Per ora ci limiteremo a dare un'occhiata in giro. Non è il caso di piombare a casa di Angelica in questo modo. Non so nemmeno se tua madre le abbia parlato di me, o di te.» Alice aveva esaminato nuovamente l'agenda di Emma, ma delle password per il PC o il cellulare della sorella non c'era traccia. La lettera di Angelica Senes era l'unica cosa concreta che possedesse.

«Dovrò iniziare a cercare da lì, sai, *ma douce*?»

In realtà sentiva che Angelica era la strada giusta. Per quanto non la conoscesse, aveva letto così tante volte la sua lettera che aveva iniziato a immaginarsela. Era gentile. Aveva cercato la nonna per darle notizie di Margherita e aveva avuto parole appassionate e sincere. Non poteva saperlo con assoluta certezza ovviamente, ma lei sentiva che era così. E poi le aveva invitate a tornare ad Abbadulche, le donne di Margherita. Questo significava un'apertura, un bisogno. Sì, Alice lo sapeva, Angelica Senes l'avrebbe aiutata. Restava da capire cosa sapesse.

Si fermò davanti a un'enorme pozzanghera: preoccupata, lanciò un'occhiata al cielo poi scese verso il mare.

E allora la vide.

10.

Il colore del miele varia a seconda della qualità di nettare che le api hanno raccolto per produrlo, da cui dipendono anche il gusto e la consistenza. Dal crema all'ambra più intenso, al giallo chiarissimo quasi trasparente del miele di asfodelo, al ricco arancio di quello di girasole, una vasta gamma di sfumature, in realtà, appartengono all'espressione «color miele».

La dimora divisa in due ali era sovrastata da una torretta di alcuni piani, con un tetto circolare. Le tegole rosse spiccavano sulla pietra, addolcendo la linea severa. Una serie di porte finestre chiuse da persiane si affacciava sul cortile anteriore, circondato da aiuole allungate. Mentre la osservava, il cuore di Alice accelerò il battito. «Che meraviglia! Guarda.»

Era diversa da come se l'era immaginata, ma, allo stesso tempo, pensò che l'avrebbe riconosciuta ovunque. Era semplicemente magnifica.

La casa di Margherita.

«Non c'è il campanello.» Si guardò attorno. Dietro il pesante cancello in ferro battuto, sostava quello che un tempo doveva essere stato un camper. Le piante lo avevano ricoperto. Ma non era una visione spettrale, no, era un'altra la sensazione che dava. Era come se la natura si fosse ripresa ciò che a qualcuno non serviva più. C'erano fiori, vasi e sentieri. C'erano colore e armonia. Come se tutto facesse parte di un disegno preciso. «È opera di un artista», sussurrò con le mani che stringevano le sbarre. Indietreggiò e riprese a camminare. Da quell'angolazione la casa era ancora più suggestiva. «È bellissima, non trovi?» Alice si fermò davanti a una spalliera di rose su cui spiccavano come frutti maturi i cinorrodi. «Qui ci sono le api, ragazza mia.»

Era proprio l'impollinazione a garantire la fecondazione dei fiori che dopo divenivano frutti. Era quello il regalo più grande che le api facevano agli uomini. Il miele, in effetti, era una dolcissima conseguenza.

Allungò il collo incuriosita, alla ricerca degli alveari.

«Posso aiutarla?»

Alice si voltò di scatto, le braccia intorno ad Amélie che aveva iniziato a protestare. A poca distanza un uomo le stava guardando.

Era alto e robusto, indossava una tuta da ginnastica grigia, il cappuccio calato sul viso, il respiro rapido di chi ha fatto una lunga corsa.

Alice scosse la testa. «Io... no. *Merci.*»

Lui indietreggiò lasciandole più spazio, le mani nelle tasche.

«La sera qui scende all'improvviso e in questo tratto di strada non c'è illuminazione.»

«Ah, capisco.»

Aveva una voce profonda, calda e gradevole. Aveva parlato lentamente. Ma era la cadenza che catturò l'attenzione di Alice. Quel suono, l'aveva dimenticato. Oddio che bello, le sembrò di ritrovare in quella musicalità la voce di Mallena. L'emozione la invase e dovette sforzarsi di radunare una risposta accettabile. «Stavo proprio tornando in paese. Grazie per l'informazione.»

«Mi chiamo Giuseppe Fenu.» Si tolse il cappuccio come se solo in quel momento si fosse reso conto di indossarlo. «Non era mia intenzione infastidirla, ma preferisco che mi consideri un impiccione piuttosto che saperla in difficoltà.»

«La ringrazio.»

Come se avesse ricevuto il permesso, l'uomo si avvicinò.

Dietro il sottile strato di barba Alice riconobbe i lineamenti decisi, quasi scolpiti, il mento, la bocca. E quegli occhi! Sbalordita trattenne il fiato.

Era l'uomo dell'album di Amélie!

Si era chiesta più volte come si chiamasse. Adesso che lo aveva davanti si rese conto che era tutto reale. Era come se fino a quel momento non ne fosse stata completamente convinta. Ma la casa era lì, a poca distanza, e anche lui. Gli sorrise. Finalmente una traccia concreta. «Preferisco considerarla gentile.» Esattamente ciò che era.

Lui chinò il capo guardandola meravigliato, come se non si fosse aspettato una tale franchezza.

«Sta cercando qualcuno? Magari posso aiutarla.»

Era strano vederselo davanti.

Aveva uno sguardo intenso, malinconico, pensò. Una luce che l'obiettivo della macchina fotografica della sorella aveva colto in pieno. Ma c'era anche dell'altro. Forza, determinazione. Una bellezza concreta. Si era fatta tante domande su di lui mentre osservava le sue fotografie.

«Sto cercando Angelica Senes.» Aveva pensato di guardarsi intorno e studiare un po' la situazione prima di incontrarla, ma adesso non vedeva l'ora di parlare con lei.

«Mi dispiace, ma adesso non c'è.»

Mancava ancora qualche ora prima della partenza del traghetto. «Posso aspettare.»

Lui scosse la testa. «No, non mi sono spiegato. Angelica è partita.»

Quello proprio non l'aveva previsto. «Questo è un problema.»

«Può dire a me se vuole. Curo io gli affari di mia cugina quando è... in viaggio.»

«Lei, dunque, è un parente di Angelica?»

Amélie iniziò a piagnucolare. Giuseppe spostò la sua attenzione su di lei.

«Sì, esatto. Lasci fare a me, l'aiuto.» Con un gesto rapido sfilò Amélie dalle cinghie del marsupio e la tenne davanti a sé.

«No, no. Aspetti! Non le piacciono gli sconosciuti.» Ma invece del pianto e degli strilli che Alice si aspettava, ci fu solo silenzio. Amélie aveva afferrato i capelli di Giuseppe e lo fissava con profondo interesse.

«Diffidente, cauta. Bambina intelligente.» Le diede un buffetto e lei gli sorrise prima di abbandonarsi al suo abbraccio. La teneva con estrema disinvoltura, come se fosse abituato ad avere a che fare con i bambini. «Sua figlia le somiglia moltissimo.»

Sbalordita dal comportamento di Amélie che in teoria sarebbe dovuta scoppiare in lacrime, Alice lo guardò distrattamente. «Come? Sì, lo dicono tutti.» Stava per spiegargli che in realtà la piccola era sua nipote, poi cambiò idea. Non aveva ancora deciso come comportarsi. Adesso poi che Angelica non era sull'isola era abbastanza incerta.

«Credo che la bambina abbia bisogno di essere cambiata.» L'affermazione di Giuseppe la strappò ai suoi pensieri.

C'era troppo freddo per spogliarla lì sempre se avesse trovato una superficie adatta a adagiarvi sopra la nipotina. «Devo tornare subito in paese.» Alice si guardò intorno.

«Non è necessario.» Giuseppe le indicò la casa di Margherita. «In questo momento è vuota, ma è meglio di niente.»

Alice rifletté per un momento. In fondo non conosceva quell'uomo. Però Emma lo aveva messo nell'album di Amélie. Qualcosa doveva pur significare, no? Guardò verso la casa. Sapeva che lì sarebbe stata al sicuro. «Grazie, lo apprezzo molto.»

«Benissimo.»

Giuseppe camminava lentamente al suo fianco. La bambina gli aveva circondato il collo con un braccio e si guardava intorno tranquilla.

«Che cosa vuole da Angelica?»

«Come prego?» Era decisamente diretto. Non perdeva tempo, non girava intorno alle cose.

«È qui per lavoro?»

«No, è un motivo personale.»

«Non è italiana, vero?»

«Sono francese.»

Lui le lanciò un'occhiata strana. «Venga, siamo arrivati.» Si fermò davanti al cancello, infilò la mano all'interno, tirò una leva e spalancò un'anta. «In genere è sempre aperto, ma abbiamo spostato gli alveari proprio ieri per la fioritura dell'asfodelo, le api sono ancora nervose.»

«Le spostate?» Dunque praticavano il nomadismo. L'idea di portare le api dove c'era abbondanza di fioriture per agevolare la produzione di miele l'aveva sempre affascinata. Era molto diverso da ciò che accadeva a Parigi. Sui tetti si potevano tenere poche arnie per volta. Pensò ai prati che si estendevano a perdita d'occhio. Ai petali gonfiati dal vento. Al profumo lieve, delicato. «Asfodelo.» Lo pronunciò lentamente, assaporandone il nome. «È quello lì?» Indicò uno stelo alto, sottile, da cui partivano delle spighe, i cui fiori si aprivano a forma di stella.

«Esatto. Proprio lui. Questa è un'ottima annata. È piovuto nei tempi giusti. Qui poi è più riparato, loro stanno meglio.»

Alice conosceva i danni che un vento costante poteva infliggere agli alveari. Le api trovando difficoltà nell'atterrare si fermavano in altre arnie più riparate, e quell'abbandono contribuiva allo spopolamento della famiglia, indebolendola.

«Mi scusi, la sto annoiando.»

«Come? No, si sbaglia.» Voleva saperne di più. «È già periodo di raccolto?» gli chiese. L'apicoltura era legata profondamente al territorio, cambiava a seconda del luogo.

«Un altro paio di settimane di sole ed entreremo in produzione.»

Incredibile. Mentre in quel periodo in molti luoghi si stava appena uscendo dall'invernamento, in Sardegna le famiglie avevano recuperato, si erano irrobustite e stavano pensando alla raccolta. Percorsero il viale e si fermarono davanti a un portone di legno azzurro.

«Come si chiama la bimba?»

La domanda di Giuseppe la colse di sorpresa. «Amélie.»

«E lei?» le chiese guardandola da sopra la spalla.

«Alice. Possiamo darci del tu?»

«Sì, molto meglio.»

Armeggiò con la serratura. «Prego, da questa parte.» Nonostante fosse ancora giorno, l'interno della casa era in ombra. Giuseppe accese la luce. Il salone a doppia altezza era ampio, i mobili coperti da teli, ma Alice percepì comunque un tenue profumo di cera e limone, lo stesso che utilizzava sua nonna. Emozionata si guardò intorno. Emma era stata lì? Aveva provato anche lei quella bizzarra sensazione di essere a casa? Alice era emozionata, era felice, come se la villa l'avvolgesse in un abbraccio.

«Qui c'è il bagno», le disse precedendola, «e lì ci sono degli asciugamani puliti.» Le indicò un armadio a muro. «Puoi stenderli sopra la lavatrice così Amélie starà più comoda mentre la cambi.» Quando prese la bambina dalle sue braccia, lei gli rivolse un'occhiata. «Sai tante cose sui bambini.»

«Ho una figlia. Ti va un tè caldo?»

Una figlia? «Molto volentieri.» Lo guardò uscire dal bagno e si affrettò a cambiare Amélie. Tornò nella grande sala, attraversò un corridoio e raggiunse la cucina. Un tavolo di legno semplice, una cassapanca e una credenza. Tutto ordinato, pulito. Nonostante la casa fosse chiusa, era evidente che qualcuno se ne prendeva cura. Sulla parete, appeso a un gancio, pendeva un grembiule ricamato, accanto a uno strofinaccio. Era come se fossero pronti per essere adoperati da un momento all'altro.

«Il camino è bellissimo», disse.

«Hai freddo? Lo accendo subito.»

Fece per dirgli di non disturbarsi ma lui era già sparito dietro una porta. Tornò con una piccola fascina di legna. Le fiamme crepitarono poco dopo scaldando l'ambiente.

«Grazie.»

Amélie iniziò ad agitarsi.

«Credo abbia fame.» Alice aprì la borsa e tirò fuori un pacco di biscottini.

«Se hai il biberon posso scaldarlo.»

«Sarebbe magnifico.» Lo tolse dalla borsa e glielo porse.

Giuseppe aveva sistemato una tovaglia sul tavolo. C'era un vasetto di miele e del pane affettato, un piatto, una tazza e il bollitore. «Mi spiace, non è molto ma non aspettavo visite.»

Era più di quanto si sarebbe immaginata. «È tutto bellissimo.»

«Lascia a me la piccola e mangia tranquilla.»

Li osservò insieme. «È la prima volta che si trova a suo agio con un estraneo.»

«I bambini sono spinti dall'istinto. Sa che può fidarsi di me.»

Non le era mai capitato di ricevere una tale ospitalità. La tovaglia, il pane e il miele, e quella cortesia. C'era qualcosa di rituale. Pensò alla nonna, a come accoglieva gli ospiti. Al piacere che le brillava negli occhi, quella sorta di orgoglio che accompagnava i suoi gesti. Lo stesso che adesso le sembrava di scorgere sul viso di Giuseppe.

Poteva fidarsi di lui. Non sapeva da dove le venisse quell'idea, tuttavia si rilassò e gli sorrise.

«È una bambina stupenda.»

«È strano vederla così tranquilla.»

«Davvero? A me sembra molto serena e felice.»

Sì, doveva ammetterlo, in quei pochi giorni che erano in Sardegna Amélie era cambiata. «Come si chiama tua figlia?»

Lui si voltò a guardarla e per la prima volta Alice notò un'emozione su quel volto che sembrava scolpito nella pietra. «Anna. Ha dodici anni.»

«Così tanti? Dovevate essere ragazzini quando l'avete avuta!»

Quel germoglio di sorriso scomparve. «Sì, è vero.»

Alice comprese di aver toccato un tasto delicato; mortificata, si guardò intorno. C'erano delle fotografie, ma da lì non riusciva a vedere bene. Pensò di avvicinarsi ma gli occhi di Giuseppe la seguivano attenti. Amélie brontolò nuovamente.

Si versò il tè, cercando un altro argomento di conversazione. Diede un morso al pane, gli occhi bassi, i pensieri in tumulto, e fu come ricevere una scossa. Spalancò gli occhi. «Questo miele... è meraviglioso. Ma cos'è?» Affondò il cucchiaino nel vasetto e lo portò alla bocca, assaporandolo lentamente. Mentre il miele le si scioglieva in bocca cercò di identificarne la composizione. Lo aveva già annusato, ma il sapore, oh quel sapore incredibile.

«È speciale. Il miele del bosco di Margherita.»

«La zia di Angelica.»

Lui sollevò un sopracciglio. «Sai parecchie cose sulla nostra famiglia.»

«No, in realtà a parte il legame che le unisce non so altro.» Gli sorrise ma lui non ricambiò, poi scese con lo sguardo su Amélie che succhiava vigorosamente dal suo biberon.

Imbarazzata per quel silenzio improvviso, Alice radunò le stoviglie.

«Lascia pure, sistemerò io.»

«Ma no, ti do una mano, è il minimo che possa fare per ringraziarti.» Gli lanciò un'occhiata incontrando il suo sguardo attento.

«Hai sempre vissuto sull'isola?» gli chiese d'un tratto.

Lui ci mise un po' a rispondere. «No. Sono tornato per Anna. È un bel posto per crescere una ragazzina. In estate si riempie di famiglie, ci vengono anche molti turisti in cerca di pace.»

Non ci aveva mai riflettuto. Era stata così presa dal presente da non aver pensato al futuro. Poi guardò verso la finestra, oltre i rami che danzavano dietro ai vetri, lo sguardo triste, l'espressione tirata. Non era stata nemmeno capace di pensare a come sarebbe diventata Amélie crescendo, quali sarebbero state le sue esigenze... come poteva immaginare di allevarla come si deve?

«Come ti sei organizzato con la scuola?»

«Abbiamo un'ottima primaria, le superiori Anna le potrà fare a Sant'Antioco o a Carbonia. Per l'università c'è ancora tempo.» Si strinse nelle spalle. «L'importante è che sia felice.»

«Capisco.»

Che sia felice... i genitori nutrivano sempre grandi speranze per i figli. Giuseppe Fenu invece voleva che sua figlia fosse felice. Anche lei voleva che Amélie fosse felice. Per questo non poteva tenerla con sé.

Mentre Giuseppe si chiudeva la porta alle spalle, Alice guardò verso l'orizzonte. Il sole era tramontato e l'oscurità avanzava scalzando la luce che fino a pochi momenti prima aveva illuminato il prato.

«Devo prendere il traghetto.»

«L'ultimo della sera?»

«Sì.»

«C'è ancora tempo. Vieni, ti mostro la tenuta.»

Uscirono, costeggiarono la casa e sbucarono sul retro. Una serie di casette tutte identiche si affacciava su un cortile lastricato. Un pozzo sembrava il centro da cui si diramavano dei raggi ideali. C'era un carro su un lato. Anche quello era ricoperto di vasi. «Avete un giardiniere molto creativo.»

Giuseppe le lanciò un'occhiata interrogativa, e quando Alice indicò i gerani, il suo viso si ammorbidì. Non era un vero e proprio sorriso, ma ci si avvicinava abbastanza.

«Li realizza Pina. È una donna molto speciale.»

Speciale. Alice si interrogò su quella parola ma presto la sua attenzione fu catturata completamente.

«Qui c'è la sala smielatura. Qui invece si invasa, e qui teniamo i melari vuoti.»

Alti cilindri in acciaio erano allineati lungo la parete, una pompa li collegava alla camera di decantazione. Lo smielatore che centrifugava i favi dal quale si estraeva il miele era un gioiellino. Tutto era nuovo, lucido, pronto per l'estrazione del miele.

«E lì?»

«È il macchinario per produrre il torrone. Adesso però non se ne occupa più nessuno.»

«Perché?»

«Le api richiedono tutta la nostra attenzione. Prima si realizzavano anche candele, saponi, piccoli rimedi.»

Che peccato, pensò Alice. Il cellulare le inviò un segnale. «Il traghetto partirà tra venti minuti.»

«Meglio affrettarsi allora.»

Il tragitto che avevano fatto all'andata le era sembrato più breve. Mentre attraversavano Abbadulche diretti al porto Alice provò una fitta di dispiacere. L'aveva sentita nel momento stesso in cui avevano lasciato la proprietà di Angelica. E più si allontanavano più diveniva forte.

Sul molo Giuseppe le porse un vasetto. «Erba gatta, iperico, fiori del bosco.»

«Grazie mille. È in assoluto il miglior miele che abbia mai assaggiato.»

«C'è una leggenda che lo riguarda. Chissà, magari un giorno te la racconterò.»

Non faticava a crederlo. «Mia nonna diceva che c'è una via del miele. Un percorso di conoscenza che passa attraverso le emozioni. Si tratta di quello?»

«Tua nonna?»

«Sì, abitava da queste parti. Sembra che questa sia l'isola delle api d'oro.»

Lui le rivolse un'occhiata pensierosa. Lo aveva fatto altre volte durante il tempo che avevano trascorso insieme, poi l'aiutò a sistemare Amélie nel marsupio.

«Potresti farmi la cortesia di darmi il numero di telefono di Angelica?»

«Quando mi chiamerà le dirò che la stai cercando.»

Alice fece per aggiungere qualcosa poi scosse la testa. «Certo. Mi tratterrò ancora qualche giorno. Grazie di tutto, è stato un piacere conoscerti.»

«Anche per me.» Giuseppe accarezzò Amélie. «Ciao piccola.» Riportò l'attenzione su di lei. «Fai buon viaggio, Alice.»

«Grazie.» Un ultimo gesto della mano poi seguì gli altri passeggeri diretti verso il traghetto. Nella sala d'aspetto scelse un posto da dove poter vedere l'isola. Una volta seduta si sistemò Amélie sulle ginocchia.

«Ti sei fatta un amico, *ma douce.*» Giuseppe Fenu era un uomo molto interessante, gentile, con una profonda malinconia nello sguardo. Aveva una figlia, una moglie, amava i bambini. Era nell'album di Amélie, dunque lui e sua sorella si conoscevano. O almeno questo suggeriva la logica. Sospirò. Le sue erano solo congetture.

«Era un tuo amico, Emma?»

Oltre gli spessi vetri l'isola si allontanava e, quando qualcuno aprì la porta, nella sala d'aspetto entrò un vento improvviso che la raggiunse e le scompigliò i capelli.

Più tardi, mentre Amélie dormiva nella culla che le aveva messo a disposizione la proprietaria dell'albergo dove alloggiava a Sant'Antioco – ad Abbadulche erano ancora tutti chiusi – Alice si rimise a sfogliare l'album. Sbadigliò, gli occhi rivolti al soffitto. E adesso? Senza Angelica a rispondere alle sue domande come avrebbe potuto sapere qualcosa di più sul periodo che Emma aveva trascorso sull'isola? Come avrebbe fatto a trovare il padre di Amélie?

Le squillò il cellulare e, quando vide che era Gérard, sorrise.

«Ciao, *ma belle*, come stai?»

«Adesso bene, è bello sentirti.»

«Anche per me. Allora, dimmi, come procede la tua vacanza? Hai già visitato l'isola?»

«Sì, oggi. È molto bella, un po' fiabesca. Capisco perché Emma ne fosse così affascinata.»

Lo ascoltò ridere e si rilassò. La luce della luna filtrava dalle imposte disegnando figure sul copriletto.

«Hai trovato l'amica di tua sorella?»

«No, è in viaggio.» Chiuse gli occhi un istante. «Precipitarmi in Sardegna con Amélie forse è stato un errore, Gérard.»

«Goditi il mare, prendi il sole. Possiamo ingaggiare un detective privato per trovare quell'uomo.»

L'idea non le piaceva per niente. Non gli rispose.

«Hai le foto. Un professionista può agire in modi alternativi. Non mi preoccuperei troppo se fossi in te. Vedrai, troveremo una soluzione, ne sono sicuro.»

Lei si passò una mano tra i capelli, pensierosa.

Chiacchierarono ancora un po' del tempo, del lavoro, di come andava in ufficio. Quando concluse la conversazione Alice era turbata. Le mancava il lavoro. Le mancava la sicurezza della sua routine, le sue cose, l'appartamento. La sua vita. Mentre cedeva al sonno pensò a Emma. Lei non avrebbe voluto che un estraneo toccasse le sue fotografie, che parlasse con le persone che erano state importanti lei. Era come violare le sue confidenze. No, a Emma non sarebbe piaciuto.

11.

Il miele è un rimedio molto versatile. Da ingrediente rituale nell'antico Egitto all'utilizzo come conservante, ricostituente, energizzante, è ancora oggi un ausilio riconosciuto per il mal di gola, le scottature superficiali (stendendone sopra un velo si prova un subitaneo sollievo), creme e maschere cosmetiche.

Il caffè era bollente, nero e amaro come piaceva a lui. Claudio Grimaldi si servì la seconda tazza e scorse rapidamente i titoli del giornale online, poi passò all'edizione cartacea. Aveva già risposto alle e-mail e cancellato due riunioni, più tardi avrebbe sentito suo fratello. Non vedeva l'ora che Nicola e Angelica, sua cognata, tornassero. Non gli piaceva saperli per mare, non gli piaceva anche se capiva il loro bisogno di solitudine. In realtà anche lui, soprattutto negli ultimi tempi, trovava sempre più attraente l'idea di sparire per qualche settimana.

Peccato che fosse fuori discussione.

Gettò un'occhiata all'elenco degli impegni di quella mattina e fece una smorfia. Pentimento era una parola che non esisteva nel suo vocabolario. Il pentimento era per i perdenti. Lui, invece, elaborava strategie. Un giorno avrebbe capito perché diavolo si era fatto convincere da Angelica che sarebbe stato un ottimo sindaco. Quella donna era pericolosa, quando si metteva in testa una cosa era impossibile resisterle. Suo fratello l'adorava e anche lui, doveva ammetterlo, le voleva bene. Ma c'erano voluti anni prima che riuscissero a mettere una pietra sopra al passato.

L'aveva vista crescere, quella ragazza. Era stata il grande amore di suo fratello e quando aveva lasciato Abbadulche con Maria Florinas, sua madre, Nicola aveva sofferto molto. Chi avrebbe mai immaginato che, dopo più di dieci anni, Angelica sarebbe tornata. Aveva fatto pace con suo fratello, mandato all'aria i piani di costruire un polo turistico di lusso e cambiato le loro vite.

All'epoca si era infuriato, adesso tuttavia doveva riconoscere che era stato meglio così. La visione di Angelica gli aveva mostrato qualcosa che a lui era sempre sfuggito.

Se solo sua cognata si fosse messa l'anima in pace una buona volta. Ma no, lei doveva sempre fare qualcosa, correre in aiuto di qualche sconosciuta in nome dei vecchi tempi. I vecchi tempi di Margherita, naturalmente.

Quando Angelica aveva accettato l'eredità della madrina aveva legato la sua vita al sogno di quella donna. E di conseguenza anche quella di suo fratello e anche la sua, perché quei due erano la sua famiglia.

Riordinò il tavolo e dopo aver sciacquato la tazza la ripose nella lavastoviglie.

Chiara, la sua governante, sarebbe arrivata a momenti. Spalancò le porte della sala che dava sul terrazzo. Il vento era freddo, sapeva di mare e dell'erba tagliata la sera prima. Al di là del promontorio, le luci del porto brillavano appena. Avrebbe incontrato i pescatori prima di pranzo e gli assessori nel pomeriggio.

Si accese una sigaretta e aspirò lunghe boccate; quando sentì la porta d'ingresso sorrise. «Puntuale come la morte», borbottò rientrando.

«Buongiorno, signor sindaco.» La governante gli tolse la sigaretta dalla bocca, la spense sotto il getto d'acqua del lavello. «Non capisco dove riesca a trovarle, ero certa di averle gettate via tutte.»

Claudio aprì il pacco che lei aveva lasciato sul tavolo della cucina: il profumo del pane appena sfornato gli fece venire l'acquolina in bocca. Diede un morso a una focaccia, assaporando il gusto acidulo del lievito madre. «Esistono i distributori automatici.»

Sapeva che non avrebbe dovuto provocarla ma lo divertiva scherzare con lei. E Dio solo sapeva quanto ne avesse bisogno. Spazzò via le briciole con un gesto secco della mano.

«Le lascio il pranzo come al solito?»

Claudio scosse la testa, afferrò la giacca e prima di uscire prese un altro panino. «Ci vediamo domani.»

Mentre si chiudeva la porta alle spalle il borbottio di disapprovazione di Chiara gli strappò un sorriso. Scese le scale e salì in macchina. Dopo aver indossato gli occhiali da sole mise in moto. Si tastò la tasca in cerca del telecomando del cancello. Dove lo aveva messo? Aprì il cruscotto in cerca di quello di riserva. Tirò fuori il contenuto, sparpagliandolo sul sedile a lato. Trovato! Fece per riporre tutto al suo posto quando vide la foto.

Il cuore accelerò il battito, gli aveva sempre fatto quell'effetto fin dal loro primo incontro. «Emma...» sussurrò.

Rigido, fissò a lungo il viso che gli sorrideva.

I ricordi affluirono con il loro carico di emozioni. «Dove diavolo sei andata a finire?» Tirò fuori il cellulare e, come aveva fatto innumerevoli volte, la chiamò. Sapeva che non avrebbe risposto, sapeva che il numero era stato disattivato da tempo, eppure ci provò ugualmente. Quando si inserì il messaggio automatico, chiuse la chiamata, infilò la fotografia in tasca e uscì dalla proprietà. Per un istante pensò all'e-mail che gli aveva scritto. A quelle due semplici parole che lo avevano quasi messo in ginocchio.

Amore mio.

«Piccola, romantica sciocca...»

Si scrollò di dosso l'emozione e riprese il controllo.

«Torna, Emma. Puoi ancora sistemare le cose.»

Lo aspettava una lunga giornata di lavoro. Lo aspettava la vita che aveva scelto. I rimpianti erano per i perdenti.

❀ ❀

Alice si svegliò di soprassalto. Aveva lasciato le imposte socchiuse. Una si era liberata dal gancio e sbatteva contro il muro. Il suono ritmico sembrava un richiamo. Qualcuno che bussava. Si alzò e, dopo aver controllato che la nipotina dormisse, si avvolse in una vestaglia e uscì sul terrazzo. La signora che gestiva il piccolo hotel le aveva dato la camera migliore. L'albergo era vuoto a parte lei e una coppia in viaggio di nozze che per fortuna desiderava stare per conto proprio.

Guardò verso l'orizzonte, acceso da bagliori lontani. Da

qualche parte imperversava un temporale. Li temeva, la terrorizzavano. Eppure, non poteva ignorarne la primordiale bellezza.

Era la prospettiva. Cambiava ogni cosa.

Rabbrividì e, mentre rientrava in camera, decise che ne aveva abbastanza di aspettare. La mattina seguente avrebbe ricominciato le sue ricerche.

Il temporale raggiunse la costa all'alba, costringendola a rimandare i suoi programmi. Le onde alte e minacciose si infrangevano nella baia, con un mare così grosso era impensabile tornare ad Abbadulche. Avrebbe dovuto aspettare finché le condizioni del tempo fossero migliorate.

Scese nella sala comune per ordinare il pranzo quando le squillò il cellulare. «Ciao mamma, come stai? Papà?»

«Come sempre. Dove sei?»

Rabbrividì. «In che senso?» Non poteva sapere che era partita.

«Ho chiamato in ufficio, mi hanno detto che sei in ferie. Cosa significa, Alice?»

«Che mi sto riposando.»

«Amélie?»

«Anche lei.»

«Avresti dovuto avvisarmi. Potevo benissimo occuparmi io della piccola. Continui a escludermi, non lo sopporto e non me lo merito!»

«Mamma perché insisti così? Ne abbiamo già parlato. Devi riguardarti, papà mi ha detto che ultimamente non sei stata bene. Adesso ci penso io a lei.»

«Non è niente di che, qualche capogiro, sono nervosa, ecco tutto.»

Lei non replicò, restando in attesa. Sua madre era di pessimo umore, non le avrebbe offerto un pretesto per litigare. Silenzio, un sospiro. La stupì il pensiero che anche Céline non avesse voglia di discutere, che potesse essere davvero dispiaciuta. Era insolitamente pacata.

«Dove sei di preciso?» le chiese nuovamente.

Alice non voleva mentirle, ma sapeva che se avesse rivelato a sua madre che era andata in Sardegna a cercare il padre di Amélie, Céline avrebbe dato di matto.

«Al mare. È un piccolo albergo a conduzione familiare. Cibi freschi tutti i giorni, niente omogeneizzati. Ti piacerebbe.» Era vero, le sarebbe piaciuto. Chissà, magari un giorno ce l'avrebbe portata. Nonostante pensasse che sua madre non avrebbe mai accettato, indugiò su quella fantasticheria. Sorrise. La Sardegna aveva incantato Emma e aveva conquistato anche lei. C'era una parte della vita di sua nonna. C'era il modo in cui Mallena parlava, c'era il suo sguardo che ti restava incollato addosso per capire ciò che avevi nel cuore. C'erano una serie di usanze e modi di fare così particolari da essere unici.

«È al silenzio che devi fare attenzione, filla *mia.»*

Alice guardò perplessa la nonna. Lei le sorrise come se sapesse a cosa stava pensando. «Come riesci a leggere dentro la gente?»

«Guardo sempre gli occhi. Guardo come si muovono, guardo le loro mani e arrivo a capire ciò che custodiscono nel cuore.»

Aveva seguito i consigli di Mallena e un giorno aveva capito come fare. Ma si era imbattuta in troppe cose, alcune così spiacevoli che alla fine aveva deciso di ignorare ciò che era troppo doloroso da affrontare e un po' alla volta aveva perduto quell'abilità.

«Passa a trovarmi prima di tornare a Parigi, voglio vedere mia nipote, ne ho il diritto.»

Le dispiaceva quel tono, le dispiaceva il suo modo di porsi. Si stava difendendo, difendendo da lei. «Ne riparleremo, adesso devo proprio andare. Ciao, mamma.» Chiuse la comunicazione. Non appena sua madre avesse scoperto quello che intendeva fare sarebbe montata su tutte le furie. Doveva sbrigarsi. Col tempo Céline se ne sarebbe fatta una ragione. Entrambe lo avrebbero fatto. Amélie sarebbe potuta andare a trovarli per le vacanze. Lei sarebbe ritornata al ruolo di zia, Céline e Simon a quello di nonni, come avrebbe dovuto essere fin da subito.

Giuseppe immerse la camera d'aria nel mastello dell'acqua e premette.

La conduzione della tenuta in quel periodo dell'anno, quando la stagione apistica non era ancora iniziata, gli lasciava un po' di tempo libero per dedicarsi a qualche lavoretto. Studiò la superficie.

Non c'erano bolle, nessuna perdita. Soddisfatto l'asciugò lasciandola al sole. Aveva riparato entrambe le ruote della bicicletta, ripulito, scartavetrato e dipinto di giallo il telaio.

Freni nuovi di zecca, specchietto e paraurti anteriore e posteriore. Li aveva assemblati con cura e adesso splendevano in quel pomeriggio tiepido.

«Ma che bella, papà!»

Sorrise ad Anna e, quando la figlia gli corse incontro, l'abbracciò prendendola in braccio. Con il mento immerso tra i capelli, inspirò il profumo di albicocca dello shampoo e si chiese quanto ancora la ragazzina gli avrebbe permesso di coccolarla in quel modo. «Sì, è venuta bene.»

«Sei proprio bravo ad aggiustare le cose, papi.»

Era quello che faceva? Non avrebbe dovuto sorprendersi di come sua figlia fosse acuta. Sì, pensò. Lui aggiustava le cose. Gli era sempre piaciuto, fin da bambino era sempre stato attirato da tutto ciò che aveva necessità di essere accomodato, che aveva bisogno di cure. «Dov'è Lorenzo?» si schiarì la voce. Era sempre difficile per lui tenere sotto controllo l'emozione.

«Zia Maria l'ha portato a fare una passeggiata. Sai com'è, gli manca Angelica.»

«Manca a tutti.» Sperò che la cugina si sbrigasse a rientrare. «Vado a fare le consegne, passo a prenderti più tardi. Se Lorenzo preferisce stare con le zie ti prego, non insistere per portarlo a casa con noi.»

«Ma papà...»

Ignorò le proteste della figlia e caricò sul furgone la bicicletta. Il suo amico sarebbe stato davvero felice. Era un regalo per la moglie. Prima di partire si affacciò al finestrino.

Al centro del cortile Anna lo fissava imbronciata con le braccia conserte.

Tremenda ragazzina. Sospirò. «Si è mangiato il divano...»

«Si sente solo, lo sai che è sensibile.»

«Da quando c'è lui il mio lavoro è raddoppiato.»
«Dici sempre che la noia uccide l'ingegno.»
Suo malgrado, Giuseppe sorrise. Così imparava a blaterare di proverbi e saggezza popolare. «Se combina altri guai li tratterrò dalla tua paga.»
Anna scoppiò a ridere. «Io non ce l'ho una paga!»
«Lo metterò tra i tuoi debiti del futuro.» Era riuscita nuovamente ad averla vinta, pensò scuotendo la testa.
«Grazie, papi.» Anna si sporse attraverso il finestrino e gli regalò un sorriso luminoso.
Il suo bacio era appiccicoso, sapeva di caramella e lo mise di buonumore.
«Compriamo una pizza e la mangiamo in spiaggia?» gli propose.
«Va bene, mi ci vorrà un'oretta, poi devo passare dalle zie.»
«Ti aspetto.»
Mentre guidava rifletté su quanto la compagnia di Lorenzo avesse fatto bene alla figlia. Quel mastino massiccio che incuteva paura a chiunque era un cucciolo nelle mani di sua figlia. Il cane stravedeva sia per lei sia per la cugina. Angelica lo aveva trovato mentre viaggiava per il mondo con il camper. Quando il padrone dell'apiario per il quale aveva lavorato come apicoltrice le aveva consegnato il compenso pattuito lei lo aveva rifiutato. In cambio gli aveva chiesto il povero cucciolo pelle e ossa che tenevano alla catena. Da allora erano diventati inseparabili. Il problema era che Lorenzo soffriva il mal di mare e non c'era nessuna possibilità di farlo salire sul *Maestrale.* Così, ogni volta che Angelica partiva glielo affidava.
L'avrebbe sentita al telefono durante il fine settimana e le avrebbe raccontato di Alice. Quella ragazza non era stata sincera con lui. L'aveva vista chiaramente al di fuori della tenuta mentre sbirciava all'interno. Si chiese ancora una volta che cosa volesse davvero. L'aveva osservata con attenzione. Era tesa, nervosa. A parte quando si rivolgeva alla piccola Amélie.
Svoltò in una stradina bianca e giunse a una casetta di

mattoni con i davanzali colmi di fiori. Era arrivato. Suonò il clacson. Mentre parcheggiava pensò all'espressione che le aveva visto sul viso mentre le mostrava la villa. «Chi sei davvero Alice?» Sapeva molte cose sui Senes. Troppe per essere una semplice turista. E c'era una tristezza, in quella donna, che l'aveva colpito profondamente.

12.

Il miele viene definito monoflora quando il nettare di una specie botanica è nettamente prevalente sulle altre tipologie di fiori in esso contenuto e rispetta le caratteristiche organolettiche stabilite. Nel caso in cui le quantità siano invece più o meno equivalenti si parla di millefiori.

Ci vollero altri due giorni perché la situazione tornasse alla normalità. Alice prese il traghetto del mattino. Non sarebbe rimasta un istante di più con le mani in mano ad aspettare che accadesse qualcosa. Iniziava a perdere la pazienza.

Dopo l'attracco seguì i passeggeri che sbarcavano. Si lasciò il porto alle spalle, di nuovo avvolta dal vento del mare che l'accarezzava. Le sembrò che le sussurrasse delle storie. Non a parole, naturalmente. Quelle che provava erano più che altro sensazioni. Sprazzi di immagini. Esattamente come le accadeva quando era bambina. A quel tempo condivideva quelle sensazioni con Mallena; erano segreti che la nonna ascoltava con molto interesse. Nel suo laboratorio Alice la osservava separare le erbe, distillarle. Aveva imparato a mescolare la cera d'api, a versarla negli stampi, attendere e poi liberare le preziose candele con delicatezza e attenzione. Gesti nati da una sapienza composta da parole antiche, attesa e silenzio.

«È la cera di opercolo quella che ci serve.»

Alice sapeva che era la più delicata, la più chiara. Quella sottile come un velo che copriva i favi gonfi di miele e che in quel momento Mallena raschiava con una forchetta affinché fuoriuscisse. Guardò la nonna inserire i telai nello smielatore. Poco dopo azionò la manovella. Ci volle un po' prima che la centrifuga girasse abbastanza velocemente da estrarre il prezioso alimento.

«Niente fretta, ricordati, Alice.»

«Sì, nonna.»

In realtà lei scalpitava, non ci riusciva proprio a stare ferma. Moriva dalla voglia di intingere il dito nel miele e poi succhiarlo.

Finalmente la nonna lasciò la manovella e lo smielatore si fermò. Ecco, adesso iniziava il suo compito. Emozionata aprì il rubinetto alla base del cilindro d'acciaio.

Un nastro d'oro colò nel recipiente colmandolo di riflessi ambrati. «Guarda che bello!»

Al suo fianco, Mallena la osservava con un sorriso. «Bravissima.»

Era facile essere brava con la nonna. Ogni cosa diventava un gioco di cui conosceva le regole. Azioni semplici, ripetitive. Una volta pieni, i barattoli venivano messi nel magazzino. Il filtro invece andava spremuto e poi svuotato.

Alice sentiva ancora il profumo del miele tra le dita.

La nonna allora accendeva le candele per rischiarare l'ambiente.

«Vedi, filla *mia, com'è speciale la luce della candela?»*

«Sì, nonna.»

Il laboratorio era una camera ampia, luminosa e ben arieggiata. Su un tavolo c'erano stoppini, stampi per le candele e una grattugia. Mentre Alice sceglieva la cera più chiara, Mallena canticchiava e le sorrideva. Era sempre allegra quando lavoravano insieme.

«Hai visto com'è diversa questa cera da quell'altra?»

«Questa è arancione, quella invece è bianca.»

«E sai perché?»

Alice lo sapeva. Era dovuto al tipo di nutrimento che le api giovanissime, con meno di tre settimane di vita, assumevano per poi produrre la cera. «È calda ed è luminosa come una magia.»

Mallena annuiva. «Da millenni, la cera viene utilizzata per celebrare gli eventi religiosi più importanti. Senti il profumo, Alice? Guarda la luce, lei ti guiderà quando penserai di essere smarrita. Ricordati, filla *mia, accendi una candela e guarda attraverso la fiamma, troverai le risposte che cerchi.»*

Le parole svanirono come le immagini.

«L'avevo dimenticato nonna.» Da quando era arrivata in Sardegna non aveva fatto altro che ricordare.

Attraversò la piazza e poi si fermò, alle spalle il paese e il traghetto da cui ancora scendevano le automobili.

Il mare, all'orizzonte, si fondeva con un cielo blu intenso. Lo mostrò ad Amélie e anche in quell'occasione, come le era accaduto da quando era giunta nella piccola isola, fu colta da una sensazione di intensa familiarità.

Pensò nuovamente al miele di Giuseppe o, meglio, al miele di Margherita. Le era sembrato speciale. Era per via del miele dell'albero che non aveva fatto altro che ritornare con la mente a Emma, alla nonna, ai loro momenti insieme? Era assurdo, e lo sapeva, ma il pensiero restava piantato nella sua mente, e in lui confluivano dubbi laddove invece ci sarebbero dovute essere certezze. La logica si scontrava con la costante emozione che la pervadeva.

Attraversò la strada e si fermò davanti a una vetrina.

Era trascorso qualche giorno da quando aveva incontrato Giuseppe, forse nel frattempo Angelica aveva telefonato al cugino, o magari era addirittura tornata. Tanto valeva essere un po' ottimisti. Emma sarebbe stata d'accordo con lei.

Questa volta le sembrò normale ricambiare i saluti dei passanti, ma invece di sedersi sulla panchina accanto alla fontana come aveva fatto la volta precedente, proseguì verso la periferia.

«Che ne dici di tornare alla villa?»

Amélie non le fece caso, era troppo presa ad agitare le manine verso il cielo, dove uno stormo di aironi volava a bassa quota.

Alice sorrise e controllò che la direzione che avevano preso fosse quella giusta. Quando in lontananza scorse il tetto della torre considerò che in fondo non era stato poi così difficile orientarsi. Chissà chi aveva costruito quella dimora. Era completamente diversa da tutte quelle che aveva visto in paese, e non si trattava solo dello stile. Era grande, e da quel poco che aveva visto, molto funzionale.

«Il cancello è aperto.» Evidentemente le api si erano ambientate, pensò ricordando la spiegazione di Giuseppe.

Entrò nel cortile fermandosi giusto al centro del viale che conduceva alla casa. «Permesso», gridò. Mentre aspettava che qualcuno si facesse vivo lasciò vagare lo sguardo nei dintorni. Attese ancora un istante, poi si avviò verso la siepe. «Probabilmente sono andati dalle api.» Seguì il muro di cinta e si ritrovò in una sorta di cortile sul quale davano diversi ambienti. Gli infissi delle pertinenze esterne erano stati dipinti di recente, ma regnava ovunque un'aria malinconica.

«Che peccato», disse, «un tempo questa dimora doveva essere stata piena di vita.»

Un sentiero conduceva verso il mare. Istintivamente Alice lo seguì e si ritrovò in una radura al centro di un piccolo bosco. Si voltò indietro verso la strada che aveva percorso. Non era sua abitudine sconfinare nelle proprietà private, ma se il cancello era aperto significava che chiunque era il benvenuto, no? Si armò di coraggio.

«Andrà tutto bene, tesoro, non devi preoccuparti.» Nuovamente le sembrò di parlare a sé stessa, la bambina era serena, si guardava intorno e sorrideva.

Aveva fatto qualche passo quando vide gli alveari. Si sentì subito allegra. «Ecco le api!» Non si sarebbe avvicinata troppo, ma voleva vederle, moriva dalla voglia di sentire il loro canto. Le parve che la chiamassero, e fu invasa da un'emozione dolcissima. «Guarda come sono belle!» esclamò girando intorno a un alto cespuglio che le ostruiva la visuale. E allora la vide.

C'era una ragazzina accanto alle arnie, teneva le braccia allargate e le api le vorticavano intorno. Non indossava protezioni, né la tuta né uno straccio di maschera. Paralizzata dallo stupore, Alice trattenne il fiato.

Un ricordo affiorò alla sua memoria, facendole battere forte il cuore.

Il dito che scorreva sul favo, la goccia che lo lambiva. Alice lo aveva sollevato mentre la nonna iniziava il canto. E poi lei l'aveva imitata, gli occhi sulle api che le volavano intorno. Il canto allora si era unito al ronzio e la melodia era diventata intensa, le vibrava dentro.

«Anna, hai finito? È ora di andare.»

Alice trasalì tornando alla realtà. Si voltò in direzione della voce.

Giuseppe risaliva la collina in compagnia di un grosso cane. Alzò una mano, facendogli un cenno di saluto. Quando la vide lui si fermò, disse qualcosa al cane che si mise a cuccia e poi le andò incontro. «Ciao, Alice.»

E adesso? Come giustificare la sua presenza, anzi no, la sua invasione? Perché era esattamente quello che aveva fatto introducendosi in una proprietà privata. «Perdonami, non volevo disturbare. Ho visto il cancello aperto e…»

«Va tutto bene, mi fa piacere vederti.»

Grata per la sua interruzione gli sorrise. «Mi chiedevo se Angelica fosse tornata.»

Lui scosse la testa, gli occhi su Amélie che si sbracciava nella sua direzione. «No, e non ha nemmeno chiamato. Posso prenderla?»

«Sì, certo.»

Giuseppe l'aiutò a tirare fuori dal marsupio Amélie e le baciò i capelli.

«Ciao, bellezza.»

Lei gorgogliò e batté le manine. Sembrava che la nipote avesse sviluppato una sorta di adorazione nei confronti di quell'uomo. E francamente Alice non riusciva a darle torto. «Sei in assoluto la sua persona preferita.»

«Lo dici come se fosse qualcosa di strano.»

«Lo è, credimi, a parte me non le piace quasi nessuno.»

«Che razza di gente frequenta?»

Le venne da ridere. «È lei Anna?» Qualunque cosa stesse facendo quando l'aveva scorta poco prima, ormai aveva smesso. La ragazzina camminava nella loro direzione, lentamente, cauta.

«Sì, è mia figlia.» Le fece cenno di avvicinarsi. «Vieni, tesoro», la incoraggiò.

Alice trovò adorabile la sua timidezza.

«Ciao. Piacere di conoscerti, io sono Alice e lei è Amélie…» Si era voltata verso la nipote. Le parole le morirono sulle labbra. Un'ape ronzava in circolo sulla guancia della bambina. Allungò immediatamente il braccio, mostrando il palmo all'insetto. «Vieni da me, subito.» L'ape obbedì e Alice riprese a respirare. Sapeva che l'insetto era solo curioso, ma Amélie avrebbe potuto urtarlo con la manina e lui si sarebbe difeso. Era una questione di istinto. Le api non attaccavano, il loro istinto era quello della difesa, e nella remota possibilità che pungessero, dopo morivano.

«Brava, bellezza», sussurrò. L'ape era bionda, grassoccia. «Un'ape d'oro. È stupenda.» Sollevò la mano verso il cielo e l'insetto spiccò il volo. «Torna dalle tue sorelle.»

«Sai parlare alle api?» La domanda di Anna restò come sospesa su di lei.

La stavano fissando tutti in silenzio, compresa Amélie.

Alice si irrigidì. «No, io... mi piacciono molto. Tutto qua.»

«Anche a me. Sono le mie amiche.» Il volto della ragazzina si aprì in un sorriso luminoso e Alice notò l'intensa somiglianza con il padre. Avevano gli stessi occhi, ma l'espressione di Anna era dolce. Provò un'immediata simpatia per lei.

«Il pranzo è pronto!»

Una donna vestita di nero avanzava tenendosi a un pesante bastone. «*Molto ci volete ancora?*»

Anna corse verso di lei. «Zia Memma, sto morendo di fame.»

Alice non udì quello che si dicevano, ma gli occhi della vecchia signora la scrutavano con interesse mentre Anna le parlava sommessamente.

«Scusa l'intrusione, vado via subito.»

Giuseppe scosse la testa. «Troppo tardi, Alice, adesso non puoi più andartene. Vieni, andiamo a mangiare.»

«Come? Ma non posso.»

«Certo che puoi. Ci sarà anche Maria Florinas.»

«Chi?»

«La madre di Angelica, chissà, magari lei le ha parlato.» Con Amélie tra le braccia, Giuseppe si avviò verso il mare. In lontananza, dietro un muretto a secco, si intravedeva una casa.

Sbalordita da quella risposta e con la vaga sensazione di essere stata appena messa all'angolo, Alice si rese conto di non avere molta scelta. «Buongiorno signora. Non voglio disturbare, davvero.»

«Bene, perché non lo hai fatto.» Accarezzò i capelli di Anna. «Vai a dire a Maria di aggiungere un posto a tavola.»

«Certo, zia.»

Mentre la ragazzina seguiva suo padre Memma ritornò

da Alice. «Sembri di queste parti, ma il tuo modo di parlare è diverso.»

La donna la scrutava attentamente. Era una sensazione curiosa ma non spiacevole, era come se la vecchia cercasse nel suo viso qualcosa di familiare.

«Sono francese, ma mia nonna abitava qui.»

«E come si chiamava?»

«Maddalena Azara.»

«Mallena? Tu sei la nipote di Mallena Azara?»

Alice spalancò gli occhi. «La conosceva?»

Memma allungò la mano posandola sulla sua spalla. «Sì. Vieni, scendiamo.»

Camminarono per un tratto, una accanto all'altra, in silenzio. Alice era turbata. Aveva sperato che l'anziana signora aggiungesse qualcos'altro su sua nonna.

«Eccole!»

Si voltò in direzione delle voci. Oltre l'alta siepe, sotto una larga tettoia, c'era una lunga tavolata con decine di persone che conversavano animatamente. Giuseppe e Amélie sembravano al centro dell'attenzione. «Santo cielo, sembra una riunione di famiglia.» Si fermò incerta.

«Macché, sono giusto un paio di amici. Vieni che ti presento agli altri. Maria non riuscirà a crederci. Certo lei è molto più giovane di Mallena, ma sono sicura che si ricorda bene. Lei si ricorda di tutto.»

Si sarebbe ricordata anche di Emma? Quanto si era trattenuta sua sorella ad Abbadulche? Non aveva idea di cosa avesse fatto durante quel periodo. A parte la sua lettera e l'album di Amélie, non aveva altri elementi.

«Vieni, Alice, accomodati.» Giuseppe si sedette accanto a una giovane donna, dai lunghi capelli castani. Si era presentata come Alessandra. Probabilmente era sua moglie, pensò.

Ci fu chi le offrì una sedia, chi le riempì il piatto. Un bicchiere colmo apparve davanti a lei.

Sorrisi, domande. Parlavano tutti insieme.

Alice non si era mai sentita così tanto in imbarazzo e allo stesso tempo circondata da tanta cordialità. Qualcuno aveva portato uno sgabello alto che fu adattato a mo' di seggiolone per Amélie, anche se in realtà non ce ne fu bisogno visto che la bambina passava da un braccio all'altro. Non pianse nemmeno una volta, sorrideva a tutti, sgranocchiando una crosta di pane che le avevano offerto senza preoccuparsi di chiedere la sua opinione. Erano chiassosi, irritanti per certi versi, ogni tanto gridavano per farsi ascoltare. Alice era stordita, perplessa, divertita. Si sentiva bene. E quello proprio non riusciva a spiegarselo.

«Giuseppe mi ha detto che stai cercando Angelica.»

Maria Florinas l'aveva studiata da lontano, poi le aveva portato il caffè e un piattino di dolci. «Tieni, li facciamo noi con il miele. Mangia, sono buoni.»

La stava valutando, pensò. La madre di Angelica si era mostrata fin da subito diffidente. In realtà adesso che si guardava intorno con più attenzione, Alice si accorse che molti sguardi si posavano su di lei e anche quelli erano cauti. Erano stati tutti gentili, accoglienti, ma lei era comunque una sconosciuta che era entrata in mezzo a loro.

«Grazie.» Ne addentò uno, aveva un sapore deciso, profondo. Sentiva la scorza delle arance e l'amaro della mandorla. «Ho bisogno di parlare con sua figlia.»

«Come mai?»

«Ha scritto a mia nonna.» Frugò nella borsa, tirò fuori la lettera e gliela mostrò. Memma, che nel frattempo si era avvicinata, la prese dalle mani di Maria e dopo averla letta gliela restituì. «Potevi telefonare.»

La stupì quella reazione. Era come se all'improvviso avesse fatto qualcosa di sbagliato. «Ho pensato che ...» Si interruppe, cercando le parole giuste. «Mia nonna era di queste parti, ho sempre voluto vedere l'isola dov'era nata.»

«Lei qui ci era venuta da grande.»

«Come?»

«*Eja.* Sì. Abitava con le altre da Margherita.»

«Le altre?»

«Sì, donne sole, che avevano bisogno di aiuto e un posto dove stare.»

Alice si inumidì le labbra. «Dopo la morte del nonno probabilmente non le era rimasto nessuno», considerò a voce alta.

«È questo che ti ha detto Maddalena?»

C'era qualcosa che non andava. Alice percepì con chiarezza una sorta di compassione. Si schiarì la voce. Forse si era espressa male... «Mia madre nacque qualche mese dopo che mia nonna si stabilì in Francia. Lei era vedova.»

«Vedova?» Seguì un silenzio imbarazzato. Un'occhiata pietosa. E sospiri, e segreti. Era questa la sensazione che provò Alice mentre Memma e Maria si scambiavano occhiate.

Quelle donne non si fidavano di lei.

Sentì i loro sguardi, percepì la loro diffidenza.

Come poteva biasimarle in fondo?

«Perché non ci dici cosa stai cercando per davvero? Per noi sarebbe più semplice aiutarti.»

Si irrigidì.

Memma sospirò, le labbra serrate in un'espressione severa. «Questa lettera», disse agitandola tra di loro, «è la stessa di Emma Pascal Azara, vero?»

Alice annuì. «Era mia sorella.»

«Era?»

«È morta.» Le si inumidirono gli occhi, lo sguardo corse ad Amélie che dormiva in braccio a Memma. La donna sorpresa le segnò la fronte e le pose la mano sulla testolina come se volesse proteggerla.

«Ohi, che disgrazia. Mi dispiace molto.»

Una mano si chiuse sulla sua, affettuosa e compassionevole.

«Ho bisogno di parlare con Angelica perché non so nulla del periodo che Emma ha trascorso qui sull'isola.»

«Lei andava e veniva, stava molto per conto suo a fare le fotografie. Cosa volevi sapere di preciso?»

Le domande erano tante, troppe. Doveva procedere per gradi.

«Alice.»

Sollevò lo sguardo su Giuseppe.

«È ora di andare o perderai il traghetto.»

«Non mi ero accorta che fosse così tardi.» Si sporse per prendere la bambina, ma Maria scosse la testa. «Lasciala a me, te la porto io.»

Fecero il tratto di strada che le separava dal cortile in silenzio, ognuna immersa nei propri pensieri. Quando arrivarono alla vettura, Giuseppe le aprì la portiera, aiutandola a salire nel sedile posteriore.

«Vai con Dio, Alice, abbi cura della bambina.»

«Grazie di tutto.»

Maria scambiò qualche parola con Giuseppe, poi li salutò e scomparve dietro il viale.

13.

Il «miele matto» è prodotto dall'ape laboriosa dorsata, o ape gigante dell'Himalaya, una specie diffusa in India, Tibet e Cina, che costruisce pesanti favi di cera a oltre duemilacinquecento metri di altitudine. I particolari fiori da cui è tratto appartengono alla famiglia delle ericacee, come azalee e rododendri, e contengono una tossina responsabile del suo potere allucinogeno.

Amélie si addormentò quasi subito. Mentre l'avvolgeva nella coperta Alice pensava alla conversazione con Memma e la madre di Angelica.

«Hai trovato le risposte che cercavi?» le chiese Giuseppe mettendo in moto.

«Io... No, nessuna novità purtroppo.» Anzi, adesso aveva anche più interrogativi di prima. Sia su Emma sia su sua nonna.

«Mi dispiace.»

Incontrò il suo sguardo nello specchietto retrovisore. «Grazie, sei gentile.»

Lui non replicò, limitandosi a un mezzo sorriso.

Alice guardò Amélie che dormiva serena. Le cose non stavano andando come aveva immaginato. Pensò alla tristezza della sua espressione ogni volta che la portava al nido, a quanto fosse stata nervosa e infelice. Pensò a Céline. A come avrebbe guidato la vita della bambina se lei avesse fallito.

Era in Sardegna da quasi una settimana e le sue ricerche erano a un punto morto. Sollevò gli occhi su Giuseppe.

«Hai mai sentito di dover fare qualcosa anche se si trattava della sciocchezza più grande del mondo?»

Lui scalò una marcia e si infilò nella strada che conduceva al porto. «Credo di averlo fatto così tante volte da poterci scrivere un manuale.»

Socchiuse le labbra per la sorpresa. Non si aspettava una risposta così franca né di sentirsi capita, accolta. «Sto cercando una persona.» Doveva dirglielo. Di lui si poteva fidare.

«Angelica, sì, me lo hai detto.»

«No. Cioè sì. È complicato.»

Silenzio, poi un sospiro. «Perché non provi a raccontarmi tutto dall'inizio?»

Ebbe l'impressione che lui non aspettasse altro. In fondo non poteva dargli torto. In quel momento, si rese conto che di Giuseppe sapeva soltanto il nome, non uno straccio di notizia in più.

Non sapeva come iniziare a spiegargli le cose. Non sapeva come dirgli che una sua foto era stata inserita nell'album che Emma aveva assemblato per Amélie e che lei lo aveva riconosciuto. Eppure, allo stesso tempo ne aveva davvero abbastanza di tutte quelle bugie, così andò dritta al punto.

«Amélie è mia nipote.»

«Ah! Immagino che tu abbia una buona ragione per avermi lasciato credere che fosse tua figlia.»

C'era un filo di acciaio nella sua voce. Alice sapeva di meritarsi il suo biasimo, così cercò di essere ancora più sincera. «Un'ottima ragione.»

All'improvviso Giuseppe frenò. C'era una vettura, un grosso SUV parcheggiato sul ciglio della strada che bloccava il passaggio. «Questa non ci voleva!» Suonò il clacson ma la macchina restò esattamente dov'era.

«Grimaldi», disse sporgendosi dal finestrino, «togli quella dannata auto dalla strada.»

«Sempre di fretta, eh Giuseppe? Mi dispiace ma ho forato una gomma. Dovrai passare dall'altra parte.»

«Non posso, perderemo il traghetto, siamo in ritardo.»

«Ah, ecco. Mi sa che non riuscirai a farcela.»

«Digli di aspettare.»

«Sono il sindaco, non il padrone della flotta. Perché non sei uscito prima? Può sempre capitare un imprevisto.»

«È colpa mia, non mi sono accorta che il tempo passava così rapidamente», si intromise Alice.

«Può dare a me la colpa, sono il sindaco. Lo fanno tutti, sa? Piove, colpa mia. Il traghetto ritarda? Colpa mia. Pesca scarsa? Colpa mia. Funziona così, mi hanno detto.»

Quando si avvicinò al finestrino Alice spalancò gli occhi. Era l'altro uomo dell'album.

«Lei non è di queste parti, vero?» le chiese sorridendole.

Scosse la testa. «Sono in vacanza», rispose.

«Mi chiamo Claudio.» Le porse la mano.

«Alice, piacere di conoscerla.» Aveva una stretta forte, decisa.

Il fischio del traghetto risuonò nella sera.

«Partito!» esclamò lui guardando verso il porto.

«Oddio, e adesso? Non ci sono alberghi aperti», sussurrò Alice.

Giuseppe si pulì le mani con uno straccio. «Troveremo una sistemazione, stai tranquilla.»

«Non voglio disturbare, forse qualcuno ha una stanza libera da affittare?» chiese speranzosa a Claudio.

Prima che lui potesse replicare Giuseppe aprì la portiera della vettura. «Sei stanca e Amélie ha bisogno di un posto tranquillo e sicuro dove trascorrere la notte. Se sei d'accordo ti porto a casa di Margherita. Memma abita lì accanto, insieme a Maria.»

«Le consiglio di accettare, è in ottime mani.»

«È imbarazzante», rispose. Avrebbe davvero preferito un albergo. Le sembrava di essersi imposta alla famiglia di Angelica e in modo particolare a Giuseppe Fenu.

«Lo è di più trascorrere la notte su una panchina con una bambina in braccio, fidati. Passiamo da me, prendo alcune cose che ti possono servire e poi torniamo alla villa, se sei d'accordo.» Entrò in macchina e mise in moto.

«Va bene.»

«Vede? Tutto sistemato.» Claudio si era spostato dalla parte opposta della strada, accanto al finestrino di Giuseppe. «Ci vediamo, salutami la piccola Anna.»

«Sì, sì», brontolò lui mentre faceva inversione.

Alice ricambiò il saluto. Mentre si allontanavano si chiese chi fosse quell'uomo, o meglio, chi fosse per sua sorella.

La casa dei Fenu era dalla parte opposta del paese. Un'alta recinzione di mattoni la separava dalla strada. Giuseppe azionò il telecomando e il portone si aprì su un cortile lastricato, dove una serie di faretti illuminava l'ampia corte. Un filare di limoni ben curato, aiuole, una vasca.

«È bellissima», mormorò Alice guardandosi intorno.

«Sì, è venuta bene, sono soddisfatto.»

Comprese dallo sguardo orgoglioso che era stato lui a restaurare la casa e gli osservò le mani. Erano scure, solcate da linee sottili, come vecchie cicatrici. Giuseppe si chinò e prese in braccio Amélie. La piccola, addormentata, emise un sospiro e lui sorrise.

«Quando Anna aveva la sua età la vedevo di rado.»

«Come mai?»

«Ero via per lavoro, Africa, Cina. Ovunque ci fosse bisogno di me. Sono stato lontano per mesi interi, un tempo che ho perduto. Ero molto ambizioso, volevo che la mia famiglia potesse disporre del meglio.» Si voltò verso di lei. «Vieni, Alice, si sta facendo freddo, entriamo.»

Entrarono in un open space, una cucina moderna si affacciava su una grande sala dove c'erano un divano bianco, una madia e un televisore a schermo piatto. Un lato della camera era tappezzato di libri. Accanto a un tavolo c'era una poltrona di pelle nera. Dalle vetrate si vedeva il giardino.

«Prendo due coperte, di notte la temperatura scende parecchio. La villa in realtà è attrezzata, ma meglio non correre rischi. Magari ti prendo anche qualcosa di comodo per dormire. Le camere da letto sono al piano superiore. Faccio in un attimo.»

«Grazie, sei molto gentile.»

Salì le scale, Amélie continuava a dormire. Dalle finestre prive di tende Alice vedeva le luci del porto. Giuseppe era intensamente padrone di quello spazio che in un certo qual modo lo rappresentava.

«Anna?» gli chiese.

«Resterà a dormire da un'amica.»

«Alessandra è ancora alla festa?»

La guardò perplesso. «Alessandra? A cosa ti riferisci di preciso?»

Non era sua moglie? «Io credevo...»

«Cosa?» La guardò perplesso.

E allora Alice comprese di essersi sbagliata. Non c'era nessuna signora Fenu. Era saltata alle conclusioni sbagliate. «Niente, scusami non farci caso.»

Lui prese le borse e le lanciò un'occhiata pensierosa. «Carico la macchina e ti accompagno alla villa.»

«Sì certo.» Alice si guardò attorno. E adesso?

14.

Ogni nettare di fiore è potenzialmente in grado di fornire alle api ciò di cui hanno bisogno per produrre il miele. Alcuni rincoti omotteri che si nutrono della linfa degli alberi emettono una secrezione che le api raccolgono e trasformano in melata, scura, viscosa e balsamica, dal sapore forte e deciso, conosciuta anche come «miele del bosco».

Quando raggiunsero la casa di Margherita, Alice non aveva ancora trovato il modo di trarsi d'impaccio. Giuseppe parcheggiò davanti al cancello. Non le aveva chiesto nulla, e lei gliene era grata, ma le domande erano rimaste sospese tra loro, in attesa, e quel fatto la innervosiva.

Come se lui avesse compreso la direzione dei suoi pensieri le rivolse un'occhiata.

«Mia moglie si chiamava Mara, è morta quando Anna aveva cinque anni.»

«Io... mi dispiace.»

Giuseppe scese dalla vettura, spalancò un'anta del cancello e poi tornò in macchina. Il tutto si era svolto in pochi minuti, ma Alice aveva l'impressione che il tempo si fosse dilatato. Non sapeva come affrontare il dolore che aveva percepito nella sua voce. Quell'uomo era in lutto. Non aveva idea di cosa la rendesse così certa, e poi comprese. Lo sapeva perché lo era anche lei. Si chiese se la sofferenza avesse una vibrazione, se in qualche modo le emozioni si riconoscessero tra di loro.

«Chi ha costruito questa casa?»

Gli chiese la prima cosa che aveva in testa, sfuggendo a ciò che non voleva sentire. Riempiendo gli spazi, una cosa che in passato avrebbe evitato con cura.

«Sai che non ne ho idea?»

Lei invece desiderava sapere tutto della dimora fin dal primo momento in cui l'aveva vista. Le sue origini, chi ne avesse deciso la struttura e perché, chi avesse realizzato i giardini. Ogni dettaglio la incuriosiva, la intrigava. Era come se, osservando la casa, si potesse scorgere la storia di chi l'aveva abitata nel tempo. Vicende lontane, antiche, che si erano depositate su di essa uno strato alla volta, rendendola quella che era oggi.

Aveva tante domande che cercavano una risposta. Sua nonna aveva vissuto in quel luogo. Margherita Senes si era presa cura di lei e Angelica, la nipote, aveva scritto la lettera che aveva convinto sua sorella ad andare in Sardegna. Era tutto collegato, e quello innescava ulteriori interrogativi.

Giuseppe l'aiutò a scendere. I fari della vettura, accesi, lo investivano: era una sagoma scura, indefinita, immersa nella luce. «Ci sono storie, leggende.»

«E cosa dicono?» Non comprendeva appieno la propria urgenza di sapere di più, si limitava ad assecondarla come aveva fatto con tutto il resto da quando era giunta nell'isola.

«Niente di attendibile dal punto di vista storico.» Aprì il portabagagli, prese le borse e si avviò verso l'ingresso.

«Mi piacerebbe sentirle lo stesso.» Lo seguì con Amélie tra le braccia. La bambina continuava a dormire.

«Pare sia stata una donna ad acquistare il terreno, una straniera molto ricca che scelse l'isola per trascorrervi le vacanze.» Posò tutto su un tavolo accanto all'ingresso. Aprì la porta. «Si dice che fece costruire la casa sulle fondamenta di un edificio molto antico. Ci sono decine di storie che la riguardano. Immagino che ognuno ci veda qualcosa e che sulla base delle sensazioni si faccia delle idee. Prima che tu me lo chieda no, non ci sono fantasmi né dicerie su spiriti erranti. È una dimora ben educata.»

Alice ridacchiò. «A me sembra stanca e triste.»

Le lanciò un'occhiata. «È curioso.»

«Cosa?»

«Prima di partire Angelica mi ha detto la stessa cosa. Vieni, entriamo.» Accese le luci e andò dritto verso il corridoio. «Qui c'è una camera da letto. Ti avrei consigliato quella nella torre, la vista è magnifica, ma ci sono le scale, dovresti fare su e giù con la bambina. Credo che starai più comoda al pianoterra, ma decidi tu cosa preferisci.»

«Pianoterra.»

La condusse lungo il corridoio e aprì la porta che dava su un'ampia camera. Accese la luce e si fece da parte. «Stanza degli ospiti, lenzuola nuove, dimmi se ti piace e può fare al caso tuo.» Le sorrise.

«È perfetta.»

Annuì. «Bene. Accendo il fuoco e preparo qualcosa da mangiare.»

Mentre lui usciva Alice si guardò intorno ammirata. Era un ambiente semplice e ampio. Alle pareti di un delicato grigioperla spiccavano grandi acquerelli che riprendevano il paesaggio esterno. Un letto a una piazza e mezzo divideva in due lo spazio. Sulla testiera in ferro battuto un medaglione dorato attirò la sua attenzione. Accarezzò il massiccio armadio. Era alto, decorato con un intarsio elaborato e, al centro, uno specchio. Una poltrona dall'aria vissuta era rivolta verso il giardino. Scostò il copriletto di pizzo per posarci sopra la bambina e fu avvolta da un profumo di lavanda. Le lenzuola erano di lino, anch'esse ricamate. Le carezzò con la punta delle dita. «È come un hotel di lusso.» Era quella la sensazione che provava: cura, attenzione, benessere. Spostò la bambina al centro del letto, circondandola di cuscini su ogni lato. Sapeva che non si sarebbe svegliata, ma accese comunque il lume sul comodino e lasciò la porta aperta. Sentiva le fiamme crepitare, c'era un buon profumo. Raggiunse Giuseppe. Aveva apparecchiato per due. Il biberon di Amélie era sul lavello. Sulla sedia le coperte. Le sfiorò, erano soffici e calde.

«Non hai quasi toccato cibo al pranzo di Memma, starai morendo di fame.»

Così l'aveva tenuta d'occhio. «Ero in imbarazzo.»

«Ma ti sei divertita.»

Annuì. «Per me è tutto nuovo.»

«Il cibo o la gente?»

«Entrambi.» Si guardò attorno. «La camera è bellissima. In realtà ogni angolo di questo posto è meraviglioso.»

«C'è stato un tempo in cui volevo demolirlo.»

Oddio! «Cosa?»

Giuseppe sorrideva, ma non c'era allegria in quello sguardo. Lo osservò mentre versava alcuni ravioli nei piatti, sicuro, a suo agio. Padrone di sé. Aggiunse salsa di pomodoro e del pecorino. «Patate e menta, questi invece contengono ricotta.»

Voleva saperne di più, voleva capire. «Per fortuna hai cambiato idea, è una villa stupenda, giusto un po' invecchiata.» E quello la rendeva persino più bella.

Lui si strinse nelle spalle. «C'era un testamento, Margherita lasciò tutto ad Angelica, i Fenu non avevano nessun diritto. È stata lei a decidere il destino di questo luogo.»

Un po' troppo semplicistica come spiegazione. Doveva esserci ben più di quello. «A te questa casa piace.» E poi si rese conto della presunzione.

«Molto, l'ho sempre adorata. Da bambino ci venivo spesso, era come un rifugio.»

«E allora perché?»

«Ci sono circostanze che ti spingono a mettere da parte tutto il resto.»

Come lasciare la propria città d'origine e correre alla ricerca di un uomo per affidargli la propria nipote.

«Nessuno capisce per davvero, a meno che non sia coinvolto personalmente.» A meno che non abbia affrontato la stessa esperienza.

Si sedette e la invitò a fare altrettanto.

Era un uomo gentile, educato. Quanto ancora ci avrebbe messo prima di chiederle perché gli avesse mentito su Amélie? Il pensiero era rimasto in un angolo della sua mente, ma non l'aveva mai abbandonata del tutto. Gli lanciò un'occhiata. Non perse tempo a sperare che se ne fosse dimenticato, non era il tipo. Era irrazionale da parte sua presumere cose di cui non sapeva nulla, era ridicolo persino, ma sentiva che lui stava solo aspettando il momento opportuno.

Morse il primo raviolo, la dolcezza della patata esaltata dall'aroma della menta si sciolse in bocca. Un sapore delizioso e insolito. «È buonissimo.»

Giuseppe continuò a mangiare, però adesso sembrava

soddisfatto. Tagliò una fetta di pane e gliela porse. «È tutto di qui, ogni ingrediente.»

Era orgoglio quello che percepiva? «Vuoi dire che viene prodotto sull'isola?»

Batté l'indice sul tavolo. «No, proprio qui, nella tenuta. Era stata concepita come un'unità autosufficiente. Angelica ha dato in concessione i terreni a chi vuole coltivarli. Memma alleva le galline, c'è un pastore e un contadino. Io ci tengo gli alveari. Ricambiamo con una parte della produzione. La sua dispensa è la più fornita dell'isola. In quello ha scelto la strada di Margherita.»

«Lavorate qui tutto il prodotto?»

Scosse la testa. «No, i laboratori sono chiusi. Angelica ha provato a riavviare l'azienda ma è abbastanza complesso. Economicamente non conviene.»

«Avete fatto fare uno studio di fattibilità?»

«Più o meno. C'erano dei punti che non combaciavano con le nostre richieste. Il consulente propendeva per una soluzione che a Margherita non sarebbe piaciuta.»

«Margherita? Ma non è morta?»

«Sì, da alcuni anni ormai.»

«Non capisco.»

«Angelica e io siamo lontani cugini per parte di Margherita. Insieme, ci occupiamo della conduzione della tenuta. Mia zia era una donna speciale, ha cambiato le nostre vite. Quando prendiamo delle decisioni che riguardano la sua eredità, pensiamo sempre a cosa avrebbe voluto lei.»

Alice sbatté le palpebre. Era un atto di grande sensibilità, che denotava affetto e rispetto. E lei lo capiva, lo capiva intimamente. Anche lei pensava sempre a Emma prima di prendere una decisione che riguardava Amélie... D'un tratto però si rese conto che non era vero, non del tutto almeno. Non per la cosa più importante. Perse l'appetito e posò la forchetta.

«Non ti piace?»

«È tutto buonissimo! Stavo solo riflettendo.» Poi sentì la casa. La percepì come se le fosse venuta in aiuto. Una serie di immagini le si formò in mente. Acqua che scorreva in una fontana, donne che ridevano insieme, mani unite, operose. Pensò alle api, ai fiori, al mare. Ricordò ciò a cui aveva assistito quel giorno. Gente che condivide senza badare ai confini, senza paura, in armonia.

«Da quello che ho potuto vedere questo posto ha un enorme potenziale. È bello, l'atmosfera accogliente, semplice ma curata, i prodotti hanno un sapore di altri tempi, ricco, intenso. La prima cosa da fare è valorizzarli, esaltare l'unicità. Il trasporto della merce presenta qualche criticità, è vero, ma si possono contrattare dei corrieri affidabili. Il resto si può aggiustare.»

Giuseppe sollevò lo sguardo su di lei e le versò un po' di vino. «È un'analisi molto promettente.»

«È il mio lavoro.»

«Davvero?»

«Sì.» Non aggiunse altro. Il giorno seguente avrebbe dato un'occhiata più attenta alla tenuta. «Anche il vino è di vostra produzione?» Non aveva visto vigneti. Lo assaggiò nuovamente. Era molto buono, profumato, ricco di sapore, intenso. Molto diverso da quelli a cui era abituata.

«No. Quello lo fa Nicola, il marito di Angelica. È un vitigno del luogo. Carignano.»

«È notevole.»

«Sono d'accordo. Ha fatto un buon lavoro.»

«Tu non bevi?»

Giuseppe scosse la testa, ma non le diede altre spiegazioni.

«Ho avvisato Memma e Maria. Non vedono l'ora di occuparsi della bambina. Non ho mai visto nessuno ossessionato come loro dall'idea di avere dei nipotini. Sono anche particolarmente interessate a te. Mi hanno fatto molte domande.»

Alice ripensò a quello che le avevano detto le zie di Giuseppe. Era assolutamente certa che Mallena fosse vedova quando lasciò la Sardegna, forse si erano confuse. Aiutò Giuseppe a sparecchiare.

«Memma conosceva mia nonna, erano amiche a quanto ho capito.»

«Tua nonna?»

«Lei era di queste parti. Lasciò la Sardegna molti anni fa e poi si stabilì in Provenza.»

Lui piegò la tovaglia e la ripose nel cassetto, l'espressione assorta. «Tua nonna era di queste parti, devi parlare con Angelica per qualche motivo che non vuoi dirmi. La bambina non è tua figlia, ma tua nipote. Ho dimenticato qualcosa?»

«No, è tutto esatto.»

La fissò, l'espressione assorta. «Cosa sei venuta a fare ad Abbadulche, Alice?»

«Sto cercando una persona.»

«Questo me lo hai già detto.»

Sostenne il suo sguardo. «Non si tratta di Angelica. O meglio, lei è l'unico contatto che ho per fare luce su una questione delicata, qualcosa di molto importante che poi è il motivo del mio viaggio.»

Giuseppe chinò la testa. «Qualche volta il modo migliore di dire una cosa è farlo senza girarci troppo intorno.»

«Già.» Peccato che fosse così terribilmente complicato.

Il riverbero delle fiamme si rifletteva sul suo viso. Si era seduto accanto a lei, e la guardava.

Alice si chiese come potesse avere la pelle così scura e gli occhi di quella tonalità chiarissima di verde. Anche Anna aveva gli occhi di suo padre, ma la sua pelle era candida e ricordava i petali delle rose.

Il silenzio scese su di loro, dilatandosi.

Non poteva continuare a tergiversare. «Si tratta del padre di Amélie. Sono venuta ad Abbadulche per trovarlo.»

«Come si chiama?»

Alice percepì come un cambio nella sua voce. «Non lo so. Emma non lo ha detto.»

«Emma... Tua sorella si chiamava Emma?» Si era alzato e adesso la fronteggiava.

«Sì.»

Sembrava sconvolto. Alice si chiese cosa avesse. «Sì. La bambina... vedi, Giuseppe, io sto cercando suo padre.» Inspirò profondamente. «Mia sorella ha trascorso un periodo ad Abbadulche, credo che sia stata ospite di Angelica, o comunque dovevano conoscersi perché è stata proprio lei, tua cugina, a invitarla a venire sull'isola. Durante il soggiorno Emma è rimasta incinta e poi è tornata in Francia.»

Era rigido, la mascella serrata. «Cosa ti impedisce di chiederglielo? Lei di sicuro lo saprà.»

Alice si passò le mani sul viso e sospirò. «È morta.»

Il silenzio calò tra loro, poi Giuseppe fece un passo verso di lei. «Come fai di cognome, Alice?»

«Pascal. Pascal Azara.»

Immobile, gli occhi su di lei, Giuseppe sembrava aver perso l'uso della parola. Alice si rese conto che aveva gli occhi lucidi, che gli tremavano le mani. Era sconvolto.

«Tu... la conoscevi, vero?»

Annuì. «Sì, certo. La conoscevamo tutti.»

«Eravate amici?» mormorò.

«Sì. Io... le ho fatto da guida. Ha insegnato ad Anna a usare la macchina fotografica.» Tacque un istante. «Non so nemmeno come farò a dirle che Emma... Com'è successo? Cosa le è accaduto?»

«Ha scoperto di essere malata quando era incinta e ha dato la precedenza alla sua bambina. Mia sorella era una donna straordinaria.»

Un silenzio teso, carico di angoscia calò su di loro. Alice allungò i palmi verso il camino, era gelata.

«Voi due, tu ed Emma...» Alice si schiarì la voce. Cercò il suo sguardo, ma Giuseppe era distante, lontano, perso nei suoi ricordi.

«Tu e lei siete mai stati...» Prima che terminasse la frase lui scosse la testa.

«No.»

«Sai chi potrebbe essere il padre di Amélie? Emma te ne ha mai parlato?» insistette.

«Non sapevo che fosse incinta», tagliò corto lui. «Un giorno ha salutato tutti e se n'è andata via. Così, di punto in bianco. Disse che sarebbe tornata presto, abbiamo aspettato, ma quando ha smesso di rispondere alle nostre telefonate, abbiamo lasciato perdere. Non potevamo sapere.»

«No, certo che no.» Alice lo studiò con attenzione.

Restarono un momento in silenzio poi Giuseppe la guardò perplesso.

«Non capisco che senso abbia questa storia. Perché tua sorella non ti ha detto chi era il padre di sua figlia? Perché sei dovuta venire tu a cercarlo? Perché mi hai lasciato credere di essere la madre di Amélie per poi cambiare versione? Spiegami, Alice, perché davvero non riesco a capire.»

«Non lo so.» Si strinse nelle spalle. «Non so perché non ti ho corretto. Il resto è... vedi io e lei avevamo litigato, non ci parlavamo. È tutto molto difficile.»

Nuovamente silenzio, i respiri che si univano ai pensieri.

«Non riesco ancora a crederci», disse Giuseppe. «Era una ragazza così luminosa, allegra.»

Sì, lo era. Le si velarono gli occhi. Non poteva lasciarsi andare al dolore. Inspirò profondamente, racimolò ogni grammo di coraggio. «La situazione è complessa, Giuseppe. Amélie è stata con me dalla morte di mia sorella. Ma ora io non posso più occuparmi di lei.»

Lui la fissò sbalordito. «È per questo che sei qui? Vuoi lasciare la bambina a suo padre?»

Tacque. Sì, era lì per quello. «Ho bisogno di trovarlo.»

«Lui non lo sa, giusto?»

«Non ne ho idea. Io ed Emma... come ti ho detto avevamo qualche problema.»

«Ma lei ti ha affidato sua figlia ugualmente.»

«Sì.»

La stava guardando in un modo strano, come se la vedesse per la prima volta. C'era del biasimo, in quello sguardo. Alice si irrigidì. «Non mi interessa la tua opinione.» Lo disse lentamente, pronta a difendersi.

«Non mi sorprende affatto. Un giorno ti sei resa conto che allevare una bambina non era quella bella cosa facile ed entusiasmante che credevi e così hai deciso di rispedirla al mittente. Un uomo che mi sembra di capire scoprirà di avere una figlia perché sua zia vuole liberarsi di lei. Dimmi, Alice, è davvero così o mi sono perso qualche dettaglio?»

Il cuore prese a martellarle nel petto. «Lo fai sembrare orribile.»

«Perché lo è. E l'unica a farne le spese sarà la creatura innocente che dorme del tutto ignara in quella camera laggiù.»

Era infuriato, anche se parlava a voce bassa, anche se invece di colpire gli oggetti si limitava a indicarli. Le dita gli tremavano un po', e le aveva subito nascoste dietro la schiena in una sorta di pudore.

Alice avrebbe potuto mandarlo al diavolo, non era nessuno per lei. Invece lo incalzò, perché le dispiaceva che lui pensasse male, perché non riusciva a sopportarlo. «Dimmi, Giuseppe Fenu, che cosa avresti fatto al mio posto? Come avresti reagito scoprendo che tua sorella era morta all'improvviso? Cosa avresti fatto tu se, al ritorno dal camposanto, ti fossi trovato davanti a una bimba di pochi mesi scoprendo non solo che era tua nipote, ma che tua sorella te l'aveva affidata?» Prese fiato ma non aveva intenzione di fermarsi. «Certo che mi sono presa cura di Amélie. Non l'avrei mai abbandonata. E ci ho provato a farle da madre, ma io non sono capace!» Fu difficile tenere a bada la disperazione, la consapevolezza del proprio fallimento. «Non so se Emma abbia avvisato quell'uomo che era rimasta incinta, e se non lo ha fatto non conosco i motivi che l'hanno spinta a nascondergli la cosa, chiunque egli sia. Io so solo che non ho altra scelta se non quella di trovare suo padre e sperare, hai capito? Sperare che sia una persona per bene, affidabile. Che voglia prendersi cura di sua figlia. Perché l'alternativa è...» Tacque. Non voleva pensarci.

«Continua. Qual è l'alternativa? Se l'uomo che cerchi fosse inadatto, o se negasse la paternità, che ne sarebbe di Amélie?»

Tremò. «Mia madre... la lascerò a mia madre. Non ho altra scelta.»

«Perché?»

«Non posso lavorare e allo stesso tempo prendermi cura di lei.»

«Scuse, e anche delle peggiori. Dimmi la verità, Alice.»

Sbalordita lo fissò, le dita che si cercavano, che si contorcevano in cerca di una via di scampo. Era nuda, priva di difese, si era esposta, ma lui voleva di più. Non fu necessario cercare le parole né sceglierle, affluirono come dotate di vita propria. «Amélie odia il nido e vi trascorre giornate intere. Ha paura della gente. Piange senza sosta e smette solo quando la prendo in braccio. È infelice con me.»

Giuseppe era come impietrito. «Cosa c'è che non va in tua madre?»

Niente, a parte che avrebbe ingabbiato l'anima della bambina, l'avrebbe convinta che l'unico modo di stare al mondo fosse il suo, l'avrebbe costretta a sottostare alle sue regole. E poi l'avrebbe giudicata e il giorno in cui avesse avuto bisogno di lei, del suo sostegno, l'avrebbe abbandonata. Ma non lo avrebbe detto a lui. Quella era una cosa che riguardava solo lei e sua madre. «Credo di aver parlato anche troppo.» Si alzò e gli diede le spalle. Sciacquò il biberon e lo preparò nuovamente.

Non riusciva a capire come fosse potuto succedere, come in nome del cielo una bella serata si fosse trasformata in un tale disastro. «Scusami, ma sono stanca.»

«Mi dispiace.»

«Perché? Hai detto esattamente quello che pensavi.»

«Mi dispiace molto per Emma», chiarì e si avviò verso la porta. Quando la chiuse Alice tornò in camera.

«Sai che c'è, *ma douce*?» sussurrò mentre prendeva in braccio la nipotina per darle il biberon, «ce ne andiamo via. Ci abbiamo provato.» La cosa fondamentale era quella, averci provato. Se poi le cose avevano preso un'altra piega lei non poteva farci nulla.

Si preparò per la notte, e poi si distese accanto alla bambina mentre la morsa dell'ansia la stringeva sempre di più. I pensieri sfrecciavano nella sua mente, afferrandola, ghermendola, abbandonandola per poi ripresentarsi puntuali, incalzanti, ossessivi. Giuseppe aveva ragione. Era stata una follia credere di poter lasciare la bambina a uno sconosciuto. Che si era messa in testa? Restituire Amélie a suo padre… si era sentita quasi nobile. Amava quella bambina, lo sentiva dentro come una certezza, quel sentimento. Emma l'aveva affidata a lei. Doveva prendersene cura. Come sarebbe riuscita a sopravvivere senza il suo lavoro? Non aveva che quello. Senza non era nulla. Ma Amélie era il suo primo pensiero.

15.

Il miele si produce anche in Siberia. Le api si sono adattate alle rigide temperature invernali e, durante l'estate, nella zona di Altaj, si producono alcune varietà di miele.

La mattina seguente Alice si svegliò tardi. Quando entrò in cucina, Memma e Maria erano chine su una teglia e, intorno a loro, aleggiava un profumo di pane e biscotti.

«Eccola!»

«Buongiorno, *filla* mia. Come ti senti oggi?»

«Tutto bene, grazie.» Bugie, maschere dietro le quali nascondersi, sorrisi falsi. Si sforzò di sorridere anche se non ne aveva voglia, e di ricambiare la loro gentilezza.

«La bambina?»

«Dorme. Ha mangiato e poi si è riaddormentata.»

«Meglio così, più dorme più cresce.» Maria le indicò una tazza. «Cosa preferisci?»

Non aveva fame. Era stata una notte molto difficile. «Un caffè andrà benissimo.»

«Fai anche una fetta di pane fresco. Maria, porta il miele che ce n'è bisogno urgente.» Memma le porse il cesto dei biscotti. «Prendine un paio. Se non mangiate bene voi giovani come potete pensare di poter affrontare una giornata?»

Invadenti. Entrambe. E gentili. E capaci di prendersi cura anche di chi non era disposto a lasciarglielo fare. «Grazie.»

«Dimmi la verità, che cosa c'è?»

«È stato un errore, un imperdonabile sbaglio venire qui.» La paura che aveva cercato di tenere a bada scelse quel momento per ghermirla. Iniziò a tremare. «Perderò tutto.» Diede voce alla sua paura più grande. «Tutto.»

La vecchia signora le diede una pacca sulla spalla e le offrì un dolcetto.

«È tua sorella che ha perso tutto, *filla* mia! Perché è morta. Tu invece sei viva, capace, sana. Sei pure bella. E non sto dicendo di fuori, che quello lo vedrebbe pure uno cieco, dico che hai il cuore e gli occhi giusti.»

Sana, viva... Alice chinò la testa.

«Perché ti metti paura da sola? È sbagliato. Adesso bevi il tuo caffè, Maria penserà alla bambina. Fatti una doccia e poi esci a prendere un po' di sole che aiuta a pensare. Stai tranquilla che si risolve tutto.»

Alice restò un istante in silenzio, mentre le parole di Memma le si avvolgevano intorno, ruvide carezze, calde e amorevoli a modo loro. «Grazie», rispose.

«C'è troppo dolore nei tuoi occhi *ninnia*, bambina. Troppe preoccupazioni. La vita va come deve andare, noi non ci possiamo fare niente. L'unica cosa che ci è concessa è fare la cosa giusta. Tu chiediti questo Alice, stai facendo la cosa giusta?»

«Giusta per chi?»

«Per te stessa. Sei tu quella che deve essere convinta, mica gli altri che hanno le loro vite da vivere. Tu sei l'unica con la quale vivrai sempre.»

Chinò il capo. Erano così affettuose, così gentili.

«Anna ci ha detto che canti per le api.»

Spalancò gli occhi. «Cosa?»

«*Eja* che già mi hai capito. Canti per le api come *Angelichedda.*»

Cambiava qualcosa? Sì, cambiava tutto. Nuovamente le api, nuovamente Mallena. Maria e Memma l'avevano accettata per la sua abilità, quel dono che la conduceva a sua nonna e poi a quell'isola e a Margherita.

«Grazie», ripeté e, quando Maria l'avvolse in un abbraccio, chiuse gli occhi e si lasciò andare a quell'affetto di cui aveva tanto bisogno.

Più tardi, mentre saliva sul traghetto pensò alle due donne. Aveva promesso a entrambe che non avrebbe preso decisioni affrettate. Agire sotto l'influsso della rabbia o della delusione era sempre una pessima idea. Ma lei non era arrabbiata, né delusa. Era solo stanca.

Il mare sembrava incendiarsi mentre Alice lasciava Abbadulche.

Lanciò un'ultima occhiata all'isola, poi si voltò.

Non c'era più niente per me.

La voce di Mallena era nel vento, era nel suo cuore. Le aveva detto che non era tornata perché per lei non c'era più nulla, perché la sua vita poteva andare solo in una direzione che non contemplava il passato.

Adesso finalmente la capiva, sua nonna.

L'avrebbe voluta accanto in quel momento. Le sarebbe servito uno dei suoi abbracci, una delle sue tisane che toccavano l'anima e il cuore.

Chiuse gli occhi un istante, concentrandosi sull'immagine che le consegnava il ricordo.

«Un pizzico di valeriana, un cucchiaio di camomilla e uno di melissa. Se vuoi puoi aggiungerci anche del biancospino. Poi acqua fresca di fonte, fai bollire e lascia freddare. Quando è tiepido aggiungi un cucchiaio di miele di lavanda.»

«E poi sarò felice nonnina?»

Mallena sorrise. «No, filla *mia, ma potrai superare tutto. Il miele ti darà la forza, le erbe ti aiuteranno a schiarirti le idee. Tu puoi fare tutto ciò che desideri, Alice, devi solo trovare il modo.»*

Era stata una giornata difficile, Emma aveva rovesciato inavvertitamente la colla sul disegno che Alice doveva portare a scuola. Non poteva farne un altro, non c'era tempo. Céline, che era entrata in quel momento, si era precipitata a pulire il disastro anche se il suo elaborato ne aveva assorbito la maggior parte.

«Devi avere più cura delle tue cose, Alice. Tua sorella è troppo piccola per capire i danni che può causare.»

Il dispiacere si trasformò rapidamente in rabbia. «Per te è sempre colpa mia. Sempre!»

L'essiccatoio delle erbe era da sempre il suo rifugio preferito soprattutto quando le cose si mettevano davvero male.

Qualche ora dopo era stato lì che l'aveva trovata Mallena. Tra i cesti di erbe aromatiche, con i mazzi di foglie brune che pendevano dal soffitto, nella penombra, a escogitare modi per fuggire via.

«Perché ti nascondi qui invece di spiegare a tua madre quello che è successo?»

«A che cosa servirebbe? Tanto lei dà sempre ragione a Emma.»

«Tua sorella è piccola, fa cose da bambina piccola. Tua madre vuole solo che tu capisca. Ognuno deve sostenere le proprie ragioni, invece tu, Alice, non hai combattuto. Sai cosa succede quando qualcuno abbandona il campo, filla *mia? Gli altri si prendono lo spazio che resta.»*

Era davvero così? pensò.

«Torniamo in Francia, *ma douce.*»

16.

In Giappone le api possono contare su importanti fioriture urbane. In molte città, come Tokyo, i tetti sono stati trasformati in distese fiorite che garantiscono un costante apporto di nettare. Il divieto di utilizzare pesticidi in area urbana ha agevolato lo sviluppo di famiglie forti e produttive che si trovano anche nei giardini del palazzo imperiale.

Non era uno che giudicava la gente.

Giuseppe era sempre andato fiero di quel lato del suo carattere: prima ascoltava e dopo considerava. Ma con Alice le cose erano andate diversamente. E gli dispiaceva.

«Perché diavolo hai perso la pazienza a quel modo», si rimproverò. Si era fatto travolgere dalla rabbia come non gli capitava da tempo. Era stato ingiusto, arrogante.

Inserì la marcia e si avviò verso il porto. Si passò la mano sul viso, nervoso come non gli capitava da tanto. Dopo aver parcheggiato, prese la sacca degli attrezzi e la caricò in spalla.

Aveva un appuntamento con Claudio. Un uomo che Emma conosceva bene.

Pensò nuovamente ad Alice, al suo sguardo dolente. Quella donna adorava la nipotina, ma c'era qualcosa che non riusciva a capire di lei. Qualcosa che voleva sapere. Aveva fatto male ad andarsene in quel modo. Alice era la sorella di Emma, Amélie sua figlia. E lui le avrebbe aiutate.

Non c'era altro che potesse fare per Emma. Per sé stesso.

Sollevò gli occhi.

Dall'altra parte della strada, Claudio parlava al telefono.

Si avviò nella sua direzione, il morale sotto i piedi.

«Che ne dici, si può fare?» Claudio aveva dispiegato il progetto sul cofano della macchina e indicava alcuni punti con una matita.

Giuseppe lo osservò pensieroso. Oltre a essere il sindaco,

Claudio aveva anche un'impresa di costruzioni ereditata da suo padre.

Quello che era accaduto quando aveva tentato di comprare la proprietà di Margherita era acqua passata, ormai. Tuttavia, Giuseppe continuava a mantenere un atteggiamento diffidente nei suoi confronti anche se doveva ammettere che il fratello di Nicola era cambiato molto nell'ultimo anno.

Ripensò a quello che aveva saputo da Alice.

Aveva sempre sospettato che tra Claudio ed Emma ci fosse qualcosa, ma non ne aveva mai avuto la certezza. Forse lui non sapeva che era morta.

Nemmeno Angelica ne era al corrente, le aveva telefonato e lei era rimasta scioccata dalla notizia e gli aveva ripetuto cose che lui sapeva già: dopo qualche mese dalla partenza, avevano perso i contatti, non sapeva che Emma fosse incinta né, nonostante fossero amiche, aveva idea di chi potesse essere il padre.

S'incupì, Emma era stata un'amica gentile per lui e per Anna. Era stata molto altro. Il pensiero che non ci fosse più lo riempiva di tristezza.

«Allora, che ne pensi? Accetti il lavoro?»

Perché lo stava offrendo a lui? «Hai un'impresa di costruzioni, geometri e ingegneri, perché le vieni a chiedere a me queste cose?»

Claudio sostenne il suo sguardo.

La conosceva quell'espressione testarda. Era la stessa di Nicola. Sospirò. Se Grimaldi voleva sprecare il suo denaro chi era lui per impedirglielo?

Scosse la testa. «Fammi vedere.» Afferrò i fogli e li studiò attentamente. «Un restauro conservativo è l'unica cosa possibile, cosa vuoi farne?»

«Locali idonei. Negozi, botteghe artigiane, laboratori. Io metterò la progettazione e le assicurazioni, Nicola il materiale. Gli assegnatari dei locali seguiranno le tue indicazioni sempre che tu decida di aiutarci.»

Giuseppe gli scoccò un'occhiataccia. Ovunque nel mondo

quel modo di fare avrebbe suscitato una protesta, ma lì le cose andavano in un altro modo.

«*Aggiudu torrau*, dunque? Aiuto restituito?» Era un'antica forma di collaborazione, il modo in cui nei secoli si erano fatte grandi cose con la collaborazione di tutti.

Giuseppe vide come sarebbero diventati una volta ristrutturati. Riusciva a trasformare in caratteristiche uniche quelli che per altri erano difetti. Credeva in quello che faceva, in ogni singola cosa.

Restituì il progetto a Claudio. «Se decidi di affidarli a me sai come funziona.»

«Sì, sì, nessuna interferenza. A me non importa se ti metti a cantare per i muri e le pietre come tua cugina, puoi fare tutto ciò che ritieni sia necessario. Dobbiamo creare dei posti di lavoro.»

Quello lo poteva capire, anzi lo condivideva. «Tre volte alla settimana, per il resto sono impegnato con le api.»

«Come ti pare, basta che lo fai.» Il cellulare di Claudio squillò. Con il progetto tra le mani e un'idea piuttosto precisa in mente, Giuseppe rivolse un'occhiata alle barche che si avvicendavano disegnando scie di schiuma bianca, mentre piccole onde si infrangevano sul molo. Pensò a ciò che gli aveva detto Alice sulla villa, alla sua unicità. Pensò al resto. Pensò ad Amélie e a Emma.

Cosa avresti fatto tu al mio posto?

"Già cosa avrei fatto?" Tutti sbagliavano, di quello era consapevole. Si chiese nuovamente perché fosse stato così duro con Alice. Ma c'era qualcosa in quella donna che lo disarmava. Un misto di alterigia e confusione. Una sorta di forza e fragilità. Era molto diversa da sua sorella. Decise che non sarebbe andato in fondo a quel pensiero, qualsiasi paragone era fuori luogo.

Non era abituata a fallire. Ma era anche vero che prima di iniziare qualcosa Alice trascorreva giorni, se non addirittura settimane, a pianificare. Quello però accadeva prima che Amélie entrasse nella sua vita. Era logico che le cose fossero andate male. Aveva ubbidito a un impulso, si era lasciata trasportare dalle emozioni. Terminò di riporre gli indumenti in valigia, controllò di non aver dimenticato qualcosa nel bagno e all'interno degli armadi.

«È ora di andare.»

Mentre si chiudeva la porta alle spalle fu colta da un'improvvisa tristezza. Le era piaciuto stare a Sant'Antioco, in quel paesino aveva trascorso bei momenti. Aveva respirato, ascoltato il vento, aveva guardato il tramonto senza pensare ad altro che a quell'istante di intensa bellezza. Si era sentita bene come non le accadeva da tempo. Giunta nella hall consegnò la valigia. Aveva già preso accordi con il tassista che l'avrebbe caricata sulla vettura. L'aereo partiva da Elmas a tarda sera. Aveva tempo.

«Spero tornerà a farci visita, in estate qui si sta davvero molto bene.»

Alice sorrise al ragazzo. Era molto gentile, lo erano stati tutti. «Chissà.» Gli porse la carta di credito e si voltò verso l'ingresso dove la signora Franca, la proprietaria, l'aspettava con Amélie in braccio. Era sorprendente come in così poco tempo la piccola avesse perso la sua timidezza. Sorrideva, batteva le manine, gli occhi curiosi, il colorito roseo. Le erano cresciuti i capelli e adesso si arricciavano sulle punte. Avrebbe dovuto comprare delle forcine, non voleva tagliarli, le stavano benissimo.

«*Voilà, madame, tout est prêt.* Il taxi sarà qui nel tardo pomeriggio.»

«Ottimo francese», si complimentò.

«Oh, grazie. La mia ragazza è di Tolosa. Mi ha insegnato qualche parola.»

Sì, poteva immaginare. Quel tipo era un rubacuori. Pensò che non fosse poi così tanto più giovane di lei, ma anche l'età, come tutto d'altronde, dipendeva da una serie di fattori. Dipendeva da come uno si sentiva dentro. Lo ringraziò. Quando uscì, Amélie agitò le braccia nella sua direzione. «Sei pronta, *ma douce*?»

«È davvero una brava bambina.»

Sì, davvero. «Posso tenerlo ancora un po'?» chiese riferendosi al passeggino messo a disposizione dall'albergo agli ospiti con bambini. Le aveva fatto comodo in quei giorni.

«Certamente. Sicura di non tornare per pranzo?»

«È davvero molto gentile da parte sua averci invitate, ma ho ancora qualcosa da fare prima della partenza.» Sistemò il cappellino di Amélie e salutò la donna. Poi si diresse verso il centro. Aveva fatto giusto qualche passo quando le squillò il cellulare. Si fermò nella piazza antistante il lungomare. Sapeva chi era ancora prima di rispondere. Sua madre l'aveva chiamata già due volte.

«Mamma.»

«Quando torni?»

Chinò il capo, si strofinò gli occhi e annuì. «Presto.»

«Spero che le vacanze ti abbiano fatto ragionare. La bambina starà bene con noi. È la soluzione migliore per tutti. Se c'è qualcuno che può prendersi cura nel modo migliore della piccola quella sono io, non tu. Lo sappiamo entrambe, smettiamola di prenderci in giro.»

«Hai sempre avuto una grande fiducia nelle mie capacità, vero?» disse con amarezza.

Silenzio. «Smettila di offenderti per ogni cosa, non si tratta di fiducia.»

«No?» Aveva la gola stretta. Céline era capace di portarle via la luce e l'allegria. «E allora di cosa si tratta, spiegamelo mamma.»

«Hai scelto molto tempo fa cos'è fondamentale nella tua vita. Al primo posto c'è la carriera, il resto viene dopo. Io ho i miei difetti, sono autoritaria, vedo le cose a modo mio, voglio che siano fatte come dico io perché la vita io la conosco bene. È tutto. Amélie si abituerà ai miei metodi, vedrai. Così come lo avete fatto tu e tua sorella. Io ci sarò sempre per lei.»

«Anch'io ci sarò sempre.»

«A meno che tu non abbia qualche riunione...»

«Esistono le baby-sitter.»

«Non ne ha bisogno. Ha due nonni perfettamente in grado di occuparsi di lei.»

«Devo andare.» Alice chiuse la telefonata prima che la

madre potesse aggiungere altro. Inspirò profondamente, cercando di calmarsi.

«Non è sempre stata così intransigente, sai, Amélie? Tutto è cambiato con la morte di mia nonna. Céline di sicuro. In realtà siamo cambiati un po' tutti. Era come se Mallena ci tenesse uniti. Lei riusciva a prendere tutti per il verso giusto. Sapeva tirare fuori il meglio da ognuno di noi. Esistono quelle persone, sono molto speciali. Anche tua madre era una di loro.»

Sul lungomare un filare di alberi separava il molo dalla strada. Mentre camminava Alice pensò e ripensò a come avrebbe potuto affrontare il futuro ora che il suo piano era andato a monte. «Non che fosse un grande piano a dire la verità.» Amélie sollevò il viso verso di lei e le sorrise. Alice sentì un'ondata di amore verso quella bambina. Voleva che stesse bene, voleva che fosse felice.

Continuò a passeggiare, ogni tanto si fermava a osservare le barche dei pescatori che rientravano. Studiò i volti affaticati ma contenti, ascoltò la rapida parlata di cui con sua grande sorpresa riuscì a cogliere qualche parola. Ricambiò i sorrisi, si sedette su una panchina e lasciò che il tempo scorresse via senza ansia, senza timore, semplicemente guardò il mondo, e per la prima volta le sembrò di vederlo per davvero. Poco dopo riprese la sua passeggiata. Mentre inspirava l'aria salmastra, cullata dallo sciabordio delle barche che passavano lì accanto, si sentì meglio. Un'ape le volò accanto, fermandosi poco distante. Trattenne il respiro, spiandone i movimenti. Quando puntò verso di lei e le si posò sulla mano, sospirò. «E adesso cosa vuoi dirmi? Non ti basta tutto quello che è successo?» L'ape si soffermò ancora qualche momento prima di spiccare il volo.

E allora lo vide.

Avanzava nella sua direzione a passi decisi, gli occhi nei suoi, l'espressione dura. Alice rallentò fino a fermarsi. Anche lui fece lo stesso, finché furono uno davanti all'altra.

«Ciao, Alice.»

Non era lì per caso, le bastò guardarlo in faccia. «Credevo non volessi più vedermi.»

Giuseppe sorrise ad Amélie che si stava sbracciando verso di lui e le sfiorò la manina. «Non sono qui per scusarmi.»
«Capisco.» E allora perché era andato a cercarla?
Lui scosse la testa. «Sono comunque molto dispiaciuto.»
«Per Emma, lo so.»
Amélie continuava a regalargli un sorriso dopo l'altro, sporgendosi verso di lui.
«Posso prenderla?»
Annuì. «Certo.»
«Ecco la mia bambina.»
Perché non poteva essere davvero così? Se fosse stato Giuseppe il padre di Amélie tutto si sarebbe risolto nel migliore dei modi. Gli avrebbe lasciato la nipotina con il cuore in pace e sarebbe tornata alla sua vita. Ma le speranze non servivano a nulla, non nelle situazioni come quella.
«Sono passato in albergo, mi hanno detto che sei in partenza.»
«Torno in Francia.»
«Amélie?»
«Troverò una soluzione.»
Il viale finiva contro una leggera altura. Dietro c'era una piccola spiaggia di sabbia bianca. Una barca era stata tirata in secca. Le onde sembravano cantare, carezzavano la sabbia, con un ritmo dolce, monotono, paziente.
«Vieni, sediamoci. Ho bisogno di parlarti.»
L'aiutò a scavalcare il basso cordolo. Alice si tolse le scarpe, lasciandole accanto al passeggino, lui fece altrettanto. Si sedettero al riparo dal vento, sotto una tettoia di canne che li riparava anche dal sole.
«È successo qualcosa?»
Lui scosse la testa. «Ho cambiato idea.»
«Non capisco.»
«Ti aiuterò a trovare il padre di Amélie.»
Alice batté le palpebre. «Perché dovresti farlo?»
Ci volle un po' prima che lui replicasse, Alice poteva quasi vedere i pensieri che gli passavano in mente, come sceglieva le parole da dire. E sorrise.
«Ti risponderò, ma non adesso. Allora accetti?»

La villa, Alice lo sentiva, era sempre stata un rifugio. Forse dipendeva dalle alte pareti di pietra, o forse dalla torre che svettava alta per diversi piani e dalla cui cima si poteva vedere tutta la parte nord dell'isola. E quella sua convinzione nei giorni in cui era stata lontana da Abbadulche era come cresciuta. L'antica dimora emanava un'aura di potenza, una forza gentile alla quale attingere, un monito per chi vi si accostava senza riguardi. Mentre attraversava l'ingresso le parve di sentire un abbraccio caloroso, come se fosse a casa. E quello era ancora più ridicolo di ciò che aveva fatto dopo aver ricevuto la proposta di Giuseppe. Aveva disdetto i voli, passato a ritirare i bagagli in albergo, accettato di trasferirsi a casa di Margherita.

Lui conosceva Emma, conosceva la gente di Abbadulche. Se c'era qualcuno che poteva realmente aiutarla a trovare il padre di Amélie era lui. Non sapeva ancora perché Giuseppe avesse deciso così, ma in fondo non era importante. Prima o poi glielo avrebbe rivelato. Era sicuramente una buona ragione. Non era da lei fidarsi a quel modo, ma quell'uomo le stava offrendo ciò che desiderava e lei avrebbe fatto un tentativo.

Si guardò attorno, qualcuno aveva tolto i teli da sopra i mobili, ovunque c'era un profumo di pulito, dalla cucina si levava un clangore di pentole e delle voci.

«Le zie si prenderanno cura di te e di Amélie, avrai dell'ottimo cibo e due bambinaie a tempo indeterminato.»

Alice era contenta perché quelle due, che il cielo l'aiutasse, le piacevano.

Maria si affacciò dalla porta della cucina, corse da lei e un istante dopo la stringeva in un abbraccio affettuoso prima di dedicarsi alla bambina. «Quasi non ci credevo che tornavi.»

«Eh, *ita manera*, perché non avrebbe dovuto farlo?» Memma l'abbracciò a sua volta. «*Angelichedda* sarà troppo felice di conoscerti.»

«Angelica?»

«*Eja*, sì, sta tornando. Non te lo ha detto Giuseppe?»

Alice lo cercò con gli occhi. Stava portando le valigie nella camera che aveva occupato la sera che avevano discusso. Le aveva chiesto se volesse cambiare sistemazione, ma lei aveva preferito restare lì. «No, deve essersi dimenticato.»

Lo guardò sorridere. Si chiese cosa stesse combinando, ma in quel momento entrò Anna, aveva i capelli pieni di petali e fili d'erba. «Ciao, Alice, che bello che sei tornata. Dov'è Amélie?»

«Anche per me è un piacere vederti.» Le indicò la cucina dove Memma e Maria avevano portato la bambina giusto un minuto prima. «Vuoi andare a salvarla?»

Anna scoppiò a ridere. «Ci provo. Sono felici, Angelica e Nicola stanno tornando.»

«Sì, ho saputo.»

La seguì con lo sguardo, poi andò a cercare Giuseppe. Lo trovò nel cortile posteriore, camminava lentamente, le mani in tasca, l'espressione assorta. Le sembrò turbato, nervoso. Doveva aver parlato con la cugina, probabilmente lei gli aveva dato qualche indicazione.

«Allora, cos'è questa storia di Angelica?»

Per un istante Alice pensò che volesse dirle qualcosa, ma Giuseppe si limitò a sorriderle. «Credi davvero che la casa abbia potenziale?»

«Certo.»

«Nessuna delle persone che abbiamo incaricato è riuscita a elaborare un piano adeguato.»

Perché non avevano capito la casa, pensò. «Io sono molto brava.»

Forse fu per via della sua espressione, forse perché era stanca, ma sentiva che era arrivato il momento di mettere le cose in chiaro con lui. «C'è un'altra cosa che devo dirti. Riguarda Emma. Vedi, lei ha realizzato un album di ricordi per Amélie. E tu e Claudio ci siete entrambi.»

Giuseppe la fissò per un lungo momento. «Posso vederle?»

«Certo.» Alice gli fu grata che non le facesse altre domande. Non avrebbe saputo spiegargli perché aveva tenuto per sé quelle informazioni.

Tornarono alla villa in silenzio, ognuno immerso nei propri pensieri. C'era come una tensione tra loro. Dov'era finita la calma piacevole che lo contraddistingueva? Da quando Giuseppe era andato a cercarla a Sant'Antioco per dirle che l'avrebbe aiutata a trovare il padre di Amélie, era cambiato.

Forse era per via della bambina. Forse si era affezionato a lei e temeva per il suo futuro. Rabbrividì. E se il padre fosse stato un uomo inadatto? Se non gli fosse importato della figlioletta? Sentì montarle dentro la preoccupazione. Doveva smetterla di preoccuparsi in quel modo. Doveva avere fiducia in Emma e nella sua valutazione.

Quando consegnò l'album a Giuseppe si fermò davanti a lui, incerta su cosa fare.

«Fammi compagnia, siediti accanto a me.»

«Va bene.»

Provò nuovamente quella sensazione di nervosismo, poi mentre Giuseppe lo sfogliava, si sentì affascinare dalle fotografie di Emma.

«Amélie... quando è nata?»

«A giugno, il primo, compirà un anno.»

«Raccontami di lei, cosa le piace? Ha delle abitudini particolari?»

Alice ci pensò su un momento. «Si sveglia sempre con un sorriso, ha bisogno di qualche minuto prima di sollevare la testa dal cuscino, quasi senta la necessità di capire dove si trovi. Le piace tenere il biberon tra le mani, la fa sentire indipendente. È molto curiosa. Preferisce i piselli agli spinaci, le piacciono la frutta e i biscotti dolci. Credo che andrà pazza per la cioccolata, di certo per il miele.»

Le sembrò di cogliere aspetti della sua vita con Amélie che prima non aveva considerato.

«Da quando hai detto che ti occupi di lei?»

«Emma è morta in autunno, a ottobre.» Ricordava con precisione la sera al parco, le foglie che erano cadute posandosi sul palmo della mano. La telefonata di sua madre era giunta una settimana dopo. Era novembre. Il primo giorno di novembre.

«Cinque mesi.»

Era così abituata ad affrontare tutto da sola che restò sorpresa da come le cose potessero cambiare guardandole da prospettive differenti, persino opposte.

«Chi sono quelle persone?»

Giuseppe le indicò una donna. «Questa è Angelica e questo è suo marito, Nicola. Claudio lo abbiamo conosciuto la sera che hai perso il traghetto.»

«Il sindaco. Sì, me lo ricordo.»

Alice picchiettò sulle immagini con la punta del dito. «Uno di questi uomini deve essere il padre di Amélie.»

«Ma non ne sei certa.»

Scosse la testa. «No, le mie sono solo supposizioni basate sul fatto che mia sorella ha voluto raccogliere i momenti e le persone più significative della sua vita per mostrarli a sua figlia.»

Giuseppe annuì. «Escluderei Nicola.»

«Suo fratello, invece?»

Pensieroso, Giuseppe voltò le pagine e poi tornò a parlare di Claudio. «Domani sarò in apiario tutto il giorno, potrei andare da lui questa sera.»

«Posso aiutarti?»

Sorpreso, la fissò. «Vuoi venire dalle api con me?»

«Mi piacerebbe molto.»

La studiò un lungo momento, poi annuì. «Iniziamo verso le dieci, appena farà abbastanza caldo. Quasi tutte le bottinatrici saranno al pascolo e il nido sarà libero.»

Alice non vedeva l'ora. Era persino elettrizzata. Continuarono a guardare l'album, poi lei gli mostrò la lettera di Angelica. «La spedì a mia nonna un paio d'anni fa.»

«Sì, Angelica desiderava riunire le donne di Margherita.»

Dunque Giuseppe ne era al corrente, pensò. «Emma venne da me per chiedermi di accompagnarla.» Gli raccontò per sommi capi quello che era accaduto, omise giusto qualche dettaglio personale. C'erano cose che non voleva condividere con nessuno, nemmeno con lui. «Non so nulla del periodo che ha trascorso sull'isola. Mi mancano due anni della vita di mia sorella.»

Giuseppe sfiorò le immagini, assorto. «Fotografava gli uccelli. Fenicotteri, germani.»

Alice sorrise. «Era un'ornitologa. Era molto in gamba. Voleva scrivere un libro.»

«Qualche volta portava Anna con sé, andavano molto d'accordo. Si era integrata bene nella vita dell'isola. Aveva amici.»

«Mi manca.»

«Manca molto anche a me. Manca a tutti, Alice.»

L'emozione che provava era fortissima, come il dolore, come il rimpianto. «Avrei dovuto ascoltarla.»

«Non farlo, Alice, non serve a nulla. Ciò che conta è il presente. Se hai commesso un errore rimedia, punto.»

«Non voglio lasciarla, Amélie, non voglio, davvero...»

«Lo so.»

Scosse la testa. «Ma non ho scelta.»

«Sì che ce l'hai. Tutti abbiamo una scelta.»

«No, Giuseppe, tu non capisci. Io non ce l'ho.»

17.

In molti luoghi del mondo, soprattutto nelle foreste dell'Asia e dell'America Latina, il miele è ancora raccolto come migliaia di anni fa, seguendo rituali iniziatici. Il risvolto spirituale legato alla raccolta, che avviene in periodi precisi dell'anno, è una condizione obbligatoria. La divinità sancisce l'inizio del raccolto e sceglie chi può prendervi parte.

Claudio osservò compiaciuto la transenna che separava la strada dai vecchi edifici. L'autocarro davanti al primo locale era colmo di macerie, Giuseppe uscì dal portone, controllò che le sponde fossero ben chiuse poi diede ordine al conducente di partire.

Lo studiò con calma.

Doveva ammettere di essersi sbagliato sul suo conto.

Ma quello lo aveva già capito il giorno in cui il cugino di Angelica gli aveva detto chiaramente dove poteva infilarsi i suoi soldi. Sorrise divertito. Del progetto di costruire un campo da golf e relativo villaggio turistico che lo aveva fatto litigare con suo fratello, poi non se n'era fatto nulla. Nicola e Angelica stavano provando con tutte le loro forze a riconvertire l'isola in un'oasi naturalistica. Abbadulche era davvero un luogo straordinario, anche se ogni anno un numero sempre maggiore di giovani decideva di partire. Qualcuno tornava, certo, ma erano sempre di più quelli che decidevano di costruirsi un futuro altrove. E quella era una cosa che non riusciva a sopportare. Quando si lascia la propria terra perché non ha nulla da offrire, e non per scelta, lo strappo è lacerante. Una ferita che rischia di non rimarginarsi mai.

La sfida era combinare la tutela del territorio e la necessità di offrire delle opportunità lavorative ai suoi concittadini. A Nicola era toccato la tutela, a lui il lavoro. «Il romantico e l'imprenditore», borbottò. Ma d'altronde i Grimaldi c'erano sempre stati ad Abbadulche. Da sempre avevano fatto parte della storia dell'isola. Come i Senes.

Parcheggiò e scese dalla vettura. Il caldo si faceva sentire. Attraversò la strada attento a dove metteva i piedi, chissà di cosa doveva parlargli Giuseppe. Non gli aveva anticipato altro. Non era da lui chiedere un incontro, il che lo rendeva dannatamente curioso. Si guardò intorno, a quell'ora erano tutti a cena. Entrò nell'edificio e fu come calarsi in un pozzo: fresco, umidità, un odore forte di salsedine e malta. Odore di casa.

«Ciao.»

Giuseppe gli fece un cenno con la mano e continuò a colpire il muro. Sotto l'intonaco c'era una splendida parete di mattoni pieni. Come si potesse coprire con cemento e tintura una tale meraviglia era qualcosa che non riusciva a capire.

«Sei molto avanti con il lavoro.»

«Sono bastati un paio di colpi ed è venuto giù tutto. Ho deciso di allargare le finestre, c'è bisogno di luce. Dovrai occuparti tu dei permessi.»

Lo aveva già fatto, ma non glielo disse. Si guardò attorno mentre Giuseppe gli elencava i lavori fatti e quelli ancora da realizzare. Lo colpì la semplicità, niente stravolgimenti, ma giusto qualche adattamento. In fondo era quello che quell'uomo faceva con tutto. «Allora, che cos'hai da dirmi di così importante?»

Giuseppe assestò l'ultimo colpo. «Si tratta di Emma.» Posò martello e scalpello sul tavolo da lavoro, poi si sciacquò le mani in un secchio di acqua.

Rigido, Claudio socchiuse le palpebre. «Spiegati, per piacere.»

Giuseppe sollevò lo sguardo. «Alice è sua sorella.»

Ecco perché aveva un'aria così familiare. «È in vacanza con la figlia?» Non le avrebbe chiesto di Emma. Se lei non voleva parlargli, non poteva farci nulla. Dopo la sua e-mail l'aveva chiamata decine di volte, ma quella testarda non gli aveva mai risposto. In genere, non era uno che insisteva.

«La bambina è sua nipote, è la figlia di Emma.»

Il sorriso di Claudio si spense. Quanto sapeva Giuseppe di quella storia?

«Mi fa piacere che alla fine Emma si sia decisa a tornare.»

Si tastò le tasche in cerca delle sigarette, dove diavolo le aveva messe? «Non l'ho vista in giro.» Scosse la testa. «Non avrei mai creduto di sentire tanto la mancanza di qualcuno», borbottò.

«No, non è tornata.»

«Ah!» Claudio s'incupì. «Allora credo di non capire.» Nascose la delusione e il malumore. L'ultima volta che l'aveva sentita lei gli aveva fatto intendere di avere qualche problema. Gli aveva anche confidato qualcosa. Qualcosa che aveva messo in discussione tutto ciò in cui credeva, compresa l'opinione che aveva su sé stesso.

C'era un solo modo per sistemare le cose che loro due avevano in sospeso, farlo di persona.

Avrebbe parlato con Alice. Gli serviva il numero di Emma. Anzi no, voleva il suo indirizzo. Questa volta non le avrebbe telefonato. Questa volta sarebbe andato da lei. Chissà se in quel modo sarebbero giunti a una soluzione. «Raggiungerà sua sorella e la bambina?» chiese.

La speranza in fondo era l'ultima a morire, pensò.

Poi si accorse che Giuseppe era pallido, teso. «Che succede?» Non gli piacevano le frasi sospese, né gli enigmi.

«È morta, Claudio. Emma è morta. Alice è qui per trovare il padre di Amélie e affidargli la bambina.»

«*Cosa?* Lei cosa?»

❋❋

La strada per raggiungere l'apiario era in salita. Sballottata da una parte all'altra, rinchiusa in una tuta di Giuseppe tre taglie più grandi, Alice moriva di curiosità. Gli aveva detto che era abituata a lavorare senza, ma lui non aveva voluto sentire ragioni. «È ancora molto lontano?»

Giuseppe scosse la testa e sorrise. «Sembri Anna.»

«In che senso?»

Lui si strinse nelle spalle. «Anche lei non vede l'ora di arrivare. In genere mi accompagna, o forse sono io che accompagno lei, questo non l'ho ancora capito. Oggi però aveva un compito in classe.»

Alice ricordò il primo giorno che aveva visto la ragazzina circondata dalle api, intensamente felice come solo i bambini sapevano esserlo.

«Lei la tuta non la porta, vero?» Lo disse a voce bassa, quasi si vergognasse.

«Mia figlia è una custode.»

C'era un tale orgoglio nella sua voce...

«Ne ho sentito parlare da mia nonna.»

«Anche lei lo era?»

Alice guardò avanti, l'espressione remota. «Dicevano che era pazza, la deridevano, ma a Maddalena non importava, tirava dritto a testa alta. La notte quelle stesse persone che facevano finta di non conoscerla andavano da lei per comprare i suoi rimedi. Per chiederle consiglio. E sai la cosa più assurda? Invece di cacciarle come avrebbero meritato, Mallena le accoglieva, le ascoltava.» Era una donna buona, meravigliosa. E le mancava. L'emozione era così intensa da stordirla. Non aveva mai parlato con nessuno dei suoi sentimenti riguardo a Mallena, nemmeno con Emma, nemmeno con sua madre. E adesso li raccontava a Giuseppe.

I ricordi che aveva così accuratamente messo da parte affiorarono.

«Un ragazzino la insultò. Mi chiese se mangiassimo vermi, topi, pipistrelli... lo fece in classe, davanti a tutti.» Non era la prima volta che accadeva. Alice faticava a fare amicizia con i nuovi compagni. Aveva iniziato a frequentare le lezioni dopo che la sua famiglia si era trasferita alla fattoria, non conosceva nessuno e non le interessava farlo. «Gli risposi che avrebbe dovuto chiederlo a sua madre visto che veniva ogni settimana ad acquistare quello che preparavamo nella bottega. Mi spinse e io gli diedi un pugno.» La maestra sconvolta dalla sua reazione l'aveva spedita dritta dal preside che aveva telefonato a sua madre.

«Direi che se lo era meritato.»

«Forse.» Céline l'aveva minacciata e poi supplicata, ma lei non si era scusata. Da quel momento però le cose erano migliorate. Non che fosse diventata popolare di colpo, ma almeno nessuno l'aveva più infastidita. Dopo aveva capito che ignorare gli insulti non era mai una buona idea. La gente tendeva a scambiare il silenzio per una sorta di autorizzazione a continuare. Emma non aveva avuto problemi, invece.

La strada terminò su un terrapieno, dietro la collina, confinante con un bosco. In pieno sole gli alveari sembravano abitazioni delle fate, ognuno dipinto con un colore diverso: giallo, rosso, rosa, celeste. Un immenso prato si estendeva a perdita d'occhio e, quando si alzò la brezza, i petali viola vibrarono.

Alice inspirò quell'aria intrisa di profumo. «È lavanda selvatica?»

«Sì, se il tempo tiene riusciremo ad avere un buon raccolto.»

Le api erano al lavoro, lo sentì ancora prima di vedere il movimento davanti alle arnie. Nuvole vorticanti che si dirigevano verso i fiori in un viavai continuo e instancabile. Le sembrò di percepire l'allegria, l'entusiasmo. Era intenta a osservarle, piena di meraviglia e di una sensazione di pace quando una di loro si fermò, posandosi sulla sua spalla. Risalì verso il suo viso e vi rimase per un lungo, infinito istante prima di levarsi in volo e tornare dalle sorelle.

«A Parigi avevo un'arnia, la tenevo sul tetto dell'Opéra.»

«Apicoltura urbana... mi sono sempre chiesto se le api vivono bene in città.»

In molti si sarebbero sorpresi nello scoprire che su quasi tutti i balconi, i terrazzi e i piccoli giardini erano state seminate piante che aiutavano e sostenevano le api. Lei stessa aveva partecipato alla distribuzione dei semi. Era uno sforzo congiunto. Tutti potevano aiutare le api anche solo con qualche pianta in un vaso. Melissa, rosmarino, lavanda... amavano andare anche sul basilico. E poi sull'edera, il topinambur, il tagete e i crisantemi.

«Non è come qui, certo.» Alice indicò il bosco. «Questo è un paradiso per loro. Sui tetti è diverso.»

«Dove hai imparato a curarle?»

«Margherita lo insegnò a mia nonna e lei ha insegnato a

me. In realtà mi mostrava come fare. Ero molto curiosa, imitavo i suoi gesti. Adoravo andare in apiario con lei.»

Silenzio. Giuseppe la osservava con attenzione. «Che fine hanno fatto le tue api?»

«Se ne sono andate. Ho regalato l'arnia all'associazione.» Aveva rinunciato. Come stava per fare con Amélie. Rattristata sfiorò l'erba, come se l'accarezzasse.

«Ti sei sentita meglio?»

Gli occhi le si riempirono di lacrime. Scosse la testa.

Lui non la giudicò, non disse nulla, ma la sua mano sulla spalla fu una carezza rapida che Alice sentì nel cuore.

«Vieni, diamoci da fare.»

Lavorarono fianco a fianco, ogni volta che sollevavano un coprifavo e controllavano le condizioni della famiglia si scambiavano pareri, consigli. Ogni arnia era differente da quella che l'aveva preceduta. Richiedeva concentrazione, creatività nel trovare la migliore soluzione al problema che presentava. Quando tutto andava bene, era motivo di grande soddisfazione. «Cosa fai se trovi una famiglia orfana?»

Senza la regina che deponeva le uova garantendo un ricambio costante di nuove api, l'alveare si sarebbe indebolito fino alla morte. Ogni apicoltore aveva un metodo scaturito dalla propria esperienza, e poiché l'apicoltura era legata strettamente al territorio, dunque al clima del luogo, era interessante conoscere i diversi procedimenti.

«Tu come facevi?»

«Inserivo una regina nuova.»

«Capisco. So che molti scelgono quel percorso.»

«E tu?»

«Preferisco lavorare con le celle reali. Ho alcune madri da cui prelevo la covata, sono autoctone dell'isola così sono certo di mantenere la purezza della linea genetica.»

«Le api d'oro.»

«Precisamente. Ci vuole più tempo, le principesse impiegano i sedici giorni canonici a nascere, poi devono fare il volo nuziale diventando regine a tutti gli effetti, certo. Tra una cosa e l'altra ci può volere anche un mese. Ma questi sono i tempi della natura e finché posso farlo vorrei mantenerli.»

Lo capiva, lì in quell'isola tutto era differente.

Più tardi si sedettero sotto un'enorme quercia. Giuseppe le porse un panino, poi ne prese uno per sé. Mangiarono in silenzio, circondati dal ronzio delle api che si avvicendavano tra i pennacchi viola dei fiori. Una volta Alice aveva letto qualcosa relativo alla necessità di oziare. Quando si è immersi nella natura, osservare il mondo circostante, abbandonando a sé stessi i pensieri, non significa perdere il proprio tempo, anzi, è un ottimo modo per rilassarsi. Non le era mai capitato prima, non l'aveva mai nemmeno capito quel modo di fare. Però si sentiva bene, più serena, quasi felice.

Nel pomeriggio passarono a un'altra postazione più in alto, oltre il bosco. Sulla sommità della montagna l'asfodelo aveva appena spigato, ma c'erano distese di camedrio maro, o, come era conosciuto comunemente, erba dei gatti. Il piccolo arbusto sempreverde alla fine di aprile fioriva, coprendo il suolo di una distesa di un rosa cupo. «È in anticipo?» chiese lanciando un'occhiata alla distesa fiorita.

«Sì, quest'anno è partito prima. Lo mischieranno. Diventerà un ottimo millefiori.»

Era il miele più comune, quello che le api raccoglievano in zone dove più fioriture partivano insieme. Era un miele complesso, affascinante, misterioso, sempre diverso, creato da un accostamento scelto dalle api. «Lo è anche il miele di Margherita?»

«Sì. Ma quello lo raccogliamo in un altro posto. Ti ci porterò.»

Con quella promessa terminarono di sistemare le attrezzature sul furgone.

Più tardi, mentre rientravano alla villa, tra uno sbadiglio e l'altro Alice riconobbe di essere molto stanca. Non vedeva l'ora di fare una lunga doccia calda e di coccolare un po' Amélie.

Entrarono nel viale, la bambina era sotto il portico insieme ad Anna. Stavano giocando. Le risate di entrambe erano così belle da spazzare via la preoccupazione e quel residuo di senso di colpa che sentiva dopo aver trascorso una lunga, felice giornata lontana da lei, in compagnia di Giuseppe e delle sue api.

«Grazie per l'aiuto, mi ha fatto molto piacere averti accanto.»

Alice ricambiò il sorriso. Anche a lei era piaciuto molto. «Hai altri apiari da visitare?» Era scesa, la portiera del furgone ancora aperta. Lui la fissò.

«Mi stai chiedendo un lavoro? Perché potrei assumerti. Sei davvero molto brava.»

«Io... sì, mi piacerebbe molto. Qualche vasetto di miele e siamo pari.»

«Affare fatto.»

Alice lo guardò allontanarsi, poi andò verso Amélie che l'aveva vista e adesso strillava per attirare la sua attenzione. «Ciao a tutte e due.» Prese in braccio la bambina, le baciò i capelli e quando Anna si avvicinò a lei circondandole la vita, le sembrò naturale fare lo stesso con la figlia di Giuseppe.

«Sono molto felice che tu sia qui, non vedevo l'ora che arrivassi», le disse la bambina con quella sua parlata lenta e un po' stentata.

«Grazie.»

Entrarono in casa, Anna che le raccontava del compito in classe, Amélie che balbettava allegra. Alice ripensò a quello che le aveva detto la ragazzina. Era come se lei avesse saputo che sarebbe arrivata sull'isola, ma era impossibile. Probabilmente aveva capito male.

«Ecco la mia bambina!» esclamò Maria prendendola in braccio. «Anna, zia Memma ti stava cercando, credo abbia bisogno del tuo aiuto.»

«Vado subito.»

«Avete fame?»

Alice annuì. «Moltissima.»

Le squillò il cellulare. Quando guardò il display sospirò. «Dammi un minuto.»

Maria le sorrise. «Fai con comodo.»

«Grazie», mormorò nervosamente. Uscì in cortile e rispose. «Mamma.»

«Cosa significa che hai rimandato il rientro?»

Le aveva inviato un messaggio, avrebbe dovuto prevedere quella telefonata. Sospirò.

«Si può sapere dove diamine sei Alice?»

«Te l'ho detto, in vacanza.»

«Sono tua madre, e tu non le hai mai sapute raccontare, le bugie.»

«Non ti sto mentendo. Mettiamola così, sono *anche* in vacanza. Appena sistemerò la questione ti racconterò ogni cosa, promesso.»

«Bada, Alice, non so cosa tu ti sia messa in testa, ma la bambina devi riportarmela. Eravamo d'accordo, mi avevi promesso...»

«No, questo non è assolutamente vero. Amélie è la mia priorità e sto facendo quello che è più giusto per lei...»

Silenzio. «Riportami mia nipote. Il suo posto è qui con me. Non costringermi a fare qualcosa di cui potremo pentirci entrambe.»

18.

Le api appartengono a un sistema matriarcale complesso. Al vertice c'è la regina che, deponendo le uova, garantisce il ricambio costante delle api. Le api operaie si occupano dell'andamento dell'alveare e si prendono cura della regina e della covata. I fuchi, maschi, sono responsabili della fecondazione dell'ape regina.

Da Nino era un locale ampio, luminoso. Il portico chiuso da alte vetrate dava sulla spiaggia e, in un angolo, al riparo dalle onde, c'erano degli scivoli, altalene e una serie di giochi su cui Anna si era arrampicata senza perdere tempo.

L'interno, apparentemente semplice, in realtà era molto curato. Boiserie bianca su sfondo celeste, lampade di cristallo a goccia.

Alice lisciò le pieghe del vestito elegante.

Quando Giuseppe l'aveva invitata a uscire aveva istintivamente accettato. Erano diventati amici, erano... la verità era che lui le piaceva. Una sensazione di disagio le si agitò dentro.

Poco prima aveva sentito Gérard. Era a New York, ma aveva trovato il tempo di chiamarla tra una riunione e l'altra. Le era sembrato così lontano. In ogni caso quello che aveva con Giuseppe non era di certo un appuntamento. Avevano portato le bambine, niente di romantico, solo una piacevole serata tra amici.

Poco lontano, in maniche di camicia e jeans sdruciti, Giuseppe si stava accomiatando da un amico. La sorprese a fissarlo e le sorrise. Alice lo ricambiò.

«Prendo io la bambina, lasciala a me.»

«Grazie, in effetti è pesante, vero signorina?»

Amélie come sempre gorgogliò soddisfatta.

Le piaceva quel posto, l'atmosfera festosa, la gente seduta ai tavoli che chiacchierava e rideva, la musica in sottofondo. La maître era una donna giovane, molto carina.

Li accolse con un sorriso. «Buonasera, Giò, il tuo tavolo è pronto.»

«Grazie. Vieni, Alice, per di qua.»

«Giò?» gli sussurrò divertita seguendolo. «D'ora in poi ti chiamerò così.»

«Non azzardarti...» sibilò lui a bassa voce, lanciandole un'occhiataccia che la fece ridere per davvero.

«Mi piace il tuo vestito.»

Lo guardò stupita. «Era un complimento?»

«No, una constatazione.»

Alice rise nuovamente. «Comunque, grazie. Anche a me piace molto.» Accarezzò la stoffa seguendo i disegni con la punta del dito, consapevole della sua attenzione. Era tutto così bello, così semplice. La stanchezza fisica che si lasciava dietro una grande energia, l'entusiasmo e la curiosità. Da quanto non si sentiva così bene?

Il tavolo che Giuseppe aveva prenotato dava sul mare.

Da lì, Alice poteva vedere Anna seduta sull'altalena, l'espressione assorta mentre si dondolava aiutandosi con il piede. Chissà cosa stava pensando... e poi seguì la direzione del suo sguardo e trattenne il fiato.

Aveva sempre subito il fascino del tramonto. Forse dipendeva dai colori infuocati che il sole donava al cielo e al mare prima di accomiatarsi, o forse perché preludeva al silenzio della notte. Al riposo. «È meraviglioso.»

«Pensi che ti ci potresti abituare?»

«Come?» Sorpresa gli lanciò un'occhiata interrogativa.

Giuseppe però non le rispose e, dopo aver sostenuto il suo sguardo un istante di troppo, sistemò Amélie nel seggiolino portato dal cameriere.

Lei si voltò verso Anna, verso il mare che diventava sempre più scuro. Era facile abituarsi alla bellezza. Il problema era dopo, quando l'euforia spariva e si doveva fare i conti con la realtà. Certo che si sarebbe potuta abituare, e forse il problema era appunto quello.

Giuseppe aveva chiesto dell'acqua e ora chiacchierava con il cameriere che la stava servendo. Quando le aveva detto che sull'isola si conoscevano tutti non aveva esagerato, pensò.

Anna le fece un gesto di saluto e lei rispose. Mentre la ragazzina li raggiungeva si fermò a un tavolo. C'era un uomo di spalle. Alice li osservò parlare per qualche minuto e, quando lui si voltò nella sua direzione, lo riconobbe. «È Claudio.»

Il sussurro si perse nel brusio della sala. Lui si alzò e li raggiunse, Anna invece si fermò nuovamente a un altro tavolo dove c'erano alcuni ragazzini con i loro genitori.

«Buonasera.»

«Buonasera, Claudio, lieta di rivederla.»

«Ti unisci a noi?» Giuseppe gli indicò una sedia, ma Claudio scosse la testa. Si scambiarono uno sguardo gelido.

Alice percepì la tensione. Che era accaduto tra quei due?

«Alla fine ha deciso di restare.»

«Ho ancora qualche giorno di ferie.» Non aveva idea di cosa gli avesse detto Giuseppe. Presa dal progetto della villa e dalle api, non gli aveva chiesto se fosse riuscito a parlargli, ma il fatto che non le avesse detto nulla forse significava che non aveva scoperto niente di nuovo.

Claudio annuì, gli occhi che si spostavano da lei ad Amélie. «Mi dispiace molto per Emma.»

La frase la colse di sorpresa.

Era vero, gli dispiaceva. Claudio era pallido, la bocca serrata in una linea dura. Ecco cos'era quell'espressione che aveva: dolore. Infinito e profondo. Alice sentì gli occhi riempirsi di lacrime. «Scusatemi», mormorò.

Giuseppe le porse un fazzolettino e lei ci tuffò dentro il viso.

«Sono io che dovrei scusarmi, Alice, mi dispiace molto», proseguì Claudio passando al tu.

Lei si sforzò di sorridere. Mandò giù un sorso d'acqua. «La conoscevi bene?»

Claudio annuì.

«Eravate rimasti in contatto?»

«L'ho sentita la scorsa estate, mi aveva detto di avere qualche problema di salute, poi più nulla.»

«Capisco.» Giuseppe le prese la mano tra le sue. Alice si scoprì a stringergliela.

«Volevo raggiungerla, ma lei rifiutò, promettendomi che mi avrebbe richiamato.» Tacque un lungo momento. «Non riesco a credere che sia morta.»

«Sì.»

Alice guardò nuovamente Giuseppe. Anche lui era pallido. Erano tutti provati.

Davanti a lei il mare era nero, immenso. Il riverbero della luna sembrava dividerlo con la lunga scia che brillava sulle placide acque come una strada verso la notte.

«Hai detto che eravate amici.»

«Sì, infatti.»

Alice si inumidì le labbra. «Io... mi dispiace, ma devo saperlo. Hai idea di chi possa essere il padre di Amélie?» Si accorse dello sguardo contrariato che Giuseppe le rivolse, ma non poteva perdere quell'occasione, non poteva più aspettare, aveva capito che quell'uomo era molto legato alla sorella. Per quanto fosse inopportuna quella domanda, doveva chiederglielo. Doveva sapere.

Claudio si voltò verso la bambina che, ignara di tanta attenzione, inseguiva con la punta del dito una briciola sulla tovaglia.

Ancora silenzio, ancora respiri che si accavallavano, come parole non dette, come timori nascosti. «Vorrei che fosse figlia mia, lo vorrei con tutta l'anima.»

Alice trattenne il fiato, gli occhi spalancati dalla sorpresa.

«Sfortunatamente non lo è», concluse secco. Lanciò un'occhiata a Giuseppe che lo fissava a sua volta.

«Ti chiamo domani», gli disse. «Ho bisogno di parlarti.»

«Va bene. Quando vuoi.»

«Buona serata a tutti e due allora. Ciao, Amélie.»

La piccola gli sorrise e agitò la manina nella sua direzione.

Mentre si allontanava da solo nell'oscurità Alice provò un'intensa compassione: per lui, per sé stessa e per Amélie.

Giuseppe le coprì nuovamente la mano con la sua.

«Non sapeva che fosse morta, è stato un duro colpo per

lui. Era molto legato a tua sorella, loro due erano amici. Molto amici.»

«Mi è sembrato molto provato.»

«Lo è. Diamogli un po' di tempo per riprendersi.»

Emma aveva significato molto nelle loro vite.

«La scomparsa di qualcuno che hai amato ti pone davanti a molti interrogativi, non c'è nient'altro che possa costringerti a guardarti dentro. Niente maschere, niente finzioni.»

«Posso servire?»

L'arrivo del cameriere evitò una risposta che Alice non aveva nessuna voglia di dare. Ciò che era accaduto a sua sorella le aveva sottratto tutte le sue certezze, le aveva gelato l'anima.

Nei giorni seguenti le api entrarono in febbre sciamatoria. Era il momento in cui la vecchia regina abbandonava l'alveare con la sua corte lasciando all'interno dell'arnia un piccolo numero di bottinatrici e nutrici. Le api rimaste avrebbero accudito la covata che stava nascendo, raccolto il nettare e atteso. Presto le celle reali si sarebbero aperte e le giovani principesse avrebbero combattuto per la supremazia. La vincitrice, nelle settimane successive alla sua nascita, avrebbe fatto diversi voli nuziali con i fuchi, i maschi dell'ape e, una volta fecondata, iniziato a deporre le uova. Le nuove api avrebbero sostituito le anziane in un processo di rigenerazione continuo, come fossero un unico organismo.

Nonostante le precauzioni che potevano essere prese ampliando l'alveare e aggiungendo nuovi melari, spesso gli sciami partivano comunque. Era l'istinto a guidarli, un metodo di sopravvivenza che avevano affinato in milioni di anni, paragonabile alla nascita di un nuovo individuo.

A parte quelli del grande ulivo che regnava sul bosco, e che Alice non aveva ancora avuto l'opportunità di vedere, gli altri sciami dovevano essere raccolti e alloggiati nelle arnie che sarebbero diventate le loro nuove case. Giuseppe gliele aveva mostrate, le aveva preparate durante l'inverno.

Anche lui aveva tracciato dei segni sulle pareti per agevolare l'orientamento.

«Oggi sei particolarmente silenziosa.» La voce di Giuseppe la colse di sorpresa.

Lei si strinse nelle spalle. Una spiacevole discussione con sua madre aveva fatto riaffiorare ricordi che avrebbe preferito non prendere in considerazione.

«Parlarne aiuta, Alice, butta fuori tutto. Sono bravo ad ascoltare.»

Gli sorrise. «In realtà il mio umore è migliorato da quando sono arrivata.»

«Lo prenderò per un complimento.»

Sorrise nuovamente.

Giuseppe sollevò il coperchio di un'arnia. «Guarda che meraviglia, avvicinati.»

C'era un favo perlaceo che le api avevano costruito e riempito di miele.

«Siamo arrivati appena in tempo. Quando c'è una fioritura così intensa occupano tutto lo spazio a disposizione. Se avessimo tardato a fare l'ispezione, avrebbero costruito tutto da sole.»

«Hai mai l'impressione di disturbarle?»

Giuseppe scosse la testa. «Magari, mi piacerebbe. Il punto è che le api devono affrontare una lunga serie di difficoltà. E non parlo solo della varroa.»

Alice conosceva i danni che il temibile acaro infliggeva alla covata danneggiandola in modo irreparabile e mettendo a repentaglio la sopravvivenza stessa dell'alveare. Le api vivevano da un mese a sei-otto mesi a seconda del periodo: senza un regolare ricambio l'alveare si spopolava e moriva in poco tempo.

«Qui ad Abbadulche non abbiamo il problema dei pesticidi. Ma nel resto del mondo le cose vanno diversamente.»

Alice pensò agli «uomini ape». Era così che chiamavano le persone – spesso donne e bambini piccoli – costretti a salire sugli alberi nel tentativo di impollinare i fiori. In alcune regioni della Cina le api e molti altri insetti erano scomparsi a causa del massiccio utilizzo di pesticidi. Le immagini che ritraevano il maldestro tentativo di riparare alla sciagura perpetuata in modo tanto sconsiderato erano deprimenti e riempivano Alice di una rabbia sorda. L'arroganza dell'uomo era incommensurabile.

Dopo aver aggiunto il melario a tutti gli alveari, si sedettero sotto un albero. Giuseppe tagliò il favo con il suo coltello, poi lo posò su alcune foglie che aveva intrecciato precedentemente.

«Assaggialo, niente gli somiglia. Non è uguale a nessun altro sapore.»

«Così?» Alice ne afferrò un pezzetto con le dita e se lo portò alla bocca.

Se qualcuno le avesse detto solo un mese prima che avrebbe mangiato del miele appena raccolto in quel modo, lo avrebbe preso per pazzo. Poi le parole scomparvero, sostituite dalle emozioni di quel nettare dolce che le invadeva la bocca e si riversava dentro di lei. «È buonissimo.» In realtà era molto di più. Chiuse gli occhi assaporando anche le ultime tracce di quella delizia.

Giuseppe le sorrideva.

«Adesso dimmi, come va il tuo malumore?»

Lei scoppiò a ridere. Se non era del tutto scomparso si era decisamente attenuato. «Il miele ha questo potere, lo ha sempre avuto su di me.»

Lui la fissò intensamente. Alice distolse lo sguardo, allungò la mano e prese un altro pezzo di favo. Aveva le dita appiccicose, era accaldata, impolverata e... felice. Sì, era felice. Percepiva la sua presenza accanto, il suo respiro. Il miele le stava dando alla testa?

«È per via del triptofano, immagino che tu lo sappia.»

Le parole di Giuseppe la incuriosirono. Era un aminoacido, questo lo ricordava perché l'associazione degli apicoltori a Parigi ospitava regolarmente corsi per approfondire i vari aspetti dell'apicoltura, dall'allevamento all'analisi sensoriale dei mieli. «Sì, mi ricordo.»

«È il precursore della serotonina. Ho pensato che ti interessasse più la parte scientifica.»

In realtà le sarebbe piaciuto di più ascoltare una delle

storie che lui di tanto in tanto raccontava ad Anna e Amélie. Annuì. «Grazie.»

«Un cucchiaino di miele e la vita ti sembra più bella.»

Era più bella.

19.

Le api svolgono diversi compiti in base all'età. Appena nate puliscono l'alveare e vengono chiamate spazzine, in seguito sviluppano la capacità di produrre la pappa reale e diventano nutrici. In seguito ceraiole, ventilatrici, guardiane e poi, finalmente, bottinatrici.

Alice divideva il suo tempo tra l'apiario e la casa di Margherita.

Giorno dopo giorno, un piano stava prendendo forma nella sua mente. Al principio le era sembrato insensato, ma più il tempo passava più, tassello dopo tassello, si era composto un disegno. Qualcosa che avrebbe potuto funzionare per la tipicità del luogo, della gente, di ciò che Margherita avrebbe desiderato. Alice ne era consapevole. In realtà era stata la stessa casa ad averle suggerito la direzione da prendere. Qualcosa che avrebbe tenuto per sé, perché era irrazionale e anche un po' folle attribuirle la responsabilità del progetto che aveva in testa. Ma più ci pensava e più ne era certa! Il suo sarebbe stato un luogo di pace e tranquillità, una fonte alla quale attingere per ritrovare sé stessi.

Era diverso da tutto ciò che la logica suggeriva di inserire in un *business plan*. Niente negozi, niente ospitalità nel senso classico del termine. Ciò su cui meditava era ben altro e richiedeva tempo, calcoli e simulazioni. Aveva parlato a lungo con le zie: Maria e Memma erano d'accordo con lei. Aveva discusso del progetto persino con Alessandra che frequentava regolarmente le due signore. Il pensiero di averla scambiata per la moglie di Giuseppe, adesso che avevano fatto amicizia, era imbarazzante e divertente allo stesso tempo; lei sarebbe andata molto d'accordo con la nonna. Entrambe avevano la passione per le erbe aromatiche. Alessandra però si era specializzata nella coltivazione dell'elicriso, che distillava e trasformava in oli essenziali.

Alice che aveva avuto sempre pochissime amiche, conoscenti, più che altro, e colleghe, era confusa dal loro affetto. Abbadulche era come il cielo al crepuscolo, a ogni occhiata scorgeva una nuova stella. La sua cerchia di conoscenze grazie alle zie di Giuseppe si stava espandendo sempre di più. E poi c'erano Gigliola e Pina. Le due donne, madre e figlia, vivevano nella proprietà di Angelica. Spesso lei e le zie andavano a visitarle. Che Pina fosse l'artista che aveva trasformato il camper lo aveva scoperto quel primo giorno, e si era anche accorta che era una persona molto speciale. Ma quello glielo aveva detto Giuseppe. Ogni gesto della donna nasceva dal bisogno di creare, di proteggere, di abbellire. I sassi che dipingeva, i recipienti, le pareti e gli oggetti. Pina trasformava tutto ciò che toccava in bellezza: la proiezione di ciò che aveva dentro l'anima.

Alice sorrise e tornò ai fogli sparsi sul tavolo. Mentre stava buttando giù una serie di calcoli le squillò il cellulare. Controllò il display preoccupata che si trattasse di Céline, poi sorrise.

«Gérard, ciao.»

«Come stai, Alice?»

«Bene, ho delle belle novità.»

«Vuoi dire che l'hai trovato?»

Sospirò. «Non così belle. Un amico di Emma sapeva che lei aspettava un bambino.»

«Potrebbe essere il padre.»

«Gli sarebbe piaciuto esserlo, ma lo ha escluso.»

«Sa qualcosa secondo te?»

«È Giuseppe a crederlo.»

Silenzio. «Giuseppe?»

Alice si mordicchiò un labbro. «Il cugino di Angelica. Non ti ho parlato di lui?» sussurrò.

«Credimi, *ma chérie*, mi ricorderei se lo avessi fatto.»

«Mi sta aiutando a venire a capo della questione.»

«Capisco. Perché crede che questo amico dovrebbe sapere qualcosa su tua sorella?»

«Erano molto legati, me lo ha confermato lui stesso. Francamente, ho avuto l'impressione che sapesse di più di ciò che mi ha detto.»

Nuovamente silenzio, poi un profondo respiro. Alice percepì chiaramente il disappunto di Gérard.

«Si potrebbe fare anche in un altro modo in realtà.»

«Ossia?»

«Chiedere a tutti i possibili padri di sottomettersi a un test genetico. A quel punto la situazione sarebbe risolta.»

Non era un'idea sciocca, anzi era la prima cosa che le era venuta in mente, ma Alice non intendeva farlo. «È irrispettoso», ribatté. «Non voglio infangare la memoria di Emma né mettere in difficoltà gli uomini ritratti nell'album.» Le sue erano solo supposizioni. «Sono io a presumere che uno di loro possa essere il padre di Amélie.» D'altronde, ricordava bene lo sguardo disperato di Claudio e quello sconvolto di Giuseppe. «No, non credo sia il caso», ribadì. C'erano i sentimenti di troppe persone in ballo.

«Ti resta poco tempo, Alice, poi dovrai prendere una decisione.»

Era la prima volta che le metteva pressione. E sembrava seccato. «Sicuro che vada tutto bene?»

«Come? Sì, certo. Ah, dimenticavo, tua madre ha chiamato nuovamente in ufficio.»

Alice sollevò gli occhi al cielo. Oddio, perché non poteva lasciarla in pace! «Mi dispiace.»

«Telefonale, sembrava molto preoccupata.»

«Vuole la custodia della bambina. Potrebbe... causarmi problemi secondo te?»

«No, non proprio. Sei la zia naturale, tua sorella ti ha nominata come tutrice. Ma ti consiglio di sbrigarti. Meglio non prendere quella strada, i conflitti familiari sono sempre molto spiacevoli. Va' da questo amico di Emma e parla con lui, risolvi la questione, sistema tua nipote e poi torna da me, mi manchi.»

«Anche tu, Gérard.» Chiuse la comunicazione, raccolse i fogli sui quali stava lavorando e uscì in giardino. Quella conversazione le aveva lasciato dentro una sorta di disagio, quasi di imbarazzo. Si passò la mano tra i capelli, nervosa. Poi sollevò lo sguardo.

Da lì poteva vedere Anna e Amélie sedute sul prato. La

piccina era intenta a costruire una torre di mattoncini e ogni tanto ne assaggiava uno provocando l'ilarità della ragazzina.

Sorrise. Com'era cambiata la sua nipotina! Da quando erano arrivate in Sardegna Amélie era un'altra. Un'ombra di tristezza le passò negli occhi. La partenza era vicina. «L'importante è che sia felice», sussurrò tra sé. Stava facendo la cosa giusta, ne era sempre più convinta. Lo sentiva dentro. Ma sapeva anche che lasciarla le avrebbe spezzato il cuore.

«Non ho scelta.»

Tutti ce l'hanno. Era così che aveva detto Giuseppe, no?

Aveva sempre pensato di non averne, ma in quel momento non ne era più così tanto convinta. E se invece avesse deciso altrimenti?

L'idea le trasmise un'intensa sensazione di pace e di gioia.

In quel momento Parigi, l'azienda, Noëlle, il lavoro, persino Gérard... tutto era lontano mille miglia. Continuò a riempirsi gli occhi di ciò che la circondava. Di quella grazia, di quella semplicità di farle credere che qualsiasi cosa desiderasse le sarebbe bastato allungare una mano per ottenerla.

Maria era poco distante, stava stendendo il bucato al sole. Memma bagnava le piante accanto alla recinzione mentre parlava con Giuseppe. Lui sollevò la testa, i loro sguardi si incontrarono. Le mancò un battito. Quando le fece un cenno con la mano, lo ricambiò, ma invece di raggiungerli come avrebbe fatto in un altro momento, si rifugiò sotto la pergola, dispose i fogli sul tavolo e tentò di riprendere il lavoro da dove lo aveva interrotto prima della telefonata. Il cuore le batteva forte, era intensamente consapevole della sua presenza. E quello non andava bene. Si sforzò di pensare ad altro.

I grappoli del glicine sopra di lei ondeggiarono mollemente, sospinti dalla tiepida brezza. Chiuse gli occhi mentre un dolce profumo l'avvolgeva. Lontano sentiva il mare, il fruscio dell'erba, il ronzio degli insetti. I pensieri cessarono di sgusciarle via dalla mente e si disposero ordinati in sequenze che d'un tratto riusciva a comprendere.

«Va tutto bene», si ripeté, «va tutto bene.» Era circondata dalla bellezza. Era in un luogo pieno di armonia e di pace. In quel momento comprese cosa aveva voluto dirle Emma nella sua lettera quando l'aveva pregata di andare ad Abbadulche.

«Avevi ragione», sussurrò. Era da un po' che non le parlava, ma non c'era giorno in cui non si soffermasse a pensare a sua sorella. Condividere con lei i sentimenti e le emozioni che sentiva da quando era arrivata in Sardegna gliela faceva sentire vicina.

Guardò gli appunti, adesso era più tranquilla, poteva procedere nella sua analisi.

Oltre alla sua camera, distribuiti nelle diverse pertinenze della tenuta Alice aveva contato quindici ambienti con relativi ripostigli, cinque laboratori, tre magazzini. E doveva ancora esplorare le stanze della torre. Si era riproposta molte volte di andarci, ma rimandava sempre. In realtà dopo aver saputo che Angelica aveva vissuto proprio lì prima di trasferirsi nella casa che divideva con Nicola, aveva deciso di aspettare il suo ritorno e chiederle il permesso. Giuseppe le aveva detto che poteva fare ciò che desiderava, la casa era a sua completa disposizione, ma lei esitava.

C'erano cortili, giardini, un bosco, prati a perdita d'occhio, una spiaggia privata dove portava a giocare le bambine.

Pensò alla mattina appena trascorsa. Era uscita a fare una passeggiata per i sentieri tra l'erba alta: erano i medesimi di migliaia di anni prima e, mentre li percorreva, le avevano infuso una profonda pace interiore.

«È questa la sua unicità.»

La villa, la tenuta, Abbadulche erano antiche, possedevano il fascino delle cose vere. Di una sorta di concretezza alla quale potevi afferrarti.

Elaborò la teoria prima nella sua mente, poi a mano a mano che il progetto prendeva forma, segnò i punti fondamentali. Li avrebbe corretti in corso d'opera, adattandoli perché tutto andasse come doveva.

C'era anche un'altra cosa che avrebbe potuto aggiungere, qualcosa su cui stava riflettendo e che la univa alla nonna. Qualcosa che Mallena – ora sapeva – aveva imparato proprio tra le mura della villa e che poi aveva insegnato ad Alice.

Se lo avesse fatto, se le altre fossero state d'accordo, sarebbe stato come percorrere a ritroso un cammino, come chiudere un cerchio: da lì era partito tutto tanti anni prima e ora, tramite Angelica, Emma e infine lei, era ritornato per infondere nuova forza. Nuovamente pensò alla via del miele. A quello che le diceva sempre Mallena, come se si trattasse del corso della vita.

Era ormai il tramonto quando radunò gli appunti e li inserì nella sua cartella. Presto sarebbero venuti a chiamarla per la cena. Sorrise tra sé, gli occhi fissi sulla superficie del tavolo. Ne seguì le venature, ci passò sopra i palmi. Sentì sotto le dita l'energia di quel luogo. Si sentì accolta, felice.

«Ogni volta che credo di essere riuscito a capirti, mi sorprendi e devo ricominciare da capo.»

Sollevò la testa di scatto. Giuseppe era seduto su una pietra, i gomiti appoggiati sulle cosce, gli occhi fissi su di lei.

«Non mi sono accorta che eri lì.»

«Non avresti potuto, eri totalmente immersa nel tuo lavoro, di qualsiasi cosa si tratti.»

Emozionata, gli sorrise. «Vieni, ti faccio vedere.»

Tirò fuori il prospetto e lo dispiegò sul tavolo. Giuseppe era fermo alle sue spalle. Alice sentì il suo inconfondibile profumo: sapone con, sotto, una lievissima traccia di fumo e miele. Le piaceva, le piaceva in un modo che non avrebbe dovuto.

«Non è ancora definito, ma credo di essere sulla strada giusta.» Gli mostrò le cifre e i calcoli. Li accostò ai prospetti della villa che Giuseppe le aveva fornito. «Come puoi vedere, gli interventi da fare sono pochissimi.»

«Un albergo?»

Scosse la testa. «Un rifugio. Niente cellulari, niente internet. Solo pace, natura, lavoro creativo.» Sì, adesso ne era sempre più convinta. «Ho pensato anche un'altra cosa... la base di tutto potrebbe essere l'alveare.»

«Cioè?»

«Non solo miele, ma anche cera. Gli ospiti, se vorranno, potrebbero creare candele, saponi, profumi solidi, semplici, ottenuti mescolando le essenze del posto. Lavanda, ginepro, rosmarino, elicriso. Pane, dolci...»

Alice si rese conto in quell'esatto istante che da quando era arrivata sull'isola della nonna, era come se la sua influenza fosse aumentata, come se fosse al suo fianco.

Era dall'attività di Mallena che Alice aveva attinto le informazioni fondamentali a elaborare il progetto.

In realtà le sfuggivano ancora molte cose sul conto della nonna. Memma e Maria non le avevano più detto niente, ma lei sentiva che c'era dell'altro.

Pensò a ciò che l'aveva spinta a lasciare la Francia per raggiungere Abbadulche. In quell'isola c'erano le sue radici, quelle della sua famiglia. C'era la storia di sua nonna, la donna più importante della sua vita.

Continuò a illustrare il progetto, l'espressione di Giuseppe era intensa. «Il concetto è l'amicizia, la condivisione. Fare tutto insieme. Non sarà un albergo, ma un luogo speciale di rinascita interiore, di recupero. Le spese di manutenzione saranno minime. La copertura potrebbe essere a carico di alcune fondazioni che si occupano di benessere psicofisico.»

«È il sogno di Margherita.»

Ritornò nuovamente alla casa, alla sua storia. Rise quando si rese conto che parlava come se la villa avesse un'anima. Era suggestionata dall'atmosfera di quel luogo. «Non ho terminato, devo ancora completare i calcoli, verificare le disponibilità.»

Continuarono a parlarne finché Memma li chiamò.

«Domani mattina, ti andrebbe di venire con me e Anna? Porteremo anche Amélie se sei d'accordo.»

«Cos'hai in mente?» gli chiese entrando in cucina.

«Ricordi quando mi hai detto che l'album è la storia di Emma?»

«Sì, lei lo ha composto come un libro della memoria. C'è il passato della nostra famiglia. C'è Abbadulche. Lo ha fatto per la bambina.»

«C'è anche dell'altro, Alice. Ci sono luoghi particolari. L'ho esaminato con più attenzione, è un percorso a tappe. Io... seguiamolo. Che ne dici?»

«Un percorso?»

«Sì. Sono tutte località che hanno significato qualcosa per lei.»

L'album era sulla madia. Alice lo mostrava spesso ad Amélie. Lo faceva ogni volta che sentiva il bisogno di avere Emma accanto a loro. Giuseppe lo sfogliò con estrema sicurezza. Scelse una fotografia. «Questa è la prima tappa. Isola di San Pietro. Carloforte, il faro.»

Pensò a come sarebbe stato guardare le cose dal punto di vista di sua sorella. Era come un messaggio che lei le stava inviando, anzi no, un invito. Pensò a come l'avesse incoraggiata ad andare ad Abbadulche. Alla fine, Alice c'era andata per via di Amélie, ma era come se al suo arrivo si fosse innescato un meccanismo che la riguardava personalmente.

«Pranzo al sacco, scarpe comode, il marsupio. Allora si va in gita, Alice?»

Presto lei sarebbe tornata alla sua vita in Francia, forse Giuseppe lo aveva dimenticato, lei no. Ma una gita poteva essere il modo giusto per salutare quei luoghi.

«Sì, va bene.»

20.

Nell'alveare ogni componente è soggetto al bene comune. Lo si potrebbe definire come un organismo unico, dove ciascuna ape può essere paragonata a una cellula.

Partirono all'alba. Nonostante l'orario, il traghetto era gremito di pendolari.

«Venite, sediamoci da quella parte.» Soffiava un vento freddo, così Giuseppe le accompagnò al ponte coperto. Le aveva consigliato di vestirsi a strati, perché verso mezzogiorno avrebbe fatto caldo.

Anna e Amélie, accanto a lei, guardavano i gabbiani che sfrecciavano alti nel cielo.

Alice era emozionata.

Le sembrava di ripercorrere i passi della sorella. Ciò che aveva fatto e visto. La sentiva vicina, c'erano dei momenti in cui le sembrava di avvertire persino il suo profumo, il che la riempiva di nostalgia e di tristezza insieme.

«Avevamo litigato, io ed Emma.»

Lui le prese una mano, tenendola tra le sue.

Non era mai stata incline al contatto fisico. Non le era mai piaciuto abbracciare la gente. Anche con i familiari aveva qualche difficoltà. Ma non con lui. Fin da subito aveva apprezzato quei contatti quasi casuali. Furtivi, rubati. Non avrebbe dovuto, non era giusto, eppure Alice assaporò la sensazione della pelle asciutta sulla sua, della ruvidezza di quel palmo capace di creare. E continuò il racconto.

«Non ci siamo rivolte la parola per due anni, capisci?»

Attraverso i vetri si vedevano le luci di una città in lontananza che si stava svegliando. Ampie striature rosate si allargavano nel blu del cielo. Le vetture, piccolissime, in movimento.

«Avevate questioni in sospeso?»

Si voltò verso di lui. «Perché dici così?»

«È ciò che accade quando lasciamo crescere la sofferenza e il disagio. C'erano cose di Emma che non approvavi e non glielo hai mai detto e immagino che fosse così anche per lei. Probabilmente avete messo da parte le incomprensioni cercando di andare d'accordo. Poi quando siete arrivate allo scontro tutto è affiorato. E allora era troppo gravoso da gestire tutto insieme.»

Era esattamente quello che era accaduto.

«Sembra che tu lo abbia vissuto.»

«Ho avuto i miei problemi, come tutti.»

«Li hai risolti?»

«Quando ne valeva la pena. Non è semplice mettersi a nudo, esporre la propria anima, ma senza dubbio la verità e il confronto permettono alla ferita di guarire. È come esporla all'aria e al sole. Invece tendiamo a nascondere ciò che ci fa soffrire, ce ne vergogniamo.»

Sì, era vero. «Le volevo bene», disse Alice, la voce rotta da una profonda emozione.

«E lei?»

«Sì, anche lei.» Fece una pausa. «Immagino che non ti abbia mai parlato di me...»

«Invece lo ha fatto. Ma non conoscevo il tuo nome.»

Giuseppe si portò la sua mano alle labbra. Mentre la baciava i loro sguardi erano allacciati. Gli sorrise e lui la ricambiò.

Carloforte era più grande di Abbadulche e inoltre attirava molti turisti. A parte la stupefacente bellezza incontaminata delle coste, il paese era di per sé un gioiello. Il centro storico richiamava le forme dell'edilizia genovese, città con la quale aveva un legame stretto di lingua e tradizioni, visto che gli antichi abitanti dell'isola di San Pietro discendevano da un gruppo di coloni liguri. Ma ciò che entusiasmò Alice fu il faro di capo Sandalo. Da sopra il promontorio la massiccia struttura si levava su un edificio a due piani, realizzato in pietra. Il panorama era mozzafiato. Ovunque intorno c'erano cespugli di mirto, rosmarino, lavanda e ginestra dai fiori gialli brillanti. E poi corbezzoli, pini d'Aleppo, lecci. Poco distante, a picco sul mare di un intenso azzurro, iniziava lo strapiombo. La natura con tutta la sua potenza era protagonista indiscussa, eppure Alice non sentiva nessun timore, anzi, per la prima volta nella sua vita di adulta percepiva come un senso di profonda affinità con essa e con quel luogo in particolare.

«Emma ha scattato la foto da questo punto.»

Giuseppe lo mostrava ad Amélie che stanca, il pollice in bocca, sonnecchiava sulla sua spalla. Alice gli si avvicinò. «Come lo sai?»

Lui la guardò. Gli occhi brillavano, l'espressione era fredda. «Le ho fatto da guida quel giorno.»

«Come stai facendo con me?»

La fissò per un lungo momento. «No, con te è diverso.»

Giuseppe posò Amélie sulla coperta che aveva steso sulla sabbia, Anna si lasciò cadere al suo fianco e si coricò, i capelli come una nuvola. Alice li guardò a lungo, poi si tolse la giacca e si incamminò dalla parte opposta. Aveva bisogno di fare due passi. Aveva bisogno di restare un istante da sola. Doveva pensare a tutte le emozioni che provava in quel momento.

❋ ❋

Giuseppe si fermò sulla cima della collina, il cuore che gli martellava il petto, gli occhi al cielo. Aveva corso per oltre dieci chilometri senza sosta, i pensieri che turbinavano nella mente. La situazione si stava complicando in un modo che non aveva previsto. Prima Emma, adesso Alice, e tra loro Amélie. Controllò la respirazione, i muscoli che bruciavano per lo sforzo. Dopo qualche minuto, riprese la corsa, aveva necessità di correre, di capire la direzione che stava prendendo la sua vita. Non avrebbe più commesso errori, non questa volta, non quando c'era di mezzo Anna. La morte di Emma gli aveva smosso qualcosa in fondo all'anima. Tristezza, dolore... e poi c'era anche qualcosa che non riusciva a definire con precisione.

Rientrò nel pomeriggio, fece una doccia e controllò il cellulare. C'erano tre chiamate di Claudio. Digitò il numero e attese. «Ciao, mi cercavi?»

«Ti aspetto a casa mia. Fai in fretta.»

«Adesso non posso, sto andando da Alice.»

«Ci andrai dopo. Muoviti, ho detto.»

Avrebbe potuto mandarlo al diavolo, e anche senza troppi problemi, ma c'era qualcosa nel tono della sua voce che lo preoccupò. «Non prenderò un altro lavoro, eravamo d'accordo per tre giorni alla settimana.»

«Si tratta di Emma.»

Giuseppe tacque, l'espressione tesa. Si chiese se gli fosse tornato in mente qualcosa che riguardava Amélie.

«Potrei cambiare idea, dunque sbrigati. Ti sto aspettando.»

Chiuse la chiamata, pensò di avvisare Alice che avrebbe fatto tardi, poi lasciò perdere. Raggiungere Claudio gli avrebbe richiesto giusto un quarto d'ora. Salì in macchina e uscì dal paese. Mentre procedeva verso la montagna la sua espressione si fece sempre più tesa, cupa come i suoi pensieri.

La villa di Claudio era dalla parte opposta dell'isola. La conosceva bene. Aveva restaurato per lui alcuni vecchi armadi. Massicci, di pesante ginepro, li aveva assemblati in loco. L'aveva sorpreso il fatto che volesse recuperare oggetti che appartenevano alla sua famiglia. Non era un tipo sentimentale, o forse semplicemente non lo sembrava. Si chiese cosa sapesse davvero di quell'uomo.

Quando giunse al cancello lo trovò aperto. Rallentò e dopo aver parcheggiato nel cortile, scese dalla vettura. Claudio era sul portico.

«Non avevi smesso di fumare?»

«Sei gentile a preoccuparti per la mia salute.» Gli sorrise, indicandogli la terrazza sul mare. «Ti va un goccio?»

Aveva bevuto. E anche parecchio.

«No, grazie.»

«Ti consiglierei di mandar giù qualcosa. Ti aiuterà.»

«Lo sai che non tocco alcol.» Lo seguì, si accorse che barcollava. «Non ti capisco.»
«Emma, ricordi? È di lei che dobbiamo parlare.»
«Cos'hai scoperto?»
«Tutto. Ogni cosa. Avrei dovuto dirtelo. Forse lo avrei fatto prima se avessi saputo che lei era... morta.»
Giuseppe si fermò davanti a lui. Il sole era una palla di fuoco che incendiava il mare. «Sai chi è il padre? Come lo hai scoperto?»
Claudio inspirò profondamente. «Me lo ha detto Emma.»
«Ma di cosa stai parlando?» Era impazzito?
«Mi ha scritto un'e-mail dopo la nascita della bambina.»
«Cosa?» Non riusciva a crederci. «Vuoi dire che tu sapevi ogni cosa e te la sei tenuta per te?»
Gli fischiavano le orecchie, gli si asciugò la bocca.
«Davvero non ricordi nulla, Giuseppe?»
Perché diavolo lo stava guardando in quel modo? «Stai iniziando a farmi incazzare Claudio. A cosa ti riferisci?»
«A te e a lei.»
«Non ti seguo.» Rigido lo fronteggiava, i pugni lungo i fianchi, l'espressione tesa.
«Io invece credo di sì.»
Frammenti di immagini si composero nella sua mente. Gli era capitato altre volte, ma se in passato gli era stato facile liquidarle, in quel momento si accorse di non riuscirvi. Si accorse di non poterlo più fare. D'un tratto si voltò. La mano sulla bocca, le spalle scosse da un tremito. Fece qualche passo nella direzione del giardino poi tornò sui suoi passi. Fronteggiò Claudio, pallido. «Dimmi cosa diavolo c'è scritto in quell'e-mail.» Gli stava scoppiando il cuore nel petto.
«Lo farò, ma prima rispondi a una domanda. Ti ricordi del matrimonio di Giorgio, eri il testimone dello sposo, giusto?»
«Sì, mi ricordo.»
«C'era anche lei.»
«C'eri anche tu», urlò Giuseppe di rimando, fuori di sé.
Claudio scosse la testa. Aveva gli occhi lucidi, la sofferen-

za gli induriva i tratti. «Era venuta a chiedermi di ballare. Indossava quell'abito a fiori che le avevo regalato in un momento di... follia. L'ho respinta.» Aveva fatto molto peggio, ridendo di lei.

Sbalordito, Giuseppe socchiuse le labbra. «Perché diavolo hai fatto una cosa del genere! Eri suo amico. Le piacevi.»

Allora fu Claudio a perdere la calma. «Credi che non lo sappia? Credi che non avrei voluto prendere quello che mi stava offrendo? Che non la desiderassi? Sono troppo vecchio per queste cose, maledizione! Lei invece era solo una ragazzina. Non potevo... Ho fatto la cosa giusta.» Tacque. «I fatti mi hanno dato ragione. La sua era solo un'infatuazione.»

«I fatti? Ma di che diavolo stai parlando? Era innamorata di te!» Giuseppe masticò un'imprecazione. «Non è stata più la stessa da quella festa. E poi se n'è andata.»

Claudio si stropicciò gli occhi. Inspirò a fondo, poi riprese a parlare. «Era successa una cosa e non sapeva come affrontarla.»

«È stata lei a dirtelo?»

«Sì, me lo ha scritto.»

«Perché? In nome del cielo tu l'avevi respinta, l'avevi umiliata, perché avrebbe dovuto scriverti una cosa così delicata?»

Claudio spalancò le braccia. Per un momento Giuseppe credette di vedere delle lacrime sul volto.

«Perché aveva bisogno del mio aiuto. Perché credeva di amarmi...» Tacque. «Credo che mi abbia scritto poco prima di morire.» La voce si ruppe, come la sua espressione. «Sono stato un idiota a lasciarla andare via.»

Si guardarono smarriti, affranti.

«Cosa pensi volesse da te?»

«Che rimettessi a posto le cose. In fondo sono responsabile. Se non l'avessi respinta sarebbe venuta via con me quella sera.»

«Invece?»

Claudio sorrise.

Giuseppe non avrebbe mai dimenticato la sua espressione, gli occhi spenti.

«Invece ha visto te, solo, ubriaco. Ti ha accompagnato a casa e dal momento che non eri nemmeno in grado di reggerti in piedi, ti ha aiutato a spogliarti e dopo...»

Giuseppe indietreggiò, gli occhi spalancati, un ronzio acuto nella testa. Si passò le mani tra i capelli, poi li riportò su Claudio. «Non è possibile», mormorò.

«No? E allora perché sei così sconvolto?»

Non sapeva cosa dire. A un tratto ogni dettaglio trovò la giusta collocazione. Non ricordava tutto, ma quelle immagini furono sufficienti. «Sono io il padre di Amélie», mormorò. I due uomini si guardarono per un lungo momento.

«Sì, sei tu.»

Claudio annuì, gli voltò le spalle e rientrò in casa.

Dopo la gita al faro Giuseppe si fece vedere poco alla villa. Qualche volta restava a cena ma era sempre pensieroso, distratto. Solo le bambine riuscivano a riaccendere il suo interesse. Quando giocava con loro sorrideva, era instancabile, paziente. Con lei... Alice non riusciva a capire cosa fosse accaduto. Ogni volta che tentava di esaminare gli eventi, di andare a fondo in quel loro strano rapporto, qualcosa glielo impediva. Un ripensamento, un'indecisione, una sorta di timore di scoprire la verità. O forse semplicemente aveva paura.

Nelle settimane che avevano trascorso insieme tra loro era nato qualcosa. Forse era solo la situazione ad averli uniti, forse Alice se lo era solo immaginato. Ma il suo bacio... D'accordo, era solo una carezza sulle dita, ma lei lo aveva sentito sul cuore. Il pensiero corse a Gérard. Non aveva mai provato quell'intensità con lui. Era stato tutto molto misurato. Avrebbe dovuto vergognarsi dei suoi sentimenti inopportuni, e forse lo avrebbe fatto. Ma non in quel momento.

Alice guardava il soffitto, il respiro regolare di Amélie addormentata nella sua culla la inteneriva. Il profumo dolce delle lenzuola le conciliava il sonno, ma quella sera dopo aver cenato con le zie era andata a letto con il pensiero di Giuseppe che non si era fatto vivo.

Forse lui si era pentito.

E lei?

No. Lei non intendeva negare che le fosse piaciuto. No! Non le era semplicemente piaciuto, non era una questione di mero piacere, era stato importante, aveva significato molto. L'aveva fatta sentire bene.

Fu abbastanza onesta con sé stessa da riconoscere che le era accaduto qualcosa. Qualcosa che avrebbe potuto cambiare tutto, qualcosa a cui però non aveva il coraggio di pensare. Il suo tempo ad Abbadulche era giunto al termine.

Lo sapeva.

Chiuse gli occhi e si lasciò andare.

«Ti chiedi mai cosa sarebbe accaduto se fossi venuta con me?»

Emma? «Dove sei?» Alice non riusciva a vederla. Intorno a lei il buio era denso, fitto. Poi la luce piccola e tremula di una candela si accese. La fiamma rischiarò l'ambiente rivelando lo spazio, mostrandole Emma.

«Sei una bambina!» esclamò Alice.

«Anche tu, sorellina.»

Non riusciva a capire. Era vero. Entrambe erano solo delle ragazzine. Alice si guardò intorno. «Dove siamo?» Era un ambiente alto, il soffitto di canne intrecciate, le pareti intonacate di bianco. C'erano dei tavoli e contenitori di varie fogge e misure. Scaffali colmi. Stoppini e blocchi gialli. Il profumo di miele aleggiava insieme a quello della cera scaldata. Fu colta da un intenso desiderio, plasmare qualcosa, creare. Conosceva quella sensazione, era appagante, la faceva sentire felice.

«Non è il laboratorio della nonna.»

Emma le sorrise. «No, questo è il tuo.»

Il suo? «Ma io non ho un laboratorio di candele, cosa dici?»

«Tu puoi avere tutto ciò che vuoi Alice, non l'hai ancora capito?»

E poi le pareti scomparvero e al loro posto c'era il cielo blu, prati di smeraldo e fiori. Il mare brillava acceso dai raggi del sole e c'era una luce immensa, accecante.

«Emma dove sei?»

«Accanto a te, sorellina. Sarò sempre accanto a te.»

«Non so cosa fare.»

«Sì che lo sai, ne abbiamo parlato tanto. Guarda nella fiamma, lei ti condurrà al cuore. Non devi fare altro che seguire la strada, Alice.»

Fu Amélie a svegliarla. Quando aprì gli occhi Alice vide la nipotina aggrappata alle sponde della culla che parlottava sorridendo.

«Mamma...»

Non era a lei che si rivolgeva, la sua attenzione era altrove, verso la luce che entrava dalla finestra e che il gioco di ombre aveva delineato come una figura di donna appena percepibile, evanescente.

Per un attimo Alice scorse il viso della sorella, il suo sorriso.

Ma fu solo un istante.

Poi Amélie scoppiò a ridere. Negli occhi della bambina c'era lo sguardo luminoso di Emma, la sua espressione felice, le parole che le aveva sussurrato un attimo prima che lei si svegliasse. Per la prima volta, dopo tanto tempo, si scoprì a pregare. Si rivolse a Dio, supplicandolo affinché sua sorella, ovunque fosse, stesse bene, che fosse in pace.

Erano anni che non pregava. Non lo aveva più fatto da quel dannato giorno al lago, quando la sua vita era cambiata. La vita di tutta la famiglia Azara Pascal.

Da quel momento per lei c'era stata solo la logica, i numeri, la distanza messa tra lei e tutto ciò che potenzialmente avrebbe potuto causarle sofferenza.

Solo che le mura che aveva eretto intorno a sé l'avevano lanciata nella situazione più dolorosa della sua vita. Un paradosso, e lei ci si trovava davanti e non sapeva che fare.

Non ci fu verso di riprendere sonno, così dopo aver dato il biberon alla nipotina la portò con sé a fare una passeggiata. Le piaceva il giardino all'alba, le mostrava un aspetto che solo a quell'ora indefinita, quando tutto era ancora incerto, poteva vedere. Spesso Pina le faceva compagnia.

La cercò tra gli alberi che conducevano al sentiero verso

la loro casa ma non vide altro che qualche coniglio ritardatario.

«Sei la mia bambina magica.»

Qualcosa le affiorò alla memoria. Qualcosa di lontano, sfocato, familiare eppure nuovo. Le tornò in mente la storia di *Alice nel Paese delle meraviglie* che sua madre le raccontava da piccola. Un tempo Céline era stata affettuosa con lei, l'aveva amata. Di quella parte della sua infanzia le restavano poche sfocate tracce. E un immenso rimpianto, un desiderio profondo.

Alice era arrivata al confine. Dall'altra parte della tenuta c'era la strada. Raccolse una rosa dalla siepe e trovò un angolo riparato dove sedersi. I petali erano bianchi e vellutati sotto il suo pollice. Li mostrò ad Amélie, che sorrise.

A raccontarle quella favola era stata sua madre e non Mallena.

Non era lei la donna che l'aveva tenuta in braccio. Céline le aveva detto che l'aveva chiamata così perché desiderava che fosse felice in un mondo bellissimo, pieno di opportunità, magia e bellezza.

Turbata, rientrò e, dopo aver messo a sedere la bambina, preparò la colazione. Come le aveva insegnato Maria, aggiunse lentamente alla farina il latte in cui aveva sciolto il miele e le uova che Memma aveva raccolto nel pomeriggio. Per una volta le zie avrebbero trovato tutto pronto.

Era felice di fare qualcosa per loro.

Gioia, tradizione, consapevolezza. Un'azione dopo l'altra, un rituale antico. Emozioni.

Le venne naturale intonare il canto che le zie accompagnavano ai loro mestieri. Quando arrivarono, come ogni mattina, Alice aveva già disposto i biscotti sulla teglia. Il profumo del caffè appena fatto aleggiava nella cucina. Un mazzo di rose al centro del tavolo su una tovaglia bianca.

Memma le sorrise. «Sei caduta dal letto questa mattina?»

«Ho avuto un'idea.»

«Di cosa si tratta?»

«Facciamo una sorpresa ad Angelica?»

Le due donne si scambiarono un'occhiata d'intesa.

«Avete già visto i progetti dell'attività, ma pensavo che sarebbe bello ripulire i laboratori. Non resterò ancora per molto e prima di andarmene vorrei mostrarle come potrebbero diventare.»

«È Giuseppe quello che aggiusta le cose.»

Alice si mordicchiò un labbro. «Forse questa volta possiamo farlo noi.»

«Fammi fare giusto un paio di telefonate che ci vuole schiena forte, noi due non siamo più delle ragazzine e tu non sei abituata, e poi a questo servono i nipoti, a lavorare al posto degli zii.»

Si misero all'opera quasi subito. «E qui cosa facciamo?» Maria si guardava intorno, una smorfia di disgusto, le mani sui fianchi. Avevano iniziato a ispezionare i laboratori, la struttura era in buone condizioni, i macchinari però avevano necessità di essere revisionati. Tutto poi doveva essere ripulito e tinteggiato.

«Pensi che riusciremo a rimetterli in funzione?»

«Per farci cosa?»

Alice sfiorò il fornello per la cera. «Candele, saponi.»

Maria la guardò come se fosse impazzita. «Perché? Quelli che vendono nella bottega giù in paese non ti piacciono?» borbottò.

«I nostri saranno speciali. Abbiamo la pura cera d'api, le foglie e i petali dei fiori, oli essenziali, ricettari, macchinari, possiamo realizzare qualcosa di unico. Ogni pezzo sarà speciale. Ma la cosa importante è che chi alloggerà nella casa potrà imparare, potrà assistere. Potrà partecipare.» Era piena di entusiasmo, di una forza che non provava da quando? Probabilmente l'ultima volta l'aveva percepita mentre si trovava al sicuro, tra le braccia di Mallena. Ma adesso era una donna adulta che decideva del proprio futuro, che costruiva da sé il suo destino.

Emma aveva ragione, lei poteva fare quello che desiderava.

«Fare si può fare tutto nella vita. Voglia ci vuole. *Tocca*, dai, prima iniziamo, prima finiamo.»

Lavorarono tutta la mattina sotto lo sguardo divertito di Amélie che, seduta su una coperta stesa sul prato adiacente, sorvegliata da tutti, iniziava a gattonare. Anna si unì a loro nel pomeriggio, insieme ai due nipoti di Memma.

Ma quanto era numerosa la famiglia di quella donna?

Alice, divertita dal viavai di tutti quegli aiutanti, si chinò a raccogliere gli attrezzi che aveva lavato e steso ad asciugare al sole e li ripose al loro posto. Avevano fatto un bel lavoro, era tutto pulito, la tinta bianca aveva rinnovato le pareti, il pavimento di mattonelle scure brillava.

Soddisfatta, sorrise.

21.

La sciamatura è il sistema con il quale le api si moltiplicano dando vita a una nuova colonia. In primavera, quando l'abbondanza di nettare lo consente e le condizioni atmosferiche sono ideali, la vecchia regina, dopo aver deposto le uova, prende il volo con la sua corte nei giorni precedenti la schiusa.

Era rientrata da poco quando vide Memma seduta in un angolo della sala.

«Sembri felice.»

«Lo sono.» Felice e soddisfatta. Le dolevano le braccia per lo sforzo e la fatica, eppure si sentiva bene. Al suo fianco anche Maria, che aveva finito di lucidare il legno della porta d'ingresso, sorrideva.

«Brava, davvero, guarda.»

Percepiva il loro affetto, era bello sapersi apprezzata. Per lei, che non si era mai sentita davvero accolta, davvero capita, era una sensazione nuova, esaltante.

Le studiò con attenzione e comprese che, dietro i sorrisi delle zie, c'era dell'altro.

«Va tutto bene?» chiese incuriosita. Chissà che stavano combinando quelle due.

«Sei stata molto brava, Alice. All'inizio, *filla* mia, non lo credevamo mica, sai? Ti guardavi intorno, ma non vedevi nulla di quello che c'era per te. Invece era solo apparenza perché Mallena ha fatto un buon lavoro e ti ha insegnato le cose importanti, anche se tu le avevi dimenticate.»

Sbatté le palpebre. «Non capisco.» Cosa significava quel discorso?

«Certo che non lo capisci, detto così nemmeno io lo capirei. Memma, spostati che glielo dico io.» Maria le accarezzò una spalla. «Tu, Alice Azara, sei una di noi. Hai un rapporto speciale con le api e hai capito la vera natura della casa di Margherita; è arrivato il momento che tu sappia anche il resto. Tutto ciò che ti riguarda.»

«Tutto cosa?»

«La verità, *filla* mia. La storia di Mallena, e dunque la tua.»

Alice si sentì pervadere da una sorta di trepidazione. Sapeva che quel momento sarebbe arrivato, lo aveva atteso con ansia e, adesso che finalmente era giunto, si chiedeva se fosse davvero pronta.

«Io... non so cosa dire. Grazie, zia.»

Maria le sorrise.

«C'è una donna che vuole parlare con te. Ascoltala con attenzione, *filla* mia. Ascoltala, dopo parleremo.»

«Una donna?»

«*Eja*, vai tranquilla che alla bambina ci pensiamo noi.» Le indicò la porta.

Alice si affacciò, le mani sullo stipite, l'espressione tesa.

Nel cortile, oltre ai nipoti di Memma e ad Anna, che come sempre si era seduta accanto ad Amélie, c'era una donna.

Era lei che le avrebbe raccontato la storia di Maddalena? Alice, incuriosita e un po' emozionata, la salutò con la mano, andandole incontro. «Buongiorno.»

Ebbe come la strana sensazione di guardare sua madre. La donna era alta come lei, ma esile e bionda come Céline. Vestiva un abito di seta blu. Era curata ed elegante. Il sorriso si spense.

«Chi è lei?» mormorò turbata.

«Chi sei tu?»

«Mi chiamo Alice.»

«Dicono che sei la nipote di Maddalena Azara.»

Sembrava quasi che la stesse accusando. Alice si fece coraggio. «Sì, è vero. Mia nonna si chiamava così.»

La donna scosse la testa. Era pallida, le labbra tirate. «Da parte di madre o di padre?»

«Materna.»

«Così alla fine ha avuto una figlia.»

Sembrava parlasse con sé stessa più che con lei.

«Sì.»

La sconosciuta osservò Amélie poi riportò l'attenzione su di lei. «Oltre a tua madre c'è qualcun altro?»

Era brusca, tesa. Anche se stava facendo l'abitudine alle domande invadenti, Alice era infastidita dalla schiettezza della sconosciuta. Nel suo sguardo, tuttavia, c'era qualcosa che la spinse a risponderle. «No, mia nonna era molto legata alla memoria del marito. Non si risposò mai.»

«Vedova? No, non era vedova. Era sposata e, quando ci ha abbandonato, si è portata via... nostra sorella... tua madre.»

Ci volle qualche istante per assimilare la frase. Alice scosse la testa. «Non capisco.»

Ripensò a Maria e Memma, a ciò che le avevano detto riguardo alla nonna. Aveva creduto che fosse tutto un errore.

Lei agitò una mano. «Non sono qui per me. Non mi interessa di ciò che quella donna ha fatto della sua vita. Non mi interessa se si è fatta un'altra famiglia. Ma mio fratello è venuto a saperlo.» Si premette gli occhi con la punta delle dita. «È anziano, malato, crede che tu sia sua nipote. Da quando gli hanno detto che sei arrivata non mi ha dato pace.»

«Nipote?» Ma di cosa stava parlando? Alice era sbalordita. «Signora, entriamo in casa, lì parleremo con più tranquillità.»

«Rita, mi chiamo Rita Melis.»

Alice recuperò il controllo. Si guardò intorno. Era una conversazione delicata, privata. Le indicò la villa. «Venga, mi segua.»

«Va bene.»

Pallida e profondamente scossa, Alice raggiunse la casa. «Per di qua.» La precedette all'interno e le fece strada verso la cucina. Istintivamente, così come aveva visto fare alle zie, mise il bollitore sul fuoco, tirò fuori dei dolci e li offrì.

«Non so cosa dire, la nonna ci ha sempre detto che non c'era più nulla per lei in quest'isola. Per questo, nonostante le avessimo chiesto di tornare lei ha sempre rifiutato.»

Rita teneva gli occhi bassi. La sofferenza era visibile. «Come si chiama tua madre?»

«Céline.»

«Quanti anni ha?»

«Compirà sessant'anni a maggio.»

«L'ultima volta che ho visto Maddalena aspettava un figlio, sarebbe nato in primavera.»

Alice si inumidì le labbra. Le tremavano le mani. «Che cosa è successo?» Servì il caffè e dopo aver aggiunto il miele nella tazzina lo porse alla donna. Poi fece lo stesso con la sua tazza.

Il tintinnio del cucchiaino sulla porcellana era l'unico suono in quel pesante silenzio. Rita sorbì un sorso della bevanda e, dopo qualche istante, prese a parlare.

«Mio fratello aveva otto anni quando lei partì, io cinque. Nonostante non fossimo figli suoi, fu lei ad allevarci. Le volevamo bene. Mio padre era un uomo... difficile, e lei era una donna fiera, gli teneva testa. C'erano litigi, urla. Ricordo quelle di mio padre. Maddalena no, lei non gridava. Ma un giorno mise qualche vestito in valigia e ci portò in questa casa. Mio padre venne subito dopo a riprenderci. Lei si oppose, ci fu un terribile litigio, in qualche modo riuscì ad avere la meglio e per un po' restammo a casa di Margherita. Ma quando tornò, Maddalena non ebbe scelta, ci lasciò a lui. Questo lo ricordo bene. Poi più nulla. Scomparve. Noi non ne parliamo mai.»

Il racconto era frammentario, breve. Troppo semplice. «Erano separati?»

Rita sollevò lo sguardo verso di lei. «Non lo so, immagino di sì. Era proibito pronunciare il suo nome in casa.»

«È una storia terribile.» Era sconvolta, quello che le aveva raccontato Rita era difficile da capire. Sua nonna era gentile, compassionevole, forte. Davvero aveva abbandonato i figliastri? Quello a cui Alice non riusciva a smettere di pensare, però, era suo nonno. Céline era convinta di essere cresciuta orfana di padre, invece Mallena aveva deciso per tutti.

Guardò quella donna, sua zia, la sorellastra di sua madre, che continuava a lisciare le pieghe della tovaglia, a guardarsi intorno con espressione smarrita.

«Io non voglio sapere nulla! Te l'ho detto, non mi interessa. Ma lui, Emanuele. Lui ha sempre creduto che Maddalena sarebbe tornata. Vuole sapere, vuole capire. Vuole conoscere tua madre.»

Uno zio, ragionò Alice, il fratellastro di sua madre. Come avrebbe preso la cosa Céline? Come glielo avrebbe detto? Doveva farlo, glielo doveva. Lei aveva il diritto di sapere. Alice ebbe una vertigine. La lettera di Angelica aveva innescato un meccanismo le cui conseguenze erano ancora in atto.

«Non ho risposte.»

«Tua madre, lei potrebbe sapere.»

Possibile che fosse come diceva quella donna? «Non me ne ha mai parlato.» Se sua madre avesse avuto una famiglia glielo avrebbe detto? Non lo sapeva. Era tutto così assurdo, surreale.

«Tua madre... lei è mia sorella da parte di padre. Ho sempre desiderato avere una sorella.»

La rivelazione espressa a fior di labbra la lasciò di stucco. L'antico dolore era ben celato, ma Alice lo percepì ugualmente. Desiderò consolare quella donna, il che era assurdo. L'aveva appena conosciuta, non avrebbe dovuto significare nulla per lei. «In effetti c'è una certa somiglianza tra di voi.»

«Davvero?»

Le brillavano gli occhi, l'espressione era un misto di meraviglia e speranza. Alice la comprendeva. Rita le aveva detto che non le importava di Céline, ma non era vero, non era assolutamente così. Era il modo che quella donna aveva escogitato per tenere a bada il dolore. «Sì, vi assomigliate.» Mentre le raccontava di Céline, Alice pensò a come sarebbe stata diversa la loro vita se Mallena avesse raccontato la verità. Parlarono ancora un po'. I ricordi dell'una colmavano quelli dell'altra. Lentamente, nella mente di Alice i vari tasselli si incastrarono, dandole un'idea di quello che era accaduto in passato.

«Si è fatto tardi. Devo andare o perderò il traghetto.»

«Abita fuori dall'isola?»

«A Sant'Antioco. Verrai a trovarci?»

«Sì.» Non sapeva quando ma lei questo zio lo voleva conoscere. E voleva sapere, voleva capire.

Dopo aver accompagnato Rita al cancello, Alice tornò indietro. Mentre rifletteva, si rese conto che in realtà le mancavano ancora molti dettagli sul passato di sua nonna e che nonostante adesso ne sapesse di più c'erano ancora troppe domande a cui non sapeva dare una risposta. Doveva parlare con le zie, loro sapevano, avevano sempre saputo, pensò facendo il giro della tenuta.

Anna aveva messo Amélie nel passeggino e la spingeva sul vialetto. Lorenzo al suo fianco osservava con attenzione tutti i suoi movimenti.

A parte un paio di nipoti di Memma, il cortile era deserto. Proseguì nella ricerca, dovevano essere nei dintorni. Non lasciavano mai le bambine incustodite. Era in giardino quando sentì una voce che la chiamava.

«Alice, sono qua.»

«Zia, ho bisogno di parlarti.»

«Eh, me lo immaginavo. Dai vieni, camminiamo che è meglio.»

Alice le offrì il braccio e lentamente si avviarono attraverso il giardino. Si sedettero sotto il glicine. E mentre Memma si sistemava il fazzoletto, lei guardò Maria che si dirigeva verso di loro. Chinò il capo, le tremavano le mani.

«La verità è la strada migliore, Alice, quella giusta. A ogni costo.»

Le parole della zia l'aiutarono a reagire. «Mi chiedo perché l'abbia fatto.» Non riusciva a crederci.

«Non sarai mica una di quelle persone che pensano che la gente è perfetta, vero? Una che mette gli altri su una sedia e sta a guardarli credendo che mai nella vita sarà capace di fare cose altrettanto belle. Poi un bel giorno scopri che non è vero, perché tutti sbagliano, tutti hanno dolori, rimpianti e pure qualche peccato ben nascosto. La gente è gente. Nasce e muore. Mangia e dorme, si innamora, fa figli, vive e qualche volta c'azzecca, qualche volta sbaglia. Tutti, in tutto il mondo, si comportano così.»

Ridotto all'osso, essenziale, condito con qualche voce

dialettale, ma in quelle parole c'era tutto il significato dell'esistenza umana. Fu come ricevere una botta e una carezza assieme. Le parve che quel miscuglio di emozioni che le rivelazioni di Rita avevano generato, si quietasse. I pensieri divennero parole e poi frasi. Non era da lei confidarsi, eppure mentre parlava con le zie le sembrò naturale mostrarsi a loro.

«È una cosa terribile. Ha abbandonato quei bambini che aveva cresciuto come se fossero figli suoi e li ha separati dalla sorella. Forse mia madre sarebbe stata più felice se li avesse conosciuti, se avesse potuto crescere accanto al padre. I problemi che lui aveva con mia nonna erano un'altra questione. Questo non implicava che avrebbe potuto essere un buon padre. Ci sono migliaia di coppie che non vanno d'accordo, ma riescono comunque a essere dei bravi genitori. Invece mia madre non ha mai avuto modo di conoscere suo padre e i suoi fratelli perché Maddalena ha deciso per tutti.»

Adesso che vedeva le cose da un altro punto di vista Alice scoprì un aspetto di Céline completamente nuovo. E le dispiaceva per lei. Aveva sempre pensato che Mallena fosse perfetta, e la consapevolezza di essersi sbagliata era sconvolgente.

«Non conosci i fatti e non puoi giudicare.»

Era vero. Non era da lei esprimere giudizi, soprattutto verso la nonna, e così severi. Sospirò. «Mi dispiace.»

Una mano le si posò sulla sua spalla, affettuosa, gentile. Come la voce che l'aveva ricondotta alla ragione. Era lo stesso tono che lei utilizzava con Amélie. Non era un rimprovero quello di Memma, ma un insegnamento prezioso.

Maria le indicò il cancello. «Ci vuole ancora un po' per la cena, vieni con me, *filla* mia. Continuiamo a passeggiare.»

«Sì, zia.»

Alice le si era affezionata moltissimo. La madre di Angelica era una donna dallo sguardo profondo come le rughe che, quando era di malumore, increspavano il suo viso. Sorrideva di rado, Maria Florinas. In lei c'era come un'antica tristezza, uno strato di pelle che si era indurito. Ma i suoi rari abbracci erano caldi, come i sorrisi.

Insieme, fianco a fianco, percorsero in silenzio il tratto di strada che le separava dal paese. La sera era tiepida, allegra di grilli e dell'eco del temporale che aveva cambiato direzione e brontolava lontano.

«Quando Angelica era piccola rimasi vedova, senza famiglia, amici, casa. L'unica che mi restò accanto fu Margherita. Per mantenere mia figlia ho fatto di tutto, e quando dico tutto è esattamente quello che intendo. Lei doveva mangiare, quella era l'unica mia priorità. Spesso rientravo una volta alla settimana e la bambina restava sola.»

«Con Margherita.»

«No, sola. Angelica imparò presto a badare a sé stessa. Margherita la sorvegliava, ma io le aveva proibito di avvicinarsi a mia figlia, a quell'epoca la odiavo. Ma questa è un'altra storia.»

Alice ascoltava quella donna così franca, così forte che non aveva timore di raccontare a una sconosciuta – perché lei di fatto lo era – aspetti privati e dolorosi della sua vita. Pensò a Mallena, a ciò che aveva rappresentato per lei. «Credevo che la nonna fosse la persona migliore del mondo.»

«Hai cambiato idea?»

Colta di sorpresa Alice si interrogò, ma nonostante tutto lo stupore, il biasimo, il senso di colpa, l'affetto che sentiva per lei era sempre lo stesso. «No, ma vorrei non averlo saputo.»

«Non credi che sia più autentico il sentimento che provi adesso dell'illusione che avevi coltivato nella tua mente?»

Lo era, certo. Il punto però era un altro. Le avevano sempre detto che somigliava a sua nonna, che era testarda quanto lei, a volte intransigente, che non cedeva a compromessi. Adesso sapeva che a unirle era anche un'altra cosa. Pensò ad Amélie e a Rita. Pensò allo zio sconosciuto, quell'Emanuele che non vedeva l'ora di vederla, di sapere qualcosa di più su una donna che lo aveva abbandonato, mentendo a tutti, e che, a distanza di oltre mezzo secolo, a dispetto di tutto, lui non aveva mai dimenticato.

«Ho paura.»

«Ah, ecco! La paura è come la cattiveria, ti dà una spinta. La direzione dove andare poi però la scegli tu.»

«Perché li ha lasciati? Tu sai perché mia nonna abbandonò tutti e non tornò mai più?»

«No, ma è facile immaginarlo. Non c'era più nulla dentro di lei. Per Maddalena la famiglia era fonte di costanti privazioni, era esausta. Quando arrivò qui con i bambini riusciva a malapena a parlare. Aveva saputo che Margherita aiutava le donne in difficoltà e le accoglieva nella sua casa. Era molto giovane, l'avevano fatta sposare perché era sola e ricca.»

«Cosa?»

Maria annuì. «Molto ricca. Terreni, case. Aveva sedici anni quando si è sposata, mentre lui era un uomo fatto e finito, non un ragazzo. Aveva due figli piccoli e gli serviva una madre per i suoi bambini.»

«Sedici anni.» Anche lei era fuggita a quell'età. Il liceo, l'università a Parigi. Alice ricordava con spietata lucidità il giorno in cui era rimasta sola al centro del cerchio che aveva tracciato intorno a sé cancellando tutto il resto. Non aveva mai sospettato che sua nonna potesse aver fatto lo stesso, adesso però lo sapeva. Anche in quello si assomigliavano. Forse anche lei aveva pensato che i suoi bambini sarebbero stati meglio con il padre? Ma perché? Lei non aveva un lavoro… no, sua nonna aveva un'altra motivazione. Quale fosse non lo sapeva, e forse non le interessava nemmeno. Al momento era abbastanza avvilita. Pensò ad Amélie, a quello che avrebbe potuto pensare di lei una volta adulta. La stava abbandonando proprio come sua nonna aveva abbandonato i propri figliastri.

Maria le accarezzò il braccio. «Hai mai pensato di restare qui? È un bel posto per vivere. Guarda, te lo dico io che quest'isola la odiavo. Ci sono tornata solo per restare accanto ad Angelica, volevo veder crescere i suoi figli, trascorrere più tempo possibile insieme. Dopo un po' ci si abitua.»

«A cosa?»

«Al vento, al silenzio, alla felicità.»

Davvero ci si poteva abituare alla felicità?

«Stai tranquilla, *filla* mia. Tutto si sistema. Niente dura per sempre, nemmeno il dolore. Io lo so, credi a me.»

22.

La danza delle api è un sistema di comunicazione con il quale le api bottinatrici ed esploratrici indicano alle compagne la posizione dei fiori. Soggetta a lievi modifiche a seconda della specie e del luogo di appartenenza, viene effettuata attraverso movimenti oscillatori dell'addome.

La pietra era liscia, dura. Gli ci era voluto più del previsto a scrostarla, ma adesso che la vedeva, così lucida e bella, Giuseppe si disse che era valsa la pena di lavorarci tanto duramente. Riprese il lavoro, la testa bassa, le spalle curve, le forti mani che impugnavano la smerigliatrice. Il ronzio acuto sovrastava i rumori della vita e quelli dentro la sua mente.

Il lavoro lo aiutava a pensare, a mettere ordine nei suoi pensieri. In quel caos in cui era precipitato quando aveva scoperto che era lui il padre di Amélie.

Provava un misto di rimorso e vergogna e allo stesso tempo rabbia. Una grande infinita e profonda rabbia. Verso sé stesso, perché sapeva bene di non reggere l'alcol e che non avrebbe dovuto bere nemmeno un goccio a quella dannata festa; e verso Emma, perché non gli aveva detto quello che era accaduto e lo aveva tagliato fuori da qualcosa che invece era suo diritto sapere.

E quello lo faceva stare male perché lei non c'era più, e i morti dovevano essere lasciati in pace. Posò gli attrezzi e ruotò le spalle, cercando di alleviare la tensione.

Da quando aveva parlato con Claudio, da quando lui gli aveva aperto gli occhi, spingendolo a capire che quelle immagini che lo tormentavano non erano assurde fantasie, ma ricordi, non aveva fatto altro che riflettere su come muoversi.

Pensò ad Alice. Doveva dirglielo, doveva farlo al più presto. Non sapeva come l'avrebbe presa. Non sapeva cosa fare con lei.

«Magnifica.»

Non lo aveva sentito entrare. Indietreggiò dalla parete di qualche passo. «Conto di finire la prossima settimana.»

«Hai fatto prima del previsto.»

Claudio era pallido, il viso tirato. L'ultima volta che si erano visti erano quasi arrivati alle mani. Giuseppe odiava perdere la calma a quel modo. Odiava averlo fatto con lui. Quell'uomo che alla fine si era dimostrato un amico.

«Sì. Ci ho lavorato durante tutto il fine settimana.»

«Allora cos'hai deciso di fare?»

«Riconoscerò Amélie, naturalmente.» L'idea di essere il padre di quella bambina lo riempiva di un'emozione profonda. Si era presa il suo cuore fin dal primo momento in cui l'aveva tenuta tra le braccia. Alice la chiamava *douce*, «dolce». E lei lo era per davvero. Le sue due figlie erano due bambine speciali. Chissà se anche Amélie da grande avrebbe mostrato lo stesso talento di Anna.

Si sedettero su una vecchia panca che Giuseppe aveva tenuto da parte. L'avrebbe restaurata e poi rimessa al suo posto. Era robusta, aveva ancora molto da dire. Gettarla via sarebbe stato uno spreco. Fianco a fianco, in silenzio, ognuno pensava a Emma. A quello che la donna aveva significato per entrambi.

«Ho sbagliato tutto con lei.»

«Non seguire questa strada, Claudio. Il rimpianto è una corda con la quale è fin troppo facile impiccarsi.» Lo disse piano, scegliendo con cura le parole. Quell'uomo al suo fianco adesso era suo amico. La vita li aveva scagliati sulla stessa sponda, accomunandoli nel dolore della medesima perdita.

«L'ho rifiutata. Avrei potuto essere felice con lei, invece l'ho rifiutata e lei se n'è andata.»

Giuseppe si passò le mani sul viso stropicciandosi gli occhi. Gli bruciavano i palmi dalla voglia di rimettersi al lavoro. Più lavorava meno pensava, il trucco, lo sapeva, era quello. «La conoscevi abbastanza da sapere che lo avrebbe fatto comunque. Emma era fatta così, libera. Ti dava tutto nel momento in cui ti stava davanti, ma i suoi occhi erano già puntati verso l'orizzonte.» L'aveva percepita da subito quella sorta di intensa inquietudine, un bisogno di cambiamento che non teneva conto di niente e di nessuno. Per certi versi Emma lo aveva affascinato, ma il suo coinvolgimento non si era spinto oltre. Per quello non riusciva ancora a credere a quello che era accaduto tra loro. All'inizio si era vergognato. Poi aveva pensato al sorriso di Amélie. No, non era pentito. Quello che era accaduto con Emma era stato del tutto fortuito e – che Dio gli fosse testimone – assolutamente non intenzionale. Non era amore, almeno non in senso proprio. Era amicizia. Era dolcezza e considerazione. L'incontro di due disperate solitudini che si erano strette l'una all'altra nel tentativo di colmare la voragine di sofferenza che le stava consumando. Ma le conseguenze lo riempivano di gioia. Se solo Emma si fosse fidata abbastanza, se gli avesse raccontato della bambina, delle sue condizioni di salute, di quello che aveva in mente. Invece lo aveva escluso e quello era qualcosa con cui non riusciva a venire a patti. «Testarda come poche, impulsiva...» borbottò.

«Mi manca.» Claudio si passò le dita tra i folti capelli. «Non so nemmeno perché te lo sto dicendo.»

Forse perché lui era l'unico che avrebbe potuto capirlo visto che c'era passato. «Ci farai l'abitudine e un giorno non ti farà più così male. Lo sentirai come si sente un organo, il cuore, i polmoni, e farà sempre parte di te quel dolore, quella mancanza, ma saprai che respirare, mangiare, sorridere e amare fa parte della vita. Guardare avanti non è una colpa.»

«Mi ha cambiato. Emma mi è piombata addosso come un fulmine e mi ha cambiato.»

«Lo ha fatto con tutti noi.» Lo aveva fatto anche con lui, adesso lo sapeva. Gli aveva mostrato... cose. Piccole e potenti, come non sentirsi in colpa per saziare la fame, la sete, per essere sopravvissuto. Giuseppe sapeva che aveva iniziato a guarire dopo averla conosciuta, dopo la notte che aveva trascorso con lei, perché da allora, adesso ne era consapevole, sapeva che era stato tutto diverso.

E quello lo riportava ad Alice. A quella donna che lo

emozionava come non gli capitava da tempo. Solo che adesso le cose si erano complicate. Forse avrebbe fatto bene a lasciar perdere.

Claudio si alzò, gli ci volle qualche secondo per recuperare la sua solita imperturbabilità. «Cosa conti di fare con la sorella di Emma?»

«Sarà dura spiegarle la situazione.»

«Potrei farlo io.»

«Hai già fatto fin troppo.»

«Ti sbagli. Non ho fatto nemmeno la metà di ciò che avrei dovuto.» Gli porse un foglio. «È la sua e-mail. Nel caso dovessi averne bisogno.»

Giuseppe la lesse fino in fondo, gli tremavano le mani. La piegò mettendosela in tasca.

«Mi sono chiesto perché non mi avesse detto della bambina. Perché non ne avesse fatto parola con Alice. Ho creduto che non si fidasse di me, che non volesse che sapessi di Amélie.»

Claudio sospirò. «Ti sbagli, Giuseppe, lei te lo voleva dire. Ma lo voleva fare di persona. Solo che non ha avuto abbastanza tempo.»

Colpito da quelle parole, Giuseppe si rese conto di averle già sentite. Era stata Alice a pronunciarle quando gli aveva spiegato cosa fosse accaduto tra lei e la sorella e perché Emma non le avesse raccontato della bambina.

«Era convinta di guarire.»

Claudio annuì. «Sì, ci ha creduto fino all'ultimo. Da lei non mi sarei aspettato di meno...»

Sì, adesso lo sapeva anche lui. «Mi dispiace», ripeté. «Mi dispiace tanto.»

Alice amava il mare da che ne aveva memoria. Non sapeva se dipendesse dall'immensità, da quell'azzurro cangiante che poteva tramutarsi in un grigio acciaio, in un placido verde screziato di celeste o in un cupo blu. O se fosse per via del moto perpetuo e ipnotico delle onde, dell'odore salmastro, del vento che accarezzava la superficie sollevando riccioli di spuma bianca.

Sapeva solo che guardarlo le faceva bene.

Dopo aver parlato con tutte le zie, compresa Rita, era scesa in spiaggia seguendo il sentiero della tenuta.

Il prato era una distesa di elicriso e, in fondo, le onde coprivano la sabbia con fragore crescente. All'orizzonte si preparava una tempesta. Alice ricordava un'altra sera, un'altra tempesta. Non erano trascorse che poche settimane da allora, ma a lei sembravano anni. Raggiunse il pontile, le acque erano ancora basse, ma sapeva che presto le onde l'avrebbero ricoperto.

Calciò via le scarpe e sganciò i bottoni. L'abito si aprì a corolla intorno alle gambe. Quando si tuffò in acqua l'impatto gelido le strappò il respiro. Il mare si chiuse sopra di lei e dovette lottare per risalire in superficie, ma continuò a spingersi verso il largo, finché fu troppo stanca per ragionare, troppo sconvolta per pensare. Fu l'istinto a ricondurla verso riva. Lo stesso che, da quando era giunta in Sardegna, sembrava essersi svegliato, irrazionale, folle, saldamente attaccato alla vita. Affamato.

Si issò sulle travi di legno a fatica. Il vento freddo le mordeva la pelle, eppure restò lì, sul bordo, le ginocchia al petto, i capelli che gocciolavano sul viso. Ci volle un po' per calmare il respiro. Poi sentì la stoffa sulle spalle, il calore di un abbraccio che la stringeva. L'odore di miele e fumo che al rientro dall'apiario, nonostante la doccia, gli restava sulle dita. Lui sapeva sempre come raggiungerla, sapeva sempre di cosa avesse bisogno. Si chiese nuovamente perché non si fosse fatto più vedere.

«Ciao, Alice.»

«Ciao.» Alice chinò il capo, la fronte sulle gambe, il respiro che le graffiava la gola.

«Cosa ti succede?»

Non gli rispose subito. I suoi pensieri erano ancora confusi. Lui le massaggiò la pelle, riattivando la circolazione, scaldandola fin nel profondo. Nuovamente quella intensa sensazione di benessere. Quando incontrò il suo sguardo sospirò. A lui poteva dirlo. A Giuseppe poteva raccontare ogni cosa.

«Oggi è venuta una donna, Rita Melis. Mi ha raccontato una storia. Mia nonna ha lasciato il marito, ha abbandonato i figliastri e si è rifatta una vita in Francia.» Tacque un istante, poi si voltò verso di lui. «Non sembri sorpreso.»

Giuseppe si tolse le scarpe e le si sedette accanto. I piedi nell'acqua agitata, scura. «Quando Emma lo scoprì chiese ai Melis un incontro, ma fu respinta. Ci restò molto male.»

Sbalordita, Alice si passò la mano sul viso, scacciando le ultime gocce salate. «Mia sorella lo sapeva?»

Annuì. «È una storia vecchia, ma ci sono ancora molte persone che se la ricordano. Sai, in Sardegna di rado gli anziani vogliono sapere come ti chiami, ti viene chiesto *figlio di chi sei.* È quello che ti identifica, la famiglia a cui appartieni.»

Alice socchiuse gli occhi. «Ti riferì lei di quell'incontro?»

«Sì, voleva che l'accompagnassi, ma qualcosa andò storto. Credo che fosse legato allo stato di salute di uno dei fratelli. E poi partì. Credevamo che sarebbe tornata… ci aveva fatto credere che lo avrebbe fatto.»

Alice lo fissò. Percepì qualcosa di diverso in lui. Tuttavia, restò in silenzio, in attesa.

E poi finalmente Giuseppe si decise a parlare.

«Ti devo dire una cosa, Alice. Una cosa importante.»

Non sembrava felice. Era pallido, il viso tirato.

«Cosa succede?»

Giuseppe si frugò in tasca. «Me lo ha dato Claudio.»

Alice dispiegò il foglio che le aveva allungato, distendendolo con i palmi umidi. «È di Emma.»

«Sì.»

«Che significa?» chiese perplessa.

«Leggilo tutto, fino alla fine. Dopo parleremo.»

«"Caro Claudio è successa una cosa che non avevo previsto, e di cui voglio parlarti. Mi serve un consiglio. Ho avuto una bambina…"» Continuò a leggere, sempre più rapidamente, giunse alla fine, sollevò gli occhi su Giuseppe, li riportò sulla copia della mail. Le tremavano le dita.

«Adesso sai chi è il padre di Amélie.»

Alice si alzò, il cuore che le martellava nel petto, stringendo il foglio appallottolato nel pugno. Si allontanò da lui. Con l'altra mano raccolse il vestito, calzò i sandali e, incurante di Giuseppe che la implorava di restare, corse verso la villa.

Lui la raggiunse, bloccandole il passo.

«Fermati, fermati e ascoltami, Alice.»

«Perché non me lo hai detto? Tu... tu... io ti ho detto tutto, cose che non ho mai raccontato a nessuno.» Era furiosa, ferita, era delusa.

«Non è facile nemmeno per me. Hai letto, sai come sono andate le cose. Non ero sicuro di essere il padre di Amélie. Non era altro che un sospetto il mio e nemmeno tanto chiaro.»

«Mi hai mentito, Giuseppe.»

«Santo cielo, Alice, lasciami parlare. Credevo che Emma e Claudio avessero una relazione. In quanto a me, è vero, avevo dei ricordi vaghi, erano più che altro sprazzi, una sorta di sogno. Non sapevo nemmeno se fosse reale.»

«Me lo dovevi dire comunque.»

«Cosa, cosa ti dovevo dire... Io credevo che fosse Mara quella notte. Quando mi svegliai ero da solo, con un maledetto martello pneumatico in testa. Io non lo reggo l'alcol. Erano anni che non bevevo, ma quel giorno non riuscivo a sopportare i ricordi. Il dolore.» Si passò una mano sul viso. Poi riprese a parlare. «Nei giorni seguenti ricordai qualcosa... ma non riuscivo a capire. Il viso di Emma si confondeva con quello di mia moglie. All'inizio pensai che fosse un sogno, dopo, quando mi resi conto che forse mi stavo sbagliando, le chiesi se fosse accaduto qualcosa.» Prese un lungo respiro. «Emma negò. Mi disse che andava tutto bene.» Restarono un istante una davanti all'altro. «Decisi di non insistere, poi lei andò via. E quando sei arrivata tu, quando mi hai detto che stavi cercando il padre di Amélie ho pensato che si trattasse di Claudio. I tempi combaciavano.»

Era sconvolto, Alice sapeva che le stava dicendo la verità. Ma era comunque furiosa con lui. Era addolorata. «E poi che è successo?»

«I ricordi sono diventati sempre più nitidi. Piu mi avvicinavo a te più ricordavo lei.»

«Amélie...»

«Lei è mia figlia. La mia bambina. Hai trovato ciò che cercavi, Alice, perché io mi prenderò cura di lei, questo te lo giuro.»

Avrebbe dovuto sentirsi sollevata, avrebbe dovuto essere felice. Invece aveva solo voglia di piangere. Scosse la testa, stringendo le braccia al petto. Indietreggiò poi riprese a correre verso la villa incurante della voce che la chiamava. Non voleva ascoltarlo, non voleva le sue scuse.

23.

L'ape regina governa l'alveare emanando una serie di sostanze, i feromoni, che inducono le api ad agire eseguendo azioni e funzioni indispensabili al buon andamento dell'alveare.

Quella sera si ritirò presto. Le faceva male la testa e non sapeva cosa pensare. A parte che il suo desiderio si era avverato.

Amélie aveva un padre, il migliore che Alice potesse sperare.

Mentre scivolava nel sonno le sembrò di sentire un refolo di vento, il profumo di limone. Le sembrò di sentire una mano lieve, una carezza sul viso.

«Non era quello che volevi?»

Alice riconobbe subito la voce. Tenne la testa china, le gambe che oscillavano. Era seduta su un ramo della grande quercia. Sotto scorreva il ruscello. Ascoltò il suo canto. Lo avrebbe riconosciuto ovunque. «Siamo alla fattoria.»

«Siamo dove desideri.»

Restò un istante ancora immobile, poi sospirò. Voleva saperlo, doveva saperlo. «Lo amavi?»

Emma sollevò i lunghi capelli biondi intrecciandoli sul capo, l'espressione sognante. «In un certo senso. Amavo il suo modo di prendersi cura degli altri, come Giuseppe accarezza le cose e le aggiusta, la sua gentilezza, il modo con il quale si comporta con i più deboli.»

«E Claudio?»

Emma le sorrise. «Lui è l'amore della mia vita, Alice. Chissà, forse ci incontreremo ancora, forse le cose andranno diversamente la prossima volta.»

«Credi sempre che ci sarà un'altra vita?»

«Molte vite, tutte quelle necessarie a imparare che il mondo è un luogo pieno d'amore. Anche noi due ci ritroveremo. Le anime legate

dall'amore si rincontreranno sempre. La cosa più importante che ognuno può fare per sé e gli altri, è cercare la felicità.»

Cercare la felicità. *«Lo dici come se fosse una cosa possibile.»*

«Ma lo è! Lo è più di quanto ognuno possa credere. Basta sensi di colpa, basta accettare passivamente i torti. Il coraggio è la strada. Il coraggio di amare e pretendere amore.»

«Ti voglio bene, Emma.»

«Anch'io Alice, avrei voluto dirtelo più spesso. C'è anche un'altra cosa... qualcosa che tu devi capire. Perché credi che ti abbia esortato ad andare in Sardegna?»

L'uomo giusto... Con quel pensiero in mente Alice aprì gli occhi. Sbatté le palpebre. La camera era buia, nel silenzio percepì il respiro lieve della nipotina. Mentre si svegliava il ricordo del sogno iniziò a sfilacciarsi, ma prima che scomparisse afferrò l'ultima frase che le aveva detto la sorella.

«Hai davvero organizzato tutto tu, Emma?» Nel momento stesso in cui pronunciava quelle parole, Alice si sentì ridicola. La logica le impose di esaminare i fatti.

La sorella le aveva affidato sua figlia senza darle indicazioni su chi fosse il presunto padre e su come poterlo raggiungere. Adesso che ci pensava, però, alla luce di ciò che era accaduto e che sapeva, doveva riconoscere che non era andata proprio così. Nella lettera che le aveva lasciato affidandole la bambina l'aveva esortata ad andare ad Abbadulche, no... l'aveva quasi supplicata.

Poi c'era la questione dell'album dei ricordi. La fotografia che ritraeva Giuseppe e che fin da subito l'aveva affascinata. Certo, in quelle pagine c'era anche Claudio, ma ora capiva perché Emma l'avesse incluso tra le persone più importanti della sua vita. Era a lui, all'uomo di cui si era innamorata, che aveva scritto l'e-mail. Era a Claudio che aveva raccontato la verità su Amélie.

Continuò a pensare.

«C'era la lettera che Angelica aveva scritto alla nonna», rifletté. Il primo collegamento con l'isola.

Era un quadro abbastanza completo, ma un particolare ancora non combaciava.

Emma non poteva sapere che lei avrebbe rinunciato ad Amélie in favore del presunto padre. Non poteva sapere che avrebbe fatto qualsiasi cosa pur di non lasciare il lavoro...

Ma non era proprio quello il motivo del loro litigio?

Provò un brivido. Quando la sorella aveva lasciato l'ospedale e si era rifugiata a casa dei genitori insieme alla bambina, madre e figlia avevano già vissuto insieme per alcuni mesi cruciali: Emma aveva dovuto affrontare le difficoltà di un genitore single e farlo mentre si sottoponeva alle cure.

«Sapevi che non ce l'avrei fatta da sola... sapevi che non avrei mai lasciato la bambina con nostra madre.»

Si passò le mani sul viso. "Sciocchezze", pensò. Erano tutte sciocchezze. Si stava facendo trasportare dall'immaginazione.

Ma mentre lo pensava, mentre lo diceva, qualcosa le si agitò dentro.

Forse erano sciocchezze, o forse si trattava di una serie di eventi incatenati tra loro, innescati da un avvenimento, la lettera di Angelica Senes, che poi aveva generato delle conseguenze.

Qualcuno lo chiamava destino.

Si voltò verso Amélie, la bambina era seduta nella sua culla, accanto a lei c'era la sua bambola preferita. «Ciao, *ma douce*, buongiorno.» Sbadigliò stiracchiandosi. «Come hai fatto a prenderla?» chiese più a sé stessa. Si ricordava di averla lasciata in cucina la sera precedente. «Che dici, ci alziamo?» A giudicare dalla luce che filtrava dalle tende il sole era alto. «Vieni tesoro.»

Più tardi le avrebbe fatto il bagno e dato il biberon. L'avvolse in una copertina, l'aria del mattino era umida. Con solo la leggera camicia da notte addosso Alice uscì in giardino. Dalla cucina provenivano delle voci allegre. Angelica era di ritorno, la casa faceva festa.

Prese il sentiero che conduceva al mare. L'aria era più frizzante di quanto avesse creduto, ma il sole era caldo. L'ape la trovò mentre attraversava la radura. Anche questa volta si posò sulla bambina. Alice trattenne il fiato, fece per spostarla, poi attese. Amélie fissò l'insetto voltando la manina, poi sorrise e scoppiò a ridere. Anche Alice rise, l'ape gironzolò sulla sua mano ancora qualche secondo poi spiccò il volo. Mentre la seguiva con lo sguardo notò Giuseppe. Era fermo accanto agli alveari, aveva acceso l'affumicatore.

Socchiuse le labbra, il cuore che le martellava nel petto.

Continuarono a guardarsi, poi lui si allontanò dalle arnie, si abbassò la maschera e le fece un cenno della mano.

«Buongiorno.»

«Ciao.»

Lui allungò le braccia verso Amélie. La bambina non vedeva l'ora che la prendesse in braccio.

Li guardò insieme. Avrebbe dovuto sentirlo, avrebbe dovuto capire. Tra loro c'era stato un feeling immediato. Una cosa così tanto evidente, troppo insolita per una bimba schiva e timida come era stata l'Amélie dei primi giorni.

Avrebbe dovuto capire da sé che Giuseppe era il padre di Amélie.

«Non mi scuserò. Io... sono felice. Io sono molto felice.»

Aveva gli occhi umidi, l'emozione era nella voce dura, aspra. Alice sentiva il cuore batterle forte contro le costole.

«Io... non so cosa dire.»

«Se l'e-mail di Emma non è sufficiente per te, mi sottoporrò agli esami clinici che riterrai più opportuni.»

Lei scosse la testa. «No, non è necessario. Mia sorella», replicò ripristinando le distanze tra loro, «è stata chiara.» Alice si costrinse a sorridere anche se aveva voglia di afferrare Amélie e fuggire via. «Io... non avrei potuto chiedere di meglio per lei», rispose. «Sei un ottimo padre. Anna è una ragazzina fortunata.» Era quello che voleva, no? Amélie non avrebbe potuto essere più felice e amata.

«E allora perché sembri sul punto di piangere?»

Scosse la testa. «Sono emozionata.»

«Direi qualcosa di più.»

Alice ne ebbe abbastanza. «Va bene, sì, sono arrabbiata, sono offesa. E non c'è nessuno con cui possa prendermela. Non è colpa di nessuno.»

Giuseppe le afferrò il mento e prima che lei potesse allontanarsi, premette la bocca sulla sua. Poi la lasciò. «Sono qui, Alice, non me ne vado.»

Indietreggiò, il sapore di lui sulle labbra. Tremava, scossa da un'emozione sconosciuta, diversa da tutto ciò che conosceva. Pensò a Gérard, a quello che significava per lei. Pensò a Parigi, al lavoro. Alla vita che l'aspettava. Adesso che aveva sistemato le cose poteva tornare. Amélie sarebbe stata bene.

«Cosa vuoi fare adesso?» le chiese.

Comprese che parlava degli aspetti pratici che riguardavano la bambina. «Vorrei tenerla con me almeno finché non tornerò a Parigi.»

Giuseppe le sorrise. «Tu fai parte della famiglia.» Le restituì Amélie, gli occhi fissi nei suoi, senza aggiungere altro.

Fai parte della famiglia. Deglutì. Il panico la investiva a ondate, contrastato da un nuovo senso di appartenenza che mitigava la paura. Un'emozione intensa la travolse, per poi trasformarsi in desiderio. Se si fosse lasciata andare, tutto sarebbe cambiato?

Tutto... no, non poteva.

Doveva tornare alla sua vita. Il resto erano solo fantasie, sogni a occhi aperti.

Anna piombò in cucina con le mani piene di fragole che aveva raccolto nell'orto e, dopo averle lasciate sul tavolo, abbracciò Amélie. «Ciao, pupa, come stai oggi?» Sollevò lo sguardo verso Alice che stava terminando di riordinare. «Posso portarla in giardino?»

«Certo, ma state lontano dagli alveari, mi raccomando.»

«Perché? Le api adorano Amélie.»

Alice non aveva mai approfondito la questione e moriva dalla voglia di farlo. «Loro... ti parlano?»

Anna ridacchiò. «Non con le parole, mica hanno la bocca.»

Sorrise. «E allora come?»

«Succede e basta. Io le guardo e capisco.»

Anche per lei era sempre stato così. «Amélie potrebbe infastidirle inavvertitamente, meglio evitare finché diventerà più grande.»

«Anch'io all'inizio avevo paura.» D'un tratto Anna l'abbracciò. «Stai tranquilla, tutto andrà bene.»

La stava consolando? Percepì il calore e la benevolenza della ragazzina irradiarsi in lei. Quando si sciolse dall'abbraccio, Alice sentì la sua mancanza e desiderò trattenerla ancora un po'.

Anna però era impegnata nell'impresa di infilare la sorellina nel passeggino. Un momento dopo lo spingeva fuori tra le risate e gli strilli di Amélie. Mentre le seguiva con lo sguardo, Alice ripensò all'occhiata che la ragazzina le aveva rivolto: perplessa, paziente, come se fosse stata lei la più piccola, quella che aveva bisogno di rassicurazioni. Rifletté sulle parole che le aveva detto. Sul suo sorriso e il calore delle braccia strette intorno alla sua vita.

Aveva la gola chiusa dall'emozione, gli occhi umidi. Perché diamine voleva bene alla figlia di Giuseppe? Si conoscevano a malapena, eppure lei sentiva di amarla, ma la cosa più sorprendente era che Anna provava lo stesso per lei. Ne era certa.

Terminò di asciugare il lavello. Le zie erano andate a trovare Pina e Gigliola come facevano ogni settimana. Cucinavano, sistemavano la casa e trascorrevano un paio d'ore con le due donne. Uscì e ispezionò i laboratori. Erano stati puliti e svuotati, i macchinari per il torrone, le caldaie per le candele e gli attrezzi per produrre i saponi tutti lucidati e messi a punto. Per i cosmetici avrebbero dovuto incaricare un laboratorio autorizzato, fornire la materia prima e farli confezionare. Tutto biologico, tutto a norma. L'azienda era pronta. Il suo piano stava diventando concreto, quasi non riusciva a crederci. Angelica sarebbe arrivata l'indomani e le avrebbe consegnato i prospetti e le analisi. Il resto... il resto ormai non la riguardava più.

Eppure, mentre sfiorava quelle superfici pronte a ripartire, quegli spazi che non aspettavano altro che di essere nuovamente abitati, sentì ancora una volta quel senso di appartenenza che da quando era andata a vivere alla villa sempre più spesso coglieva intorno a sé. Qualcosa che prima di allora aveva provato solo tra le mura del suo ufficio. E quello era assurdo.

«Ciao, Alice! Come stai? Ti stavo cercando. Queste dove le metto?»

Salutò Alessandra che, con una scatola tra le mani, era ferma nell'ingresso e si guardava intorno. Le piaceva quell'espressione ammirata che sfiorava l'ambiente, riempiendola d'orgoglio.

«Lascia, ci penso io.» Era la cera che aveva chiesto a Giuseppe. L'avrebbe fusa, ripulita e lavorata per farne delle candele. Ma il suo vero obiettivo era il sapone, un prodotto di grande importanza perché avrebbe fornito una valida alternativa alle produzioni industriali. Per realizzarlo, servivano cera, miele, cenere e altri elementi naturali.

«Posso aiutarti? Muoio dalla voglia di fare una candela. Amo questo genere di cose, ma sono digiuna di pratica.»

Incontrò la sua espressione piena di aspettativa e si rese conto che Alessandra non aveva capito. «In teoria ...» D'un tratto Alice tacque. «Va bene. Mettiamoci all'opera.» La sua idea era stata di consegnare luoghi e attrezzature con piani precisi per aviare i laboratori e la struttura ricettiva, non di cimentarsi lei stessa nelle varie opere.

In realtà non era nemmeno sicura di ricordare il procedimento. Erano trascorsi molti anni dall'ultima volta che aveva aiutato la nonna.

Alessandra era entusiasta. «Mi piacerebbe molto imparare a fare il sapone. Di quando Margherita lo produceva ho solo qualche vago ricordo.»

Alice sorrise, le pareti tinteggiate di fresco sbiadirono fino a scomparire del tutto, sostituite da quelle di un luogo che conosceva bene. Una casa di pietra nel cuore della Provenza. Erano altri i colori, altri i profumi. I lineamenti di Alessandra si fusero con quelli di un'altra donna. E Alice iniziò a ricordare.

«La cenere, nonna? Ne sei proprio sicura?» Una smorfia le piegò le labbra. Non aveva mai pensato che dalla cenere si potesse ricavare qualcosa.

Maddalena sorrise facendole cenno di continuare a mescolare. «Stai guardando dal punto di vista sbagliato. Sei tu a dare il valore alle cose. Quello che per altri è uno scarto per te può diventare la risorsa.»

Alice ascoltava in silenzio. Mallena la sorprendeva sempre. Chi avrebbe mai pensato che dalla cenere si ottenesse il sapone?

Il fuoco ardeva nel camino, ciocchi di ulivo che prima si scaldavano e poi si trasformavano in ingredienti. E acqua di fonte. Alice porse i palmi alle fiamme e, mentre la nonna raccontava, cavalcava le parole che si libravano nel cielo.

«Setacciare con cura, perché l'albero che ha offerto la legna merita il rispetto.»

Tutto era prezioso. L'impasto con le dosi precise. Il calderone, il rimestare ritmico, il sobbollire lento e paziente. Ogni cosa aveva i suoi tempi e la sua ragione. Una notte di riposo e poi il liquido veniva versato nei recipienti. La pasta raccolta sul fondo era la base.

Alice guardava la nonna preparare l'olio di oliva e l'amido di riso. La cera l'aveva grattugiata lei prima, una montagna di trucioli profumati. La pasta di lisciva finiva nell'impasto con l'amido di riso. Nuovamente calore, finché ecco finalmente il nastro, allora era il momento del miele. Di quello buono. Il sapone era quasi pronto. Gli stampi erano sul tavolo, come i grani delle spighe di lavanda, le foglie di menta e di alloro. Un paio di gocce di olio essenziale. Due notti dovevano trascorrere prima di estrarre il sapone dallo stampo. E poi i tempi di maturazione. Il profumo di miele e cera d'api si mescolava a quello della menta e della lavanda.

«Dopo la produzione dobbiamo stoccare il sapone.»

«Stoccare?»

«Deve riposare almeno quaranta giorni prima di essere adoperato.»

Il viso di Alessandra si illuminò. «Mi ero dimenticata. Sì, certo. Sai che mi ricordo l'odore?»

Anche Alice aveva conservato il profumo e la meraviglia di quei giorni di bambina.

Rievocò gli avvertimenti della nonna, mai bruciare qualcosa solo per realizzare la lisciva, era fondamentale! Massima attenzione alla qualità della legna, rispettare le dosi in volume, rispettare i tempi. C'era anche un'altra ricetta che prevedeva l'utilizzo della soda, eccellente nel processo di saponificazione, ma che richiedeva grande cautela. Ma lei avrebbe usato un altro tipo di procedimento.

Mentre rientrava alla villa le squillò il cellulare.

Gérard? Il cuore cominciò a batterle più forte. Pensò a Giuseppe, al bacio che si erano scambiati. Non lo aveva previsto, non lo aveva voluto. Ma era successo. E lei si sentiva in colpa.

«Ciao, *ma chérie,* come stai?»

«Ciao, Gérard, bene... tu come stai?»

«Impaziente. Hai novità?»

Si inumidì le labbra. «Sì. Amélie ha una famiglia, un padre e una sorella. È figlia di Giuseppe.»

Silenzio. «Credo di essermi perso un passaggio... non era lui che ti stava aiutando a cercare il padre della bambina? Che razza di...»

Alice si irrigidì. «Non saltare alle conclusioni per favore. Lui non lo sapeva.»

La risata di Gérard la irritò.

«Quell'uomo ti ha presa in giro fin dall'inizio, Alice.»

«Non lo conosci. Ti ripeto che stai sbagliando e francamente mi delude questo tuo atteggiamento.»

«Non era mia intenzione offenderti. Scusami, è stata una giornata pesante. Mi manchi e non sopporto di saperti lontana. Queste settimane mi hanno fatto capire quanto tengo a te. Torna a casa per piacere. Ti stiamo aspettando tutti.»

«Lo farò presto, ancora qualche giorno e poi prenderò l'aereo.»

«Penso io ai biglietti, lascia fare a me, organizzo tutto io.»

Fece per rifiutare, ma che senso aveva? Gérard aveva ragione. Amélie era sistemata nel migliore dei modi, non le rimaneva altro da fare. «Va bene», rispose. «Grazie.»

24.

Le origini delle api mellifere, presenti in tutto il mondo, sono probabilmente riconducibili all'Africa e all'Asia.
Gli apicoltori sono in parte responsabili della loro introduzione in Nord America, Australia e Nuova Zelanda.

La casa dei Melis era a Sant'Antioco.

Emanuele e Rita, i figliastri di sua nonna, abitavano insieme in un piccolo palazzo a tre piani che una volta, pensò Alice, doveva essere stato magnifico. La facciata conservava tracce dell'antica bellezza degli edifici di inizio secolo. In piedi davanti al portone Alice attendeva che le venisse aperto. Al suo fianco c'era Giuseppe. Quando si era offerto di accompagnarla aveva accettato, anche se non avrebbe dovuto. Ma lui in quei giorni era diventato una presenza sicura, un amico, qualcuno cui presto avrebbe dovuto rinunciare. Finché fosse rimasta ad Abbadulche, tuttavia, finché tutto restava circoscritto a quei giorni e a quel tempo, Alice avrebbe seguito il suo cuore.

«Non farlo.»

«Cosa?» gli chiese perplessa.

«Quella linea sulla tua fronte appare ogni volta che sei preoccupata. Vedrai, ti adoreranno.»

Era riuscito a dare voce ai suoi dubbi, e alle sue paure.

«Non puoi saperlo.»

«Certo che lo so. Tu fai parte della famiglia. È molto semplice.»

«Non parlavo con mia sorella da due anni, mia madre mi rivolge a malapena la parola e appena saprà che ti ho cercato per restituirti tua figlia, è possibile che non voglia più rivedermi.»

Un muscolo gli serrò la mascella. «Claudio mi avrebbe comunque parlato dell'e-mail e allora ti saresti trovata uno sconosciuto alla porta, deciso a riprendersi sua figlia. Non avreste potuto fare nulla per impedirmelo, né tu né tantomeno tua madre. Sarebbe stato peggio così, vedi? Problema risolto.»

Socchiuse le labbra. Era un uomo mite, eppure andava in fondo a ogni singola questione, e non temeva nessuno.

«Sì, lo avresti fatto.»

«Esattamente. Riguardo a Emma, le volevi bene e se non fosse accaduta la disgrazia avreste fatto pace.»

Alice lo fissò. «Non mi conosci, non sai nulla di me.»

«Hai ragione, non so nulla di te, a parte quello che conta davvero.»

Scosse la testa. Giuseppe le sollevò il mento. «Ti ho visto raccontare le favole ad Amélie, sorridere mentre Anna ti seppelliva di chiacchiere, lavorare con le api. La tua pazienza con le zie è infinita.» Le prese una mano. «Hai sentito la voce della casa, sei riuscita a capirla, il tuo progetto è il migliore che ci sia mai stato proposto.»

«Sono brava nel mio lavoro.»

«Lo so, la migliore.»

Alice ingoiò le lacrime.

«Andrà tutto bene, io ci sono e ci sarò sempre per te.»

«Perché dici così?» Si pentì di quelle parole nel momento stesso in cui le pronunciava. Non chiedere mai ciò che non vuoi sapere. Giuseppe le circondò il viso con le mani, gli occhi nei suoi. Intorno a loro il mondo scomparve. Alice percepì il calore, la pelle sulla pelle, gli occhi di lui.

«Perché è la verità.»

Non la baciò, ma Alice non avrebbe mai dimenticato quel momento, quel bisogno, quella disperazione che le ballavano dentro. Lo desiderava, lo voleva con tutte le sue forze. Niente aveva più importanza per lei.

Quando Rita aprì la porta, trasalì, fu tentata di indietreggiare, invece sorrise alla zia e fece un passo avanti.

«Ciao.»

«Finalmente siete arrivati, vi aspettavamo con ansia.»

Emanuele Melis aveva lo stesso sorriso di Céline, i delicati lineamenti della madre, la sua bellezza.

Provò per quell'uomo dall'espressione gentile, che la malattia aveva fatto invecchiare anzitempo, un'immediata simpatia.

«Mi ricordo le sue carezze, il sorriso, le storie che raccontava. Leggeva molto, aveva imparato dalle suore dov'era cresciuta. Nostro padre era un uomo autoritario, difficile. Aveva molte responsabilità e decideva ogni cosa.»

Alice si inumidì le labbra. «Cos'altro ricorda?»

«Zio, chiamami zio. Non riesco a crederci che sei qui davanti a me, che ho un'altra sorella. Quanto tempo perduto...»

Non replicò e attese che lui continuasse a parlare. Emanuele sembrava scomparire nella poltrona di velluto rosso. Rita li aveva condotti in un salotto formale e lussuoso. A sua madre sarebbe piaciuto, pensò Alice guardandosi intorno. Céline adorava i mobili antichi.

Di quell'ambiente così sfarzoso non c'era nulla che potesse ricondurla al ricordo che aveva di sua nonna. La casa in Provenza era semplice e rustica. Era come aver a che fare con due donne completamente diverse.

«Un giorno Maddalena attese che nostro padre uscisse di casa», continuò Emanuele. «Infilò qualche vestito in valigia, ci condusse al porto e di lì a casa di Margherita. Tutti furono molto gentili con noi, ma quando arrivarono quegli uomini, insieme al babbo, dovettero farli entrare.»

«Uomini?»

«Guardie, carabinieri. Ci riportarono a casa e mamma, io l'ho sempre chiamata così anche se non era la nostra vera madre, ci seguì. Immagino non avesse altra scelta.»

Alice guardò Giuseppe che era rimasto in silenzio per tutto il tempo. Non riusciva a capire. «Perché?»

Fu Emanuele a rispondere. «A quel tempo i figli erano sotto la patria potestà e nostro padre aveva il diritto di esigere che gli fossero restituiti. Lei poteva andarsene, nessuno glielo avrebbe potuto impedire, ma non poteva portarci con sé.»

«È terribile. Maddalena tornò a casa con voi?»

Rita sospirò. «Sì, ma rimase poco. Ci fu un terribile litigio fra lei e nostro padre, poi Maddalena andò via, questa volta da sola, e tornò da Margherita.»

«E dopo?»

«Veniva a casa quasi tutti i giorni, bussava alla porta, ma lui non le permetteva di entrare. L'ordine era di tenere la porta chiusa. Maddalena, allora, si metteva di fronte a casa e aspettava. Qualche volta riuscivamo ad affacciarci e lei era lì per noi.»

«È una follia.» L'immagine era straziante. Alice si chiese come un uomo potesse fare una cosa del genere a qualcuno che aveva amato.

«L'ultima volta che ci siamo visti fu a Natale. Era il 25 dicembre 1958 e io quel giorno compivo otto anni.»

«Mia madre è nata a Marsiglia il 15 maggio 1959.» Il sussurro di Alice rimbombò nella camera.

Silenzio, i pensieri che si rincorrevano. «Perché partì?» Lo chiese più a sé stessa che a loro.

«A questo posso rispondere io.»

La replica di suo zio la colse di sorpresa. Alice guardò quegli occhi acquosi, celesti come quelli di Céline e di Emma.

«Aveva paura di nostro padre. Lui era furibondo. Gli dissero che mamma era in attesa di un altro figlio. Andò a cercarla, ma non la trovò. È logico pensare che temesse di vedersi strappare anche quel bambino. Il babbo tentò di scoprire dove si fosse nascosta, minacciò Margherita, ma lei gli disse qualcosa che lo indusse a lasciarla in pace. Siamo cresciuti con una cugina di mio padre, Lucia. È stata lei a raccontarci la verità.»

In silenzio, Alice rifletteva su quelle rivelazioni.

«Quando la nonna si ammalò per la prima volta, i miei genitori si trasferirono alla fattoria. Era bello. La nonna aveva gli alveari, i cavalli; aveva un negozio nel quale vendeva i prodotti che realizzava a base delle sue erbe, un furgoncino. Ci caricava i canestri colmi delle sue erbe speciali. Io l'aiutavo a fare le candele, i saponi, tutti i rimedi che un paio di volte alla settimana vendeva al mercato.»

I ricordi fluirono spinti dall'affetto. Commossa Alice raccontò dei giorni trascorsi alla fattoria con Emma. Salivano sugli alberi, nuotavano nel ruscello. Erano state felici. La vita all'epoca era semplice.

Una dolcezza che aveva dimenticato la invase, scaldandola da dentro.

«E poi cosa è successo?»

Alice guardò Rita, comprese esattamente a cosa si riferiva. Voleva sapere cosa fosse accaduto a Maddalena, come fosse morta la nonna. Rigida, le mani che le tremavano, Alice sostenne lo sguardo della zia. Il cuore in gola. Alla fine, era giunto il momento che aveva temuto, quello che avrebbe desiderato poter cancellare per sempre e che invece l'aveva tormentata per anni.

«C'era un lago al centro della tenuta. Un piccolo specchio d'acqua.»

Era più che altro il troppo pieno del ruscello che l'attraversava. Quando le piogge lo ingrossavano si allargava invadendo le terre circostanti.

«Emma era piccolissima e ci cadde dentro. La nonna, che si stava occupando delle api nel terreno attiguo, udì le urla.»

Alice aprì le mani. Aveva i palmi sudati e tremava. Si fece coraggio e ricominciò a raccontare.

«Quando arrivò, io mi ero già buttata in acqua per soccorrere Emma, che non sapeva nuotare. Piangeva e si dibatteva e io non sapevo cosa fare.» Chiuse gli occhi.

L'immagine della nonna le apparve nitida nella mente.

Maddalena, che era accorsa per prima, la incitava ad avanzare verso di lei, a portarla verso la riva, al sicuro.

Una bracciata dopo l'altra, ignorando l'acqua che le strappava il respiro e le finiva in gola, Alice trasse in salvo Emma che scalciava e piangeva.

I suoi occhi non persero mai di vista quelli di Mallena.

Ricordava la paura, il panico gelido che l'aveva stretta in una morsa, l'erba che le solleticava il viso. Le forti braccia della nonna che la trascinavano fuori dal fango. Era l'incubo che aveva abitato i suoi sogni di ragazzina. Erano i rimproveri aspri di sua madre, alla quale aveva disubbidito. Sapeva di meritarli. Ogni singola, dura parola.

E poi la sentì.

Una risata, dapprima lieve, poi sempre più forte. Era una luce nel buio che l'avvolgeva. La nonna che le abbracciava, che le prendeva in giro.

«Anche un tronco di legno nuota meglio di voi due, e meno male che vi ho insegnato come ci si comporta in mare.»

«Ma questo è un lago, nonna!»

La protesta di Emma era così ridicola, così assurda che avevano iniziato a ridere anche loro. Quando Céline arrivò, si contorcevano dalle risate.

«Non è stata colpa mia...» disse Alice. Poi il suo viso riprese colore, cercò quello di Giuseppe che la fissava intensamente. «Non fu colpa mia», ripeté incredula, le lacrime agli occhi.

«Perché mai avrebbe dovuto esserlo?»

La domanda era semplice, ma troppo razionale. Alice scavò dentro di sé, cercò le risposte, ripercorse a ritroso il passato e lo ricostruì. Solo che questa volta non c'era il dolore della colpa. La nonna era felice, non si era fatta nulla. La settimana seguente all'incidente fu colpita dall'infarto che la uccise, ma le due cose, adesso lo sapeva, non erano collegate. Per anni aveva creduto che fosse morta a causa sua. Per anni si era incolpata di quel terribile evento.

Prese fiato. «Mi disse come soccorrere Emma, e io la tirai fuori.»

«Sarà stata molto orgogliosa di te.»

Alice però non lo ascoltava, immersa nel flusso dei ricordi. Ripercorreva l'episodio quasi a tratti, estrapolando i momenti più significativi, quelli che le si erano stampati nella memoria.

«Non avevo il permesso di fare il bagno senza la supervisione di un adulto e di certo non con Emma che era ancora piccola.»

«Come mai la portasti con te?»

Alice scosse la testa. «Uscii di nascosto. Lei se ne accorse e mi seguì, poi le cose accaddero molto rapidamente.» Fece una pausa. «Qualche giorno dopo quell'episodio la nonna ebbe un malore, fu ricoverata e poi morì.» Il lacerante senso di disperazione si era lasciato dietro una cupa quiete. Guardò i volti degli zii, così pieni di affetto e compassione, quello di Giuseppe che le sorrideva con dolcezza, e per la prima volta si sentì libera.

Adesso che l'aveva portata alla luce del sole, l'antica ferita che aveva tenuto nascosta, il senso di colpa e la profonda vergogna per ciò che aveva creduto di fare, erano quasi svaniti. Era rimasta giusto una traccia, una cicatrice sottile.

Non era la responsabile della morte della nonna. Non era stata colpa sua.

Da allora si era trincerata dietro ai numeri, alle certezze, alle cose sicure. Adesso capiva che la sua era stata una reazione a ciò che era accaduto. Una reazione a qualcosa di cui, tuttavia, non era responsabile.

Fu la logica a portarla a quelle conclusioni. La stessa che aveva sempre governato la sua vita.

Con la promessa di tornare al più presto e presentare loro Amélie, Alice e Giuseppe lasciarono il palazzo dei Melis. In silenzio, attesero che il traghetto partisse. Il vento si era alzato, impetuoso, feroce, come i pensieri che le turbinavano nella mente. Doveva chiamare Céline, raccontarle tutto, anche se era certa che sua madre non avrebbe più voluto rivederla.

«A cosa stai pensando?»

Sospirò. «Mia madre... Quando saprà cosa è successo non mi rivolgerà più la parola.»

Seduto accanto a lei, Giuseppe scrutava l'orizzonte. L'espressione serena. «Stai saltando alle conclusioni. Perché non la smetti di supporre? Non puoi tenere tutto sotto controllo Alice, non funziona così.»

Lei si irrigidì, le braccia intorno al busto. «Tu non la conosci. Lei non me lo perdonerà mai.»

«E tu? La conosci davvero?»

Fece per rispondergli, poi si rese conto che non aveva nulla da dire. Chinò il capo. Da quando era giunta ad Abbadulche, le sue certezze si erano sgretolate una dopo l'altra, come strati che, dissolvendosi, avevano evidenziato ciò che era nascosto in profondità.

«Credo che per mia madre Amélie rappresenti un'altra possibilità.»

«E per te, Alice?»

«Il cambiamento.» Lo disse senza riflettere, di getto. E poi pensò che fosse anche molto altro.

Lui le porse una mano. Era grande, la pelle ispessita dal lavoro, solcata da linee sottili. Ferite rimarginate, altre appena più recenti. Quelle mani lo definivano, lo rappresentavano. Vi posò sopra la sua, delicata, esile. Percepì il suo calore, le dita che si cercavano, si intrecciavano. E poi lo guardò. Era ben più di un bacio, era sentire quell'uomo dentro il cuore e dentro l'anima. Perché in lui Alice si rivedeva come in uno specchio. In lui, che Dio l'aiutasse, si riconosceva.

Giuseppe l'attirò a sé e le circondò le spalle.

Erano fuori, sul ponte di passeggiata. Gli altri si erano rintanati tutti in coperta. Riccioli di schiuma si sollevavano dalle alte onde, eppure loro due volevano restare esattamente dov'erano. Fuori, insieme.

Poi lui le sorrise. «Domani è domenica, altra gita?»

S'illuminò. «Dove vuoi andare questa volta?»

«Un posto indimenticabile. Penisola del Sinis, nel territorio di Cabras. Seguiamo un percorso, la via che ha indicato Emma, ricordi?»

Sì, certo.

Alice era travolta dalle emozioni. In silenziò, rifletté sulla propria vita, su ciò che ne aveva fatto. Nient'altro che numeri e calcoli. Aveva messo al bando la creatività e la meraviglia che scaturivano dalla scoperta. «Ho commesso molti errori e adesso non so come rimediare.»

Pensò nuovamente a Gérard, a come le era stato accanto. Nonostante si sforzasse di sentirlo vivo dentro di sé, percepiva una sensazione blanda e tiepida che non aveva nulla a che fare con quanto provava per Giuseppe.

«Sei una donna gentile, Alice, perché non rivolgi un po' di quella dolcezza verso te stessa?»

«Forse non la merito. Hai dimenticato perché sono venuta ad Abbadulche?»

Giuseppe ignorò la sua provocazione. «Tendiamo a essere impietosi con noi stessi, persino crudeli. Quella sofferenza ci assolve da quelli che crediamo siano i nostri peccati. Ma in realtà ci infliggiamo solo un inutile dolore.»

«Non so che fare.»

«Parlami del tuo progetto.»

Suo malgrado, lei sorrise. «Credi che mi metterà di buonumore?»

«Ne sono convinto. Potresti aiutare le persone a realizzare le loro idee, in questo sei bravissima. Nessuno era riuscito a comprendere ciò che desideravamo per la tenuta, ma tu lo hai fatto. Angelica non vede l'ora di conoscerti.»

Alice ci pensò su. Aiutare le persone a realizzare i loro progetti. Qualcosa si mosse dentro di lei. Quello sapeva farlo, era la parte che preferiva del suo lavoro prima che l'azienda l'assegnasse alla contabilità. Ma quello era un pio desiderio, un sogno. Era come pensare di occuparsi della bambina sapendo di non avere le qualità necessarie per far fronte alla situazione. Doveva essere pratica, doveva guardare in faccia la realtà. Un pesce non poteva volare.

«Tu hai le api, la tenuta, hai una casa, tutto quello che ti capita tra le mani lo aggiusti, lo riporti alla vita. Ma io non ho che il mio lavoro.» Lo disse lentamente, scandendo le parole. Nella sua vita dove i riferimenti erano crollati uno dopo l'altro, l'unica sua certezza era costituita da quello che sapeva fare per davvero, che le era richiesto e retribuito. Lo disse piano, lentamente. Mettendo insieme le parole. Lo disse come se fosse un'abitudine. E poi si chiese se fosse realmente così…

«Cosa ti è successo, Alice?»

Lo osservò perplessa.

Giuseppe le prese una mano e ci premette sopra le labbra guardandola negli occhi. «Quando hai deciso cosa potevi e *non* potevi fare? Quando ti sei imposta questi limiti assurdi? La vita è caos, è l'onda che ti scuote fino al midollo, che ti fa battere i denti. La devi cavalcare e, quando cadi, devi risollevarti e ricominciare tutto da capo. La zattera sulla quale hai cercato scampo ti allontana da ciò che hai dentro. Come puoi non sentirne la forza? Da quando sei arrivata, hai portato luce e gioia nelle nostre vite.»

La scosse con dolcezza. Era così vicino, sentiva il suo respiro sulle labbra, e allora chiuse gli occhi. Quando Giuseppe la baciò, gli si aggrappò con tutte le forze. Era un sogno, era un piccolo istante. Non era reale, nulla lo era stato. Sarebbe partita presto, e lui... lui avrebbe proseguito nella sua vita, con Amélie e con Anna. Con le sue figlie.

25.

Il numero delle api nell'alveare cambia a seconda della stagione. In periodo di riposo, o durante l'invernamento, le scorte sono ridotte e dunque lo è anche il numero di individui che lo popola. In primavera, con l'aumento della disponibilità di nettare e polline, la regina depone fino a duemila uova al giorno. In stagione, le api arrivano fino a ottantamila individui.

Questa volta, invece della vecchia Citroën che utilizzava per le strade di Abbadulche, Giuseppe arrivò alla villa al volante di una Jeep nera.

«Vedrai quant'è bella l'antica città di Tharros.»

«Ci sei stata molte volte?»

Anna era impegnatissima a immortalare la sorellina in tutte le pose per poi passare a loro due e infine ai dintorni.

«Una sola. Emma voleva vedere qualcosa di molto speciale e allora siamo stati lì per tutto il giorno.»

Scambiò uno sguardo con Giuseppe, che era particolarmente silenzioso. Ma erano i suoi occhi a parlare e a ricordare ad Alice il calore di quel bacio, l'emozione che aveva provato: intensa, avvolgente. Giusta. Tutto quello era reale quanto il desiderio che sentiva di restare per sempre sull'isola, vivere di quanto poteva realizzare con le sue mani, restare accanto ad Amélie e ai suoi zii, con i quali aveva instaurato fin da subito un forte legame. A Giuseppe, che all'improvviso era diventato importante. Abbadulche era un sogno, un'isola felice, dove i desideri si realizzavano. Emma glielo aveva detto, ma solo adesso lei riusciva a comprenderlo. Il punto però era un altro. Quelle settimane, per quanto intense e meravigliose, non potevano sostituire una vita intera. Erano una parentesi, qualcosa che presto, lo sapeva, sarebbe finito.

Mentre Giuseppe metteva Amélie nel seggiolino, Alice sistemò i contenitori del pranzo. «Non capisco, eppure avevo detto alle zie che eravamo solo noi», borbottò. Lo sentì ridere, e sorrise a sua volta. C'era da mangiare per una settimana, quelle donne avevano una vera fissazione, una cosa tipica di chi aveva patito grandi privazioni e persino la fame. Se anche Maria non glielo aveva detto esplicitamente, lei lo aveva capito. Salì sul sedile anteriore e Giuseppe si sporse per sistemarle la cintura. Assaporò la sensazione intensa che le dava il suo profumo di sapone e pulito, il calore che emanava dal suo corpo. Si guardarono per un istante poi lui tornò al suo posto. «Sei pronta?»

Annuì. Con un cenno della mano salutò le zie ferme all'ingresso. «Cos'avranno da sorridere a quel modo», borbottò ancora. Eppure, non riuscì a trattenersi e agitò la mano per salutarle. Era allegra e si sentiva leggera.

Giuseppe non rispose, ma sorrideva a sua volta.

Anna iniziò a cantare e, con grande meraviglia di Alice, Amélie imitò la sorella maggiore accompagnandola con la sua personale versione fatta di strilli e borbottii.

Era irriconoscibile, della bambina timida e ritrosa non era rimasta traccia. Quello era il suo ambiente. E francamente Alice lo comprendeva.

Sentì il desiderio agitarsi, lo percepì nell'istante stesso in cui diveniva grande, forte. *Resta qui, sarai felice.* Per un istante si concesse di immaginare come avrebbe potuto essere la sua vita ad Abbadulche.

Alice vedeva lunghe strade costeggiate da oleandri. Il rosso e il rosa dei fiori spiccavano tra le foglie di un verde brillante. Nonostante fossero quasi alla fine di aprile l'erba iniziava a ingiallire. Verso Oristano ampi campi di spighe dorate si alternavano ai boschi di eucalipti.

«Qui le api starebbero davvero bene.»

«Stavo pensando la stessa cosa.»

Si scambiarono un sorriso, ognuno immerso nei propri pensieri; non erano a disagio, solo non sentivano la necessità di parole, frasi o concetti per restare in contatto. Le bambine parlottavano in quel loro modo segreto, Giuseppe ogni tanto le sfiorava una mano, altre volte la teneva tra le sue. E lei lo lasciò fare, anzi, un paio di volte prese l'iniziativa.

Parcheggiarono lontano dalla città di Tharros. Giuseppe aveva adattato il marsupio affinché Amélie stesse comoda e potesse guardarsi intorno mentre lui la trasportava. Anna correva da una parte all'altra, con gli occhi affamati di meraviglie. Ogni tanto sceglieva degli obiettivi e dopo averli osservati da più angolazioni, scattava una foto. La macchina della bambina era una di quelle di Emma, Alice l'aveva riconosciuta la prima volta che lei gliel'aveva mostrata. Ma ciò che l'aveva riempita di emozione era rivedere la sorella in quei gesti: la stessa concentrazione, il modo in cui teneva la Leika. Era come se una parte di Emma fosse ancora lì con loro.

Poi si sentì mancare il fiato. Davanti a lei, una lingua di terra tagliava a metà il mare. Ma mentre il versante esterno era agitato dal vento che sollevava alte creste di spuma bianca, la parte opposta era placida, calma. Uno specchio di platino trasparente del quale, anche a quella distanza, si scorgeva il fondo.

«Mare vivo e mare morto, è così che li chiamano.»

Non aveva bisogno di ulteriori spiegazioni. Vide due alte colonne stagliarsi davanti a lei. Era come una porta che conduceva in un luogo magico. Oltre c'era un mare blu che si fondeva con il cielo limpido e pareti di antica pietra, ruderi di abitazioni, luoghi di culto, millenarie strade su cui innumerevoli passi avevano tracciato un solco.

«Non siamo altro che un istante nella storia del mondo.» Lo sussurrò appena ma Giuseppe accanto a lei la udì, perché le passò un braccio attorno alle spalle attirandola a sé.

Scelsero un punto dove fosse possibile mangiare all'aperto, poi proseguirono la gita verso la zona di Mont'e Prama. Il rinvenimento di numerose statue di guerrieri e notabili, alte alcuni metri, aveva portato quelle colline alla ribalta delle cronache. Mentre Giuseppe le raccontava la storia, Alice immaginò come dovessero essere apparse ai visitatori: distese ampie e verdi sulle quali torreggiavano i monoliti. Era un'immagine di grande potenza. Ma d'altronde per costruire le alte torri di pietra, i nuraghi, la civiltà dell'epoca doveva essere straordinariamente avanzata. Erano ancora lì dopo millenni, spettatori e guardiani delle civiltà che si erano susseguite.

«Ci abitavano le fate?»

«No, no, loro vivevano in piccole case. Le *domus de Janas.*» Anna sorrideva. In quel viso così luminoso c'era un'allegria e una serenità che Alice sperò di vedere, di lì a qualche anno, in Amélie.

Visitarono la chiesa di San Salvatore e, mentre scendevano i gradini di pietra consumati dal passaggio dei fedeli, provò una strana sensazione, qualcosa che la lasciò in uno stato di profondo turbamento. Chiese a Giuseppe di passarle la nipotina, avvertiva il bisogno intenso della sua vicinanza. Lui le posò Amélie sulle ginocchia. Erano seduti fuori, il sole stava tramontando, intorno a loro i grilli si esibivano, il vento era calato. Una brezza densa di salsedine e umidità li accarezzava. All'improvviso il mare cambiò. Fuoco liquido. Rosso e oro laddove, fino a un istante prima, c'erano stati il blu e il verde. Era come una promessa, un monito. Ogni giorno, da quando esisteva il mondo, il sole sorgeva e tramontava. Amélie le si accoccolò contro, mentre al suo fianco Anna aveva ceduto alla stanchezza e dormiva sulla spalla del padre. Un'intensa sensazione di pace l'avvolse, e le sembrò che ogni sua preoccupazione sparisse.

«Resta, Alice, non partire.»

Per un istante credette di esserselo immaginato, ma le dita di Giuseppe sul suo viso erano reali. Si voltò verso di lui. Si perse nei suoi occhi, e quando lui chinò il viso lei sollevò il suo. Poteva farlo, poteva restare. La vita era breve e lei era affamata di tutto. Lui le accarezzò il viso, le baciò le palpebre, scese sugli zigomi bagnati e poi sulle sue labbra. C'erano cose che non gli aveva detto. C'era sua madre e soprattutto c'era Gérard. Aprì la bocca, doveva dirglielo, ma lui lo prese per un invito e lo accettò. E dopo niente ebbe più importanza.

L'inizio del giorno era sempre stato per Alice un momento di solitudine e di angoscia. Qualcosa che Amélie aveva cambiato. E quello le aveva dato l'esatta misura di quanto la sua vita, prima che vi entrasse la nipotina, fosse stata solitaria.

Da quando era andata a vivere alla villa di Margherita, il risveglio del mattino era diventato un avvenimento divertente, cordiale e affollato. Le zie sfornavano pane e biscotti tre volte la settimana, perché così voleva la tradizione. Anna e Giuseppe arrivavano poco dopo, lei perché non poteva andare a scuola senza aver salutato la sorellina, lui invece... be' lui inventava ogni giorno una scusa diversa. Mentre lo osservava giocare con le figliolette, Alice si chiese quale fosse quella di quel giorno. Incontrò il suo sguardo e il cuore saltò un battito. Lui si stava comportando come un adolescente, pensò.

«Ti va di accompagnarmi in apiario?»

Sì che le andava. «Potete pensare voi ad Amélie?»

«Va' pure, la bambina è al sicuro con noi.» Maria le passò accanto, la carezza rapida sulle spalle la riempì di gioia.

«Mi preparo in un attimo.»

Uscirono poco dopo. Poche parole, molti sorrisi. Tutto le sembrava nuovo, brillante. Le sembrava divertente. La vettura che arrancava sulla salita tossicchiando, Giuseppe che le illustrava il programma per la mattinata. Le sue considerazioni sulla stagione. Le speranze di un ottimo raccolto. «I nidi sono colmi, è arrivato il momento di mettere i melari. Sarà un'ottima annata.»

«Non ho mai visto una tale varietà di fiori.»

«Perché non succede sempre, le condizioni quest'anno sono ideali. Un autunno piovoso, l'inverno tutto sommato gentile, e una bella primavera. In poche parole, acqua, pioggia nei periodi giusti.»

Era una vita intensamente legata alla terra, alla natura, dove le necessità delle piante e delle api si combinavano con chi si occupava di quel mondo, ci viveva e lo proteggeva.

«Come sta Claudio? Non l'ho più visto.»

«È ancora impegnato nella ristrutturazione dei locali, giù al porto.»

Non era la risposta che si aspettava.

Giuseppe rallentò a passo d'uomo e imboccò una stradina stretta, costeggiata da alberi sempre più alti e fitti. Non era mai stata da quelle parti.

«Dove andiamo?»
«Credo che sia giunto il momento di fare la conoscenza di qualcuno.»
Gli lanciò un'occhiata incuriosita. Si chiese dove l'avrebbe condotta. Il sentiero, perché quello era, si aprì in una radura luminosa. Lasciarono la vettura e proseguirono a piedi attraverso i prati. Degli asfodeli che aveva ammirato adesso non restavano che lunghe pertiche sulle cui sommità spiccavano piccole sfere verdi. «Quello è il cardo?» Indicò degli arbusti spinosi con rami ricoperti di fiori bianchi e rosa che sembravano piumini.
«Sì, e quello», disse lui indicando alti cespugli punteggiati da piccoli fiorellini bianchi che sembravano il disegno di un bambino, «è cisto.»
Si inoltrarono all'interno del bosco. L'acqua che scorreva sulle pietre sembrava cantare. Alice capì dove l'aveva condotta Giuseppe. Si fermarono accanto al massiccio tronco, i rami che si aprivano verso il cielo, le foglie d'argento che brillavano. Un lieve ronzio si univa al canto del ruscello.
«È meraviglioso.»
L'olivo era immenso. Torreggiava maestoso circondato dalla sua corte di piante e fiori.
«Custodisce le api d'oro. Al suo interno ci sono gli sciami originari delle api dell'isola.»
Restarono un istante a contemplare il Vecchio Re, così lo chiamava Giuseppe. Le enormi radici affondavano nel terreno. Le creste erano ricoperte di muschi vellutati e costeggiavano le acque limpide. Dietro di loro le api ronzavano felici. Giuseppe le porse una mano e insieme si avvicinarono alle arnie, allineate ai margini del prato. Mentre lui indossava la tuta, Alice, che invece l'aveva già, sollevò la testa e allora la vide. Volava nella sua direzione. Il cuore prese a batterle forte. La stava cercando, era lì per lei. Alice lo comprese nel momento stesso in cui sollevò la mano e l'ape si posò sul suo palmo.
Si guardarono un istante poi l'insetto si alzò in volo.

«Che succede?» Giuseppe era al suo fianco, un'ombra nello sguardo.

«Sta per accadere qualcosa.» Lo disse così, semplicemente. «Qualcosa di importante.»

«Sembri preoccupata.»

«Non è nulla. Allora, da dove vuoi iniziare?»

Le indicò l'apiario. «Le più urgenti sono quelle. Non so se te l'ho detto, ma il miele dell'albero non si vende.»

«No? Come mai?»

«È troppo prezioso, per questo lo regaliamo.»

Lei sorrise, non aveva il minimo senso. Era il più prezioso, e dunque veniva donato. Illogico e insensato. Eppure, c'era un profondo significato in quello che Giuseppe le aveva detto.

«Ci sono cose che appartengono a tutti. Ci sono cose talmente preziose che nessuna moneta potrebbe mai acquistare.»

Ripresero il lavoro. Avevano già ispezionato gli alveari, i nidi erano colmi di miele, le operaie raccoglievano alacremente ogni goccia di nettare che cadeva dai telai per poi immagazzinarla nei favi. Incantata, osservò la nascita di un'ape che spuntava da una cella. La peluria chiara della testa era folta e mentre le compagne l'aiutavano a ripulirsi il suo colore mutò, diventando più ricco. Qualche istante dopo, l'ape si unì alle sorelle. Sapeva cosa fare, seguiva l'istinto e conosceva il suo compito. Era tutto semplice, era un sistema perfetto.

Giuseppe terminò di posare gli escludi regina. La griglia avrebbe impedito alla regina di salire e raggiungere il melario. In quel modo la covata sarebbe rimasta concentrata nella parte sottostante, mentre una volta riempiti i telai delle scorte le api sarebbero salite e vi avrebbero immagazzinato il miele in esubero.

«Senti il profumo?»

Alice annusò l'aria cercando la fragranza dei fiori. E poi la colse nel vento. Era lieve, dolce, eppure aromatica. «Sembra lavanda.»

«Giusto.»

Era tutta la mattina che annusavano. Prima quando avevano aperto gli alveari per comprendere se la famiglia era in salute, poi per cercare di capire quale nettare importassero le api, e adesso il profumo dei fiori. E quasi ogni volta aveva chiuso gli occhi per poter percepire meglio ogni sfumatura. L'apicoltura era fortemente legata all'olfatto e, attivando quel senso così trascurato, Alice riusciva a percepire e a farsi pervadere da ciò che la circondava in un modo tanto intenso da restare lei stessa sorpresa.

26.

La temperatura all'interno dell'alveare varia da un minimo di 33 gradi a un massimo di 35. Le api la tengono sotto controllo attraverso i movimenti delle ali e l'utilizzo dell'acqua. In inverno, quando la temperatura esterna scende a pochi gradi, si uniscono in glomere e riescono a mantenere una temperatura adatta alla vita della regina e della covata.

La casa fremeva di preparativi, così come i suoi abitanti. Persino la bambina, Alice lo riconobbe con un pizzico di fastidio, era irrequieta. Lei di certo lo era. Impaziente, persino timorosa, di incontrare Angelica Senes.

Era incredibile come un unico gesto compiuto da quella donna anni prima avesse dato inizio a una tale serie di eventi che in un modo o nell'altro si erano concatenati tra loro e l'avevano attirata in quel luogo. Fu sommersa dalle emozioni, guardò la nipotina. Sentì il bisogno di averla accanto.

«Allora, *ma douce*, che cosa ne dici di una passeggiata in paese?»

«Proprio adesso?» Fu Memma a risponderle mentre, seduta sulla sua sedia preferita, i gomiti sul tavolo, schiacciava una pallina di pasta sul fondo di un cestino. Intercettò il suo sguardo curioso. «Si chiamano malloreddus.» Memma era brava a rispondere alle domande, anche quelle che Alice non le aveva ancora rivolto. «Gnocchetti», le spiegò. «Fatti come il cielo comanda che poi uno quando li mangia gli angeli deve sentire.»

«Gli angeli?»

Memma la guardò con sufficienza. «Certo.»

Alice non poté trattenere un sorriso. «Li stai facendo tu, zia.»

«Ma la bambina sta imparando, lo vedi come mi guarda?»

Le sembrò buffo e sciocco ma doveva ammettere che

Amélie non perdeva un gesto, come fosse ipnotizzata. «Ha solo dieci mesi», le rammentò.

«È da piccoli che si capiscono davvero le cose.»

Alice rise di quella teoria, ma quando incontrò lo sguardo severo di Memma si coprì la bocca con il pugno e tossicchiò. «Va bene, va bene.»

«Non fare tardi, mi raccomando.»

«Promesso.» Baciò la nipotina che giocava con un pezzo di pasta e, dopo aver preso la borsa, uscì.

Anna era con Giuseppe in apiario, Maria era andata a portare le provviste settimanali a Gigliola e Pina. Se non fosse stata di quell'umore Alice l'avrebbe accompagnata volentieri. Ma c'erano cose che doveva risolvere e che aveva già rimandato fin troppo.

Un vento fresco che proveniva dal mare le sollevava il vestito leggero. Lo aveva acquistato insieme ad Anna, quando il caldo era arrivato all'improvviso rendendo inutile ciò che si era portata dietro.

La piccola aveva occhio per i colori, doveva ammetterlo. Si erano divertite insieme, poi avevano preso un gelato e passeggiato. Anna le aveva confidato che non vedeva l'ora che Angelica tornasse. Le due erano molto legate. Si scoprì a desiderare per sé stessa un rapporto simile. Si era molto affezionata a quella ragazzina piena di sole e di gioia.

Mentre passava davanti a uno dei negozi del centro storico, si fermò davanti a una vetrina. Stentò a riconoscersi nell'immagine riflessa. La vita all'aria aperta le aveva giovato: era abbronzata, i capelli lunghi e liberi sulle spalle erano lucidi, l'espressione serena. Quando la commessa le sorrise, la ricambiò. «Buongiorno.»

«Alice, che bello vederti. Come sta Amélie?»

Ora che anche lei conosceva quasi tutti in paese provava una sensazione di allegria.

Chiacchierarono del più e del meno. Cose senza importanza come l'allungarsi delle giornate, Angelica che finalmente tornava a casa, il miele di Margherita che tutti ad Abbadulche aspettavano con ansia.

In passato lo avrebbe ritenuto tempo sprecato.

Lo aveva realizzato un pomeriggio in cui si era seduta dietro alla casa di Margherita a guardare i gabbiani sfrecciare alti nel cielo, a contemplare il prato brulicante di vita e ad ascoltare la risacca del mare: mentre percepiva la lentezza di quegli istanti, aveva sentito i pensieri dissolversi. E il dolore che si portava dentro per la scomparsa di Emma si era quietato. Non era scomparso, ma semplicemente le aveva concesso una tregua.

Così aveva preso sempre più spesso a ritagliarsi un momento tutto per sé.

Qualche volta contemplava la notte, cercava le stelle con gli antichi nomi che Mallena le aveva insegnato e si perdeva nell'infinito, altre volte sognava a occhi aperti e sorrideva. Era come se avesse sempre vissuto quella vita, e non vi fosse altro che quella. Parigi era lontana, era come un ricordo sbiadito, qualcosa che doveva impegnarsi per richiamare alla memoria.

«Adesso devo andare.»

«Torna a trovarmi, ho un paio di abiti che ti starebbero d'incanto.»

«Lo farò.»

Si diresse verso il porto. Un lato della banchina era ombreggiato da alti pini di Aleppo attraverso le cui chiome filtravano il sole e la brezza che soffiava dal mare. Mentre componeva il numero della madre pensò al sorriso di Amélie. Era felice, lo sapeva. E lo era anche lei.

«Alice, finalmente!»

«Ciao, mamma.» Scelse una panchina e posò la punta del dito sulla vernice scrostata. Inutile che fingesse di essere tranquilla, non lo era affatto. «Come stai?»

«Come vuoi che stia? Sono in pensiero.»

«Perché mai? Amélie sta bene, anzi non è mai stata meglio. Ha preso peso, dice "mamma", sorride, non ha più paura degli sconosciuti. Se la vedessi... è davvero un'altra bambina.»

Silenzio. «E tu? Anche tu mi sembri diversa.»

«Io sto bene.» In realtà non si era mai sentita meglio. Si inumidì le labbra. «Mamma, dobbiamo parlare.»

«Oddio, cos'hai combinato?»

Era il tono che usava con lei quando era bambina. La stessa rigidità, la stessa esasperazione mista a panico. Avrebbe dovuto infastidirla, invece le strappò un sorriso indulgente. «Sono in Sardegna, ad Abbadulche.»

Silenzio. «Tu... tu cosa?»

«Ho una notizia molto importante da darti: so chi è il padre di Amélie.»

«No... ti prego dimmi che non hai dato via la bambina.»

Dato via? Ma che razza di espressione era quella? Sapeva che non sarebbe stato facile, ma quella nota di paura, la disperazione nella voce della madre non le aveva previste. «Mamma, mi hai capita? Amélie è con suo padre. Ha una sorella maggiore, zie, cuginetti. Una grande famiglia che l'adora e si prende cura di lei. Volevo fartelo sapere in modo che tu fossi serena e felice per lei.»

Silenzio, poi un singhiozzo. «Cosa ti ho fatto?»

«Prego?»

«Cosa ti ho fatto, Alice, per indurti a odiarmi così tanto?»

Le si gelò il sangue. «Io ti voglio bene, mamma», replicò. «Come puoi solo pensare una cosa simile? È assurdo, ti rendi conto?»

«Io non sono mai stata all'altezza delle tue aspettative. Tuo padre lo è sempre stato, e anche tua nonna. Ed Emma, che nonostante le vostre divergenze adoravi. Ma io no, io no.»

«Ti sbagli, mamma. Ti sbagli.» Eppure, mentre ascoltava la voce rotta dal pianto della madre Alice sentiva che c'era del vero in quelle parole. «Ti voglio bene, io ti ho sempre voluto bene.»

«Era tutto ciò che mi restava di Emma, e tu me l'hai portata via.»

«L'ho affidata a suo padre. L'ho ricondotta a una parte della sua famiglia. Verrà a trovarci, mamma. Pensa a quando trascorrerà le vacanze alla fattoria come facevamo Emma e io con la nonna.»

«Questo lo deciderà il tribunale.»

Silenzio, un lungo gelido silenzio alto come un muro nero. Era una minaccia dettata dalla rabbia e dalla sorpresa. Alice sapeva che era così, eppure sentì comunque un brivido. Tornò alle parole di Gérard, a come le guerre familiari potessero lasciare solo vittime sul campo. «Non lo pensi davvero. È questo il bene che dici di volere ad Amélie? La vuoi strappare agli affetti del padre naturale, della sua sorellina? Lei ama questo posto, è felice. Mamma, Amélie è felice. Non è questo che desideri per lei, la sua felicità?» Stava per dirle della nonna. Richiamò alla mente le immagini degli zii, la dolcezza delle loro espressioni, il bisogno di sapere, il dolore antico della perdita. Pensò di dirglielo, ma poi cambiò idea. Lo avrebbe fatto di persona al più presto.

«Riportami mia nipote, Alice. Ti do una settimana di tempo.»

Céline chiuse la comunicazione.

E adesso? Perché sua madre doveva essere così irragionevole? Avrebbe potuto gestire la cosa in un altro modo? Forse. C'era sempre una maniera migliore di fare le cose.

Rimase seduta a contemplare il mare, le mani intorno al cellulare, un paio di volte compose il numero di sua madre per poi richiudere la comunicazione.

Le avrebbe dato tempo, ne aveva bisogno a sua volta. Tempo per riflettere, tempo per capire. Una cosa era certa: non aveva mai odiato sua madre. Crescendo aveva analizzato le cose e capito di essere una costante fonte di rammarico per lei. Aveva capito che il mondo così come glielo aveva raccontato sua nonna era una fantasia. I suoi punti di riferimento erano scomparsi all'improvviso uno dopo l'altro. E allora si era costruita i propri. Lo studio, il lavoro. Aveva eliminato tutto quello che poteva essere un ostacolo al suo obiettivo e, quando lo aveva raggiunto, aveva fatto in modo di tenerselo stretto.

Eppure, adesso, seduta su quella panchina, circondata dalla vita di Abbadulche, si chiedeva se avesse commesso degli errori nella sua valutazione. Non aveva portato Amélie in Sardegna per fare del male a sua madre, nulla era stato tanto lontano dalle sue intenzioni. Lei non poteva occuparsi della piccola. Aveva fatto ciò che era giusto per la bambina. A Parigi era infelice, con Céline lo sarebbe stata comunque, ma con il padre naturale… Giuseppe la adorava e si sarebbe occupato di lei nel migliore dei modi. E poi c'erano Anna, le zie e Angelica. Guardò l'orologio, doveva affrettarsi. Sarebbe arrivata a momenti.

Mentre si avviava verso la villa un'auto la sorpassò, fermandosi poco più avanti. Giuseppe scese dalla vettura e le aprì la portiera. «Ciao, vagabonda. Fa troppo caldo per andarsene in giro senza cappello.»

Quell'uomo… Alice trattenne un sorriso. Si sedette e sospirò di piacere mentre lui le porgeva una bottiglietta che aveva tolto dal piccolo frigo portatile. «Grazie.» L'acqua era fresca, deliziosa. Gli rivolse un sorriso di gratitudine. Era accaldato anche lui, con quel profumo di fumo e cera d'api che gli aleggiava intorno. «Sono già arrivati?»

«Saranno qui a momenti. Nicola mi ha telefonato mentre costeggiavano Sant'Antioco.»

Alice annuì, la testa poggiata sul sedile e l'espressione beata. «È strano, sai?»

«Cosa?» Erano nei pressi del cancello. Era spalancato in attesa dei nuovi arrivati. Alice rifletteva sul fatto di averlo visto chiuso solo una volta. Del suo primo giorno ad Abbadulche aveva ricordi nitidi e precisi, fra tutti l'intenso senso di familiarità per ciò che la circondava e per l'uomo che ora le sedeva a fianco e le parlava come se la conoscesse da sempre. Pensò a Mallena e a come sua nonna fosse stata capace di descrivere la sua terra cogliendone l'essenza stessa. Ecco, era appunto quello che d'un tratto – Alice non avrebbe saputo dire né come né quando – aveva iniziato a percepire: l'essenza di tutto. In quel momento rimuginò su sua madre. Aveva un peso sul cuore, un dolore sottile. In modo paradossale la minaccia di Céline aveva messo a fuoco la sua disperazione.

Doveva fare qualcosa per aiutarla, non poteva ignorarla. E anche quello era nuovo per lei. Si era sempre limitata a reagire, non era mai entrata nel merito delle ragioni alla base del comportamento di Céline.

«Stai bene?»

Giuseppe la osservava con attenzione. Annuì, la tentazione di toccarlo, di confidarsi. Come sarebbe stato, si chiese? Come sarebbe stato lasciarsi andare, aprirsi, mostrarsi. Liberarsi. Socchiuse le labbra, le parole affluirono. D'un tratto, però, qualcosa la bloccò, si irrigidì e distolse lo sguardo. «Non devi preoccuparti per me, sto bene. Sono solo un po' agitata.»

Lui la studiò per un istante. «Che cosa succede?»

Finse di non averlo udito, spostò la sua attenzione sul camper. Era un simbolo, una separazione. C'era il prima, come le aveva raccontato Giuseppe, e c'era il dopo, la vita che Angelica aveva scelto. Il camper era un tripudio di colori. Le petunie ricoprivano la carrozzeria. Quanto era cambiato in poche settimane? Quanto erano cambiati tutti loro?

Giuseppe aprì la portiera, scese dalla vettura e attese che lei facesse lo stesso. Mentre camminavano verso la villa le sorrise. «Per certi versi le somigli.»

Era un'affermazione sorprendente. Angelica aveva protetto l'eredità di Margherita impedendo che la villa fosse demolita e che al suo posto sorgesse un complesso alberghiero. Era una guerriera, lei invece era ben altro. «Ti sbagli e anche di grosso.»

La risata di Giuseppe la colse di sorpresa. Perché la guardava con quella dolcezza?

«Quando è arrivata, Angelica non sapeva cosa fare della villa. Certo, sarebbe stata capace di incatenarsi alla porta di casa piuttosto che permettere a qualcuno di danneggiarla, ma agiva seguendo più che altro l'istinto. Girava il mondo su un camper, lo hai visto? Eccolo.» Glielo mostrò. «Quando ha capito che questo era il suo posto lo ha parcheggiato per sempre e Pina lo ha trasformato.»

Giuseppe scosse la testa. «No, non l'ha trasformato, lo ha restituito», mormorò. Non sapeva da dove le venisse quell'idea ma era stato quello il primo pensiero che Pina aveva avuto. Qualcosa che aveva esaurito la sua funzione e che poteva assumerne una nuova, differente. Bellissima. A quello aveva pensato.

«Perché è partita?» La domanda le sfuggì prima che potesse rifletterci e poi ridacchiò. «Sono diventata come una di qui. Mi faccio gli affari degli altri.»

Lui allungò la mano nella sua direzione, emozionata Alice posò sopra la sua. Quando Giuseppe intrecciò le dita alle sue e le depose un bacio sul palmo, tremò.

«Ti preoccupi per gli altri, è molto diverso.»

Erano sul promontorio che guardava verso la baia, avvolti dal ronzio delle api. Accanto al molo c'era un gruppo di persone, un catamarano in avvicinamento lasciava una spumosa scia nell'azzurro del mare.

«È andata a incontrare una donna.»

Non avrebbe potuto essere più sorpresa. «Una donna?»

Giuseppe annuì. «Sì, una delle donne di Margherita. Non ha avuto fortuna.»

Dunque Angelica aveva scritto anche ad altre persone. Non era sorpresa. Al suo posto lo avrebbe fatto anche lei. Pensò a Emma e si chiese per l'ennesima volta cosa sarebbe accaduto se fossero andate ad Abbadulche insieme. Poi lo sguardo scivolò su Amélie che giocava sulla sabbia accanto ad Anna.

Maria le aveva detto che niente accadeva per caso, anche ciò che sembrava inspiegabile, doloroso, assurdo. Iniziava a crederci, tutto in quell'isola era illogico ma reale, come la mano che avvolgeva la sua, come il profumo nel vento, come la promessa in quello sguardo che, di tanto in tanto, si concedeva di incontrare.

Giuseppe la trattenne.

Adesso erano uno davanti all'altra. Alice percepì la sua emozione, era sul suo volto segnato dal sole e dal vento, nello sguardo profondo che sentiva su di sé come una carezza.

«Quando mia moglie è morta sono andato avanti solo perché c'era Anna. Una bambina piccola, traumatizzata, chiusa in un mondo di silenzio. Credevo che la soluzione fosse intorno a me, mi sono appoggiato a chi me la offriva. Un errore dopo l'altro finché mi sono liberato di tutto focalizzandomi unicamente sul mio obiettivo.»

«Come hai fatto a capire?»

«Mi sono chiesto cosa fosse indispensabile e ho puntato a quello.»

Indispensabile. Era quella la strada?

Guardò in direzione della barca che stava attraccando proprio in quel momento nel porticciolo privato della tenuta. Un uomo scese sul pontile, assicurando le cime. Una donna lo raggiunse poco dopo. Si presero per mano e camminarono insieme. Nicola e Angelica. Alice non aveva dubbi. Si muovevano insieme, in sintonia. Erano una cosa sola. Poi Maria agitò una mano e Angelica corse verso di lei. Si incontrarono a mezza strada e si abbracciarono come se non si vedessero da una vita. Eppure, erano state lontano solo poche settimane. Alice deglutì ma il nodo che le chiudeva la gola restò esattamente dov'era.

La zia le aveva raccontato che in passato tra lei e sua figlia c'erano state tensioni. Glielo aveva confidato un giorno in cui l'aveva sentita discutere con sua madre. Eppure, adesso Maria e Angelica si stringevano l'una all'altra con affetto, con amore.

Si chiese se un giorno anche lei e Céline avrebbero potuto superare le loro divergenze.

«Li raggiungiamo?»

Alice inspirò profondamente. «Andiamo.»

27.

Esistono oltre ventimila specie di api. Le più conosciute sono quelle che producono miele e vivono accanto all'uomo. In Italia abbiamo l'ape ligustica, l'ape nera sicula e l'ape carnica.

Semplice, luminosa, bella. In un modo che non sapeva descrivere. Era questa l'opinione che Alice si era fatta di Angelica.

Si erano scambiate poche frasi, molti sguardi, qualche sorriso di circostanza.

Angelica sapeva tutto.

Sapeva di Amélie, e sapeva di lei.

Alice non era una sciocca. Dietro il sorriso e la gentilezza dei modi di quella donna c'erano una grande forza e molta determinazione. Aveva percepito un profondo istinto di protezione che comprendeva Anna e si estendeva anche a Giuseppe. Angelica proteggeva le persone che amava, a ogni costo. L'avvertimento era nel suo sguardo, nelle sue maniere calme e decise. Nel modo in cui le si era rivolta.

Il loro vero colloquio, Alice ne era assolutamente convinta, era solo rimandato.

Non si sarebbe aspettata di meno da lei.

Continuò a studiarla con discrezione. Seduta tra Memma e Maria, Angelica Senes mangiava tranquillamente ascoltando gli amici e i parenti accorsi per festeggiare il suo arrivo. Sembrava che tutti avessero qualcosa da dirle, come se fosse di ritorno dopo una lunga assenza. E Lorenzo, il suo cane, le aveva fatto una tenerezza profonda. Osservava la sua padrona come se quasi non riuscisse a credere che finalmente fosse tornata.

Dovevano avere più o meno la stessa età, lei e Angelica. Giuseppe le aveva detto che si somigliavano, ma lei vedeva una donna sicura, sorridente. Una donna che infondeva calma e catturava l'attenzione.

No, non si somigliavano.

Come se avesse percepito i suoi pensieri Angelica si voltò nella sua direzione e le sorrise. Sorpresa la ricambiò.

Dalla parte opposta della tavolata Nicola, suo marito, conversava con il fratello. Erano giorni che Alice non vedeva Claudio, aveva una pessima cera. Chinò il capo, lei sapeva che cosa lo tormentava.

«Guardati dal rimpianto, Alice, è la porta della sofferenza più feroce, quella che affonda gli artigli nella parte profonda dell'anima e avvelena ogni gioia.»

Adesso che conosceva il passato di Mallena capiva quella frase che la nonna le ripeteva di tanto in tanto.

«Ti porto qualcos'altro?»

Giuseppe sminuzzava i malloreddus e li porgeva ad Amélie che, dopo averli inseguiti per tutto il piatto li afferrava, mangiandoli con gusto. Il musetto era cosparso di salsa di pomodoro, l'espressione deliziata. Niente tabelle, niente orari prestabiliti, Parigi era lontana anni luce.

«No, grazie. Va bene così.»

«Allora mangia.»

Gli sorrise. Le era rimasto accanto per tutto il tempo prendendosi cura di Amélie e non si era mai spostato dal suo fianco. Non aveva bisogno di un paladino, era perfettamente capace di cavarsela da sola in ogni circostanza, eppure non poteva negare che la sua vicinanza le avesse fatto piacere.

Come se avesse intercettato i suoi pensieri Giuseppe si sporse nella sua direzione. «Te la stai cavando benissimo», sussurrò. «Rilassati.»

Turbata Alice distolse lo sguardo. Lui continuava a trovarla, a scoprire i suoi pensieri, le sue emozioni. Gli bastava uno sguardo. E quello la spaventava. Cercò di recuperare terreno, si guardò attorno, fra tutti individuò i volti che conosceva da ben prima di arrivare in Sardegna.

«Ora l'album di Amélie è completo.»

Giuseppe le lanciò un'occhiata di traverso. «Ti ho detto

tutto quello che volevi sapere su di lei, se ti serve altro chiedi.»

Le stava leggendo nel pensiero, per caso? «In realtà no. Ho l'informazione fondamentale, quella per cui sono venuta ad Abbadulche», puntualizzò.

Lui pulì il musetto della figlioletta e poi se la mise in grembo.

«La conoscenza è un'utopia. Qualcosa che ci inventiamo per cercare di avere il controllo sulla vita e sugli scherzi che ci gioca.»

«Perché dici così?» Era una teoria assurda. «Conoscere significa capire.»

Lui scosse la testa. «Le nostre percezioni nascono dall'idea che ci siamo fatti di noi stessi, ma in realtà non sappiamo mai come reagiremo a una data cosa se non nel momento in cui la dobbiamo affrontare.»

Su quello non aveva tutti i torti. Alice pensierosa mandò giù un sorso d'acqua. Qualcuno chiamò Giuseppe. Lui rispose poi si voltò verso di lei. «Devo fare una cosa, puoi pensare tu alla bambina?»

«Sì, certo.» Lo vide ricambiare il suo sorriso e raggiungere Nicola e Claudio. Un momento dopo i tre uomini lasciarono insieme la tenuta.

Amélie le accarezzò il viso, catturando la sua attenzione.

«Hai sonno, *ma douce*? La zia ti porta a fare la nanna.»

Si alzò anche lei, raggiunse la villa e dopo aver cambiato la bambina la adagiò nel suo lettino.

«Ti va di fare due chiacchiere?»

Angelica era ferma accanto alla porta.

Prima di quanto avesse previsto. Molto, molto prima. Non era una che perdeva tempo Angelica Senes. «Certo.»

«Ho visto i progetti, sono notevoli.»

«Grazie. È stata la casa a suggerirmeli.» Colse lo sguardo stupito e si affrettò a spiegare. «È unica nel suo genere, un rifugio nel quale raccogliere i pensieri, concedersi una pausa, trovare sé stessi. Non ho fatto altro che lavorare su quest'idea, il resto sono solo proiezioni economiche.» Forse avrebbe dovuto essere più logica, meno appassionata, ma era quello che provava. Semmai si stupì di quanto fosse stato facile parlargliene.

Le sembrò che Angelica riflettesse sulle sue parole. Forse non le erano piaciute, pensò. La sua espressione era strana, triste.

«Tutto bene?» si affrettò a chiederle un po' preoccupata.

«Sì, sono solo un po' stanca.» La donna si chinò su Amélie e dopo averle baciato la fronte la prese in braccio. «Vieni, Alice, facciamo due passi insieme. Voglio mostrarti una cosa.»

Attraversarono il corridoio. Intorno a loro c'era silenzio, la dimora sembrava immobile, come in attesa.

«Questa è la parte della casa che preferisco.» Si erano fermate nella grande sala da pranzo. Angelica le indicò le fotografie disposte su una delle madie, quelle che le erano piaciute fin dal suo arrivo, e che spesso si fermava ad ammirare.

«Margherita...»

Alice lo sapeva. Era stata Memma a mostrargliela.

«Lei è Elodia, la mamma di Margherita, la foto dietro ritrae invece la nonna. Di generazione in generazione hanno custodito, insegnato, diffuso ciò in cui credevano. Hanno aiutato chi aveva bisogno, condiviso quello che possedevano, ma soprattutto hanno migliorato il mondo.»

Fu l'inflessione della sua voce, quella tristezza in fondo al suo sguardo a fornirle la chiave di lettura. «Anche tu lo hai fatto! Hai salvato la proprietà, l'eredità di Margherita.»

«Ma non l'ho portata avanti. Ho provato a vivere in questa casa, ma sentivo che non apparteneva né a me né a Margherita, ma a chiunque ne avesse bisogno.»

Non riusciva a comprendere. «Hai chiesto a mia nonna e alle altre donne di tornare. Posso chiederti perché?»

Angelica annuì. «Loro hanno conosciuto Margherita, lei le ha aiutate, ma lo scambio è stato reciproco. Tutte le donne», le indicò, «hanno vissuto nella villa e vi hanno lasciato qualcosa. Ho bisogno di aiuto per aprire le porte di questa dimora.»

Continuità. Ecco perché Angelica aveva scritto a ciascuna

di loro una lettera come quella indirizzata a Mallena. Era come se ognuna di quelle donne avesse contribuito a realizzare una parte di un disegno complesso, che non era terminato, anzi richiedeva una continua cura.

«Molte di loro, quando sono partite, erano solo ragazze. Ho pensato che avessero dei consigli, delle storie da raccontare, perché adesso sono io ad avere bisogno di loro. Margherita mi ha affidato un compito e intendo svolgerlo al meglio.»

«Cosa pensavi di fare?»

Erano uscite all'aperto, adesso. Amélie dormiva con la testa appoggiata sulla spalla di Angelica. Camminavano nel cortile, davanti ai laboratori. «Riaprire, esattamente come nel tuo piano. La villa, l'azienda. Ospitalità, formazione, rifugio. Un luogo dove sostare e ripartire. Sai fare il sapone, le candele. Mia madre mi ha raccontato di tua nonna. Emma mi aveva parlato di te. Ti ammirava moltissimo.»

Davvero la sorella le aveva parlato di lei? Alice fu invasa da una profonda emozione.

«Non ci siamo parlate per anni.»

«I ponti sono difficili da realizzare, ma non impossibili. Si sorreggono sulla volontà. Era questione di tempo, vi sareste riconciliate.»

Era gentile, ma era soprattutto sicura di ciò che stava dicendo. Alice sapeva che aveva ragione. «Grazie.»

Angelica le posò una mano sulla spalla. «Tu sei la persona giusta per organizzare questo progetto.»

Non avrebbe potuto essere più sorpresa. Angelica le voleva affidare un incarico del genere? La risposta era nel suo sguardo. Aveva fiducia in lei.

«Ti piacerebbe occuparti della villa?»

«Cosa intendi esattamente?» chiese cauta.

«Gestirla, dirigerla. Renderla operativa.»

Era qualcosa che nelle settimane in cui aveva lavorato ai progetti si era concessa il lusso di sognare. Avrebbe potuto acquisire le competenze che le mancavano, amava quel posto, la casa era sua amica. Nuovamente quel pensiero assurdo, ma invece di scacciarlo sorrise. «È una proposta molto allettante...»

«Ma?»

Le piaceva quella donna, sapeva andare in fondo alle cose. Sapeva e basta. «Posso rifletterci su?»

«Naturalmente. Perdona il mio entusiasmo, ma quando Giuseppe mi ha mostrato il tuo lavoro ho capito che avevi gli occhi giusti.»

Che strana espressione. «Prego?»

Angelica guardò lontano, verso il mare. La sua espressione emanava una serenità profonda, antica. «Lo diceva sempre Jaja. Era così che chiamavo Margherita. Lei affermava che ci sono persone che hanno gli occhi giusti. E tu Alice, li hai.»

«Canti ancora per le api?» Si pentì subito di quella frase, ma aveva bisogno di saperlo. «Mia nonna lo faceva.»

Angelica la fissò. «E tu, Alice? Tu canti per loro?»

«Mi piacerebbe farlo con te.» Si rese conto che lo desiderava veramente. Sarebbe stato come riportare alla vita i racconti della nonna. No, sarebbe stato come parteciparvi. Da spettatrice a protagonista.

«Va bene. Io, te e Anna. Come accadeva al principio di tutto. E chissà, un giorno potremo avere una sorpresa.» Accarezzò Amélie.

Fu allora che Alice trovò il coraggio di raccontarle cosa le avesse in realtà insegnato Mallena. «Le api mi parlano.» Lo disse piano, una confidenza. Un segreto.

Angelica al suo fianco la osservò in silenzio, l'espressione attenta.

«Mi vengono a cercare e mi parlano.»

«Accade anche a me», mormorò lei. Un sorriso, uno sguardo di intesa e di comprensione.

«Ogni custode possiede una particolare abilità?»

Angelica ci pensò su. «Io capisco ciò di cui hanno bisogno. Credo che tu, Alice, sia più fortunata di me.»

Fortunata? Non l'aveva mai vista da quella prospettiva. «La prima volta ero molto piccola. Il giorno stesso in cui vennero da me, mia madre mi disse che presto avrei avuto una sorella. La seconda volta che mi vennero a cercare ci trasferimmo a Saint-Rémy-de-Provence, alla fattoria della nonna. Il giorno in cui lei morì tornarono. E così per ogni avvenimento importante. Mi hanno sempre trovata. Ovunque.»

«Sei tu che le hai chiamate.»

«Come?»

«Tu, Alice.»

Restarono un istante in silenzio. «Margherita mi diceva sempre che dentro ogni donna c'è qualcosa di speciale, una forza, un legame con la terra e con la natura. Lo chiamano istinto, lo chiamano in tanti modi. Io credo che sia semplicemente la capacità di ascoltare e sentire la nostra voce interiore. La nostra parte più antica. Quella che ci viene a trovare nel cuore della notte per ricordarci che non siamo sole, e che tutto ciò di cui abbiamo davvero bisogno è dentro di noi.»

Non sapeva cosa dire. Sentiva solo che in ciò che le aveva confidato Angelica c'era una grande verità. Lei la sentiva quella forza, l'aveva percepita nell'istante in cui aveva messo piede ad Abbadulche. Era nel vento, era nel cielo, nella terra e nel mare. La udiva ogni volta che accudiva le api, che cantava per Amélie o si occupava della villa. La sentiva anche mentre guardava Giuseppe.

Si fermarono sotto il glicine, il vento si era fatto ancora più caldo. Amélie si era addormentata.

Angelica le indicò la tavolata di amici e parenti. «Quando giunse Emma compresi subito che lei non sarebbe rimasta, anche se non ti nascondo di averlo sperato.»

Alice trattenne il fiato. «So pochissimo sul periodo che mia sorella trascorse ad Abbadulche. A cosa ti riferisci?»

«Oh, un po' a tutto, credo.» Angelica le rivolse un sorriso. «Al suo arrivo prese una camera in affitto, e quando lo seppi la invitai a stare alla villa. E per un periodo si stabilì nella stanza sulla torre, ma non vi restò per molto. Le piaceva spostarsi, qualche volta dormiva davanti al mare incurante delle proteste di mia madre e di zia Memma. Sai, l'umido della notte... ma lei faceva esattamente tutto quello che le saltava in mente senza preoccuparsi delle conseguenze.» Rise, gli occhi al passato. «Era affamata.»

«Sì. Tutto per lei era fonte di meraviglia.»

«Era piena di sogni e di coraggio, ma non aveva ancora trovato i suoi obiettivi.»

Alice sospirò. «Credo che fosse alla ricerca di qualcosa di unico, e di speciale.»

«Lo penso anch'io.»

Amélie si lamentò. Angelica le porse il ciuccio e lei riprese a dormire. «Io prima ero come Emma, poi ho capito, ho scelto.» Rise. «Mia madre diceva che ero come un'ape solitaria.»

Era un'immagine evocativa, che spiegava molte cose di Angelica. Alice socchiuse le labbra. Lei pensava che lo sarebbe sempre stata, sola. Come la fiamma della candela. Ma adesso c'era qualcuno che lentamente, un pezzo alla volta, le aveva portato via quella convinzione.

«Sono tornati.»

Alice sollevò la testa. Giuseppe e Nicola camminavano verso di loro. Risposero al loro saluto, ai sorrisi.

«È pesante, lascia, la prendo io.»

Angelica gli porse la bambina. Aveva l'aria stanca.

«Tutto bene?» La voce di Nicola tradiva una certa preoccupazione.

«Sì, abbiamo chiacchierato un po'.»

Lui si chinò a baciarla. «Si è fatto tardi e hai bisogno di riposare. Ci vediamo domani allora?» chiese a Giuseppe.

«Certo.»

«Piacere di averti conosciuto, Alice.»

Lei ricambiò il suo sorriso, salutò Angelica e accarezzò la mano di Giuseppe. Le aveva circondato le spalle con il braccio. La sua presenza al suo fianco la riempiva di emozione.

«Accetterai la proposta di mia cugina?»

«Sei molto diretto.»

Lui le baciò una tempia. «Ho dei motivi personali, se resterai avrò più tempo.»

«Tempo?»

«Certo, per mostrarti che questo è un bel posto per vivere.»

Le porse la mano. Giuseppe intrecciò le dita alle sue. «Un bel posto.»

«Il migliore.»

No, non il migliore. Quello giusto. Un vago ricordo le affiorò alla memoria. Emma, un sogno. Il luogo non deve essere bello o brutto, ma giusto. Ognuno di noi ha un luogo che è giusto per sé nel quale essere felice. Deve solo scoprire qual è.

«Ho la mia vita a Parigi...»

«Non mi sembri convinta.»

«Non sapevo che potesse essere così...»

«Semplice?»

Nuovo, diverso, sorprendente. «Magari lo fosse.»

«Resta e scoprilo. Puoi fare tutto ciò che desideri, Alice.»

Era la seconda volta che le chiedeva di restare. Entrambi sapevano che il tempo a disposizione era quasi finito. Il lunedì successivo era prevista la partenza. Guardò la bambina che dormiva placidamente in braccio a suo padre. Lui continuava a fissarla, in attesa che lei parlasse. Alice invidiò Amélie. I bambini erano puro istinto. Anche a lei sarebbe piaciuto lasciarsi andare al desiderio che sentiva per quell'uomo. Lasciarsi travolgere dalle proprie emozioni senza pensare alle conseguenze.

«Lasciati andare, Alice. Per una volta fai ciò che vuoi.»

La tentazione era forte, immensa. Chiuse gli occhi un istante e sollevò il viso, ma lui non si mosse, aspettava che fosse lei a farlo. Era sua la decisione. Ogni pensiero scomparve, e allora ci furono solo una donna e l'uomo che le aveva mostrato un'alternativa alla vita che aveva creduto di volere e aveva così abilmente pianificato.

Istanti come promesse, lenti, lunghi e immensi. Poteva farlo, poteva decidere. Poteva mettere da parte ciò che le impediva di abbandonarsi. Fece un passo verso di lui, gli occhi nei suoi. Mentre si sollevava in punta di piedi, le mani sul suo viso, pensò che non era un sogno. Poteva diventare la sua realtà. E poi incontrò la sua bocca, le labbra calde, gentili. Giuseppe rispose e il resto non ebbe più importanza.

«Alice, c'è un signore che chiede di te.»

Lei trasalì e istintivamente si ritrasse. Voltandosi verso il punto da cui era arrivata la voce di Anna, udì l'imprecazione soffocata di Giuseppe e gli rivolse un'occhiata divertita, una promessa: «A più tardi».

«Contaci.» Alice lasciò la protezione del portico e raggiunse la ragazzina che l'aspettava.

«Un signore?» le chiese. Emanuele non si spostava dalla sua casa, dunque non poteva trattarsi di lui. Chissà chi era.

«Sì, parla in un modo strano. Memma dice di venire che non lo capisce.»

«Ti accompagno.»

Si voltò verso Giuseppe che l'aveva raggiunta e guardava verso il cortile. «Non c'è bisogno, torno subito.» Lo lasciò indietro, aveva fretta di scoprire chi fosse. E poi lo vide.

Gérard? Che ci faceva lì?

Non fece in tempo a chiederglielo.

Lui la raggiunse e dopo averla stretta in un abbraccio la baciò davanti a tutti.

28.

In Turchia gli alveari sono tradizionalmente posizionati su piattaforme costruite sugli alberi in modo da proteggerli dagli attacchi dell'orso bruno. Allo stesso tempo, esse garantiscono un sistema di aerazione e ombreggiatura che permette di tenere sotto controllo le alte temperature.

«Un bel posto per trascorrere le vacanze, capisco che tu ne sia rimasta affascinata.»

Era ancora troppo sorpresa per replicare. «Avresti dovuto avvisarmi del tuo arrivo, non mi piacciono le sorprese.»

Gérard le lanciò una lunga occhiata. «Mi sei mancata, volevo trascorrere qualche giorno insieme a te noi due soli. Adesso che la bambina è al sicuro possiamo riprendere la nostra vita.»

Alice tacque, il cuore che le martellava nel petto. «Io... non so che dire.»

«Niente, non è necessario. Ti trovo bene, sei bellissima.»

Si costrinse a sorridergli. «Le cose non sono come prima. Sono cambiata.»

«Dici? Un po' di abbronzatura, certo. E ti dona. Noëlle sarà molto invidiosa.»

Si stava comportando come uno sciocco. Volutamente. «Hai sentito quello che ti ho detto, Gérard?»

«Ogni parola. Ah, Noëlle mi ha raccomandato di dirti che non vede l'ora che tu riprenda il tuo posto. Avevi ragione tu.»

«Ragione?»

«Su Fournier. Si sente molto la tua mancanza.»

Silenzio. Era tutto così lontano. L'ufficio, Parigi. Il suo lavoro. «Io... non sono sicura di voler tornare.»

«Davvero? Non mi stupisce...» Gérard le sorrise e Alice suo malgrado rabbrividì. Lo conosceva quello sguardo.

Lui le diede un colpetto affettuoso alla mano. «Sì, lo so. È l'effetto che fanno le vacanze. Uno immagina di poter vivere per sempre in un mondo che in realtà è bello proprio perché lo si frequenta per un periodo circoscritto. Per certi versi Alice tu sei come una bambina. Affamata di esperienze. Ne parlavamo con Noëlle giusto l'altro giorno.»

«Non mi piace la condiscendenza, Gérard.» Stava iniziando a infastidirsi.

Un altro sorriso. «Questa è la mia ragazza.»

Si chiese perché fosse così gentile. Lei non lo era stata con lui. Lei si era comportata come se la loro relazione non contasse nulla. Chinò il capo. Non riusciva a togliersi dalla testa l'espressione prima sorpresa e poi ferita di Giuseppe. L'occhiata che le aveva rivolto quando Gérard, dopo averla baciata, aveva continuato a tenerla stretta a lui come se ne avesse diritto. Era stata un'idiota a credere di poter gestire la situazione. Si era lasciata andare alle emozioni e il risultato era che aveva ferito un uomo che non lo meritava e si sentiva male, si sentiva a pezzi. Cosa diavolo si era messa in testa in nome del cielo?

«Tutti abbiamo bisogno di sognare, qualche volta, *ma chérie.* Ma quelli come noi hanno bisogno di ben altro.»

«Spiegati meglio.»

Con un ampio gesto del braccio Gérard le mostrò quello che li circondava. Il concetto era chiaro e limpido: «Noi creiamo benessere, cogliamo opportunità, agiamo affinché ci siano profitto e posti di lavoro. La nostra è una realtà concreta. Siamo sottoposti a una pressione costante, implacabile. È facile cedere, lasciarsi trasportare dalla bellezza di luoghi esotici come questo. E dopo? Lo sai cosa siamo capaci di fare per superare gli ostacoli che si frappongono tra noi e le nostre priorità. Amélie ne è un esempio».

Quelle parole... scivolarono dentro di lei trovando una collocazione precisa. Amava la sua nipotina, l'adorava eppure non poteva negare di aver cercato il padre per affidargliela e poter tornare così alla sua vita.

«Non hai mai desiderato qualcosa di diverso?» mormorò.

«Certo che sì. Ho appunto desiderato, sognato. Poi c'è la realtà, e non è consigliabile confondere le due cose. Si rischia di soffrire, si rischia di perdersi.»

Era quello che stava facendo anche lei?

«Ma la cosa peggiore, Alice, è che i nostri sogni, le illusioni nelle quali indugiamo, rischiano di coinvolgere altre persone che per ovvi motivi non possono capire come siamo fatti. Lo so io e lo sai anche tu.»

Il ragionamento di Gérard, doveva ammetterlo, era impeccabile. Ma non si sarebbe aspettata di meno da lui. E se fosse rimasta ad Abbadulche e poi avesse cambiato idea? Era tutto molto confuso e incerto. Era come presa tra due mondi, quello di Parigi che apparteneva a Gérard, e l'altro, quello di Abbadulche... quello di Giuseppe.

E lei, lei a quale mondo apparteneva?

Quando Alice tornò alla villa, era tutto in ordine. Non vi era più traccia dei festeggiamenti per il ritorno di Nicola e Angelica. Sembrava che il tramonto si fosse portato via tutta l'allegria e la gioia che avevano accompagnato la giornata.

Alice aprì la porta, le zie erano in cucina. Le avrebbe salutate prima di dare il biberon ad Amélie. Poi si ricordò che Giuseppe l'aveva presa con sé.

«Eccoti qua. E il tuo fidanzato dov'è?» attaccò subito Maria.

Turbata, Alice scosse la testa. «Gérard è... un amico.»

L'aveva accompagnato al porto, avrebbe alloggiato nell'hotel di Sant'Antioco dove era stata anche lei prima di trasferirsi ad Abbadulche.

Nonostante avesse insistito per partire insieme, lei non aveva accettato. Non poteva andarsene. Non così, non subito. Voleva trascorrere altro tempo con Amélie... voleva spiegarsi con Giuseppe. Doveva farlo.

«Davvero? Ai miei tempi mica ci baciavamo così con gli amici.»

Alice non riuscì a trattenere un sorriso. Maria le strizzò un occhio mentre Memma le porgeva una tisana. «Aiuta a dormire.»

Come facevano quelle due a sapere sempre ciò di cui aveva bisogno? Si sedette accanto a loro e sorseggiò la bevanda. Anice, liquirizia e finocchio. E il miele di Margherita. Anche loro bevevano la stessa cosa.

«Quell'uomo, Gerardo *o commenti dimoniu si zerriada*, o come diavolo si chiama. Cosa vuole da te?»

«Che torni a Parigi.»

«Lo sposerai?»

Accidenti se erano dirette quelle due. «Non ne abbiamo mai parlato.» Si rese conto che mai aveva preso in considerazione una cosa simile.

«Cosa farai con Giuseppe?»

Pensò di fingere di non aver capito, ma non le faceva più quelle cose. Aveva smesso di ignorare e di nascondersi. «Non lo so.»

«Guarda bella mia che essere moderni vuol dire pure farsi avanti.»

«È ancora molto legato al ricordo di Mara.» Riesumò quella scusa, ne aveva collezionate molte.

«Che c'entra, certo che lo è e lo sarà sempre. Ma quello è il passato. Tu potresti essere il futuro.»

Alice si alzò, sciacquò la tazza e poi la mise al suo posto. «È complicato.»

«Secondo me ti conviene deciderti, e anche in fretta. O troverai gli uccelli volati.»

«Cosa?» E poi comprese che Memma aveva appena tradotto uno di quei suoi proverbi sardi che non avevano alcun senso in italiano. Sorrise. «Vado a parlargli.»

«Brava, così si fa.»

Fece una doccia, scelse uno dei vestiti che aveva comprato con Anna, turchese, di un tessuto leggero. Calzò un paio di sandali. I suoi vestiti cittadini erano tutti in valigia. Li aveva messi via quando aveva comprato quelli nuovi. Sciolse i capelli sulle spalle e, dopo aver salutato le zie, uscì. La notte profumava di rose e oleandri. Costeggiò la strada sotto la luce della luna. Conosceva quella che portava a casa di Giuseppe a memoria, nonostante non ci fosse più tornata. Suonò e attese.

Ci volle qualche minuto prima che lui aprisse. Giuseppe

la guardò per un lungo momento poi si fece da parte. «Non ti aspettavo.»
La voce era gelida. Alice sentì venire meno il coraggio.
«Possiamo parlare?»
«Prego.»
Era rigido, formale. Attese che lui si chiudesse il cancello alle spalle. «Amélie?»
«Sta dormendo con Anna. Sta bene stai tranquilla.»
«Lo sono.»
Restarono in silenzio a guardarsi per un lungo momento.
«Sei venuta a salutarla? Te la porterò domani.»
«Sono qui per te.»
Lui attese un istante, incerto sul da farsi, poi si scostò. «Entra, sta rinfrescando.»
Mentre attraversava la sala Alice notò un libro aperto. «Ti ho disturbato?»
Giuseppe sospirò. «Credevo odiassi i convenevoli.»
«In qualche caso sono necessari.»
«Cosa vuoi, Alice?»
«È tutto così difficile.»
«No, non lo è affatto. La vita è semplice, siamo noi a complicarla.»
«Non capisco.»
Scosse la testa. «Tu capisci perfettamente, il tuo problema è che non sai quello che vuoi, non lo sai e ti maceri nell'incertezza. Prendi una decisione una volta per tutte!»
Lei sussultò. «Ci sono tante cose di cui devo tenere conto.»
Giuseppe scoppiò a ridere. «Tante? Una, Alice. L'unica che tu voglia davvero con tutte le tue forze, con ogni tuo respiro.»

Si allontanò da lui, non riusciva a ragionare con chiarezza. Faticava persino a respirare. Si sentiva bruciare dall'intensità di quella voce, dalle sue parole e da quegli occhi infuriati.
Giuseppe restò esattamente dov'era, le mani affondate nelle tasche. Un muscolo che gli pulsava sulla mascella.
«Io voglio...» Si interruppe. Come poteva fargli capire

quello che aveva dentro? Si guardò attorno come se le risposte fossero lì, da qualche parte, poi riportò gli occhi su di lui.

Si fissarono un istante poi Alice emise un gemito, un singhiozzo.

Giuseppe azzerò la distanza tra loro, le mani sulle spalle di lei, la bocca sulla sua.

Alice si abbandonò a quel bacio fatto di istanti e promesse. Doveva solo crederci. Doveva solo avere fiducia.

«Cosa? Cosa vuoi?» Lo sussurrò a fior di labbra mentre lei respirava il suo profumo e gli era così vicino che poteva sentire il battito del suo cuore sotto il palmo della mano.

«Dimmelo, Alice, che cosa vuoi?»

«Io...»

Poteva mentirgli, poteva dirgli che voleva lui, che tutto era facile, chiaro, che lo sapeva e che lo sentiva. Poteva.

Invece restò in silenzio.

Giuseppe attese ancora, un istante e poi un altro. Alla fine, si arrese.

Si staccò, indietreggiando. Le mani che tornavano nelle tasche. Adesso era lontano, come non lo era mai stato prima.

Aveva la gola serrata, il cuore a pezzi. Voleva correre da lui, abbracciarlo, voleva i suoi baci, vedere quel mondo che le aveva mostrato, andare in fondo a quello che c'era tra loro di qualsiasi cosa si trattasse. Invece, restò esattamente dov'era.

Aveva già causato troppa sofferenza a tutti lasciandosi andare, illudendosi che la vita potesse essere simile a un sogno.

Poi lui tracciò i confini di quello che sarebbe stato il loro futuro. «Amélie starà bene con me. Dillo anche a tua madre. Quando Anna avrà le vacanze andremo a trovarla.»

Il tono era nuovamente freddo. In quel momento si rese conto della differenza tra loro. Lui lo sapeva bene ciò che desiderava. E non si sarebbe accontentato.

«Addio, Giuseppe.»

«Ciao, Alice.»

Non l'accompagnò, e di quello gli fu grata.

La mattina seguente, quando si svegliò, sentì le risate di Amélie. Era in cucina con le zie. Lui aveva detto che gliel'avrebbe riportata. Era stato di parola. Alice si lavò il viso. Non c'era possibilità che potesse cancellare le tracce del pianto. Si chiese se quei segni le sarebbero mai spariti dal volto. Si cambiò, e quando giunse in cucina sperò di avere un'aria presentabile.

«Buongiorno, *ma douce.*» Mentre abbracciava la nipotina si accorse dello sguardo che si scambiarono le due donne. L'ingresso di Angelica la salvò dall'interrogatorio che, era certa, morivano dalla voglia di farle.

«Mi hanno detto che sei in partenza.» La donna baciò sua madre e Memma. Porse un biscotto ad Amélie e ne addentò uno a sua volta.

«Devo tornare a Parigi.»

«Allora non perdiamo tempo.»

Maria le prese la bambina dalle braccia e le fece una carezza. «Va', *filla* mia.»

Alice seguì Angelica lungo il sentiero che conduceva al mare e allora seppe dove stavano andando. Gli alveari erano in fila, così come li aveva visti la prima volta. Le barbe indicavano l'abbondanza di popolazione. La colonia era forte, numerosa. Un intenso corridoio di volo si era formato davanti a loro.

Quando Angelica allargò le braccia e iniziò a cantare, Alice percepì la forza di quelle antiche parole. Le api si alzarono in volo e si posarono sulla custode.

Si posarono su di lei.

Si ritrovò in Francia, alla fattoria, dopo il funerale di Mallena, quando non riusciva a respirare, non riusciva a mangiare e solo accanto agli alveari trovava un rifugio.

Prima di lasciare la Provenza e di partire per la sua nuova vita a Parigi era andata a salutare le api della nonna. Adesso stava facendo la stessa cosa con Angelica, con le zie. Con Amélie, con Anna che le regalava sempre margherite, gliele infilava tra i capelli e sapeva sempre rivolgerle un sorriso.

Con Giuseppe.

Ogni volta che tornava alla fattoria Alice correva verso gli alveari, sperando di trovare le api. Avevano resistito qualche anno, da sole, prive di cure.

Poi erano andate via.

Di quel tempo non era restato più nulla. Suo padre alla fine aveva venduto ogni cosa.

Si chiese cosa sarebbe rimasto a lei una volta abbandonata Abbadulche. E poi lo seppe. Niente, niente.

«Questa è casa tua, Alice, non dimenticarlo mai!»

«Grazie, Angelica.» Si sciolse dal suo abbraccio e lanciò un'ultima occhiata ad Amélie. L'aveva tenuta stretta a sé per giorni. Si era impressa la sua immagine e solo quando si era detta e ripetuta che l'avrebbe rivista presto, era riuscita a lasciarla andare. La nipotina era in braccio alla sorella. Anna le sorrideva anche se aveva gli occhi rossi. Alice si asciugò il viso per l'ennesima volta. Si sentiva morire dentro. «Posso contare su di te, vero?»

«Sempre, Alice. Noi staremo bene, giusto *ma douce*?»

Era la prima volta che Anna chiamava Amélie col nomignolo che lei le aveva dato nei primi tempi in cui l'aveva presa con sé. Sentì il cuore gonfiarsi d'amore per quelle due bambine che avevano rappresentato e che rappresentavano tutto per lei. «Ci rivedremo.»

Il viso di Anna si illuminò. «Lo so.»

Poteva affidarsi a quella fiducia, alla sua meravigliosa speranza. Ma era arrivato il momento di tornare alla vita vera.

Memma l'avvolse tra le braccia. «Riguardati e mangia che sei pelle e ossa. La ricetta dei biscotti te l'ho data, in valigia ho messo qualche provvista.»

Ecco perché pesava tanto. Alice posò il capo sulla spalla della zia e poi fu il turno di Maria. Pina le consegnò un sassolino. Era una coccinella.

«Grazie.»

«La prossima volta sarà una stella.»

La prossima volta... non replicò, non ne aveva la forza.

Anche Lorenzo accanto ad Angelica non faceva altro che lanciarle occhiate languide. Si chinò e lo accarezzò. «Fai il bravo, eh?»

«Perderemo il traghetto.»

Sarebbe stato un problema? Si voltò verso Claudio che aveva insistito per accompagnarla al porto e guardò il SUV. Ripensò al giorno in cui si erano conosciuti. A Giuseppe, alla sua gentilezza, al modo in cui l'aveva aiutata. A Emma. Un nodo le strinse la gola e allora si costrinse a smetterla.

«Giuseppe?» mormorò.

Claudio le scoccò un'occhiata penetrante. «Non vi siete già salutati?»

«Sì.» Infatti, lo avevano fatto, e non c'era altro da dire. Eppure, lo aveva cercato per tutto il tempo e anche adesso, mentre la vettura procedeva lentamente a causa delle condizioni della strada, non riusciva a smettere di guardarsi intorno.

Sollevò il mento, guardò il cielo e inspirò profondamente. Doveva essere pratica. Amélie era al sicuro e lei, come le aveva fatto notare Gérard, era incapace di vivere lontano dal suo lavoro, dal suo ambiente. Lei era il suo lavoro.

«Emma ti voleva molto bene, Alice.»

A cosa accidenti si stava riferendo? «Quante e-mail ti ha scritto mia sorella?»

«Non è importante. Quello su cui devi concentrarti è ben altro. Perché non ti chiedi cosa sia davvero fondamentale? La vita con me e lei è stata irremovibile. Ci aveva destinato un certo numero di giorni che avremmo potuto trascorrere insieme e io li ho sprecati tutti. Mi chiedo se anche tu commetterai il mio stesso errore.»

Lei non gli rispose, gli occhi persi nel nulla oltre il finestrino.

«Emma voleva che tu fossi felice. Perché credi che ti abbia affidato sua figlia?»

«Mia madre dice che non era in sé, altrimenti l'avrebbe affidata a lei», disse con tono piatto.

«E tu? Tu, Alice, che cosa pensi?»

Ci volle un po' prima che riuscisse a radunare le parole. Che riuscisse a pronunciarle. «Era una sognatrice, una persona meravigliosa che vedeva il bello delle persone e trascurava tutto il resto.»

Lui sorrise. «Tra le altre cose. Ma era anche capace di vedere lontano. Pensaci, Alice, sei venuta qui per un motivo. Lei ti ha detto espressamente di tornare in Sardegna. Sapeva che Giuseppe si sarebbe preso cura della figlia. Sei un'esperta di numeri, mi dicono. Se non riesci a fare la somma, almeno unisci i puntini. È facile: Amélie è una bambina felice, dovresti seguire il suo esempio.»

«Non sono pronta, Claudio. Io... non sono pronta.»

«Cazzate.»

«Come prego?»

Le lanciò un'occhiata. «Stai mandando all'aria la tua vita perché hai paura! Sei così terrorizzata che non riesci ad arginare il tremito delle labbra e continui a guardarti intorno, a cercarlo. Sai come andrà a finire. Guardami e lo scoprirai. Sì, proprio così. Il rimpianto è di chi rinuncia. E fa male perché è definitivo. Non c'è nulla al mondo che possa cambiare le cose.»

Rigida, Alice mantenne lo sguardo davanti a sé. «Non so di cosa parli.»

«Oh, sì che lo sai.»

Terminarono il viaggio in silenzio. Il porto era gremito di turisti. Claudio l'aiutò con i bagagli.

«Addio, Claudio.»

«Arrivederci, ragazzina.»

Quando la strinse in un caldo abbraccio restarono così qualche secondo. «Grazie di tutto, grazie di essergli amico.»

Lui le prese il viso tra le mani e le posò un bacio sulla fronte. «Abbi fiducia in te stessa. Ascolta il tuo cuore.»

Adesso capiva perché Emma fosse perdutamente innamorata di quell'uomo. Dietro quella scorza c'era qualcosa di straordinario, un tesoro sepolto. Gli sorrise e, dopo un ultimo cenno di saluto, salì le scale che portavano al ponte superiore.

L'equipaggio terminò le manovre. Le vetture erano state tutte caricate in bell'ordine, il rombo cessò, sostituito dal rollio della nave. Alice si tirò indietro i capelli, il vento che le soffiava sul viso. Con le mani serrate al parapetto umido di salsedine fissava il mare. Il traghetto sganciò gli ormeggi e iniziò a prendere il largo.

Era finita, pensò.
E poi lo vide. Giuseppe era fermo sul molo, solo. E la guardava.
Restarono così per un tempo infinito.
Alice non avrebbe mai dimenticato la dolcezza del suo sguardo. Quel sorriso che lui le aveva rivolto nonostante tutto.
Poi lui sollevò la mano in un ultimo saluto.
E lei fece lo stesso.
«Addio.»

29.

Tra i mieli rari c'è quello che le api producono dal nettare dei fiori di caffè in Brasile e Colombia. Nato come esperimento per incrementare il raccolto grazie all'impollinazione, ha incoraggiato gli apicoltori a sistemare gli alveari accanto alle piantagioni. Ha un gusto molto particolare per le tracce di caffeina. L'aroma è intenso, il colore ambrato e la consistenza cremosa.

La prima volta che aveva visto Parigi Alice aveva sei anni. A portarcela era stata sua madre.

Dei giorni in cui erano state loro due insieme da sole non aveva memoria, ma adesso, mentre l'aereo sorvolava la Ville Lumière, lentamente i ricordi riaffioravano. Più che altro erano lampi, immagini, istanti: la spazzola sui capelli, le lunghe passeggiate mano nella mano a guardare edifici enormi, così alti da sfiorare il cielo, Notre-Dame, la leggenda dello sfortunato campanaro e della bellissima zingara che, nei suoi sogni, aveva il volto di Céline. La pioggia che le bagnava il viso e la bocca spalancata per raccogliere le gocce mentre sua madre rideva serena.

Lo aveva dimenticato, ma adesso le emozioni erano così intense da travolgerla.

«Sei stanca?»

«Un po'.»

Gérard annuì e riprese a controllare il cellulare.

«Un po'» era da sempre la risposta giusta, permetteva alla gente di tornare alle proprie incombenze, non richiedeva impegno, andava bene in entrambe le direzioni. Si chiese se da quel momento la sua vita sarebbe stata così.

L'aereo vibrò, stavano per atterrare. Nel momento in cui un violento scossone stabilì che avevano toccato terra, si rese conto che era ufficiale. Era tornata alla sua vita di prima.

I suoi desideri si erano avverati. Se solo non avesse avuto quella pena nel cuore, se solo Amélie non le fosse mancata così tanto da provare un dolore così profondo e acuto. Il suo sorriso, il peso tra le sue braccia, i suoi borbottii. La sua presenza.

«Starà bene», sussurrò. «Si occuperanno di lei. Sarà felice», ripeté come aveva fatto innumerevoli volte da quando aveva lasciato l'isola.

«Lo sai che è così. E comunque ti ci abituerai, stai tranquilla. La routine ti aiuterà a superare la mancanza della bambina. Ritornerai quella di sempre.»

Quella di sempre. «Sì.» Non aveva molta voglia di parlare. Non aveva nemmeno voglia di pensare. Doveva guardare avanti, al suo futuro, alla sua carriera. Al mondo che conosceva a cui era tornata. Adesso dipendeva tutto da lei. E allora avvertì il consueto distacco interiore, quella sorta di torpore che le permetteva di separarsi dal resto del mondo. Di andare avanti.

C'era una vettura ad attenderli. Alice riconobbe l'autista e si voltò verso Gérard che parlava al telefono. Attese che terminasse, gli occhi sul viavai di persone, un lieve senso di nausea che non voleva saperne di lasciarla in pace.

Era tutto diverso: la luce, l'aria, i suoni. Un profondo smarrimento la scosse. Poi ripensò a quello che le aveva detto Gérard: le serviva tempo.

«Eccomi, scusa. Noëlle ha indetto una riunione per domani pomeriggio. Se è troppo presto posso chiedere di rimandarla.»

«No, va bene.» Anzi era meglio così. Prima tornava alla sua vita e prima si sarebbe rimessa in sesto.

«Sapevo di poter contare su di te.» L'abbracciò. «Bentornata, *ma chérie.*»

«Grazie», mormorò mentre lui dopo averla lasciata le apriva la portiera.

Si sedette, sfiorando con il palmo della mano i sedili lussuosi. Era tutto così infinitamente lontano da ciò che aveva vissuto nelle ultime settimane. Qual era l'illusione? si chiese. L'autista aveva caricato il suo bagaglio. Quello di Gérard era accanto alle gambe del suo accompagnatore. Alice abbassò il finestrino. «Non sali?»

«Parto per New York tra mezz'ora.»

E, tra un impegno e l'altro, era andato a recuperarla. Efficiente come sempre.

Lui sembrò percepire il suo disappunto e si affrettò a sorriderle. «Al mio ritorno vorrei parlarti. Anzi, che ne dici di fare qualcosa insieme il prossimo fine settimana?»

«Naturalmente.»

Questa volta si sporse e la baciò. «A presto.»

«Fai buon viaggio.»

Mentre la vettura si infilava nel traffico Alice posò la testa sul sedile e chiuse gli occhi. Avrebbe dovuto scacciare le immagini che da quando aveva lasciato la Sardegna si erano come piantate in lei. Non le faceva bene trattenerle perché ormai appartenevano al passato, ma non voleva perderle. Il punto era che doveva farlo. Per il suo bene, per quello di Amélie, per Anna e per lui.

Il respiro della città l'accompagnò per tutto il tragitto verso casa.

Quando l'autista si offrì di portarle la valigia lo ringraziò, ma fece da sola. Aveva lasciato tutte le cose della bambina ad Abbadulche, il resto glielo avrebbe spedito anche se dubitava le servisse. Anche lei aveva fatto a meno di tante cose che all'improvviso, da necessarie, si erano rivelate inutili. Spinse il trolley nell'ascensore e dopo aver spalancato la porta, restò immobile a contemplare il suo appartamento, il cuore che le batteva forte e una profonda sensazione di vuoto.

«Bentornata, Alice», si disse.

Si chiuse la porta alle spalle e inciampò su una delle palline di Amélie. «E tu da dove salti fuori?» La raccolse e la rimise a posto nel cesto dei giochi. Si tolse l'impermeabile e lo lasciò sulla sedia in cucina. Lo avrebbe messo in ordine più tardi. Madame Clotilde, la sua dirimpettaia, si era presa cura delle piante che sembravano più belle e rigogliose che mai.

Mentre apriva la valigia pensò ai vestiti estivi che aveva lasciato ad Abbadulche. Angelica le aveva detto che alla villa ci sarebbe sempre stato un posto per lei.

«Tra qualche anno, forse.»

Per il momento, la sola idea era sufficiente a riempirle gli occhi di lacrime. Si era permessa di piangere solo mentre salutava gli zii. Non aveva retto alla dolcezza di Rita, alla disperazione di Emanuele. Aveva promesso loro che gli avrebbe scritto, alla vecchia maniera. Lettere, di quelle vere.

«Basta. Concentrati.» Se c'era una cosa che aveva imparato a sue spese era non guardarsi indietro. «Ci hai provato, ma le buone intenzioni non bastano.» Il giorno seguente avrebbe richiamato sua madre. Nell'ultima telefonata si erano scambiate giusto poche parole. Le aveva inviato tutte le fotografie di cui disponeva: Amélie e Anna, Giuseppe e le zie. Céline non l'aveva richiamata. Sperò che l'espressione felice della bambina fosse sufficiente a distoglierla dall'idea di chiedere l'affidamento. Anche perché non avrebbe fatto altro che inasprire i loro rapporti.

Divise gli indumenti tra quelli che avrebbe lavato a casa e quelli che avrebbe portato in lavanderia. Fece una doccia e poi si sdraiò sul letto. Mentre scivolava nel sonno le sembrò di sentire il vento. Non avrebbe mai pensato che potesse mancarle così tanto.

Si svegliò all'alba, si preparò come al solito e mentre prendeva la metropolitana – adesso che Amélie era ad Abbadulche non aveva senso prendere il taxi – si concentrò su come organizzare la giornata. Intorno a lei si muoveva una marea umana, ognuno proiettato verso la propria destinazione. Insieme ma distanti, qualcosa che in passato l'aveva sempre confortata. Un uomo che parlottava al cellulare, l'espressione tesa. Una ragazza pallida, alta e bellissima, che controllava continuamente l'orologio. Alice si soffermò su una signora di mezz'età: poteva avere l'età di sua madre, sembrava sofferente, una smorfia appariva ogni tanto sul volto scavato. Gli occhi piccoli e brillanti. Si alzò e le cedette il posto. Sbalordita la donna tentennò, poi le sorrise e si lasciò andare sul sedile con un lungo sospiro.

«Grazie, mademoiselle.»

Marcelle, così si chiamava la signora, era appena uscita dal lavoro e stava tornando a casa. Le piaceva fare il turno di notte, così aveva il resto del giorno libero. Nel pomeriggio aiutava la nuora nel suo negozio di fiori in attesa che trovasse un altro collaboratore.

«Prendono in considerazione anche chi non ha esperienza nel settore?»

Alice sollevò gli occhi su una ragazza dai corti capelli neri e un vistoso piercing sul sopracciglio che si era unita alla conversazione. Era completamente vestita di nero, ma l'espressione era piena di luce e speranza.

«Certo, a imparare ci si mette davvero poco. Ti potrebbe interessare?»

«Molto.»

Alice era arrivata, le salutò e scese. Mentre proseguiva verso l'ufficio pensò a come poche parole scambiate tra sconosciute in una metropolitana potessero diventare delle opportunità.

Quando entrò, il palazzo era ancora semideserto, gli impiegati arrivavano tutti più tardi. Si fermò accanto alla guardiola. Il portiere l'accolse con un grande sorriso. «*Bonjour*, mademoiselle, ha un bellissimo aspetto!»

«Grazie, Pierre. Quando arriva madame Fabre può dirle che mi trova nel mio ufficio?»

«Certo, posso fare altro per lei?»

Alice gli sorrise. «No.» Fece per allontanarsi poi sollevò lo sguardo su di lui. «Ha poi trovato il nido per sua figlia?»

«Come?» L'uomo era sorpreso, forse non avrebbe dovuto chiedergli una cosa tanto personale. Non era ad Abbadulche. Lei lo aveva saputo da Noëlle che chiacchierava con tutti.

«Purtroppo, no. È stata gentile a chiederlo.»

Gentile? Oh no, era a un'altra cosa che stava pensando. Aprì la borsa, scrisse un nome e un numero su un foglietto e lo porse all'uomo. «Non so se può fare al caso vostro.»

Pierre spalancò gli occhi e le restituì il biglietto con un sorriso tirato. «Magari... è una delle migliori strutture di Parigi.»

«Sì, è un posto bellissimo, orari flessibili, un bel programma didattico. Ci portavo mia nipote, ma adesso a lei non serve più. La retta è saldata fino a dicembre prossimo.» Si avvicinò e abbassò la voce. «Non rimborsabile. Sarebbe un vero peccato non approfittarne, non crede?»

Lui la fissò. «Vuole cedere il posto a Emma?»

«Emma?» balbettò.

Un grande sorriso poi la mano corse al cellulare. Pierre le mostrò una serie di fotografie. «È stata mia moglie a scegliere il nome. Un po' vecchio stampo, ma adesso credo sia perfetto per lei. Ha sei mesi.»

«È un nome bellissimo», commentò Alice. Gli restituì il telefono, il cuore che le batteva un po' più rapidamente. «Chiami sua moglie e mi faccia sapere.»

«Non c'è bisogno. Sarà felicissima. Mademoiselle, non so davvero cosa dire. Grazie. Accettiamo con gioia.»

Alice socchiuse le labbra e indietreggiò. «Non mi guardi così, non ho fatto nulla. Gliel'ho detto, sarebbe andato perduto, invece così sua... Emma potrà usufruirne.»

Dovette sforzarsi di camminare lentamente, anche se aveva voglia di correre via. Era scossa, felice e turbata. La bambina di Pierre si chiamava come sua sorella.

«Il mondo è pieno di coincidenze, se uno dovesse fermarsi a pensarci ogni volta che accade qualcosa di speciale non farebbe altro che quello», borbottò entrando nel suo ufficio. E allora restò senza parole.

Sulla scrivania c'era un enorme mazzo di fiori. Girasoli, papaveri e una profusione di petunie. Sul biglietto un'unica parola: *Bentornata!* Lo avevano firmato molte persone. Fra tutte riconobbe la grafia di Viviane, la sua assistente. Era un pensiero gentile, qualcosa che non si aspettava.

Sorrise tra sé. Spostò il mazzo in modo da averlo accanto e aprì le pratiche che le erano state lasciate, e dopo essersi tolta la giacca iniziò a esaminare i rapporti.

«Ma come, sei già al lavoro?»

Trasalì, gli occhi su Noëlle che agitava un dito nella sua direzione. «Ciao!»

«Eravamo d'accordo che avresti atteso il mio arrivo!»

Alice si alzò, e per la prima volta da quando si conoscevano fece una cosa che non aveva mai nemmeno immaginato di fare: strinse la collega in un abbraccio. Dopo un istante di stupore Noëlle ricambiò il gesto affettuoso. «Ma guardati, sei uno splendore. Non ti ho mai visto così bella. Mi devi dire dov'è questo posto. Voglio andarci anch'io.»

«Abbadulche, che significa "acqua dolce". La chiamano così perché c'è un albero, un ulivo millenario, all'interno del quale vivono le api. Una volta all'anno, nel pieno del massimo raccolto, il miele cola nel ruscello sottostante addolcendo l'acqua.» Le parole trovarono la strada da sole. Non era mai stata così loquace. In passato aveva tenuto per sé quasi tutto, invece adesso non vedeva l'ora di condividere con lei ciò che aveva scoperto, quello che aveva provato in quelle settimane nella piccola isola delle api d'oro.

«Stai dicendo sul serio? Oddio, sembra una favola.»

«Sì, anche a me lo sembrava, invece è tutto vero. Ho un po' di quel miele, te lo farò assaggiare.»

«Grazie, mi piacerebbe molto. Se è come quello dell'alveare che tenevi sul tetto dev'essere spettacolare.»

Pensò a Éloïse. Era da un po' che non sentiva l'associazione di apicoltori. Non avrebbe dovuto rinunciare così. L'avrebbe chiamata, chissà, magari avrebbe potuto riprendere il suo posto nell'associazione.

«Ogni miele è differente, rappresenta il luogo dove le api hanno raccolto il nettare, racconta di quel territorio, dei fiori.»

Noëlle la guardò in modo strano, poi scrollò le spalle. «Gérard mi ha detto che hai sistemato le cose con il padre di Amélie. Sono molto felice che tutto si sia risolto nel migliore dei modi.»

Alice si costrinse a sorridere. «Sì, lui è un uomo straordinario. Ha un'altra figlia che si chiama Anna, una ragazzina stupenda. Amélie ha una grande famiglia. Sarà felice.»

«Perfetto! Bentornata cara.» Indicò i fiori. «Gérard?» chiese ammiccando.

Alice scosse la testa e le porse il biglietto. Noëlle lo osservò. «Abbiamo sentito tutti la tua mancanza. Persino chi ti voleva licenziare si è ricreduto. Povero Fournier, non ha retto il confronto con te.»

La competizione era la normalità, nel suo mondo. Il successo attirava l'invidia, la maldicenza, persino l'odio. Lo conosceva bene quel sistema. Lo aveva scelto. Avrebbe dovuto essere soddisfatta di quell'ammissione, invece Alice provò solo un vago senso di nausea.

«Nel pomeriggio sono più libera, che ne dici di prendere un aperitivo insieme?»

«Come? Sì, certo. Perché no?»

Noëlle guardò l'orologio e si alzò. «D'accordo, così ti metterò al corrente degli ultimi sviluppi. Sono successe tante cose.»

«A dopo, allora.»

La mattinata fu un andirivieni di persone che avevano qualcosa da dirle o che volevano salutarla. All'ennesimo visitatore stava per chiudere la porta a chiave, poi pensò a Memma.

«Siamo tutti collegati, filla *mia. Siamo gocce dello stesso mare. Quello che succede a uno si ripercuote sugli altri. La felicità di uno è la felicità di tutti.»*

«Avanti, prego Viviane, accomodati.» Posò la penna e le sorrise. Le sembrava imbarazzata. «Tutto bene?»

«Sì. Sono davvero felice di vederla.» La ragazza mise un pacchettino sulla scrivania.

«Per me?»

«L'ho fatto io.»

Annidata nella carta velina c'era una collana di perline. Piccole sfere di cristalli variopinti con un piccolo cuore azzurro. Era delicata, di una semplicità quasi infantile.

Intenerita sollevò gli occhi su Viviane. «È bellissima, grazie.»

«Domani sarà il mio ultimo giorno.»

«Ma... come mai? Credevo ti piacesse il tuo lavoro.»

Lei tentennò. Alice comprese che stava decidendo se fidarsi, e attese.

«Voglio fare qualcosa di speciale, qualcosa di grande.»

Qualcosa di speciale. «Cos'hai in mente?» Le indicò la sedia. Voleva capire meglio la situazione. Era una collaboratrice valida, le sarebbe dispiaciuto perderla.

«Voglio riprendere gli studi.»

Viviane era laureata in economia, lo sapeva perché aveva letto la sua scheda prima di scegliere come formulare il suo periodo di formazione. «Vuoi prendere un'altra specializzazione?»

«No... o meglio, sì. Infermieristica.»

Alice non avrebbe potuto essere più stupita. «È molto diverso da ciò che fai adesso.»

Lei annuì. «Faccio la volontaria da un paio di anni, vado in ospedale ogni volta che posso. Credo che trovare un senso in ciò che si fa sia fondamentale e qui, perdoni la franchezza, a parte il compenso non vedo altro. Lo so bene che è una pazzia cambiare, ma io... io ho bisogno di soddisfazione personale, di sapere che le mie azioni valgono. Che possono fare la differenza.»

C'era una grande forza d'animo in quella ragazza, e coraggio. Alice la percepì con chiarezza. Emma le diceva sempre che lei avrebbe cambiato il mondo, che tutti dovevano farlo nel loro piccolo. Le era tornato in mente mentre osservava Viviane che si tormentava il labbro, arrossiva e tuttavia sosteneva il suo sguardo.

«Ho bisogno di trovare qualcosa che dia un senso a ciò che faccio.»

Avrebbe dovuto scoraggiarla, avrebbe dovuto dirle che era una stupidaggine. Era in una posizione di potere. Avrebbe potuto convincerla. Ma quella ragazza era felice. E quello, alla fine, era tutto ciò che avesse davvero importanza.

Più tardi, a pranzo, mentre Noëlle la ragguagliava sugli ultimi avvenimenti, Alice sbocconcellava svogliatamente una crêpe. Le pietre della collanina che le brillava intorno al collo rifrangevano la luce e catturarono l'attenzione della collega. «Non eri costretta a indossarla.»

Noëlle aveva apprezzato il gesto di Viviane, ma il suo sforzo di essere gentile era terminato lì: l'oggetto in sé, come si era premunita di informarla, era decisamente kitsch.

«A me piace.»

L'altra le lanciò un'occhiata perplessa. «Sì, be', lasciamo

stare. Ho notizie elettrizzanti. Apriremo una filiale a New York.»

«Come?»

L'amica le sorrise. «Sì, volevo parlartene già da un po'. Poi le cose sono andate come tu sai... *Bon.* Concentriamoci sul presente. Gérard è a capo del progetto. Si sta occupando della riorganizzazione interna.»

Si sforzò di seguire il discorso. L'apertura di nuove filiali avrebbe richiesto una supervisione costante. Grandi opportunità di carriera. C'erano posizioni aperte. Noëlle continuò a raccontarle di come fossero tutti eccitati. «Adesso che non hai più impedimenti potresti candidarti.»

Impedimenti. Non le piaceva quella parola. Amélie non era un impedimento, era una bimba meravigliosa e le aveva dato ben più di quanto lei meritasse.

Da quando l'aveva lasciata si sentiva vuota e stanca. Si sentiva desolata e sola.

Stava per dirglielo, poi lasciò perdere. Noëlle non aveva nessuna colpa. Le sarebbe passata, pensò. Doveva solo aspettare. Il tempo era un grande alleato.

30.

La propoli, come il miele, è di origine vegetale. Le api raccolgono la resina dalla corteccia degli alberi e la lavorano unendo cera, polline e una vasta gamma di enzimi. La sua composizione, altamente variabile, comprende minerali, vitamine, acidi e aldeidi. Utilizzata per rinforzare i favi e sigillare l'alveare, come barriera e isolante, ricopre una valenza difensiva.

Alice arrivava in ufficio prima di tutti, lavorava concedendosi solo una pausa per pranzare con Noëlle, poi tornava alla scrivania e procedeva fino a sera.

Quando rientrava a casa era esausta, aveva giusto il tempo di rispondere ai messaggi di Anna e di Angelica. C'erano giorni in cui guardare i video di Amélie la riempiva di gioia, altri in cui la mancanza che provava per la nipotina era così intensa che le sembrava di non riuscire a respirare.

La mancanza di tutti loro.

E di lui.

Quel pomeriggio, le piogge primaverili persero intensità. Mentre Alice osservava il cielo scuro notò un'ape posata sul davanzale. Restò a guardare il piccolo insetto intirizzito con un senso di aspettativa e timore. Poi alla fine aprì la finestra e puntellandosi con una mano si sporse abbastanza da raggiungerlo. «Sei mezza morta di freddo, sciocchina.» Scaldò l'ape respirando tra i palmi finché questa iniziò a reagire. «Che ci fai in giro con questo tempo? No, meglio che tu non me lo dica. Adesso va' a casa.»

La liberò e mentre lei volava via, provò un senso di intenso struggimento.

Quella sera aveva un appuntamento. Da quando era tornata a Parigi aveva evitato Gérard. Lui era stato paziente, comprensivo persino. In quanto a lei non aveva ancora preso una decisione in merito. Oh, gli voleva bene, quello non era in discussione. Loro due erano molto simili, come lui le aveva fatto notare. Erano una bella coppia, insieme erano perfetti. Tuttavia… lasciò il pensiero in sospeso.

Dopo aver risposto alle e-mail e ai messaggi di sua madre, rilesse la lettera che aveva preparato per gli zii. La chiuse e applicò il francobollo. L'avrebbe spedita il giorno seguente mentre andava al lavoro.

Si preparò con cura, ma nonostante l'impegno che ci metteva continuò a pensare all'ape che era andata a cercarla. Finché le squillò il cellulare. «Ciao, Gérard.»

«Ciao, *ma belle*. Sei pronta?»

Sì, lo era da un po'. «Scendo subito.» Chiuse la comunicazione, prese la giacca e la borsa. Mentre entrava nell'ascensore si chiese dove l'avrebbe portata quella sera.

Lui l'aspettava all'interno della vettura. Quando la vide scese e le aprì la portiera. «*Chérie*, sei una visione.»

Le labbra erano fredde sulle sue. «Grazie. Anche tu stai benissimo.» Si accorse subito che lui era diverso. Non era solo il sorriso, ma il modo in cui si comportava. «Tutto bene?»

«Non potrebbe andare meglio.»

Pensierosa Alice si chiese che cosa avesse in mente.

Costeggiarono la Senna, poi, all'altezza della Tour Eiffel, l'autista di Gérard svoltò verso il fiume e parcheggiò di fronte a uno degli approdi. Un piccolo *bateau* trasformato in ristorante era ormeggiato poco distante. Nel crepuscolo, le luci degli alberi iniziavano a splendere.

«È un posto bellissimo.»

«Tu lo sei.»

L'attirò a sé. Mentre la baciava, Alice si impose di rilassarsi. Erano a Parigi, sulla Senna, un uomo affascinante l'aveva invitata a cena fuori. Aveva riavuto il suo lavoro, le erano state offerte nuove opportunità di carriera. Era di nuovo nel mondo che conosceva. Non le mancava nulla, giusto?

Il maître li accolse all'ingresso, conducendoli al piano superiore.

«Ho fatto preparare un menu speciale. Una sorpresa.»

Non aveva molta fame. Era consapevole di aver perso peso. Avrebbe dovuto sforzarsi, avere più cura di sé, ma non le importava. «Certo, va bene.»

Conversò del più e del meno con Gérard e per tutta la sera pensò a un altro luogo, un altro mondo.

«È una bella serata. Ti va di fare una passeggiata?»

Alice annuì. «Sì, mi piacerebbe molto.»

Uscirono dal battello, l'aria era tiepida, intorno a loro la gente rideva e festeggiava. Gérard la prese sottobraccio. «Vieni, andiamo.»

L'autista li lasciò in place Vendôme. Alcuni luoghi cambiavano aspetto se li si osservava di notte. La luce e le ombre creavano contrasti che solo in alcuni precisi istanti era possibile ammirare.

Gérard la fissò. «Sediamoci lì.»

Era un locale grazioso, i tavoli all'esterno erano gremiti. «Non troveremo posto.»

«Ho prenotato.»

E lei che aveva creduto si fosse lasciato trasportare dall'atmosfera! Suo malgrado sorrise. Furono condotti al piano superiore, il loro tavolo era in una saletta riservata che dava sulla piazza. La vista era magnifica. Gérard l'aiutò a sedersi e nuovamente Alice si chiese perché fosse così allegro.

«Festeggiamo qualcosa di speciale?»

«Sì, *chérie.* Almeno lo spero.»

Si tolse dalla tasca un astuccio, lo aprì e glielo mostrò. Su un letto di velluto nero c'era un bracciale di diamanti. «Credo sia venuto il momento di approfondire la nostra relazione. Adesso potremmo andare a vivere insieme, che ne dici?»

Alice spostò lo sguardo su di lui. Attese ma Gérard non aggiunse altro. Non avrebbe dovuto essere così delusa, non le avrebbe fatto una dichiarazione d'amore. E poi pensò che in fondo fosse meglio così. Lei non avrebbe saputo come prenderla.

«Non dici nulla?»

Alice si inumidì le labbra. «Cosa vuoi, Gérard?»

«È abbastanza evidente, non credi?»

Cercò invano nella sua espressione qualche traccia di turbamento, di emozione. «Perché?»

«Come?» Il suo sorriso si spense. Gérard si agitò sulla sedia. «Non capisco.»

«Sì che capisci.»

Le sorrise nuovamente, ma aveva perso sicurezza. Era nervoso.

«Va bene, la vuoi fare complicata. Sei una donna bellissima, tenace, intelligente. Sarai una madre meravigliosa.»

«Non voglio figli», rispose meccanicamente.

«Sciocchezze, tutte le donne vogliono farsi una famiglia.»

Oh, ma lei aveva già una famiglia. Amélie, Anna... il pensiero corse ad Abbadulche, alle persone che aveva lasciato e che amava. Guardò l'uomo bello e affascinante che aveva di fronte e che le stava chiedendo di unire le loro vite come se fosse un contratto. Non avrebbe dovuto stupirsi. Era così che lui gestiva la sua esistenza. Lo aveva fatto anche lei fino a qualche mese prima. Prima di capire, prima di svegliarsi e vedere ciò che aveva ignorato. Capiva il mondo che Gérard le stava offrendo, ma non lo voleva più.

«Tu non mi ami.» Lo disse così, semplicemente.

Gérard trasalì.

Alice scorse nella sua espressione l'istante esatto in cui lui decise di non darsi per vinto. Era così sicuro, così certo. Aveva pianificato tutto, d'altronde.

«Siamo compatibili, ti ammiro e ti rispetto, sei la donna ideale. Ragiona, Alice.»

«Non è una trattativa, non mi devi convincere.»

Restarono così un istante, poi lui scosse la testa. «Accettalo comunque, ti prego.»

«Tu sei importante per me, Gérard, non mi serve un bracciale per ricordarmelo.» Scosse la testa e spinse l'astuccio verso di lui. «Non posso accettarlo.»

Quando riportò lo sguardo su di lei i suoi occhi erano lucidi. «Non dovevo lasciarti andare, vero?»

«Non avresti potuto fermarmi.» Gli sorrise. Dopo essersi alzata si chinò su di lui e gli baciò una guancia. «Addio, Gérard.»

«Se mai dovessi cambiare idea...»

Parole vuote. La conosceva abbastanza per sapere che non l'avrebbe mai fatto.

«Grazie.»

Uscì nella notte e, mentre chiamava un taxi, si sentì finalmente leggera. Si sentì sé stessa. Tutto le era diventato chiaro.

La prima cosa che fece dopo essere rientrata fu radunare le piante. «Madame Clotilde si prenderà cura di voi.» Si guardò intorno, ma non c'era nulla che volesse portare con sé a parte le fotografie della sua famiglia. Le infilò in valigia insieme allo stretto necessario. Il resto lo avrebbe acquistato. Guardò l'airone che Gérard le aveva donato qualche mese prima. Una vita prima. Lei non era come quell'uccello. Lei avrebbe spiccato il volo. Anzi, lo aveva appena fatto.

Poi si sedette al PC e scrisse la sua lettera di dimissioni.

31.

La più antica ape impollinatrice è stata rinvenuta in un blocco d'ambra fossile risalente a cento milioni di anni fa, nella valle di Hukawng, in Myanmar. Presenta ancora il polline raccolto prima che fosse avvolta dalla resina. I reperti successivi, risalenti a circa sessanta milioni di anni fa, mostrano un aspetto molto simile all'ape odierna.

L'aereo atterrò in orario.

Alice aveva noleggiato la macchina per un giorno. La sua era una previsione ottimistica e lo sapeva, ma doveva pensare che sarebbe andata bene.

Mentre lasciava la città con tutto ciò che restava della sua vecchia vita chiuso nella borsa al suo fianco, rifletté su come fossero cambiate le cose. I pensieri, come le accadeva spesso, corsero a Emma.

«Lo so che è tardi per questo, so anche che parlare con te è sbagliato e so che molto probabilmente Noëlle ha ragione a pensare che io abbia un gran bisogno di entrare in terapia.» Rinunciare a tutto come aveva appena fatto, perdipiù per inseguire un sogno, era una follia. Non poteva negarlo. Restava da stabilire, tuttavia, cosa fosse quel *tutto.* «Se ci sei, se mi senti, sorellina, sappi che mi dispiace. Mi dispiace per tutto.» Fece una pausa, poi sorrise. «E sì, avevi ragione tu, avevi ragione tu, Emma. La vita è un'altra cosa.»

Il verde dei pini al lato della strada lasciò spazio al rosa dei filari di lavanda che si estendevano sulle colline a perdita d'occhio. Alice fermò la vettura in una piazzola di sosta. Comprò una bottiglia d'acqua fresca e un cappello. I suoi erano rimasti tutti ad Abbadulche, a Parigi non le sarebbero serviti. Ma lì in Provenza il sole certi giorni poteva rivaleggiare con quello della Sardegna. Si sedette sotto un albero, i pensieri che le vorticavano in testa, le emozioni che si facevano largo in lei a ondate. Si era affidata all'istinto. Lo aveva fatto mentre rifiutava la proposta di Gérard, mentre diceva addio all'unica cosa nella quale era sempre stata brava, e adesso, priva di tutto ciò che l'aveva definita in passato, desiderava capire. Aveva poche certezze, una di queste era che non poteva procedere verso il futuro con quella ferita ancora aperta.

Non vedeva l'ora di arrivare alla fattoria e, allo stesso tempo, temeva quel confronto; lo aveva rimandato così tanto che, nella sua immaginazione, si era trasformato in un'impervia montagna da scalare. Costeggiò Saint-Rémy e, mentre svoltava, lanciò un'occhiata alle vigne che fremevano sferzate dal vento. Era arrivata. Imboccò il viale, il cuore che le batteva forte.

Dopo aver parcheggiato davanti alla fattoria, si soffermò a guardare la rosa che ricopriva la casa. Arrivava fin sopra al tetto. Mallena l'aveva piantata per celebrare la nascita di Céline. I petali carnosi erano uno degli ingredienti che la nonna utilizzava nei suoi preparati. Lo sapeva perché più di una volta l'aveva aiutata a raccoglierli. Di quei momenti ricordava il profumo che le restava sulle dita quando tutta la casa profumava di rose.

Si fece coraggio ed entrò.

«Tesoro, finalmente!»

«Papà!» Corse verso di lui e lo abbracciò. «Come stai?»

«Bene, Alice, sto bene.»

«Mamma?»

Si strinse nelle spalle. «Sai com'è fatta. Le ci vorrà un po' per abituarsi all'idea di essere solo una nonna.»

Alice annuì. Gli aveva telefonato la sera precedente per dirgli che sarebbe andata da loro, ma non gli aveva parlato del resto... Si chiese se sarebbe stato ancora dalla sua parte quando gli avrebbe spiegato il resto.

«I vostri documenti sono in ordine?»

«Certo, te l'ho già detto al telefono. Cos'hai in mente?»

Gli sorrise. «Fidati di me, papà. Prepara una borsa. Partiamo tra un'ora.»

«Chi sei tu e dove hai messo mia figlia?» replicò Simon fingendo di rabbrividire.

Lo afferrò per la camicia e lo baciò su una guancia. «Va', papà, sbrigati.»

«Ma tua madre? Non è di buonumore in questo periodo.»

«Augurami buona fortuna.»

Uscì in terrazzo. Sapeva dove trovarla. L'orto era sempre stato il luogo dove Céline risolveva i suoi problemi. Seguì il sentiero e poi la vide. I capelli biondi le brillavano al sole; indossava un paio di guanti inginocchiata sull'erba, fissava un cespuglio di Maria Luisa.

«Mamma?»

Céline si tirò su. Era pallida, le labbra tirate. «Alice?» Si guardò intorno poi tornò su di lei. «Che ci fai qui?»

Sapeva che era arrabbiata, sapeva di averla delusa. Ma non era disposta a lasciare che le cose continuassero in quel modo.

«Io ti voglio bene.»

La guardò spalancare gli occhi, socchiudere le labbra che adesso avevano preso a tremare. «Non capisco.»

Alice spinse il cancelletto ed entrò avendo cura di stare nella parte erbosa, come le aveva insegnato lei anni prima. Si fermò davanti a sua madre, gli occhi nei suoi.

«Ti voglio bene, mamma.»

«Io... perché mi stai dicendo questa cosa? Se è per via di Amélie ho rinunciato. Non è più necessario che tu mi convinca.»

«Sono qui per te. Per noi.»

Allora fece ciò che aveva sempre desiderato: strinse sua madre in un abbraccio e, quando la sentì rilassarsi e ricambiare la stretta, chiuse gli occhi. Tra le lacrime, finalmente libere, le parole trovarono la strada.

«Credevo che la nonna fosse morta a causa mia, per quello mi sono allontanata. Se avessi ubbidito, se ti avessi dato retta, non sarebbe accaduto nulla. Ero distrutta, mamma, il senso di colpa mi divorava e tutto, qui alla fattoria, mi ricordava lei, ciò che avevo fatto e quello che avevamo perduto. Per quello sono andata via, perché non riuscivo a dimenticare, ad affrontare il nostro dolore.» Si asciugò il viso e le sorrise. «Mi siete mancati ogni istante, ho pensato a voi continuamente. Dopo, lo studio e il lavoro sono diventati le mie uniche certezze. Dipendevano da me, capisci? Avevo il controllo su qualcosa e mi ci sono aggrappata con tutte le mie forze. Era la mia scialuppa di salvataggio, la mia zattera.»

Sul viso di Céline si dipinse un'espressione inorridita. «La nonna ha avuto un infarto, Alice!» Le circondò il viso con le mani. «Come hai potuto pensare una cosa così assurda?»

Alice chiuse gli occhi per un istante. «Per quello che è accaduto al lago, con Emma.» Non aveva senso negare. Céline l'aveva rimproverata aspramente e più loro due ridevano più si era infuriata.

«Perché non me lo hai mai detto?»

«Non sopportavi nemmeno di stare nella stessa stanza dov'ero io...» Era quello il suo dolore più grande. Leggere la sofferenza sul viso della madre.

Céline scosse la testa. Era pallida, tremava. «Ero devastata dalla perdita di mia madre, non riuscivo a farmene una ragione. E tu, così simile a lei, tu, figlia mia, me la ricordavi costantemente. Mi dispiace, Alice, non immaginavo, non ho pensato a te, ero chiusa nel mio dolore.»

Fu Céline questa volta ad abbracciarla. «Mi dispiace moltissimo, tesoro.»

«Anche a me, mamma.» Alice sospirò poi le sorrise. «C'è un'altra cosa che devo dirti. Una cosa bella che ho scoperto quando ero in Sardegna e che ti riguarda.»

Aiutò sua madre ad alzarsi e si spostarono. Sotto una delle grandi querce c'era una panca. «Sediamoci.»

«Di cosa si tratta?» le chiese cauta Céline. «Non voglio parlare di Amélie...»

«La nonna è fuggita dalla Sardegna, da suo marito. Da tuo padre.»

«Cosa?»

Alice le prese le mani. «Litigavano continuamente, poi si separarono. Lui le proibì di frequentare la sua casa e i suoi figli e le spezzò il cuore, perché quei bambini lei li aveva allevati come se fossero suoi.»

Céline restò senza parole, poi strinse tra le mani il ciondolo che portava al collo, quello che Alice aveva sempre visto indosso a Mallena.

«I bambini...» mormorò sua madre.

«Sapevi di loro?»

Lei scosse la testa. «Non mi ha mai detto nulla, nemmeno una parola. Però aveva un medaglione con dentro una foto.» Si sbottonò la camicia e glielo mostrò. «Non l'ha mai tolto finché è vissuta. Sono impazzita a furia di domande. Non sapevo chi fossero, ma mi somigliavano.»

«Aveva paura di perderti.»

«Ma perché?»

«Suo marito, tuo padre, scoprì che era incinta. Le avrebbe portato via il bambino.»

«Ma è assurdo!»

«Sì, oggi è impensabile. Ma all'epoca i figli erano sotto la tutela esclusiva del capofamiglia.»

Continuarono a parlare finché Alice vide suo padre che le faceva un cenno. «Dobbiamo andare mamma, si sta facendo tardi.»

«Dove?»

Le sorrise. «Lo vedrai.»

«Alice, che ti è successo?»

Capiva lo sconcerto di Céline. Non aveva mai agito a quel modo. Persino il suo modo di parlare era cambiato. Adesso aveva fretta, era come se fino a quel momento si fosse sempre trattenuta, ma quella zavorra che aveva ancorato al suolo i suoi pensieri e i suoi gesti, era scomparsa. «Non posso spiegartelo, mamma, te lo devo mostrare. Sono certa che ti piacerà.»

Ci volle un'ora per convincere Céline che, anche se lo poteva sembrare, non era una pazzia partire all'improvviso visto che i biglietti aerei si potevano acquistare online. Ci volle un'altra ora per rifare i bagagli perché era sua madre che decideva cosa fosse necessario e non di certo Simon. Suo padre non si scompose e chiamò il ragazzo che si occupava di dare una mano alla fattoria, accordandosi con lui per il periodo in cui sarebbero rimasti assenti.

Mentre in tarda serata raggiungevano l'aeroporto, Alice

era consapevole del doloroso silenzio che regnava nella vettura. Céline si era chiusa in un silenzio ostinato dal quale nemmeno suo padre, che con lei poteva tutto, riuscì a strapparla. La conversazione tra madre e figlia aveva appena scalfito la superficie di un rapporto complesso, in cui le incomprensioni si erano accumulate anno dopo anno. Forse era proprio quello il problema, le parole. Allora le prese una mano e gliela strinse.

Céline si voltò verso di lei. «Raccontami tutto.»

E Alice lo fece. Le disse dell'incontro che aveva avuto con Rita, di come Emanuele l'avesse accolta, del loro affetto così spontaneo e inaspettato.

«Se fosse rimasta in Sardegna, se avesse lottato...»

«Ci ho pensato anch'io, ma poi mi sono immedesimata nella nonna. Ho pensato a cosa deve avere provato il giorno in cui le hanno proibito di rivedere i bambini perché l'autorità stabiliva che era il padre ad averne la tutela. L'impotenza, la disperazione. Nonostante li avesse allevati non le era permesso nemmeno di vederli, lo faceva di nascosto, aiutata dalle donne di servizio. L'idea che avrebbero potuto fare lo stesso con il bambino che aspettava deve essere stata insopportabile.»

«Ma era una donna forte, indipendente.»

«Credo lo sia diventata in seguito, mamma.»

Calò il silenzio tra loro, ognuna immersa nei propri pensieri. Poi Céline iniziò a parlare. «Quando te ne sei andata non riuscivo a sopportarlo.»

«Mi dispiace.»

«Non interrompermi, Alice, o non riuscirò a dirtelo. Per me è molto difficile.»

Non si sentiva oppressa o ferita dal suo tono autoritario, né in difetto nei suoi confronti. Conosceva sua madre, sapeva com'era fatta. «Continua.»

Céline le fece una carezza.

«Non è stata facile, la nostra vita in Francia, soprattutto all'inizio. È stata segnata dal pregiudizio. Tua nonna era bellissima, non le interessava integrarsi, viveva a modo suo, faceva quello che voleva senza curarsi delle regole sociali.

Coltivava le erbe, le raccoglieva e le trasformava. Aveva un tocco speciale con gli animali, cantava per le api e il suo miele era famoso.»

«Sì, questo me lo ricordo.»

«La gente però era invidiosa e spettegolava. Oh, certo, venivano ad acquistare le candele, i saponi, il miele e tutto quello che produceva – quando arrivavamo nei mercatini c'erano già le persone ad attenderla –, ma la disprezzavano comunque. Poi ho conosciuto tuo padre.» La sua espressione si addolcì e Alice ebbe un tuffo al cuore. Riconobbe lo sguardo di sua madre. Era quello di una donna felicemente innamorata. Prima che esplorasse quel pensiero, Céline ricominciò a parlare. «Non vedevo l'ora di andarmene dalla Provenza e ci siamo trasferiti a Lione. Poi, però, sei nata tu e allora ho iniziato a sentire la sua mancanza. Sapevo quello che facevo tornando a vivere alla fattoria. Ho pensato che, se vi avessi educate, se avessi insegnato a te e a tua sorella le regole della società, non avreste sofferto come era accaduto a me, e la vostra vita sarebbe stata migliore. Volevo che foste felici.»

«Emma lo era.»

«E tu?»

Adesso Alice vedeva tutto dalla giusta distanza. Il problema alla fine era dentro di lei, nella paura scaturita dal senso di colpa, dal rimprovero per una banale disubbidienza che, nella sua immaginazione – solo ora se ne rendeva conto – si era trasformato in un rifiuto categorico e aveva avuto conseguenze fatali. Ma Abbadulche era riuscita a cambiarla.

«Io mi costruirò da sola la mia felicità!»

32.

Quando nasce, l'ape è ricoperta da una folta peluria che si asciuga in breve tempo. Nell'arco della vita, lentamente, la perderà. Una delle caratteristiche che identificano l'ape anziana è appunto la quasi totale mancanze di peluria.

«È un palazzo...»

Ad Alice venne da ridere guardando l'espressione stranita di sua madre.

«L'ho pensato anch'io. Sembra che la nonna fosse ricca di famiglia.»

Céline però non l'ascoltava, era persa nella contemplazione della rosa che sporgeva dal muro di recinzione, la mano stretta a quella di Simon che, per tutto il tempo, le era stato accanto. «È come la mia.»

C'era una profonda emozione nella sua voce. Aveva gli occhi lucidi. Commossa, Alice le sorrise. Quando Rita aprì la porta e uscì all'esterno, il cuore prese a batterle forte.

«Ciao, zia.»

«Alice, tesoro, che sorpresa.»

Non li aveva avvisati del loro arrivo, e mentre lo sguardo di Rita si spostava da lei a sua madre, per un attimo si chiese se avesse fatto la cosa giusta.

«Mamma, lei è Rita.»

Per un lungo istante le due sorelle si fissarono, poi Simon baciò i capelli di Céline e la lasciò libera. Lentamente avanzarono una verso l'altra, gli occhi che si cercavano, come le mani.

«Celeste...» mormorò utilizzando la versione italiana di Céline.

«È vero, allora è tutto vero.»

Si abbracciarono ridendo e piangendo allo stesso tempo. Rita la invitò a salire con lei i gradini della casa in cui avrebbero vissuto tutti insieme se non fosse stato per l'arroganza di un uomo e il timore di una madre.

Percorsero il corridoio abbracciate, poi Rita chiamò il fratello.

«Emanuele, vieni a vedere chi c'è!»

Lui sollevò gli occhi dal giornale che stava leggendo. Sbalordito lo posò sul tavolo e si tolse gli occhiali. «Mio Dio, è lei? È Celeste?» Cercò di alzarsi, impacciato e tremante, facendo perno sul bastone. Alice corse da lui per aiutarlo.

«Troppe parole, zio, ho pensato fosse arrivato il momento di farvi conoscere.»

Lui la fissò. «Dio ti benedica, gioia mia.»

Anche sua nonna la chiamava così. Emozionata, pensò che quelle dolci parole fossero le stesse che Mallena sussurrava ai suoi bambini, perché era così che sua nonna aveva considerato i figli del marito.

Céline si fermò davanti all'anziano signore, lui le porse le mani e lei le strinse. «Non riesco a credere che sia tutto vero.»

Emanuele spalancò gli occhi. «Ti ha parlato di noi?»

Lei scosse la testa. «No, ma vi ha sempre portato con sé, sul cuore. Ha pensato a voi in tutti i momenti della sua vita.»

Gli porse il medaglione che aveva al collo. Con le dita tremanti Emanuele aprì il meccanismo e rivelò la fotografia. Ritraeva due bambini che sorridevano all'obiettivo. Ma quello che li sconvolse era riconoscere la foto.

«È stata Lucia a scattarla.»

«La cugina di tuo padre?» gli chiese Alice ricordando i suoi racconti.

Annuì. «Sì, lei.»

Adesso si spiegavano molte cose. «Margherita le ha inviato le vostre fotografie.»

Era una sinergia, l'unione di tante donne che avevano trovato il modo di vivere in una realtà difficile, a tratti ostile, e non si erano mai date per vinte, collaborando e aiutandosi l'una con l'altra.

Tra abbracci e spiegazioni i tre fratelli misero insieme il passato. Simon interveniva ogni tanto in un italiano stentato. Emanuele era fuori di sé dalla gioia. Aveva ritrovato la sua sorellina, aveva un cognato, una nipote e una pronipote. Lui e sua sorella erano privi di eredi e quello, la continuazione della sua famiglia, per lui era più di quanto avesse mai osato sperare. Era un sogno che si realizzava.

Rita aveva iniziato a tirare fuori dolci e cordiali che stava servendo in antiche porcellane e cristalli che strappavano esclamazioni di stupore a Céline, mentre la sorella maggiore le raccontava a chi erano appartenuti e come erano entrati a far parte del corredo di Mallena.

Non l'aveva mai vista così emozionata e commossa. Sua madre non faceva altro che guardare i fratelli, si lasciava abbracciare, lei che era sempre stata restia al contatto fisico. Mani che si univano, sguardi che si intrecciavano, e amore, uno sconfinato infinito amore che per troppo tempo era stato tenuto prigioniero e che adesso si liberava nella sua infinita potenza.

Quando Alice li lasciò erano così impegnati a parlare che nemmeno si accorsero che li stava salutando.

Lei però aveva fretta, doveva prendere un traghetto.

La prima volta che Giuseppe aveva visto Alice, lei stava chiacchierando con la bambina che teneva in braccio. Di quell'istante, oltre alla sua evidente bellezza, gli era rimasta impressa nella mente la premura: verso la piccola, verso ciò che la circondava. Verso di lui.

Alice gli aveva rivolto un'occhiata cauta, ma se n'era rimasta sulle sue e, quando lui le aveva proposto di prendere in braccio Amélie, gli aveva risposto chiaramente che non lo conosceva abbastanza per affidarle la bambina. Era stata gentile, ma ferma. Lo aveva fissato dritto negli occhi.

Era un'incantevole mescolanza di forza e prudenza.

Giuseppe avrebbe voluto sussurrarle parole romantiche, dirle che a stregarlo erano stati i suoi occhi scuri come la terra del bosco, profondi e tristi. Colmi di una malinconia che gli era familiare.

Alice era smarrita. Giuseppe lo sapeva perché era così che lui si era sentito per molto tempo.

Forse era stato per quello che non aveva fatto caso ai segnali. Al bisogno costante di guardarla, di ascoltarla. Di sapere che c'era e che se avesse voluto non avrebbe dovuto fare altro che voltarsi dalla sua parte. A come le api l'avevano riconosciuta.

Gli era entrata dentro di soppiatto. Come l'aria e il sole. Con Mara era stato tutto diverso. Giuseppe mise da parte il pensiero. Sua moglie era stata il suo primo amore. Ma adesso era molto diverso dal ragazzo di un tempo. I paragoni non avevano senso, e lui non li avrebbe fatti.

Era da qualche minuto che la guardava. Il giorno seguente doveva consegnare i locali del porto a Claudio e, come era solito fare, era andato a controllare che tutto fosse a posto. La sirena del traghetto ne aveva annunciato l'entrata nella baia. Non sapeva nemmeno lui perché si fosse voltato.

Alice indossava uno di quei vestiti eleganti e attillati che le aveva visto in quei primi giorni ad Abbadulche, quando era alla sua disperata ricerca. I capelli erano sciolti sulle spalle e il vento li sollevava facendoli danzare.

La osservò attraversare la strada e fermarsi a poca distanza. Si chiese cosa cercasse, se avesse cambiato idea. Si chiese nuovamente se avesse sbagliato con lei.

Farsi da parte, lasciarla andare era stata una delle cose più difficili che avesse fatto in vita sua. Iniziò a camminare verso di lei. «Alice.»

Lei si voltò. Quando gli sorrise Giuseppe pensò che stesse per scoppiargli il cuore. Perché quello che le brillava nello sguardo era un sì.

E mentre lei gli correva incontro fece ciò che aveva desiderato a lungo: allargò le braccia e la strinse forte a sé.

EPILOGO

Non era la sua opera migliore, anzi, era appena passabile. Alice continuò a decorare la torta, posando con attenzione le margheritine di zucchero sul prato di glassa verde. Le decorazioni a forma di ape le aveva già messe Anna. Pulì il piatto con un panno e si allontanò dal tavolo della cucina per valutare l'effetto d'insieme.

«Terribile, la torta più brutta che abbia mai visto.»

«Magari è buona.»

Si voltò verso la ragazzina. Anna le era stata accanto per tutto il procedimento. Quando aveva deciso di preparare la torta per il compleanno di Amélie, invece di comprarla, era stata subito d'accordo e le aveva offerto il proprio aiuto. Se adesso potevano ammirare il risultato finale era soprattutto merito suo.

Il sorriso di Anna, così simile a quello del padre, mitigò il suo malumore.

«In fondo più che bella una torta deve essere buona, e tu ci hai messo tutto ciò che serve, mami.»

Mami. Era così che la chiamavano le sue due figlie. Non le aveva partorite, era vero, ma entrambe erano parte di lei in un modo così profondo e autentico che la riempiva di gioia e meraviglia.

Nonostante fosse trascorso un anno da quando si era trasferita ad Abbadulche, non si era ancora abituata a quella felicità. Ogni giorno accadeva qualcosa di nuovo.

Era iniziato tutto con Amélie.

Il giorno in cui aveva fatto ritorno in Sardegna, la nipotina si era alzata all'improvviso e aveva mosso i primi traballanti passi verso di lei. Anna invece non era affatto sorpresa del suo arrivo: aveva sempre saputo che sarebbe tornata, era solo una questione di tempo. Alice non aveva avuto bisogno di chiederle nulla. Si era semplicemente ricordata della conversazione che un giorno aveva avuto con Angelica. Quella che adesso era diventata una confidente, un'amica e una sorella le aveva detto che c'era qualcosa di speciale in chi era capace di ascoltare la propria voce interiore. Anna era espressione di quella forza, della potente magia che aveva sempre legato le donne alla terra e alla natura. La stessa che Alice aveva rifiutato, ma che adesso riconosceva e sentiva fluire copiosa in lei. Fu in quel momento che si accorse dell'ape. Era entrata dalla finestra socchiusa, e volava verso di lei. Allungò la mano e quando l'insetto si posò sul dorso socchiuse gli occhi. Poi sorrise. L'ape indugiò ancora un po', poi si diresse verso Anna. La ragazzina la studiò con attenzione, poi spalancò gli occhi, sorrise e riportò lo sguardo verso Alice.

«Buone notizie?»

«Le migliori.»

Alice rabbrividì. C'era qualcosa che si era tenuta nel cuore, un segreto che ancora nessuno conosceva perché nemmeno lei ne era sicura. Istintivamente si accarezzò l'addome.

La porta si aprì distogliendola dai suoi pensieri. Anna le rivolse uno sguardo d'intesa prima di allungare il braccio. La piccola ape guadagnò l'uscita proprio mentre Giuseppe le raggiungeva.

«Allora? Avete finito? Tra un po' arriveranno gli invitati.» Scompigliò i capelli della figlia, poi si avvicinò ad Alice circondandole la vita. Quando la baciò sulla testa, lei sospirò mesta. «Le zie mi prenderanno in giro per dei mesi.»

«No... un paio di settimane al massimo.»

Si voltò verso di lui, indignata, poi lo sorprese a ridere e si unì a lui. Giuseppe ne approfittò per baciarla come si deve. Mentre lei si abbandonava, udì la risatina di Anna e la porta che si chiudeva alle sue spalle.

«La torta va benissimo. Vieni con me.»

Quante volte glielo aveva sentito dire? Alice lo seguì come aveva imparato a fare: piena di fiducia e amore. Mentre attraversavano il corridoio della villa, perché era proprio in quella casa che si sarebbe tenuta la festicciola di compleanno della bambina, udì le voci. Provenivano dal portico in cui Alessandra stava facendo lezione, dalle camere da letto, nelle quali le ospiti sistemavano i bagagli, dai laboratori che sotto la supervisione di Angelica producevano candele e saponi a pieno regime. L'allegria si irradiava dal pavimento fino alle travi del tetto, vibrava risalendo le pareti. Era nell'atmosfera stessa della casa, che era tornata a essere piena di vita. Mentre usciva in giardino, Alice pensò alle donne che vi avevano trovato rifugio. Anche loro vi avrebbero lasciato una traccia come quelle che le avevano precedute? Presto la sua attenzione fu completamente assorbita da Giuseppe. A parte loro due sulla spiaggia non c'era nessun altro.

Stava per chiedergli cosa volesse mostrarle, ma le bastò sollevare la testa per capirlo. Il sole era calato sull'orizzonte, incendiando di oro e rosso il mare. Come il giorno in cui si erano ritrovati. La luce era la stessa, come il profumo della salsedine nel vento. Le bastò un'occhiata per capire che stavano pensando alla stessa cosa.

«È passato un anno.»

«Il più bello.» Era ancora un po' restia ad aprirsi completamente. Le capitava di ricevere e infliggere qualche graffio – quella d'altronde era la vita –, ma aveva finalmente capito che cosa fosse la passione. Un travolgente desiderio che la spingeva a oltrepassare tutti i confini. Aveva imparato anche a fidarsi. Non di tutti, certo. Per quello ci sarebbe voluto ancora del tempo.

«Non mi aspettavo di incontrarti quella sera.»

Alice pensò al momento in cui l'aveva visto al porto dopo aver lasciato i genitori dagli zii. Pensò ai suoi bellissimi occhi, a quanto fossero pieni di meraviglia mentre la fissavano. A come le fosse sembrata la cosa giusta e a come avesse iniziato a camminare verso di lui. Quando infine si era gettata tra le sue braccia si era sentita completa. Nei giorni successivi, Giuseppe era riuscito a fare breccia nel cuore di

Céline, che aveva messo da parte le sue riserve. Dopo aver lasciato la Francia, lei e Simon si erano stabiliti a Sant'Antioco. Sua madre era ancora autoritaria, ma per fortuna i Melis le richiedevano molte energie e lei adorava i fratellastri. Al contrario di quello che Alice aveva pensato, si era dimostrata una nonna meravigliosa per Anna e Amélie.

«Ero abituata a cavarmela da sola. A risolvere i miei problemi.»

Giuseppe le prese una mano, indugiando sulla fede che le brillava al dito. «È stata dura convincerti.»

«Non potevo commettere errori.»

La guardò. «È per questo che te ne sei andata?»

«Non potevo rischiare di farti più male di quanto avessi già fatto.»

«Perché?»

«Eri troppo importante.»

«Spiegati meglio.»

Era esasperante, quando si metteva in testa una cosa non c'era nulla che lo distogliesse. Suo malgrado sorrise. «Ti amavo. Sei soddisfatto?»

«Abbastanza. È un buon inizio. Ma quello che voglio sapere appartiene al presente.»

«Non capisco, cerca di essere più chiaro», scherzò.

«Adesso, ora. Dimmi di noi.»

Si sentì sciogliere in un calore che era gioia e amore insieme. «Ti amo.»

«Non è stato poi così difficile ammetterlo, vero?»

Lui la incalzò, spingendola verso l'acqua. Alice fece appena in tempo a calciare via le scarpe. «Che fai? C'è la festa della bambina, ti sei dimenticato?»

Giuseppe l'attirò a sé. «Siamo in luna di miele, capiranno.»

Sbalordita non sapeva se mettersi a ridere o lasciarsi andare a quella follia. I vestiti caddero uno dopo l'altro e allora fu troppo tardi anche solo per pensare.

Più tardi, quando il sole era già tramontato da un pezzo, si avviarono mano nella mano verso la villa.

Mentre Alice cercava le parole adatte per dirgli ciò di cui

adesso era praticamente certa, le sembrò di scorgere un fuoco lontano. In lontananza, oltre l'orizzonte, un cerchio di donne si muoveva intorno alle fiamme, gli abiti mossi dal vento, i canti e le risate che riverberavano nella quiete della notte.

E capelli biondi come l'oro, come quelli di Emma.

Sua sorella le aveva detto come sarebbe cambiato il suo mondo quando avesse finalmente deciso di uscire dalla prigione in cui si era nascosta. Ma visto che lei non aveva voluto saperne, come suo ultimo gesto d'addio, le aveva donato la libertà. Amélie era stata la chiave per spalancare quelle porte. La bambina si era riversata in lei riempiendola di luce, scardinando certezze, costringendola a guardarsi dentro. Costringendola ad amare.

«Cosa guardi, amore?»

Alice sussultò. Si voltò nuovamente, ma la spiaggia era tornata deserta sotto la luce gentile della luna.

«Devo dirti una cosa», iniziò.

«Bella?»

Ci pensò un istante. «Sì, molto.»

Lui le sorrise baciandole la mano che aveva intrecciata alla sua.

«Non vedo l'ora di sentirla.»

NOTA DELL'AUTRICE

Una mattina di giugno, mentre rientravo a casa dopo la consueta visita agli apiari, guardavo sovrappensiero la strada, immersa in una sorta di stanchezza fisica e intensa soddisfazione. Era uno di quei momenti di pausa in cui i pensieri galleggiano privi di consistenza, come appena abbozzati. Tutti tranne uno. *Ho ancora qualcosa da dire sulle api e sulla mia amata Sardegna.* È apparso così, dal nulla, all'improvviso. È apparso e ho capito che era vero. Non ho insistito su quel pensiero, lasciando che fosse lui a seguirmi e a spiegarsi, perché tra i pensieri e le storie c'è una distanza che da una parte o dall'altra si deve colmare. Non so dirvi chi sia stato a fare il primo passo, ma un giorno ho capito che c'era una donna che allevava api sui tetti di Parigi e che aveva una storia da raccontare. *La via del miele* nasce proprio dalle frasi che hanno interrotto un silenzio fatto di certezze che in realtà erano solo illusioni. Dal bisogno di trovare felicità e bellezza. Da qualche parte, come dicevo, io e Alice ci siamo incontrate, percorrendo un tratto di strada insieme.

Il rapporto tra le api e l'uomo è antico, vasto, costruito su strati infiniti di alleanze, incomprensioni, scelte discutibili di chi non riconosce o minimizza l'importanza di un insetto che è alla base della nostra stessa esistenza. Gli sconvolgimenti climatici, le malattie e l'arrogante consumo di suolo hanno messo a repentaglio la sua esistenza. Dobbiamo tenere vivo l'interesse sulle api e sulla loro straordinaria capacità di prendersi cura del mondo. Dobbiamo fare di tutto per proteggerle. Senza questi preziosi insetti la vita, come la conosciamo, cesserebbe. In Cina gli «uomini ape» cercano di sopperire alla mancanza di insetti impollinatori, annientati dal massiccio e indiscriminato utilizzo di pesticidi, imitandone il ruolo. I risultati sono scarsi, naturalmente, ma indicano in modo desolante e drammatico quali potrebbero essere gli scenari del futuro.

Gli alveari hanno sempre abitato le città. Tokyo, New York, Berlino, Londra, dove si contano più di tremila arnie, ovunque nel mondo le società di apicoltori hanno incoraggiato, custodito, avviato allevamenti. Anche in Italia da decenni le varie associazioni hanno favorito progetti di allevamento nelle città, avviando così un sistema virtuoso che ha come obiettivo la salvaguardia dell'ambiente mediante sensibilizzazione, conoscenza e amicizia. Nascono così le coltivazioni di piante mellifere su balconi, terrazzi, piccoli giardini e poi parchi.

A Parigi la Société Centrale d'Apiculture, fondata nel 1855, continua a fornire agli apicoltori urbani sostegno, formazione, inclusione. Dall'Opéra Garnier al Mandarin Oriental, senza dimenticare la cattedrale di Notre-Dame, i cui alveari sono miracolosamente scampati al terribile incendio che nell'aprile 2019 ha distrutto una parte del meraviglioso monumento, le api vigilano sulla città e si occupano di impollinare i fiori.

Sparsi per il mondo ci sono molti luoghi consacrati all'apicoltura. Dalle pitture rupestri della Cueva de la Araña in Spagna alle rappresentazioni del tempio solare di Niuserra in Egitto, dai cartigli egiziani a statue, gioielli e monete, le api sono state adorate e rappresentate. Anche la letteratura è ricca di testi che vanno dalla speculazione filosofica al trattato, passando attraverso miti e le leggende. Molti nomi anche attuali come Melissa e Debora attingono al mondo del miele e delle api.

La teoria della vita oltre la morte, della reincarnazione e delle anime che si ritrovano è stata trattata dal dottor Brian Weiss nelle sue affascinanti opere. Tra tutte consiglio la lettura di *Molte vite, un solo amore* (Milano 1996). Vi consiglio la lettura di tutte le sue opere, che aprono scenari illuminanti su un aspetto così poco conosciuto.

La sindrome ITSO (dall'inglese *Inability to Switch Off*) ovvero la dipendenza psicologica dal lavoro e l'incapacità di distaccarsi da esso, è una patologia che colpisce migliaia di persone ogni anno. Il disturbo causa infelicità, stress e attacchi di panico.

Si chiama invece «black-out alcolico» quella sorta di amnesia causata dall'intossicazione da alcol. Secondo gli studi si tratta della perdita di un episodio in cui l'individuo, tuttavia, conserva lo stato di coscienza. La maggior parte delle persone che sperimentano questa condizione sono consumatori occasionali e il black-out può essere indotto anche da una dose assai moderata assunta in brevissimo tempo.

La Dea Madre è presente nell'arte prenuragica con alcune opere pregevoli che testimoniano il culto ampiamente diffuso nell'isola.

Ho immaginato che, in una terra come la Sardegna, così attaccata alle tradizioni, dove la matrilinearità è tuttora importante, la protezione della natura, delle api, dei fiori e del mare fosse tramandata da donna a donna alle generazioni successive come insegnamento e filosofia di vita.

Per facilitare gli spostamenti della piccola Amélie e della zia Alice, ho sottointeso che la bambina possedesse i documenti necessari. Nello stesso modo, la questione legale relativa alla paternità della stessa non è stata volutamente esplicitata.

Nella stesura del romanzo ho scelto di tralasciare i tecnicismi apistici e alcune parti trattate sono volutamente esposte con termini e concetti semplici. Se amate l'apicoltura vi consiglio di seguire i corsi che le associazioni apistiche organizzano in tutti i paesi e le città.

Nel mondo stanno sorgendo hotel che offrono esperienze alternative di ospitalità e mettono al centro il benessere psicofisico del cliente. Vi sono banditi cellulari, social e viene fornito un percorso di serenità e recupero per ritrovare la gioia interiore.

La sindrome dello spopolamento degli alveari, o SSA, è un fenomeno diffuso e preoccupante. Secondo gli studi le api operaie abbandonano l'alveare causando la morte di regina, covata e delle poche nutrici rimaste. Le cause sono molteplici, e il cambiamento climatico certo non aiuta. Sarebbe interessante verificare se anche le api che abitano in luoghi protetti e al sicuro dall'uso di pesticidi siano soggette a questo fenomeno.

Le api regine appena nate si chiamano vergini anche se nel romanzo mi riferisco a loro con il nome di principesse. Le api sono insetti di indole mansueta, ma capaci di difendersi. È indispensabile utilizzare la massima prudenza. Non avvicinatevi mai a un alveare senza le necessarie precauzioni. Fatevi sempre guidare dal buonsenso e dal rispetto.

Il miele è un alimento straordinario, scegliete il vostro. Probabilmente lo troverete proprio dove abitate. Chiedetelo all'apicoltore del vostro quartiere che vi mostrerà come dolcemente le api sappiano raccontare un luogo.

Questo romanzo nasce interamente dalla mia immaginazione. I personaggi e molti luoghi nei quali essi interagiscono e vivono sono interamente frutto della mia fantasia, così come l'azienda nella quale lavorano Alice, i suoi amici apicoltori, e naturalmente Gérard e Noëlle. Abbadulche e i suoi abitanti vivono unicamente nella mia mente insieme alle api d'oro. Qualunque somiglianza con fatti, luoghi, persone reali del presente e del passato è del tutto casuale. Chissà che un giorno la Sardegna, l'Italia e il mondo intero possano ospitare, custodire e proteggere le api e tutti gli insetti impollinatori come avveniva in un lontano passato. Quello sarà un grande giorno.

RINGRAZIAMENTI

«La gratitudine è la memoria del cuore.»
LAOZI

È un grande giorno quello dei ringraziamenti, uno dopo l'altro affiorano i ricordi, le parole affettuose, i sorrisi incoraggianti, le battute, persino gli scherzi di chi, mentre realizzavo il romanzo, mi ha dedicato la sua attenzione. Mi piace ripensare a quei momenti. Mi piace ripercorrere il cammino con la consapevolezza di essere stata nel cuore di molte persone.

Il mio primo grazie è per mio marito. Non vedo l'ora di vedere dove ci porterà questo nuovo giro insieme. Ai miei figli Davide, Aurora e Margherita, è stata dura, lo so, ma voi state crescendo e io invecchiando... adesso la pazienza inverte la ruota. Alla mia famiglia che c'è sempre, fonte di memoria e di sostegno. Ai miei fratelli Giuseppe e Francesco per il supporto tecnico. Ogni eventuale errore è da ascrivere a me. A Luca, Erika e Massimo, la famiglia aumenta e sono davvero molto felice. Grazie ad Andreina, Lory, Eleonora. A Emma, Ilaria e Stefania per le lunghe chiacchierate, alla mia cara Susanna Zanda, amica, bibliotecaria, profonda conoscitrice dell'anima e della letteratura. Grazie a Emmanuelle Finot per avermi prestato i nomi e la nonna che vestiva di *mauve*, per i racconti delle sue affascinanti antenate e della Francia pre-Covid. Grazie Alessia Gazzola, sei arrivata sempre al momento giusto.

Grazie Anna Ersilia Pavani, quell'abbraccio mi serviva davvero molto. Grazie a Linda Kent: sei la mia forza gentile e tutte le mie certezze insieme, ti voglio bene. Grazie a Francesco Abate per l'amicizia e le belle risate, a Matteo Porru che riesce a mostrarmi sempre un lato curioso della realtà, a Valeria Usala che mi stupisce continuamente con le sue infinite abilità. Grazie a Ilenia Zedda e Cristian Mannu per le lunghe chiacchierate e i consigli. Grazie a Enrico Galiano, Mirko Zilahy, Daniela Sacerdoti, Valentina Cebeni, Silvia Zucca. Grazie a Francesca Spanu, Giuditta Sireus e Andrea Fulgheri. Grazie a Tiziana Putzolu per esserci sempre. Grazie a Cristina Batteta, cara amica ben prima di essere libraia del cuore e divulgatrice di sogni. Grazie a Carmen Prestia per le chiacchierate e per quello che sarà. Grazie a Stefano Mauri e Cristina Foschini, alla Garzanti tutta e in particolar modo Elisabetta Migliavada, Adriana Salvatori e Alessandro Mola, che hanno sempre creduto in me. Il vostro costante sostegno mi ha permesso di immaginare e realizzare meraviglie. Grazie a Rosanna Paradiso, Giulia Marzetti, Cecilia Ceriani. Grazie a Graziella Cerutti, Monica Tavazzani, Barbara Carafa. Grazie alla cara Elena Campominosi. Grazie a Laura Alineri che mi legge da sempre.

Grazie a Laura Ceccacci per lo straordinario percorso di vita che abbiamo fatto insieme, per le emozioni, i progressi e gli obiettivi raggiunti.

Grazie ai librai che sostengono la lettura, organizzano presentazioni, amano i libri. Grazie ai miei lettori. Siete voi che mi permettete di realizzare i miei sogni. Se volete scrivermi, consigliarmi o semplicemente seguirmi mi trovate su Facebook Cristina Caboni-Autrice e su Instagram come @cristinacaboni.

Finito di stampare nel mese di ottobre 2022
da Grafica Veneta s.p.a., Trebaseleghe (PD)

Questo libro è stampato col sole

Azienda carbon-free